D1751806

Sun Koh

Der Erbe von Atlantis

Freder van Holk

Die weiße Hölle

Heinz Mohlberg Verlag GmbH

Büroanschrift:
Hermeskeiler Str. 9
50935 Köln

Ladenlokal:
Sülzburgstr. 233
50937 Köln

Bestellungen und Abonnements:
Fon 0221 / 43 80 54 & 0170 / 94 47 580
Fax 0221 / 43 00 918
heinz@mohlberg-verlag.de
www.mohlberg-verlag.de
https://twitter.com/mohlberg_verlag

1. Auflage

Herausgeber: Heinz Mohlberg GmbH
Titelbild: Arndt Drechsler
Covermontage, Satz & Layout: Andrea Velten – Factor 7
Druck & Bindung: Schaltungsdienst Lange Berlin
© 2014 Mohlberg-Verlag GmbH & Rechteinhaber
Alle Rechte vorbehalten

978-3-945416-09-9

Vorwort

Liebe SUN KOH-Freunde,

gerade haben wir einen anderen Klassiker der deutschen SF-Literatur abgeschlossen – JIM PARKER endet mit Ausgabe 15. Noch besteht die Möglichkeit, diese überaus seltene Serie komplett zu erlangen – aber bestimmt nicht mehr allzu lange.

Bei SUN KOH sind wir noch nicht so weit gekommen, aber wir werden – wie versprochen – die Erscheinungsintervalle jetzt etwas verkürzen.
Die vorliegende Ausgabe schließt unseren Publikationsreigen für 2014 und mit SUN KOH 8 wird dann im Januar das Jahr 2015 eingeläutet.

Weitere interessante Special mit Romanen alter, sehr gesuchter Ausgaben finden sich übrigens auch in der Reihe UTOPISCHE WELTEN SOLO; hier haben wir eine Sub-Reihe speziell mit SF-Romanen aus Österreich gestartet (URANUS, IM JAHR 2000 etc.).

Aber zurück zu unserer Serie:
Im vorliegenden Band kommen folgende Romane zum Abdruck.

Sun Koh Vorkriegsausgabe:

23 ›Das entfesselte Hormon‹ (›Der entfesselte Blutstoff‹ 2. Auflage)
47 ›Die Rache der Verschmähten‹ (›Die Verschwundene‹ 2. Auflage)
48 ›Die weiße Hölle‹
49 ›Alaska-Jim‹
130 ›Die goldene Kassette‹
131 ›Die Insel des Unheils‹
132 ›Diamanten oder Dynamit‹

Mehr Infos zu Sun Koh können Sie folgendem Band entnehmen.

Heinz J. Galle / Markus R. Bauer ›SUN KOH · DER ERBE VON ATLANTIS UND ANDERE DEUTSCHE SUPERMÄNNER‹

Und nun viel Spaß mit Sun Koh, Nimba und Freunden

Ihr/Euer
Heinz Mohlberg

Der Erbe **Sun Koh** von Atlantis

Die weiße Hölle

1.

Eine feine Linie kam von weither auf die ›Star of California‹ zu. Bis auf hundert Meter näherte sie sich, dann wurde sie breiter. Ein grauer, stählerner Rücken, der an einen Walfisch erinnerte, tauchte auf. Eine kleine Weile später glitt das riesige Unterseeboot bis dicht an die Yacht, die ihre Fahrt eingestellt hatte, heran.

Auf dem lang gestreckten Rücken öffnete sich ein Luk. Der Kopf eines Mannes wurde sichtbar, dann der Oberkörper. Dieser Kopf war so recht geeignet, Kinder zu erschrecken. Er schien fast aus zwei Dreiecken zu bestehen, von denen das größere von den Augen abwärts die untere Hälfte des Gesichts bildete, das andere die obere Hälfte. Die fahle Haut, die kleinen, eng beieinander liegenden Augen, die vorspringende Nase und das düstere Schwarz des Haares gaben ein dämonisches Bild. Es wurde durchaus nicht dadurch erträglicher, dass der Mann fast dauernd höhnisch zu lachen schien.

Das war Manuel Garcia. Wer ihn kannte, der wusste, dass sich hinter diesem Gesicht ein grotesker und seltsamer, aber im Grunde genommen gutmütiger und anständiger Charakter verbarg. Und er wusste auch, dass in diesem dreieckigen Schädel ein Wissen steckte, wie es nur wenige Menschen besaßen.

Hinter Manuel Garcia trat ein halbes Dutzend Japaner heraus, kleine, muskulöse Kerle mit undurchdringlichen Gesichtern. Das Unterseeboot trieb an die Yacht heran; sie machten sich zu schaffen und hatten bald die beiden Schiffskörper mithilfe von Saugscheiben fest und doch elastisch miteinander verbunden.

Da alle Beteiligten schon vorher genau unterrichtet worden waren, bildeten sie unverzüglich eine lebende Kette, die von der Yacht in das Unterseeboot hinunterführte. An dieser Kette begannen in Säcken und Körben die Schätze Rob Doughtons in den Lagerraum des Tauchbootes zu wandern.

Sun Koh hielt es für besser, diesen Berg von Gold, Schmuckstücken und Edelsteinen, dessen Wert noch niemand schätzen konnte, Manuel Garcia anzuvertrauen. Er wollte weder Verbrecherbanden noch Behörden auf den Schatz aufmerksam machen.

Die ›Star of California‹ kam aus der Südsee. Sun Koh hatte gehofft, die verschwundene Joan Martini zu finden, aber seine Erwartungen waren enttäuscht worden. Er hatte jedoch die Schiffbrüchigen der ›Oakland‹ retten können, dazu Rob und die Schätze, die ein ausgestorbenes Volk hinterlassen hatte.

Manuel Garcia begab sich sofort an Bord der Yacht. Mit seinem üblichen höhnischen Grinsen, hinter dem er den tiefen Respekt verbarg, schüttelte er Sun Koh die Hand. Dem Neger reichte er freilich den kleinen Finger und meckerte dabei:

»Auch noch da, Großer? Mehr als den kleinen Finger gibt es nicht, ich lasse mir nicht die Hand zerquetschen.«

Den Jungen umarmte er mit liebevoller Geste und brachte es dabei fertig, ihm einen Kindernuppel aus Gummi auf den Rücken zu hängen. Hal entdeckte diese Untat erst viel später, als sich die anderen vergeblich bemühten, ernste Gesichter zu zeigen. Er wurde außerordentlich wütend und begann nachzudenken, wie er Garcia den Streich vergelten könne.

Rob musste sich eine eindringliche Musterung gefallen lassen. Er war sehr überrascht, als ihn Garcia plötzlich fragte:

»Nun, ist der Arm gut verheilt? Der linke war's doch wohl, nicht wahr?«

»Woher – woher wissen Sie, dass ich mir einmal den Arm gebrochen habe?«, stotterte Rob Doughton. »Das ist doch bereits drei Jahre her, und ich habe es niemandem erzählt?«

Der Mexikaner zog eine Fratze.

»Hähä, woher ich das weiß? Ich habe Sie doch damals gerade besucht, mit dem Unterseeboot, habe aber keine Zeit gehabt, um mich mit Ihnen zu beschäftigen. War ein reiner Zufall, dass ich auf die Insel stieß, und damals hatten Sie eben gerade den Arm gebrochen.«

Sun Koh blickte ihn nachdenklich an.

»Sie sind ein merkwürdiger Mensch, Manuel Garcia. Sie wussten doch genau, dass ich die Insel aufsuchen wollte und wie die Verhältnisse dort lagen. Warum haben Sie nicht vorher darüber gesprochen, dass Sie Bescheid wissen?«

Garcia zuckte die Achseln.

»Was gehen mich die Angelegenheiten anderer Leute an? Hähä, warum sollte ich Ihnen das Vergnügen verderben? Jeder Mensch muss den Spaß haben, den er braucht. Wären Sie etwa nicht gefahren, wenn ich Ihnen alles erzählt hätte?«

Sun Koh konnte die Frage nicht verneinen.

»Sie haben recht – wie immer.«

»Hähä, geben Sie mir das schriftlich?«

»Lieber nicht«, lachte Sun.

Krotthoff ließ sich vorstellen.

»Freut mich sehr, Herr Admiral«, versicherte Garcia ernsthaft.

Krotthoff sah ihn verdutzt an.

»Danke, gleichfalls. Aber vorläufig bin ich nur Kapitän.«

»Was nicht ist, kann ja noch werden?«, feixte der Mexikaner. »Sparen Sie nur ruhig auf die schöne neue Uniform. Ihre Frau wird ihre helle Freude daran haben.«

»Ich bin aber gar nicht verheiratet«, erwiderte Krotthoff teils lachend, teils unsicher und verblüfft.

Garcia schüttelte sich innerlich.

»Kann auch noch werden, Herr Admiral. Sie hat sich eben getäuscht, wenn sie glaubte, dass sie schon tot war.«

Krotthoffs Gesicht war eine einzige Frage. Sun Koh zog jedoch den Mexikaner schnell weg. Als er ihn unten in der Kabine allein hatte, sagte er ihm ruhig:

»Sie müssen mir die Leute nicht verwirrt machen, Señor Garcia. Der Kapitän wusste wirklich nicht mehr, was er von Ihnen halten sollte.«

»Was denn, was denn?«, verteidigte sich Garcia mit scheinbarer Entrüstung. »Ich habe ihm doch bloß die Wahrheit gesagt?«

»Die Wahrheit?«

»Die mögliche Wahrheit«, schwächte Garcia ab. »Warum soll der Mann nicht eines Tages Admiral werden, und warum sollte er keine Frau finden, die einmal scheintot war?«

Sun Koh merkte, dass der andere in der Laune war, allen möglichen Unfug zu schwatzen. Er lenkte deshalb ab.

»Lassen wir es. Wie geht es in der Sonnenstadt?«

Garcia wurde wirklich ernster.

»Ausgezeichnet, ausgezeichnet«, versicherte er. »Diese jungen Leute arbeiten wie der Teufel. Ich kann Ihnen sagen, die haben in einigen Wochen mehr ausgeheckt als andere ihr Leben lang. Wenn das so weiter geht, stellen sie die Welt auf den Kopf. Sie werden nicht nur ihre Aufgabe lösen, sondern noch viel mehr. Soll ich Ihnen Einzelheiten aus den Arbeitsgebieten erzählen?«

»Danke«, verzichtete Sun, »ich werde mich gründlich unterrichten, wenn ich hinkomme.«

»Kommen Sie bald«, grinste Garcia, »meine Strümpfe müssen wieder einmal gewaschen werden. Früher hatte ich Dutzende von Leuten um mich herum, die mich versorgten, heute keinen einzigen. Ich muss mir sogar mein Bett selber machen. Ihre Leute nehmen mir einfach jede Kraft weg, um Hilfsarbeiten zu verrichten. Ist das ein Zustand, he?«

»Ich verstehe«, lächelte Sun. »Es wird höchste Zeit, dass wir Peters noch einen Stab von Hilfsarbeitern zur Verfügung stellen. Haben Sie ihm mitgeteilt, dass Rob Doughton mitkommen wird?«

Der Mexikaner zog eine saure Grimasse.

»Mitgeteilt schon, aber …«

»Aber …?«

»Wissen Sie, was Peters gesagt hat? Er hat mir mitleidig auf die Schulter geklopft und mir seine Anteilnahme versichert, dass ich auf meine alten Tage noch Kindermädchen würde. Offen gestanden, er hat recht, Mr. Sun Koh. Von dem Dutzend hat niemand Zeit, sich um den Jüngling zu kümmern. Warum wollen Sie ihn überhaupt hinunterschicken?«

Sun sah nachdenklich vor sich hin.

»Weil ich Peters' und seiner Kameraden Einfluss für die Entwicklung Robs für außerordentlich wertvoll halte. Sie sind die einzigen, denen ich ihn anvertrauen könnte. Ich selbst kann mich nicht genügend um ihn kümmern.«

»Aber Peters auch nicht, wenn er seine Arbeit leisten soll. Und außerdem denke ich, dass er die Welt kennenlernen soll? Dort unten hat er keine Gelegenheit dazu.«

Sun nickte.

»Alle diese Bedenken sind berechtigt. Aber wo soll ich ihn unterbringen? Ich fühle mich für ihn verantwortlich.«

Garcia legte wichtig den Finger an die Nase.

»Ich weiß Rat. Stecken Sie ihn ruhig in die Großstadt, dort mag er erst mal mit der Welt zusammenstoßen. Die Hauptsache ist, dass er einen zuverlässigen Kameraden bei sich hat. Und den kenne ich bereits.«

»Wen schlagen Sie vor?«

»George Rickers heißt der Mann. Er wohnt in San Francisco. Er ist fünfundzwanzig Jahre alt, ledig, unbescholten und im Übrigen genau der Mann, den Sie brauchen. Er fliegt zwar viel, hat aber sonst keinen Beruf, genügend Zeit, verkehrt in allen Kneipen, hat Verstand und einen ausgezeichneten Charakter usw.«

»Sie kennen ihn schon länger?«

Garcia wehrte mit beiden Händen ab.

»Nee, ich habe ihn im Ganzen dreimal gesehen, aber Sie können sich auf mein Urteil verlassen.«

Sun wusste, dass er das tatsächlich konnte, und nickte:

»Gut, ich werde mit Rob darüber reden und mir dann diesen Rickers ansehen.«

»Tun Sie das, tun Sie das«, erwiderte Garcia eifrig. »Sie können sich dann auch gleich erzählen lassen, wie er – ach so, hm, schönes Wetter heute Abend. Ich werde also Ihren Schützling nicht mitnehmen?«

Sun Koh sah den Mexikaner forschend an.

»Was wollen Sie mir verschweigen, Señor Garcia?«

Jener tat erstaunt.

»Verschweigen? Nicht die Bohne! Ach, Sie meinen, weil ich abbrach? Nee, nee, mir fiel nur gerade ein, dass das eigentlich nicht zur Sache gehört. Rickers hat nämlich neulich einen fabelhaften Flug ausgeführt, ganz groß, davon sollten Sie sich erzählen lassen.«

»Sie reden Unsinn«, warf Sun Koh ein. »Also, um was handelt es sich?«

Garcia wurde so ernst und sachlich, wie man es nie von ihm vermutet hätte.

»Nun gut«, sagte er gedrückt, »ich habe einen Fehler gemacht und sehe, dass Sie mich nicht loslassen werden. Also Rickers ist der Mann, der Miss Martini gefunden hat.«

Krach. Die Stuhllehne, auf der Suns Hände geruht hatten, brach zersplittert auseinander. »Sehen Sie«, meinte Garcia wehleidig, »ich wusste doch, dass Sie sich aufregen. Es wäre besser gewesen, Sie hätten nicht gefragt.«

Sun legte die Trümmer still beiseite. Seinem Gesicht sah man keine Gemütsbewegung an, aber seine Stimme war leicht gepresst.

»Joan Martini ist gefunden worden? Lebend?«

»Gewiss doch«, versicherte Garcia schnell. »Sie lebt. Rickers hatte einen Langstreckenflug über Mittelamerika unternommen. Er musste notlanden und ging in einer Lichtung nieder. Dort fand er Miss Martini, stark erschöpft. Da er sich nicht anders zu helfen wusste, nahm er sie mit in seine Heimat, nach San Franzisco.«

»Sie ist hier?«, kam schnell die Frage.

»Sie ist noch in San Franzisco. Ich hatte Agenten in Bewegung gesetzt, aber es wäre gar nicht nötig gewesen. Wir wurden dann mit der Nase darauf gestoßen.«

In Suns Augen stand die Unruhe.

»Ja, aber warum ist sie nicht bereits nach der Sonnenstadt zurückgekehrt? Warum ließ sie sich erst nach San Franzisco bringen?«

Garcia zog eine gleichgültige Miene.

»Warum? Die Erklärung ist sehr einfach. Sie war ja völlig zusammengebrochen und verbrachte die erste Zeit gewissermaßen in Betäubung. So schnell erholt sich ein Mensch nicht. Das arme Wesen muss viel durchgemacht haben.«

»Sie ist noch krank?«, erriet Sun Koh.

Der Mexikaner nickte und antwortete förmlich vorwurfsvoll:

»Natürlich ist sie noch krank, sie hat doch keine Pferdenatur! Aber Sie können sich beruhigen, sie ist noch ganz und wird sich bald wieder erholen. Warten Sie nur noch einige Wochen ab.«

Sun horchte dem Tonfall nach. Erst eine kleine Weile später fragte er leise:

»Ich finde sie bei Mr. Rickers?«

»Nein, sie wohnt in der Privatklinik von Professor Morawe. Ein tüchtiger Arzt, aber ein sehr eigener Herr, sehr eigen.«

»Was wollen Sie damit sagen?«

Garcia hob die Schultern.

»Hm, er hat zum Beispiel die Angewohnheit, grundsätzlich keine aufregenden Besucher an seine Patienten heranzulassen. Ich schätze, dass er Sie Miss Martini aus der Ferne sehen lässt, aber sprechen dürfen Sie wahrscheinlich noch nicht mit ihr. In einigen Wochen bestimmt, aber heute und morgen ist sicherlich noch nichts zu wollen. Schließlich hat der Mann ja auch recht. Setzen Sie sich in seine Lage, wenn dauernd ...«

Sun packte den anderen mit hartem Griff vorn bei der Brust und schrie ihn förmlich an:

»Was ist mit Joan Martini?«

Gracia versuchte vergeblich, den stählernen Griff zu lösen.

»Nichts. Lassen Sie mich doch los. Was soll denn mit ihr sein? Sie ist eben noch krank, bedarf der Schonung. Weiter nichts, ich schwöre es Ihnen.«

Sun zog ihn dicht an sein Gesicht heran. Seine Stimme war drohend leise:

»Sie wollen einen Meineid schwören, Señor. Ihr Geschwätz vermag mich nicht zu täuschen. Antworten Sie: Warum darf ich Joan Martini vorläufig nicht sprechen? Ist sie verkrüppelt, entstellt?«

Der Mexikaner wand sich.

»Gott bewahre, sie ist schöner denn je. Es ist alles in Ordnung, haben Sie doch einige Wochen Geduld.«

Sun biss die Zähne aufeinander.

»Nein, ich will wissen, was ist.«

Garcia stöhnte.

»Erwürgen Sie mich nicht, schließlich bin ich ja nicht allein schuld. Ich will es Ihnen sagen.«

Sun Koh ließ ihn sofort los. Garcia holte erst einige Male tief Luft, dann fuhr er fort:

»Also Miss Martini ist noch angegriffen, aber sonst außer Gefahr. Nur kann sie sich noch nicht wieder richtig erinnern, was alles geschehen ist, aber das wird sich bald bessern.«

Sun Koh schluckte schwer.

»Das heißt, sie hat das Gedächtnis verloren?«

Garcia zog ein Gesicht wie ein Leichenbitter.

»Gedächtnis verloren? Sie müssen auch gleich immer alles von der schlimmsten Seite her sehen. Augenblicklichen Erinnerungsschwund nennt es der Professor.«

»Sie weiß nichts mehr von Ihrer Vergangenheit?«
»Nein.«
»Sie erkennt keinen von uns?«
»Nein. Aber nicht wahr, so schlimm ist das doch nicht, Ihnen ist es doch ganz ähnlich gegangen. Also selbst wenn es so bliebe ...«

Sun unterbrach ihn mit einer harten Handbewegung. Seine Stimme fiel plötzlich müde zusammen.

»Der Verlust des Gedächtnisses ist ein Grab – in diesem Falle ein Grab für meine ...«

Er brach ab. Garcia wusste, dass das unausgesprochene Worte ›Liebe‹ hieß. Joan Martini wusste in der Tat nicht mehr um ihre Liebe zu Sun Koh.

Eine Weile stand dumpf das Schweigen zwischen den Männern, dann fragte Sun Koh klar weiter:

»Hat Miss Martini eine Verletzung oder Gehirnerschütterung erlitten?«

»Keins von beiden«, erwiderte der Mexikaner sachlich. »Die Ärzte stehen vor einem Rätsel, vermuten einen übermächtigen seelischen Schock. Aber ich habe bereits einen Spezialisten gerufen, der ihr das Gedächtnis wiedergeben wird. Es ist ein Mann, der dazu fähig ist, und ich setze meinen Kopf zum Pfand, dass er helfen wird. Es wird noch einige Zeit dauern, bis er eintrifft, deshalb wäre es besser gewesen, die ganze Sache wäre Ihnen verschwiegen geblieben. Sie machen sich nun nur unnötige Sorgen. Ich versichere Ihnen, dass die Heilung außer allem Zweifel steht. Für den Mann, den ich verständigt habe, ist es eine Kleinigkeit.«

»Wer ist es?«

»Das darf ich Ihnen nicht sagen«, antwortete Garcia fest. »Bitte drängen Sie mich nicht, Sie würden nur alles in Frage stellen.«

»Es ist gut«, beruhigte sich Sun. »Ich sehe, dass Sie tatsächlich starke Hoffnungen hegen. Sie haben vorgesehen, dass Miss Martini in San Franzisco bleibt?«

»Ja.«

»Dann soll sie hier Ihren Arzt abwarten. Ich werde morgen mit ihr sprechen.«

»Sie sollten es sich ersparen.«

»Ich werde mit ihr sprechen. Und nun will ich Rob rufen.«

Rob trat ein, während Garcia den Raum verließ. Er war zunächst über die Änderung aller Pläne bestürzt, fügte sich jedoch dann ohne weiteres, zumal ihm Sun freistellte, sich erst endgültig zu entscheiden, wenn er seinen zukünftigen Kameraden kennengelernt habe.

Bei sinkender Sonne war die Umladung erfolgt. Manuel Garcia verabschiedete sich. Er war wieder vorzüglicher Laune.

»Hähä«, meckerte er unter anderem, nachdem er wiederholt in der Luft herumgeschnuppert hatte, »man merkt doch gleich, dass man auf einer Luxusyacht ist. Einen Gestank habt ihr hier.«

In der Tat, über dem Deck lag unverkennbar ein feiner Geruch von Parfüm.

»Wir haben unten vollständig eingerichtete Kabinen für weibliche Gäste«, erklärte der Kapitän. »Vermutlich hat Miss Kennan eine Parfümflasche stehen lassen, die zufällig umgestürzt und zerbrochen ist. Aber ich finde diesen schwachen Duft nicht übel, obgleich ich sonst nichts von dem Zeug halte.«

»Danke für Obst«, grinste Garcia. »Da sieht man, wie verweichlicht die Menschheit schon ist. Ich für meine Person könnte die Stinkerei nicht fünf Minuten lang aushalten. Pfui Deibel.«

Die japanischen Matrosen lösten die Bindung, das Unterseeboot hielt sich frei neben der Yacht. Garcia kletterte das Fallreep hinunter.

Als er auf halbem Wege war, rief ihn Hal, der dicht neben dem Reep an der Reeling lehnte, an:

»Hallo, Señor Garcia, haben Sie noch einen zweiten Anzug mit?«

Der Mexikaner blickte verwundert nach oben.

»Hähä, warum fragst du? Bin ich ein wandelndes Kleidermagazin?«

»Dann ist ja alles gut«, feixte Hal. »Ich wünsche Ihnen einen guten Geruch.«

Gleichzeitig stieß er mit der Fußspitze sanft das Blechtöpfchen an, in das er eine Weile vorher den Inhalt von zwei großen Parfümflaschen geleert hatte. Der Behälter kippte über Bord, der Inhalt schwappte heraus und klatschte als Volltreffer auf Garcias Kleidung. Eine gewaltige Parfümwolke quoll hoch.

Garcia hatte dem Unheil nicht mehr ausweichen können, obgleich er mit erstaunlicher Elastizität auf sein Boot hinabgesprungen war. Jetzt schnupperte er wie wild und reckte dann drohend die Faust zu dem aus vollem Halse lachenden Jungen hinauf:

»Na warte, mein Junge. Wenn ich wiederkomme, reibe ich dir das Gesicht mit altem Käse ein. Puh, wie das stinkt!«

»Das war für den Nuppel«, schrie Hal hinunter. »Ich werde Ihnen beibringen, erwachsene Leute zu verkohlen.«

Garcia tippte an die Stirn.

»Hö, erwachsene Leute? Ein größenwahnsinniger Steckkisseninhalt bist du. Ich werde funk-telegraphisch einen Kinderwagen für dich bestellen, mein Sohn, mit Gummiunterlage, verstanden?«

»Unterstehen Sie sich«, drohte Hal.

Langsam glitt das Unterseeboot davon.

Einige Stunden später ließ die ›Star of California‹ im Hafen von San Franzisco die Anker fallen.

Hals schwärzeste Befürchtungen trafen ein. Eine blauweiß aufgetakelte Nurse vom Säuglingsheim meldete sich mitsamt einem pompösen Kinderwagen und erkundigte sich mit mütterlicher Sorglichkeit nach dem Säugling Hal Mervin, den sie abzuholen beauftragt sei. Es kostete Nimba viel Mühe, den wutschnaubenden Hal, der sich vom Gelächter der Besatzung umbraust sah, von der unschuldigen Nurse fernzuhalten. Und es kostete Kapitän Krotthoff noch mehr Mühe, mit vollem dienstlichen Ernst der Dame begreiflich zu machen, dass ein Irrtum vorlag und dass sie ihre Gummiunterlage umsonst eingepackt hatte.

Garcia hatte sich gerächt.

Einen Tag später saßen sich Sun Koh und Rickers gegenüber.

»Sie haben einen Menschen, der mir nahe steht, aus großer Not gerettet«, sagte Sun Koh voll Wärme. »Bitte erzählen Sie mir, wo und wie Sie Miss Martini fanden.«

Der junge Flieger, dessen offenes Gesicht sympathisch berührte, kämpfte gegen seine Verlegenheit. Das war kein Wunder. Die Persönlichkeit Sun Kohs wirkte außerordentlich stark, und die leuchtenden Augen schlugen in einen Bann, der auch dem besten Mann etwas von seiner gewohnten Sicherheit nahm.

»Es war ein Zufall«, begann er zögernd. »Ich unternahm einen Flug über Mittelamerika. Sie kennen ja wohl diese Gegend. Dort kann man stundenlang über Urwald hinwegfliegen. Mein Motor setzte plötzlich aus. Ich musste notlanden und erwischte gerade noch eine größere Lichtung. Die Landung klappte, und da es sich nur um einen Kabeldefekt handelte, war der Schaden auch schnell behoben. Da ich nun einmal unten war, sah ich mir die Lichtung näher an. Ich fand zahlreiche Ruinen, die sich in den Wald hineinzogen, verfallene Tempel und Ähnliches. Glücklicherweise bin ich kein Altertumsforscher, sodass ich an den Trümmern nicht hängen blieb. Am Rande der Lichtung fand ich einen mäßig breiten Fluss oder wenigstens ein Stück davon, denn er verschwand nach beiden Seiten wieder in der Erde. Es war ein eingebrochenes Grabenstück, wie man es dort unten häufiger findet. Wenige Meter vom Ufer entfernt lag Miss Martini.«

»Sie war ohne Bewusstsein?«

George Rickers nickte.

»Mehr als das. Ich hielt sie anfänglich für tot. Sie können sich wohl mein Erstaunen vorstellen, als ich im Grase plötzlich einen Menschen liegen sah. Und ich erschrak noch mehr, als ich sah, dass es sich um eine Frau handelte. Sie muss wochenlang in der Lichtung gehaust haben – und gehaust, ohne alle Hilfsmittel und nur auf das angewiesen, was sie sich mit der bloßen Hand verschaffen konnte. Offensichtlich war sie dabei entkräftet und krank geworden. Sie lebte aber noch, und darauf kam es an. Ich flößte ihr etwas Alkohol ein. Mehr brachte ich nicht über ihre Lippen. Dann trug ich sie ins Flugzeug und startete. Es war ein Gewaltflug bis hierher, aber es ging alles gut ab. Ich hätte sie ja auch bloß nach Mexiko bringen können, aber ich dachte mir, dass es notwendig sein würde, sich auch weiterhin um sie zu kümmern. Nach allem, was sie gelegentlich ohne rechtes Bewusstsein redete, war sie Amerikanerin oder Engländerin. Ich hielt es jedenfalls für besser, sie hierher zu bringen.«

»Ich habe allen Grund, Ihnen dafür dankbar zu sein. Miss Martini hat die Erinnerung verloren, nicht wahr?«

»Leider ja. Ich gab sie zu Morawe. Einige Tage später erfuhr ich dann von ihm, dass sie nicht einmal ihren Namen wusste. Darauf entschlossen wir uns zu den Aufrufen in den Zeitungen und im Rundfunk. Dadurch haben dann Ihre Leute erfahren, wo sich Miss Martini aufhält.«

»Wie geht es Miss Martini jetzt?«

George Rickers hob die Schultern und ließ sie wieder sinken.

»Nun, soweit nicht schlecht. Körperlich hat sie sich schon wieder erholt. Ich hätte mir im Urwald nicht träumen lassen, dass Miss Martini so aussieht. Aber ihre Erinnerung hat sich immer noch nicht wieder eingestellt. Morawe hofft jedoch auf Besserung. Sie wollen ihn doch sicher aufsuchen? Ich könnte Sie einführen. Ich war ohnehin in den letzten Tagen nicht dort.«

»Ihre Begleitung wäre mir sehr angenehm, Mr. Rickers. Jetzt habe ich jedoch noch eine andere Bitte. Ich fürchte, Sie über Gebühr in Anspruch zu nehmen, aber ...?«

»Schießen Sie nur los«, machte George Rickers. »Wenn ich Ihnen einen Gefallen erweisen kann, geschieht das gern.«

Sun Koh nickte ihm freundschaftlich zu und begann, in großen Zügen das Schicksal Robs zu umreißen. Zum Schluss sagte er:

»Mir liegt also daran, einen zuverlässigen Kameraden für meinen Schützling zu finden, einen Kameraden, der ihn nicht nur in die Welt einführt, sondern auch sicher durch ihre Wirrnisse leitet und ihm Vorbild ist. Sie sind mir empfohlen worden, Mr. Rickers, und zwar von einem Mann, dessen Urteil schwer wiegt. Ich teile nunmehr seine Meinung und bitte Sie, sich Rob Doughtons anzunehmen.«

George Rickers sah ziemlich bestürzt und ratlos aus.

»Ja, aber ich bin ja selbst erst fünfundzwanzig und habe nicht das geringste Talent zum Erzieher in mir. So unschätzbar mir Ihr Vertrauen ist, so muss ich doch angesichts meiner Unfähigkeit ...«

»Sie verkennen vielleicht die Aufgabe«, unterbrach Sun Koh freundlich. »Rob braucht keinen Erzieher, sondern einen Freund. Er soll nicht von Ihnen erzogen werden, sondern Sie sollen ihn Ihr Alltagsleben mitleben lassen. Betrachten Sie ihn als Studienkameraden oder als Freund, der eine Zeitlang Ihr Gast ist.«

George Rickers nickte.

»Ja, jetzt verstehe ich. Aber warum gerade ich? Es gibt tausend andere, die besser als ich geeignet wären.«

»Leicht möglich, aber Sie sind es bestimmt, wenn mich mein Urteil und das meines Gewährsmannes nicht trügt. Deshalb trage ich Ihnen meine Bitte vor. Die Entscheidung steht Ihnen selbstverständlich frei.«

Der junge Flieger seufzte.

»Hm, offen gestanden, ich hätte Ihnen lieber einen Klumpen Eis vom Nordpol geholt. Aber ich will tun, was in meinen Kräften steht. Ihr Schützling soll als mein Gast willkommen sein.«

Sun reichte ihm lächelnd die Hand.

»Danke, Mr. Rickers. Ich verstehe Ihre Bedenken, aber Sie werden bald schwinden. Rob wird Ihnen sicher gefallen.«

»Hoffentlich!«, seufzte Rickers abermals. »Ist er wenigstens gesund und kräftig?«

Sun Koh lachte auf.

»Fürchten Sie etwa, dass ich Ihnen ein wehleidiges Bürschchen anvertraue? Seien Sie beruhigt. Sie werfen ihn nicht um.«

»Hm, das lässt sich hören. Hat er Mut?«

Sun Koh wurde ernst.

»Sie werden bald finden, dass er das Gefühl der Furcht überhaupt noch nicht kennt. Bitte seien Sie deshalb vorsichtig. Rob wird sich ohne Zögern in die größten Gefahren stürzen, weil er sie noch nicht ermessen kann. Sie dürfen ihn nicht antreiben, sondern müssen ihn zurückhalten. Aber wenn es Ihnen recht ist, mache ich Sie gleich mit ihm bekannt. Er wartet unten im Wagen.«

Wenige Minuten später standen sich die beiden jungen Männer Auge in Auge gegenüber und musterten sich. Das dauerte eine Weile. Dann streckte George Rickers die Hand aus und sagte mit Betonung:

»Ich denke, wir können gute Freunde werden.«

»Ich denke auch«, nickte Rob.

Die Zukunft zeigte, dass sie richtig gefühlt hatten. Sie wurden tatsächlich unzertrennliche Freunde. Und als später die Zeiten kritisch und hart wurden, da zeigte es sich, wie echt die Freundschaft war, die in diesen Minuten begründet wurde.

Nebenan vertrieben sich Hal und Nimba die Zeit.

Hal lag mit ausgestreckten Beinen in einem tiefen Sessel und studierte die Zeitung wie ein Alter. Das war ein Anblick, der noch andere Leute als Nimba hätte aufregen können.

»Was Neues?«, erkundigte sich Nimba voll Spott.

»Nichts Neues«, antwortete Hal würdevoll wie ein steifbeiniger Lord.

»Nur eine alte Wahrheit.«

»So?«, ließ sich Nimba verleiten. »Was denn für eine?«

»Die Intelligenz steht im umgekehrten Verhältnis zur Körpergröße«, sagte Hal träumerisch, legte aber vorsichtshalber die Zeitung beiseite und blinzelte Nimba an. Dieser hob denn auch prompt die Faust.

»Willst du damit sagen, dass ich …?«

»Was?«, fragte Hal unschuldig.

»Dass ich dumm bin?«

Hal seufzte befriedigt und schlug die Beine übereinander.

»Nicht mehr nötig.«

»Hä?«

»Du hast es selbst gesagt.«

Nimba begriff, dass er auf den Leim gegangen war. Er wischte mit seiner Faust durch die Luft, aber Hal drehte sich schnell genug aus dem Sessel heraus.

»Pöh, und alt wirst du auch noch. Lass dir mal den Kalk aus den Gelenken schaben.«

»Für dich langt's noch«, brummte Nimba und setzte sich mit gewichtigen Schritten in Bewegung. »Ich werde dich plattwalzen und als Briefmarke verkaufen.«

»Bleib mir vom Leibe«, winkte Hal ab und zog sich hinter den nächsten Sessel zurück. »Mit roher Gewalt an schutzlosen Kindern vergreifen, was? Mehr schaffst du nicht, du Schornsteinfeger.«

»An die Wand kleben«, murmelte Nimba voll Behagen.

»Rohe Gewalt!«, zeterte Hal heftiger. »Jeder Ochse kann das besser. Der Mensch soll mit geistigen Waffen kämpfen. Aber dazu langt's eben bei dir nicht.«

Nimba grinste.

»Nicht jede Giftspritzerei ist ein Kampf mit geistigen Waffen. Her mit dir.«

Er warf sich nach vorn, und schon hatte er Hal beim Kragen. Im nächsten Augenblick stemmte er ihn frei aus. Hal fauchte und schlug um sich, aber das erschütterte Nimba nicht. Er lachte über sein ganzes gutmütiges Gesicht und zeigte dabei seine Zähne, als ob er für eine Zahnpasta Reklame stände.

»Hilfe!«, brüllte Hal.

»Sing ein Lied!«, hetzte Nimba, und das war Hal eben recht. Er sang mit voller Lungenstärke los.

»Zehn kleine Negerlein ...«

Zwei Türen öffneten sich gleichzeitig. Vom Gang her kam der Zimmerkellner. Er erstarrte und stotterte:

»Verzeihung – ich – ich dachte, die Herren hätten gerufen ...?«

Nimba ließ los und Hal landete geschickt auf seinen Füßen.

»Geraten. Bestellen Sie eine Gummizelle mit Zitronensaft für diesen Herrn.«

»Bi-bi-bi-bitte ...?«

»Ach du lieber Gott!«, stöhnte Hal theatralisch. »Wenn ihr mit der Ratenzahlung schon so weit gediehen seid – raus!«

Der Kellner zog sich zurück. Hal wandte sich an Sun Koh, der durch die andere Tür eingetreten war.

»Haben Sie das gesehen, Herr? Nicht die Spur von Moral in Nimba. Sich an einem Schwächeren vergreifen. Das ist doch keine Art! Können Sie ihm das nicht einmal beibringen?«

Sun Koh zog seine Pistole aus der Tasche und hielt sie Hal hin.

»Da.«

Hal blickte ihn entgeistert an, trat einen Schritt zurück und wehrte mit beiden Händen ab.

»Nee, zu erschießen brauchen wir ihn doch nicht gleich. Manchmal ist er noch ganz brauchbar.«

»Nicht möglich?«, lächelte Sun Koh. »Bring die Pistole zum Waffenhändler. Sie hemmt etwas.«

»Ach so?«, atmete Hal erleichtert auf und nahm die Pistole. »Natürlich wäre er es wert, erschossen zu werden, aber bei meinem weichen Gemüt ...«

»Weiche Birne!«, höhnte Nimba dazwischen.

»Ab mit dir«, befahl Sun Koh. »Warte möglichst auf die Reparatur.«

»Hoffentlich erwischt mich die Polizei nicht ohne Waffenschein«, erwog Hal. »Diese Amerikaner haben komische Gesetze.«

Damit ging er. Er schlenderte zum Lift und fuhr in die Hotelhalle hinunter. Als er den Lift verließ, stieß er mit einem Herrn zusammen, der ihn möglicherweise für den Liftboy hielt und es eilig hatte, in den Fahrstuhl hineinzukommen. Die Berührung war kaum der Rede wert, aber der Mann begann zu zetern, als hätte ihm absichtlich jemand auf die Zehen getreten.

»Unerhört! Nimm dich gefälligst in Acht. Das könnte mein Tod sein! Immer wieder diese rücksichtslosen Rüpel!«

Hal blieb stehen und starrte auf den Fremden. Er konnte Mitte Vierzig sein, war groß, kräftig und gut beleibt. Sein schwammiges Gesicht verriet keine besonderen Gottesgaben, seine Augen waren wässrig, sein Haar kurz und borstig. Insoweit machte er den Eindruck eines behäbigen Bürgers, der sein Leben genießt. Nach einem Hysteriker sah er jedenfalls nicht aus.

Er hatte jedoch genug an sich, was Hal veranlasste, zum zweiten Male hinzublicken. Zunächst trug er Handschuhe, und zwar keine gewöhnlichen Handschuhe, sondern dicke, schweinslederne Hüllen mit langen Stulpen, wahre Ungetüme von Handschuhen. Ferner trug er eine Kopfbekleidung, die ihm entfernt eine arabische Note gab. Hals und Kopf waren in ein weißes, festes Tuch eingehüllt, sodass nur das Gesichtsoval frei blieb. An der Stirn befand sich eine Rolle aus dem gleichen Stoff, die darauf schließen ließ, dass auch noch das Gesicht abgedeckt werden konnte.

Eine verrückte Aufmachung. Und das in einem der luxuriösesten Hotels von San Franzisco. Merkwürdigerweise schien aber niemand von den Leuten, die sich in der Halle befanden, etwas Besonderes an dem Mann zu finden.

»Langsam, langsam!«, wehrte sich Hal verdutzt gegen den Anpfiff des Fremden. »Wenn Sie es weniger eilig gehabt hätten, wären wir nicht zusammengestoßen. Und so viel war's nicht, dass Ihnen eine Perle aus der Krone fallen konnte.«

»Es hätte mein Tod sein können«, murrte der andere ruhiger.

»Was denn noch alles?«, ärgerte sich Hal. »Nur nicht zu sehr übertreiben. Sind Sie hysterisch?«

»Frechheit!«, erregte sich der Fremde wieder stärker. »Hysterisch! Na ja, die Jugend von heute! Keine Erziehung! Über das Knie müsste man euch legen.«

»Sie nicht« erwiderte Hal kühl. »Und erst recht nicht in dieser Maskerade. Machen Sie das eigentlich, damit Sie sich den Hals nicht zu waschen brauchen?«

»Hilfe«, ächzte der Fremde und wich einen Schritt zurück. Er war unverkennbar sehr erschrocken. In seinem Gesicht prägte sich echtes Entsetzen aus. Er wehrte mit beiden Händen ab.

»Hilfe! Nicht schießen! Nicht schießen!«

Hal hatte mit der rechten Hand auf die Kopfhülle des Mannes gedeutet. In dieser Hand hatte er jedoch noch die Waffe, die er zur Reparatur bringen sollte. Er steckte sie jetzt schleunigst ein.

»Keine Angst, ich schieße nicht. Sie ist überhaupt nicht geladen.«

Dem anderen genügte der Schock. Er ging noch einige Schritte zurück und ließ sich in einen Sessel fallen. Sein Atem ging heftig. Er war so offensichtlich verstört, dass sich Hal hinter den Ohren kratzte und zu einer Entschuldigung ansetzte.

»Mein Gott, Sie sind aber ein Nervenbündel. Tut mir leid, dass ich Sie erschreckt habe, aber …«

»Verzeihung«, murmelte der Geschäftsführer, der hastig herangekommen war, neben ihm. »Bitte lassen Sie Mr. Tuppershot in Ruhe.«

»Von mir aus«, murmelte Hal zurück. »Ich will nichts von ihm. Kann ich dafür, dass er verrückt spielt?«

»Die Konstitution«, flüsterte der Geschäftsführer. »Man muss darauf Rücksicht nehmen. Mr. Tuppershot ist begreiflicherweise ängstlich. Er ist Bluter.«

»Was ist er?«

»Bluter. Bitte nehmen Sie Rücksicht. Sie entschuldigen.«

Er glitt weg. Hal blickte noch einmal auf Tuppershot, der nach dem Schreck sichtlich erschöpft war, dann schüttelte er den Kopf und ging auch seiner Wege.

Bluter? Was war denn das nun wieder?

Als Hal eine Stunde später zurückkam und Nimba im Zimmer Sun Kohs vorfand, nutzte er seine Gelegenheit. Er zog die Divandecke herunter, hüllte seinen Kopf ein und schlich wie ein Indianer auf dem Kriegspfad um Sun Koh und Nimba herum. Nimba starrte ihn prompt an und tippte sich dann an die Schläfe.

»Hä?«

Hal begann sofort zu wimmern.

»Hilfe! Nicht anrühren! Wie leicht kann das mein Tod sein! Hilfe!«

»Übergeschnappt?«, erkundigte sich Nimba. »Das Klima, nicht? Manchem geht es in den Kopf.«

»Dir vielleicht« zischte Hal, jammerte aber gleich wieder: »Nicht anrühren! Hilfe!«

»Lass den Unsinn, Hal«, sagte Sun Koh streng. »Was soll denn das bedeuten?«

Hal warf die Decke herunter und reckte sich stolz.

»Neuer Name für Verrücktheit«, brummte Nimba.

Über das Gesicht Sun Kohs ging ein Schatten.

»Das ist der schlechteste Scherz, den ich je von dir gehört habe, Hal. Mit solchen Dingen macht man keine Witze.«

Hal zog den Kopf ein und sagte kleinlaut:

»Das sollte doch gar kein Witz sein. Dieser Mr. Tuppershot hat es ganz ernst genommen.«

»Hast du wieder einmal etwas angestellt?«

»Bestimmt nicht«, versicherte Hal und berichtete von dem Zusammenstoß in der Hotelhalle. Er konnte damit aber Sun Koh nicht aufheitern.

»Nicht sehr schön, Hal«, zensierte er streng. »Du wirst dich in aller Form bei Mr. Tuppershot entschuldigen.«

»Hm, wenn Sie meinen? Aber ich wollte ihm wirklich nichts tun.«

»Trotzdem warst du taktlos und hast ihn erschreckt. Weißt du, was ein Bluter ist?«

»Nein, eben nicht.«

»Der Mann leidet an einer furchtbaren und zugleich geheimnisvollen Krankheit, gegen die die Kunst der Ärzte noch kein Mittel gefunden hat. Nimm einmal an, du schneidest dich in den Finger. Was geschieht?«

»Es blutet«, antwortete Hal zögernd.

»Ja, es blutet«, nickte Sun Koh. »Eine Reihe von Blutgefäßen ist verletzt worden. Das Blut fließt heraus. Wie lange?«

»Hm, nicht lange«, wurde Hal wieder ernsthafter. »Nach einer Weile hört es von allein wieder auf.«

»Von allein? Nun nehmen wir es getrost etwas genauer. Erstens wird das

Blut über unverletzte Gefäße hinweg umgeleitet, und zweitens gerinnt das Blut und verstopft die Öffnungen der feinen Adern.«

»Der Schorf!«, erinnerte sich Hal. »Es bildet sich Schorf. Wenn man ihn zu früh abkratzt, fängt es wieder an zu bluten, bis sich neuer Schorf gebildet hat.«

»Richtig. Und warum gerinnt das Blut?«

»Hm, wahrscheinlich kann es die Luft nicht vertragen.«

»Dann würde die Lunge schnell zu einem Klumpen gerinnen. Nein, so einfach liegen die Dinge nicht. Das Blut gerinnt, weil sich in ihm ein besonderer Stoff befindet, der unter bestimmten Umständen das Gerinnen verursacht. Dieser eigenartige und natürlich lebenswichtige Bestandteil des Blutes fehlt dem Bluter.«

»Ach?«

Hal blickte bestürzt und ergänzte dann impulsiv:

»Aber dann muss der Mann doch verbluten, wenn man ihm nur die Haut ritzt?«

»So ungefähr«, bestätigte Sun Koh. »Die kleinste Wunde neigt dazu, unaufhörlich zu bluten. Praktisch hilft man sich natürlich damit, dass man solche Wunden verklebt oder abpresst. Trotzdem bleibt auch die kleinste Wunde für den Bluter eine gefährliche Angelegenheit. Du kannst dir wohl vorstellen, dass ein Mann übertrieben vorsichtig wird, wenn er an dieser Krankheit leidet.«

»Der arme Kerl!«, erschrak Hal nachträglich. »Und ich habe ihn für hysterisch gehalten. Ist das eine ansteckende Krankheit?«

»Nein, eine Erbkrankheit. Sie wird von den Eltern auf den Sohn übertragen.«

»Oder auf die Tochter.«

»Eben nicht, wenigstens nicht als offenes Leiden. Nur Männer sind Bluter, niemals Frauen. Immer und immer nur Männer. Die Krankheit ist wie ein Fluch, der ausschließlich über das männliche Geschlecht verhängt wurde.«

»Eigenartig, nicht?«

»Ja, und zwar umso eigenartiger, als es gerade die Frauen sind, die den Fluch weitertragen. Bei ihnen verhält sich das Blut normal, aber sobald sie einen Knaben zur Welt bringen, ist er ein Bluter.«

»Dann dürfen solche Frauen eben nicht heiraten.«

Sun Koh hob die Schultern.

»Das sagt sich leicht. Es gibt kein Merkmal, an dem man solche Frauen erkennt. Unter Umständen kann ja Generationen hindurch in einer Familie kein Bluterfall auftreten, nämlich wenn die Männer gesund sind und nur Mädchen geboren werden. Es ist durchaus denkbar, dass ein Mann ein Mädchen heiratet, das kerngesund ist und aus einer Familie stammt, in der hundert Jahre lang keine ernste Krankheit aufgetreten ist. Trägt sie aber den Fluch in sich und gebiert einen Knaben, so wird er unweigerlich mit der furchtbaren Krankheit behaftet sein. Sie wirkt sich eben nur im männlichen Geschlecht aus, während sie von den Frauen verborgen weitergetragen wird.«

»Scheußlich, was es alles gibt«, murmelte Hal bedrückt. »Ich werde mich natürlich bei Mr. Tuppershot entschuldigen.«

»Tue das«, nickte Sun Koh.

Das Sanatorium von Professor Morawe lag am Rande der Stadt inmitten einer zauberhaften Parkanlage, wie man sie nur in Kalifornien finden kann. Es besaß keinerlei Ähnlichkeit mit einem Krankenhaus, sondern konnte als die Villa eines Millionärs gelten. Die Patienten, die sich hier aufhielten, wollten nicht in einem Krankenhaus leben und besaßen das Geld, die hohen Rechnungen zu begleichen, die ihnen vorgelegt wurden. Es waren vor allem Leute, die es mit den Nerven hatten oder sich durch Frischzellen und andere Mittel etwas von der Jugend zurückgewinnen wollten, die sie darüber verloren hatten, dass sie das Geld verdient hatten, um sich eine Kur bei Morawe leisten zu können.

Professor Morawe ließ seine beiden Besucher nicht warten. Er begrüßte Rickers freundschaftlich und ließ sich Sun Koh vorstellen, wobei er nur schlecht sein Interesse und seine Überraschung verbergen konnte. Er war überhaupt einer jener Menschen, deren Gefühlsregungen sich dicht unter der Haut abspielen.

»Sie haben sich lange nicht sehen lassen, mein Lieber«, schalt er Rickers freundschaftlich. »Wieder ein bisschen in der Welt herumgeflogen, nicht? Nun ja, wenn man jung ist. Wie war's?«

»Später einmal«, wehrte Rickers ab. »Wir kommen wegen Miss Martini. Mr. Sun Koh möchte sie gern sehen und sprechen.«

Morawe streckte sich vor Überraschung.

»Miss Martini? Wieso? Miss Martini ist doch nicht mehr bei mir!«

»Was?«

Sun Koh ruckte, als wollte er auf den Professor zuspringen. Er hielt sich jedoch zurück. Sein Gesicht verschloss sich.

»Was?«, fragte dafür Rickers bestürzt. »Sie ist nicht mehr hier? Soll das ein Scherz sein oder?«

»Aber – aber …?«, stotterte Morawe. »Es ist doch so? Ich denke, Sie sind unterrichtet? Die Tante von Miss Martini sagte mir, dass …«

»Miss Martini hat keine Tante«, warf Sun Koh tonlos ein.

Morawe zuckte zu ihm herum und hob beide Hände. Seine Stimme klang hitzig. »Aber bitte – sie hat eine Tante. Sie war hier. Ich habe doch mit ihr gesprochen. Ich hätte doch niemals …?«

»Sie sprachen mit einer Betrügerin«, unterbrach Sun Koh abermals. »Ich weiß mit Sicherheit, dass Miss Martini keine Tante besitzt.«

»Unmöglich!«

Morawe tastete nach der nächsten Sessellehne und hielt sich fest. Nach einer Pause ächzte er:

»Das – das wäre ungeheuerlich. Sie wollen sagen, dass Miss Martini durch eine nicht autorisierte Person entführt wurde? Aus meinem Sanatorium? Unfassbar! Das kann doch nur ein Missverständnis sein – ja, sicher ein Missverständnis. Die Tante war doch …«

»Bitte sagen Sie mir, was vorgefallen ist«, bat Sun Koh beherrscht und nur der matte Klang seiner Stimme verriet, wie tief er getroffen war. Morawe wischte sich Schweiß von der Stirn. Es gab keinen Zweifel, dass er ernsthaft verstört war.

»Ja, ja, gewiss«, beeilte er sich. »Ich bitte um Entschuldigung, aber schon der bloße Verdacht, dass einer meiner Patienten – ja, also das war vor vier Tagen, als sich die Dame bei mir melden ließ. Sie nannte sich Mrs. Weltham und wies sich auf diesen Namen aus. Bitte, sie war wirklich eine Dame, nicht irgendeine fragwürdige Person. Ich glaube immerhin, das beurteilen zu können. Eine Dame vom Scheitel bis zur Sohle und in jeder Nuance. So kann das auch die beste Schauspielerin nicht spielen. Sie stellte sich als Tante von Miss Martini vor. Deren Mutter sei ihre Schwester gewesen. Ihr Aufenthalt in Europa hätte sich verzögert, sodass sie erst jetzt vom Verschwinden und Wiederauftauchen ihrer Nichte gehört hätte. Sie wollte nunmehr ihre Nichte zu sich nehmen. Das schien mir – hm, nur recht und billig zu sein. Und überhaupt – welcher Grund sollte vorliegen, die junge Dame zu entführen?«

»Sie rechneten gar nicht damit?«

»Natürlich nicht«, gab Morawe bedrückt zu. »Wie konnte ich? Es gab einfach keinen Anlass zu irgendwelchem Misstrauen. Nicht einmal Miss Martini zweifelte daran, ihre Tante vor sich zu haben. Ich war dabei, als sie sich begegneten, und ich hoffte insgeheim, es würde günstige Wirkungen auf das Gedächtnis der jungen Dame haben. Es verlief alles ganz natürlich. Mrs. Weltham umarmte Miss Martini herzlich und freute sich offensichtlich, ihre Nichte wiederzuhaben. Miss Martini – nun, sie war unsicher und ich will nicht sagen, dass sie ihre Tante erkannte, aber dann schien sie doch von der Verwandtschaft überzeugt zu sein. Die beiden Damen unterhielten sich und Miss Martini entschloss sich, die Einladung ihrer Tante anzunehmen. Was konnte ich dagegen tun? Bitte, es muss sich wirklich um ein Missverständnis handeln, das sich schnell klären wird. Wir brauchen ja nur – ich habe mir die Adresse und die Telefonnummer aufgeschrieben – einen Moment bitte ...?«

Er suchte auf seinem Terminkalender nach der Notiz, fand sie und begann zu telefonieren. Unter der angegebenen Nummer und Adresse meldete sich ein Stellenvermittler für Hauspersonal, der bisher nie von einer Mrs. Weltham oder Miss Martini gehört hatte.

Professor Morawe nahm es gebrochen zur Kenntnis. Joan Martini war von einer unbekannten Frau aus unbekannten Gründen entführt worden.

Sun Koh fragte nach vielen Einzelheiten, ohne dabei viel gewinnen zu können. Er verabschiedete sich schließlich mit dem Bewusstsein, praktisch nicht den geringsten Hinweis auf das Schicksal Joan Martinis zu besitzen.

Als er eine Stunde später das Hotel in Begleitung Hals wieder betrat – Rickers hatte sich verabschiedet und Nimba parkte den Wagen – fasste ihn Hal beim Arm und wies mit einer Kopfbewegung in eine Ecke der Halle.

»Dort drüben sitzt Mr. Tuppershot, Herr. Ich komme gleich nach. Ich will mich bloß bei ihm entschuldigen.«

»Überlass das mir«, sagte Sun Koh geistesabwesend, denn seine Gedanken suchten nach Joan Martini. »Du wirst ihn sonst nur wieder erschrecken.«

Tuppershot erschrak schon, als er die beiden geradewegs auf sich zukommen sah. In seinen Augen flackerte Misstrauen und Angst. Er sah aus, als wollte er am liebsten aufspringen und davonlaufen. Er verlor die Unruhe jedoch, als er in die Augen Sun Kohs sah.

»Sie hatten vorhin einen kleinen Zusammenstoß mit meinem Begleiter«, sagte Sun Koh beruhigend. »Wir möchten Sie nur um Entschuldigung bitten. Sun Koh ist mein Name, und das ist Hal Mervin. Er wusste nicht, wie es um Ihre Gesundheit steht.«

Tuppershot atmete auf und wies auf die anderen Sessel am Tisch.

»Tuppershot. Die Sache war natürlich nicht der Rede wert, aber ich bin mit meinen Nerven ziemlich fertig. Bitte nehmen Sie Platz. Sie wissen, dass ich ein Bluter bin?«

»Ja«, nickte Sun Koh, während sie sich in den Sesseln niederließen. »Eine schreckliche Krankheit.«

»Wem sagen Sie das?«, seufzte Tuppershot. »Wer sie nicht hat, weiß nicht, was ihm erspart bleibt. Wir Bluter sind verflucht und wissen nicht, warum. Nur die Legende weiß es.«

»Die Legende?«

»Ja. Sie geht fast zweitausend Jahre zurück. Ich will Ihnen sagen, was sie erzählt: In jenen Stunden, in denen man Christus die Dornenkrone aufdrückte und ihn geißelte, trat auch ein Liebespaar an den Gemarterten heran. Der fing einen der Blutstropfen, die von der Stirn des Heilandes zur Erde fielen, mit seinen Fingern auf. Dabei lachte und höhnte er, dieser Jesus sei eigentlich zu beneiden, weil er unentgeltlich zur Ader gelassen werde. Dann tupfte er mit seinen blutigen Fingern auf die Wange des Mädchens, zeichnete sie mit dem heiligen Blut und sprach einen unflätigen Witz, über den beide lachten. Da hob Jesus die Lider und blickte die beiden lange traurig und ernst an. Sie wurden darauf still und bleich und gingen davon. Kurze Zeit darauf wurden sie Mann und Frau. Die Frau gebar sieben Kinder, zwei Knaben und fünf Mädchen. Die beiden Knaben waren die ersten Bluter und starben jung. Die

Mädchen aber vererbten die Krankheit in kommende Geschlechter. – Das ist die Legende, mein Herr. Die medizinische Wissenschaft sagt nüchterner, dass uns ein bestimmter Stoff im Blut fehlt, der das Gerinnen bedingt.«

»Das ist nur eine negative Feststellung, die Ihnen nicht viel nützen wird.« Tuppershot hob die Schultern und ließ sie wieder sinken.

»Nun, man weiß natürlich schon einiges mehr. Es gibt immerhin einige Mediziner, die sich intensiv mit dem Problem beschäftigen. Oberflächlich gesehen scheint es zunächst an den Wanderzellen zu liegen. Sie wissen ja wohl, dass in unserem Blut verschiedene Arten von Blutzellen enthalten sind. Da gibt es zunächst die sogenannten roten Blutkörperchen – ungefähr fünf Millionen auf einen Fingerhut Blut – dann in bedeutend geringerer Zahl die Blutplättchen und schließlich mit nur einigen Tausend pro Kubikzentimeter die weißen Blutkörperchen oder Wanderzellen. In diesen weißen Blutkörperchen steckt der Stoff, der das Blut zum Gerinnen bringt, falls es aus einer Wunde ausfließt.«

»Warum wirkt er nicht, wenn keine Wunde vorliegt?«

»Darüber sind sich die Gelehrten nicht ganz einig. Der eine sieht hier ein schwieriges Problem, der andere hat eine einfache Lösung zur Hand. Tatsache ist, dass das Blut beispielsweise in einem gut gefetteten Glasbehäl-ter oder in einem Behälter aus Bernstein kaum gerinnt, während es in einem Holzgefäß schnell gerinnt. Man möchte daraus schließen, dass die Wanderzellen sehr leicht verletzlich sind und schon von den Unebenheiten der Wundränder beschädigt werden können. Das ist allerdings kaum mehr als eine bequeme Vermutung. Wahrscheinlich spielen noch andere, schwer fassbare Einflüsse chemischer und elektrischer Natur mit. Jedenfalls sondern diese Wanderzellen den Saft ab, der das Blut zum Gerinnen bringt.«

»Ein gefährlicher Saft.«

»Gewiss, aber die Natur hat genügend Sicherungen eingebaut, die ihn unter normalen Verhältnissen neutralisieren. Das Gerinnen erfolgt auf die Weise, dass sich in der eigentlichen Blutflüssigkeit mikroskopisch feine Fasern bilden, die sich mit den Blutzellen zu einem dicken Brei verfilzen. Dadurch wird die restliche Blutflüssigkeit wasserhell und klar, ergibt also das übliche Serum. Die genauere Untersuchung hat nun gezeigt, dass die aus der verletzten Wanderzelle stammende Flüssigkeit allein nicht ausreicht, um die

Fasern entstehen zu lassen. Die Flüssigkeit muss sich erst noch mit einem anderen Blutstoff verbinden, sodass ein neuer Zwischenstoff entsteht. Dieser ist es, der die Fasern entstehen lässt und das Blut zum Gerinnen bringt.«

»Schwierig«, sagte Sun Koh nachdenklich. »Die Reingewinnung dieser Stoffe würde natürlich auch nichts nützen. Man kann sie nicht einfach einspritzen. Sie würden den gesamten Blutkreislauf zum Gerinnen bringen.«

Tuppershot lächelte trübselig.

»So ist es. So geht es nicht. Man muss sich vielmehr die Frage stellen, warum bei den Blutern diese Stoffe fehlen oder nicht aktiviert werden können. Sie führt natürlich sofort zu der Feststellung, dass die Bluterkrankheit eine spezifisch männliche Krankheit ist, aber in der Erbanlage auch von den Frauen weitergegeben wird. Sie steckt also im männlichen wie im weiblichen Organismus, kommt aber bei der Frau nicht zum Ausbruch. Warum? Nun, man kann vermuten, dass der weibliche Organismus einen Gegenstoff erzeugt, der die Bluterkrankheit verhindert, also das Blut normal reagieren lässt. Dieser Stoff muss etwas ausgesprochen weibliches sein, das dem Mann von Natur aus fehlt und bei ihm völlig ausfallen kann. Dabei kann es sich aber praktisch nur um das Keimdrüsenhormon oder einen Nebenstoff handeln.«

»Müssten dann nicht alle Männer Bluter sein?«

»Durchaus nicht, mein Herr. In jedem normalen Menschen sind die Keimdrüsen doppelt angelegt, sodass also beide Hormone vorhanden sind. Natürlich ist die eine Anlage je nach dem Geschlecht stark entwickelt, während die andere zurückgeblieben ist, aber vorhanden und wirksam ist auch diese. Sobald das weibliche Keimdrüsenhormon jedoch gänzlich ausfällt, gibt es schwere Störungen wie die Bluterkrankheit. Die Beziehungen sind noch nicht restlos geklärt, aber im Prinzip scheint es so zu sein.

Man weiß nur noch nicht, an welchen Zwischenstoff die Wirkung gebunden ist.«

»Also praktisch immer noch keine Heilungsmöglichkeit?«

»Hm, das will ich nicht sagen«, antworte Tuppershot zögernd. »Jedes Jahr bringt Fortschritte. Ich habe gerade dieser Tage die Anschrift eines englischen Arztes erhalten, der sich speziell mit der Bluterkrankheit befasst und dem es gelungen sein soll, in fast allen Fällen die Ausheilung zu erreichen.

Ich fliege nach England, sobald hier meine geschäftlichen Angelegenheiten geregelt sind. Vielleicht habe ich Glück. Lady Houston, die den Arzt persönlich kennt, war sicher, dass ...«

Sun Koh beugte sich hastig vor, während Hal vor Überraschung Augen und Mund aufriss.

»Wer bitte?«

»Wieso?«, fragte Tuppershot verwirrt zurück, weil ihm der Faden gerissen war.

»Sie sprachen von Lady Houston?«

»Ja, ganz recht. Sie gab mir die Adresse des ...«

»Hier?«

»Aber nein. Es handelt sich um einen englischen Arzt, und ...«

»Lady Houston gab Ihnen die Anschrift hier in San Franzisco?«

»Allerdings«, nickte Tuppershot mit einiger Zurückhaltung. Man sah ihm an, dass ihm seine Gesprächspartner nicht mehr ganz geheuer waren.

Sun Koh und Hal tauschten einen Blick aus.

»Kein Wunder!«, murmelte Hal.

Sun Koh wandte sich wieder an Tuppershot. Er beherrschte sich, um Tuppershot nicht noch stärker zu verwirren.

»Entschuldigen Sie unsere Überraschung, Mr. Tuppershot. Ich dachte, Lady Houston wäre Engländerin und wohnte in England.«

»Sie kennen sie?«

»Ja, falls es nicht zwei Personen mit diesem Namen gibt.«

»Aber, mein Herr«, protestierte Tuppershot. »Das dürfen wir wohl ausschließen. Ich kenne Lady Houston seit einer Reihe von Jahren. Sie müssen wissen, dass ich Makler bin. Ich habe ihr das Haus vermittelt, in dem sie wohnt, wenn sie sich hier aufhält.«

»Ausgezeichnet«, sagte Sun Koh verbindlich. »Dann können Sie mir die Anschrift sagen. Ich möchte ihr gern einen Besuch machen.«

»Aber gern. 16 Paterson Drive. Wenn Sie sich's notieren wollen ...?«

Sun Koh wehrte den Schreibstift ab.

»Danke, das kann ich mir merken. Wie geht es Lady Houston? Sie haben sie in den letzten Tagen gesprochen?«

»Oh, erst vor drei, vier Tagen«, erwärmte sich Tuppershot. »Es geht ihr ausgezeichnet. Eine bezaubernde Frau! Wirklich bezaubernd!«

Sun Koh widersprach nicht, sondern führte die Unterhaltung höflich noch ein Stück weiter, bis er sich unauffällig verabschieden konnte. Tuppershot ahnte wohl kaum, welchen Dienst er ihm geleistet hatte.

Lady Houston befand sich in der Stadt. Die Beschreibung, die Professor Morawe von der angeblichen Tante gegeben hatte, traf genau auf sie zu. Lady Houston hatte Joan Martini entführt. Schwer war es nicht gefallen. Die Zeitungen hatten unter voller Namensnennung von ihrem Schicksal berichtet. Und Lady Houston hasste Joan Martini als glückliche Nebenbuhlerin.

16 Paterson Drive war mehr als ein Haus. Es war eine dieser parkumgebenen Besitzungen, die sich nur Leute vom Millionär aufwärts leisten konnten und in denen von der umfangreichen Hausbar bis zum Swimmingpool alles zu finden war, was ein moderner Architekt für lebensnotwendig hielt.

Der Diener, der die Glastür an der Auffahrt öffnete, war ein geschulter Mann. Er prüfte mit einem Blick die Erscheinung Sun Kohs und das Zubehör – Nimba machte sich wieder einmal sehr repräsentativ am Steuer des teuren Wagens – dann gab er den Weg frei. Wenige Minuten später führte er Sun Koh aus der Halle nach oben. Lady Houston empfing ihn in einem kleinen, netten Wohnraum.

Sie hatte sich nicht verändert. Sie war noch die gleiche schwarzhaarige Schönheit, deren körperliche Vorzüge nicht darüber hinwegtäuschen konnten, wie kalt und herrisch sie ihrem Wesen nach war.

Sie gab sich Mühe. Sie empfing Sun Koh mit hinreißender Liebenswürdigkeit, ganz große Dame und zugleich ganz Frau, die sich ihrer Schönheit bewusst ist. Sie legte es darauf an, ihn zu fesseln. Sie lockte unaufhörlich und plauderte dabei von hundert nichtigen Dingen, die alles betrafen, nur nicht das Schicksal Joan Martinis. Es war geradezu erstaunlich, wie unbefangen sie sich gab. Sie schien alles vergessen zu haben, was in der Vergangenheit geschehen war, und verhielt sich, als hätte es nie eine Spannung gegeben.

Sun Koh ließ sie höflich eine Weile gewähren. Ihre Anstrengungen prallten an ihm ab. Alle Schönheit dieser Frau ließ ihn so kalt wie ihr Gerede. Er nahm ihren Wortschwall hin, bis er glaubte, genug für die gesellschaftliche Üblichkeit getan zu haben. Dann fragte er kühl in ihre leere Plauderei hinein:

»Wo befindet sich eigentlich Miss Martini, Lady Houston?«

Sie hatte sich auf diese Frage gewappnet. Sie zuckte nicht einmal zusammen. Sie brachte es sogar fertig, auf ihrem Gesicht Befremden über die plötzliche Unterbrechung auszudrücken.

»Miss Martini?«, suchte sie in ihrer Erinnerung, während sie die Brauen hochzog. »Wer ist das? Martini? Ah, richtig, das war doch dieses Mädchen aus London, für das Sie sich eine Zeit lang interessierten. Oder irre ich mich?«

Sun Koh lächelte sarkastisch. Diese Reaktion hatte sie wirklich ausgezeichnet trainiert.

»Sie irren sich nicht. Sie sind nur nicht genau unterrichtet. Ich interessiere mich nämlich noch heute für Miss Martini und werde sie eines Tages bitten, meine Frau zu werden.«

In ihren dunklen Augen funkelte es kurz auf, aber sonst verriet nichts die wahre Stimmung der Lady. Sie beherrschte sich meisterhaft.

»Wie reizend!«, quittierte sie mit einem amüsierten Lächeln. »Da wird sich die Kleine aber freuen. Eine gute Versorgung ist immerhin etwas wert. Meinen herzlichen Glückwunsch. Es ist immer nett, wenn sich ein Mann die Liebe etwas kosten lässt. Frauen dieser Art sind zwar auch ohne Heirat nicht unzugänglich, aber …«

»Bitte keine Geständnisse«, unterbrach Sun Koh trocken. »Sie wollten mir sagen, wo sich Miss Martini gegenwärtig aufhält.«

Lady Houston spielte großes Erstaunen.

»Ich? Aber ich bitte Sie, mein Lieber. Woher soll ich denn wissen, wo sich Ihre Auserwählte befindet? Ist sie Ihnen durchgebrannt? Wie leichtsinnig, so etwas noch vor der Eheschließung zu tun!«

Sun Koh fixierte sie.

»Miss Martini befand sich im Sanatorium Morawe. Sie wurde vor einigen Tagen von einer angeblichen Tante abgeholt und entführt.«

Lady Houston ließ sich nicht befangen machen. Sie lächelte amüsiert.

»Was Sie nicht sagen? Das klingt ja geradezu romantisch? Vielleicht war diese angebliche Tante ihr Liebhaber?«

»Lady Houston?!«

»Oh, Sie werden sich doch nicht aufregen? So etwas kommt vor. Sie haben mich doch hoffentlich nicht im Verdacht, diese Tante gespielt zu haben?«

»Sie sind als Mrs. Weltham aufgetreten und haben Miss Martini abgeholt.«

Lady Houston lachte hell auf.

»Köstlich, mein Lieber. Das klingt geradezu, als ob Sie es ernst meinten. Tatsächlich höre ich aber eben zum ersten Male, dass sich die Kleine in einem Sanatorium befunden hat. Glauben Sie im Ernst, dass ich schnell einmal nach London geflogen bin, um Ihre Freundin zu verschleppen?«

»Die Klinik Morawes befindet sich in San Franzisco.«

»Interessant! Dann sind Sie wohl gar wegen Ihrer kleinen Freundin nach San Franzisco gekommen? Ich dachte, Sie hätten sich meinetwegen bemüht?«

»Wo ist Miss Martini?«

»Oh, fragen Sie das wirklich im Ernst? Aber woher soll ich das wissen?«

»Sie haben Miss Martini abgeholt.«

»Bestimmt nicht, mein Freund. Ich war bis gestern krank und habe das Haus eine Woche lang nicht verlassen. Das wird Ihnen meine Dienerschaft bezeugen.«

»Davon bin ich überzeugt. Ihre Leute werden beschwören, was Sie wünschen.«

Sie lächelte befriedigt.

»Wer wird gleich so schlecht von den Menschen denken? Die Leute werden die Wahrheit beschwören.«

»Professor Morawe wird Sie als Mrs. Weltham identifizieren. Ich werde Sie ihm gegenüberstellen lassen.«

Sie lachte sorglos auf.

»Warum nicht? Er wird zweifellos seinen Irrtum einsehen. Vielleicht eine Doppelgängerin, nicht wahr?«

Sun Koh zog die Brauen zusammen. Lady Houston hatte sich gut gesichert. Tatsächlich war sie im Augenblick kaum angreifbar. Die Aussagen ihrer Angestellten würden sie schützen. Abgesehen davon kam es nicht darauf an, Lady Houston ins Gefängnis zu bringen, sondern von ihr zu erfahren, wo sich Joan Martini befand. Und darauf war kaum zu hoffen.

Seine Augen fingen die dunklen Augen der Frau. Sie wollte nicht sprechen, aber vielleicht sprach sie unter einem hypnotischen Bann.

Sie hielt dem Blick eine ganze Weile stand, dann lachte sie schrill auf.

»Vergebliche Mühe, mein Lieber. Sie brauchen mich nicht so anzustarren. Ich habe mich ein für alle Mal gegen hypnotische Einflüsse fest machen lassen. Schade, nicht?«

Sun Koh nahm den Hohn hin. Er hatte bereits den Widerstand gespürt. Diese Frau war eben mit allen Wassern gewaschen.

»Schade«, bestätigte er ruhig, während er sich erhob. »Ich hätte gern mehr von Ihnen erfahren, als Sie mir verraten wollen.«

»Pfui!«, lächelte sie niederträchtig. »Sie wollen doch nicht etwa in meine geheimsten Gefühle eindringen?«

»Durchaus nicht«, erwiderte er kalt, »Ich möchte nur wissen, wohin Sie Miss Martini verschleppt haben. Sie erlauben, dass ich mich jetzt verabschiede?«

»Schon?«, dehnte sie spöttisch. »Nun gut, aber nur unter der Bedingung, dass Sie sich häufiger hier sehen lassen. Sie dürfen mir sogar über Ihre weiteren Erfolge bei der Suche nach Ihrer kleinen Freundin berichten.«

»Wie selbstlos!«

»Oh, nicht selbstlos«, lächelte sie verführerisch. »Früher oder später hoffe ich, Sie in Ihrem Kummer trösten zu können.«

»Sie sind rührend, Lady Houston«, quittierte er beißend und ging zur Tür.

Eine Stunde später saß Sun Koh im Polizeipräsidium einem Detektiv-Inspektor gegenüber, den er bei einer früheren Gelegenheit kennengelernt hatte. Er war entschlossen, nichts außer Acht zu lassen, was zur schnellen Auffindung Joan Martinis führen konnte, und die Polizei besaß die Organisation wie die Erfahrung für solche Fälle.

Inspektor Raton hörte ihm aufmerksam zu und machte sich einige Notizen, sah aber nicht übermäßig zuversichtlich aus.

»Wir werden selbstverständlich alles tun, was in unseren Kräften steht«, versicherte er. »Unsere Maschinerie wird für Sie arbeiten. Freilich – allzu große Hoffnungen darf ich Ihnen nicht machen. Unsere Befugnisse enden am Rande der Stadt, und unsere Möglichkeiten sind beschränkter, als der Außenstehende glaubt.«

»Besonders in diesem Falle, nicht wahr?«

»Eben das meinte ich«, nickte der Inspektor. »Eine Frau hat sich als Tante ausgegeben und Miss Martini abgeholt. Kein Mord, kein Lärm, alles ganz einfach und unauffällig. Miss Martini ist sogar freiwillig mitgegangen. Wir werden eine Gegenüberstellung vornehmen, aber sie nützt nichts, wenn das Personal der Lady dabei bleibt, dass sie in der fraglichen Zeit das Haus nicht verlassen hat. Keine Handhabe. Ich bekomme unter diesen Umständen nicht einmal eine Genehmigung zur Hausdurchsuchung.«

»Sie wird ohnehin überflüssig sein. Lady Houston hält die junge Dame bestimmt nicht in ihrem Hause versteckt. Dazu ist sie zu klug.«

Der Inspektor nickte einige Male bedenklich.

»Da haben Sie es. Und wenn Miss Martini in eine andere Stadt oder gar in einen anderen Staat verschleppt wurde, können wir uns totsuchen. Es bleibt allenfalls, Lady Houston zu überwachen und zu hoffen, dass irgendwann eine Verbindung zu der Verschwundenen zutage tritt.«

Das war ein sehr schwacher Trost, aber Sun Koh musste sich damit zufrieden geben. Er nahm ihn umso leichter hin, als er ohnehin nicht geneigt war, sich auf die Polizei allein zu verlassen.

Andererseits hegte er keine Illusionen. Selbst wenn er alles einsetzte, was ihm zur Verfügung stand, war die Aussicht, Joan Martini zu finden, denkbar gering. Sie konnte sich drei Häuser weiter in irgendeiner Wohnung befinden, aber ebensogut durch die halbe Erde von ihm getrennt sein und in einem weltentlegenen Winkel verborgen gehalten werden. Und es war nicht einmal sicher, ob sie noch lebte. Lady Houston war zu allem fähig.

Die Tage vergingen.

Joan Martini blieb verschwunden.

Lady Houston hielt sich dauernd in San Franzisco auf und verbrachte die Tage nicht anders, als man von einer Frau ihrer Art erwarten konnte. Nichts deutete darauf hin, dass sie ein schlechtes Gewissen besaß, nichts verriet, dass sie das junge Mädchen irgendwo verborgen, hielt.

Raton stellte sie anfänglich unter scharfe polizeiliche Bewachung, aber auf Suns Bitte hin gab er diese bald auf. Man musste der Lady einen gewissen Spielraum geben, dann bestand mehr Hoffnung, dass sie einen Fehler beging und durch ihr Verhalten einen Hinweis auf den Aufenthaltsort der Verschwundenen gab. Dass sie wusste, wo sich Joan Martini befand, stand außer jedem Zweifel. Professor Morawe schwor mit voller Überzeugung, dass jene Frau als Lady Weltham bei ihm aufgetreten sei. Das nützte allerdings nicht viel.

Raton suchte ihren Landsitz bei Los Angeles auf und verhörte dort das Dienstpersonal. Wie nicht anders zu erwarten, wurde ihm bezeugt, dass die Lady in der fraglichen Zeit anwesend sei. Sie sei noch leidend gewesen und habe ihr Zimmer kaum verlassen. Bei dieser Aussage blieben die Leute auch im schärfsten Verhör. Die meisten wussten es wohl überhaupt nicht anders und einige, auf die es ankam, waren gut angewiesen worden. Jedenfalls kehrte der Inspektor erfolglos zurück.

Sun Koh, Hal Mervin und Nimba befanden sich dauernd unterwegs. Einesteils halfen sie, die Lady zu überwachen, andernteils gingen sie auch der geringsten Möglichkeit nach, um auch ohne die Lady eine Spur der Verschwundenen zu finden. Rickers und Rob, die bereits nach zwei Tagen Freunde waren, halfen dabei. Außerdem hatte Raton zwei geeignete Leute, die Geschick und Auftreten besaßen, zur Verfügung gestellt.

Acht Tage vergingen ergebnislos.

Eines Nachmittags saß Lady Houston in der belebten Hotelhalle und vertrieb sich die Zeit dabei, die durchgehenden Gäste zu beobachten. Nicht weit von ihr lag ein Kriminalbeamter, der in der Rolle eines reichen Kanadiers seit einigen Tagen Gast des Hotels war, in einem Klubsessel und las genießerisch seine Zeitung. Um ihn kümmerte sich die Lady am allerwenigsten. Es war nur nicht klar, ob es deswegen geschah, weil sie ihn für harmlos hielt oder weil sie seine Rolle durchschaut hatte.

Von dem Office aus steuerte ein Boy auf den Tisch der Lady zu und überreichte ein Telegramm. Die Lady öffnete es und überlas es, dann legte sie den Zettel neben ihr Gedeck auf den Tisch.

Der Beamte faltete seine Zeitung zusammen, erhob sich und ging nach hinten. Am Zugang zu den Wirtschaftsräumen erwischte er den Kellner, der die Lady zu bedienen hatte.

»Hallo, einen Augenblick«, hielt er ihn an.

»Bitte?«

»Sie bedienen den Tisch vor der zweiten Säule, nicht wahr?«

»Lady Houston? Gewiss.«

»Sie hat eben ein Telegramm erhalten. Ich lege den größten Wert darauf, Text und Aufgabeort zu erfahren.«

Der Keller versteifte sich.

»Aber – diese Zumutung – es ist ausgeschlossen!«

Der Beamte klappte seinen Kragen herum.

»Kriminalpolizei. Sie werden tun, was ich anordne.«

»Aber – ich denke – Sie sind …?«

»Denken Sie nicht«, riet der Beamte freundlich. »Sollte ein Mensch durch Sie erfahren, dass ich zur Polizei gehöre, können Sie etwas erleben. Also ich möchte den Inhalt des Telegramms erfahren.«

»Ja, aber, ich kann es doch nicht einfach wegnehmen?«

»Sollen Sie auch nicht. Es genügt, wenn Sie hineinsehen.«

»Ja, aber, wie soll ich denn …«

Der Beamte wurde ungeduldig.

»Die lieber Himmel, stellen Sie sich nicht so ungeschickt an. Sie gehen einfach an den Tisch und wischen aus Versehen den Zettel herunter. Während Sie ihn mit Entschuldigung wieder aufheben, klappen sie ihn schnell auseinander und werfen einen Blick hinein. Das fällt überhaupt nicht auf.«

»Und wenn es auffällt?«

»Dann haben Sie eben ganz gedankenlos gehandelt und entschuldigen sich deswegen.«

»Aber ich kann doch nicht einfach an den Tisch herantreten? Die Lady hat augenblicklich nichts bestellt.«

Der andere schüttelte den Kopf.

»Wie kann man sich so dumm anstellen? Nehmen Sie doch einfach den Aschenbecher zum Ausleeren.«

»Hm, das geht, das geht allerdings.«

»Na also. Prägen Sie sich den Wortlaut gut ein, ich werde mir nachher von Ihnen Bescheid holen. Und – damit Sie Ihren Spaß dabei haben – Es gibt hundert Dollar, wenn Sie die kleine Sache geschickt erledigen.«

»Ich werde es versuchen.«

Der falsche Kanadier schlenderte an seinen Platz zurück und vertiefte sich von neuem in seine Zeitung. Eine Kleinigkeit später handelte der Kellner. Er sah etwas blass aus, zeigte aber allerlei Geschick. Es wirkte vollkommen natürlich, als er das Blatt herunterstreifte. Und als er beim Aufheben einen schnellen Blick hineinwarf, fiel es weder der Lady noch sonst jemandem in der Umgebung auf.

Lady Houston steckte zwar das Formular dann gleich weg, aber das brauchte noch lange kein Beweis dafür zu sein, dass sie Verdacht geschöpft hatte.

Minuten später stand der Beamte wieder mit dem Kellner zusammen und erfuhr, dass das Telegramm in Vancouver aufgegeben worden sei und keine Unterschrift besessen habe. Der Inhalt hatte gelautet:

»Auftrag erledigt Stopp eintreffe morgen.«

»Jetzt geht es los«, freute sich Hal Mervin, als der Beamte die Neuigkeit weitergab. »Vielleicht ist es der Mann, der Miss Martini fortgebracht hat. Er kommt nun zurück, und wir brauchen nichts anderes zu tun, als ihn abzufangen und auszufragen.«

Sun Koh blieb jedoch nachdenklich.

»Hoffentlich. Nur – Lady Houston ist eigentlich keine Frau, die aus Versehen so schwerwiegende Fehler begeht. Sie hat das Telegramm lange neben sich liegen gehabt, anstatt es gleich wegzustecken. Das kommt mir bald wie Absicht vor. Vielleicht will sie uns gerade dadurch täuschen.«

»Dann hätte sie wissen müssen, dass sie beobachtet wird.«

»Sie wird nicht viel Scharfsinn brauchen, um eine Beobachtung vorauszusetzen. Nun, wir müssen abwarten. Auf alle Fälle wollen wir morgen die Augen ganz besonders offen halten.«

So saßen denn am nächsten Tage Nimba und Hal, die gerade an der Reihe waren, fahrbereit in einem Wagen unweit des Hoteleingangs, als Lady Houston in der frühen Nachmittagsstunde heraustrat und in ihren vorfahrenden Wagen stieg. Die beiden folgten unverzüglich.

Die Lady schien nur spazieren fahren zu wollen, denn sie ließ sich planlos in ruhigem Tempo durch die verschiedenen Alleen fahren, ohne dass man ein besonderes Ziel erkennen konnte.

Doch dann verschärfte der Wagen sein Tempo, nahm hart die Kurven und ging, soweit es der Verkehr erlaubte, auf immer höhere Geschwindigkeit. Nimba hielt unentwegt die Verbindung. Er war ein guter Fahrer und hatte Glück, dass er nicht durch ein Verkehrszeichen abgetrennt wurde.

Plötzlich stoppte der vordere Wagen scharf ab und hielt dicht am Bordsteig. Ein Chinese trat heran, wechselte Worte mit der Lady und ging dann auf einen anderen Wagen zu.

»Was nun?«, knurrte Nimba. »Der Chinese ist sicher ein wichtiger Mann der Lady, den man nicht aus den Augen lassen dürfte. Aber die Lady können wir auch nicht allein weiterfahren lassen?«

Hal öffnete schon den Schlag.

»Wir sind ja zwei Mann. Nimm du den Chinesen, ich folge der Lady weiter. Dort kommt gerade eine Taxe. Hallo!«

Kurz darauf fuhren sie getrennt weiter. Hal hielt sich an die Frau, Nimba an den Chinesen.

Nimba fuhr langsam in geringem Abstand hinter dem Wagen, in dem der Chinese saß, her. Der Mann hatte anscheinend viel Zeit. Es stand bald außer Zweifel, dass das Ziel in der Chinesenstadt lag.

Das Chinesenviertel in San Franzisco unterscheidet sich äußerlich weniger von andern Vierteln, als das in anderen Weltstädten der Fall ist. Das mag einesteils daran liegen, dass die gerade hier sehr starke Chineseninvasion vor Erlass der Einwanderungsbill die Weißen aus ganzen Straßenzügen herausgedrängt hat; der Hauptgrund ist aber wohl in der Katastrophe von 1906 zu suchen. Damals wurde die Stadt fast restlos vernichtet und dann ganz neu und unter leidlichen Baugesetzen aufgebaut.

So merkte denn Nimba zunächst nur an den Gesichtern der Passanten und an den Schildern der Läden, dass er sich bereits im Vorort Asiens befand. Er dachte unwillkürlich an Kanton, an jene chinesische Millionenstadt, in deren engem Gassengewirr er sich einmal herumgeschlagen hatte. Wie leicht war es da hier, seinen Mann im Auge zu behalten.

Jetzt hielt der vordere Wagen. Der Chinese stieg aus und verschwand in einer Gasse, die fadendünn von der Hauptstraße abzweigte. Wohl oder übel kletterte Nimba ebenfalls heraus und folgte.

Sobald er die Ecke hinter sich hatte, fühlte er sich in China. Die Gasse war typisch chinesisch, das bewies ihm nicht nur sein Auge, sondern auch seine Nase.

Die Gasse stieß hundert Meter weiter unten gegen eine Backsteinmauer und endete dort scheinbar. Nimba hielt sich zurück, da er erwartete, der Chinese würde in einem der Häuser verschwinden. Übrigens blickte er sich nicht um und kümmerte sich nicht darum, dass er verfolge wurde, obgleich er bisher genügend Gelegenheit gehabt hatte, von Nimbas Anwesenheit Kenntnis zu nehmen.

Der Schlitzäugige betrat kein Haus, sondern bog kurz vor der Mauer scharf ab. Nun folgte Nimba in weiten Sprüngen. Die Gasse machte hier unten einen scharfen Knick und nahm erst nach zwanzig Metern ihre ursprüngliche Richtung wieder auf, bog aber nach einer kurzen Strecke wieder links ab.

Nimba folgte seinem Vordermann treulich, bis dieser über einige Kellerstufen hinter einer Tür verschwand. Die Stufen führten offenbar in eine kleine Kneipe hinunter, die vermutlich zur Deckung eines Opiumkellers diente, wie es in diesem Viertel nicht selten der Fall war.

Nimba wusste, dass eine chinesische Kneipe alles andere als eine Stätte des Friedens ist und dass man in dieser Gegend sehr schnell zu einem hinterhältigen Stich kommen konnte, aber er vertraute auf den hellen Tag, auf seine Schnelligkeit und seine Körperkräfte. So entschloss er sich denn ohne langes Zögern, dem Chinesen in die Tiefe zu folgen.

Die Kneipe war das reinste Sonntagsidyll. Ein paar flache Tische und Hocker, Sinnsprüche an den Wänden und ein einziger Gast. Das war der Mann, den er verfolgt hatte.

Nimba ließ sich dicht neben ihm vorsichtig auf einen Hocker nieder. Schon kam ein verhutzelter Chinese aus der hinteren Tür heraus und erkundigte sich höflich nach seinen Wünschen.

»Tee, bitte«, gab Nimba Auskunft, obgleich er schon jetzt entschlossen war, lieber nichts zu sich zu nehmen.

Der Wirt ging ab, Nimba konnte sich der Betrachtung seines Mitgastes widmen.

Die Anteilnahme war durchaus gegenseitig. Der Chinese schielte zu Nimba hin, drehte sich ein Stück herum und bemerkte freundlich:

»Der Tee schmeckt hier wohl recht gut, nicht?«

Nimba wurde plötzlich unsicher. Dieser Chinese sah nicht nur recht harmlos aus, sondern sprach auch so.

»Das müssen Sie doch wissen«, erwiderte er. »Sicher halten Sie sich öfter hier auf als ich.«

Der Chinese schüttelte den Kopf.
»Ich bin zum ersten Mal hier.«
»Ach, und warum?«, stieß Nimba schnell vor.
Der andere grinste.
»Ihretwegen, wenn ich richtig vermute.«
»Das verstehe ich nicht«, zog Nimba die Brauen hoch.
Der Chinese wurde vorsichtiger.
»Hm, dann also doch nicht? Ich dachte nur, Sie wären der Mann, der mich verfolgen würde?«
Nimba beugte sich noch weiter vor. Das Verhalten und die Reden des andern standen völlig im Gegensatz zu dem, was er erwartet hatte. Er verstand noch nicht.
»Wieso? Vielleicht bin ich es doch? Aber wieso kommen Sie auf die Vermutung, und wer sind Sie eigentlich?«
»Ich bin nur Sen«, erwiderte der Chinese bescheiden, »ein Tellerwäscher in einem großen Hotel. Eine feine Dame, die in dem Hotel wohnt, gab mir durch einen Kellner den Auftrag, heute an einer bestimmten Stelle auf sie zu warten. Ich erhielt zwanzig Dollar. Dafür sollte ich dann sofort hierher fahren. Man sagte mir, dass mich vielleicht ein Mann verfolgen würde, aber ich sollte mich nicht darum kümmern, bevor ich nicht hier sitzen würde. Und dann könnte ich wieder nach Hause gehen. Ja, so war es, und als Sie nun hinter mir herkamen, da dachte ich, dass Sie der Mann sein könnten.«
»Sie denken wunderbar«, knurrte Nimba ärgerlich, warf eine Münze auf das Tischchen und eilte fort.
Lady Houston hatte ihn gefoppt. Um des Scherzes willen hatte sie das sicher nicht getan.

*

Hal Mervin kam recht bald zu einer ähnlichen Überzeugung.
Lady Houston führ wieder in gemächlichem Tempo durch die Stadt, sodass die Taxe, in der er saß, leicht folgen konnte. Nach etwa zehn Minuten standen beide Wagen in der Nähe eines großen Kaufhauses. Lady Houston stieg aus und durchschritt das Portal. Hal war sich nicht gleich schlüssig.

Erst als sie schon verschwunden war, fragte er den Fahrer:
»Hat das Kaufhaus etwa mehrere Ausgänge?«
»Ein halbes Dutzend.«
Hal zerrte schleunigst Geld heraus.
»Das hätten Sie mir auch gleich sagen können. Hier.«
Er rannte hinterher, presste sich durch das Gewühl und versuchte, wieder Anschluss zu bekommen. Das Glück schien mit ihm zu sein. Er erspähte die Lady an einem Lift. Bevor er jedoch hinkam, fuhr der Lift nach oben. Hal sauste die Treppen hoch.

Doch nun war es vorbei. Das Kaufhaus besaß fünfzehn Stockwerke, zwanzig Lifts, zehn Treppen und sechs Ausgänge, war in allen sechs Lichthöfen mit Menschen gefüllt und bot keine Möglichkeit der Übersicht. Die Lady hatte ein Dutzend Möglichkeiten auszuweichen.

Hal irrte noch eine Weile herum, dann gab er es auf. Sie war ihm entwischt.

Sie legte also sicher Wert darauf, jetzt nicht beobachtet zu werden.

Sie legte sogar großen Wert darauf.

Während Nimba und Hal von verschiedenen Seiten her bedrückt zum Hotel zurückfuhren, stand sie in dem Empfangsraum einer kleinen Pension und wartete auf den Mann, den sie sprechen wollte.

Charley Tribbler, ein junger Mann mit einem ansprechenden, noch etwas weichen Gesicht, verbeugte sich nach fünf Minuten vor ihr.

»Ich bitte um Entschuldigung«, sagte er höflich, aber eher etwas vorwurfsvoll als verlegen. »In einer Stunde wäre ich bei Ihnen gewesen. Es tut mir leid, dass Sie warten mussten, aber ich musste mich unbedingt erst fertig rasieren und anziehen.«

»Sie brauchen sich nicht zu entschuldigen«, wehrte die Lady ab. »Es genügt mir, dass ich Sie angetroffen habe. Sie führten meinen Auftrag aus?«

»Gewiss, ich meldete es Ihnen bereits telegraphisch von Vancouver. Ich hätte Ihnen in Ihrem Hotel …«

»Ich kam hierher, damit Sie mich nicht erst aufsuchten«, unterbrach sie ihn kühl. »Meine Zeit ist ebenso bemessen wie die Ihre. Ist während der Fahrt etwas Besonderes vorgefallen?«

»Nichts Besonderes. Eine tolle Fahrt war es natürlich. Bis Fort Selkirk ging die Fahrt glatt, aber dann kam ich in einen Schneesturm, der es übel trieb. Hinter Dawson wurde es besser. Ich verlor die Orientierung, aber dann traf ich wieder auf den Fluss, und schließlich konnte ich Mactown finden. Die Kälte war furchtbar. Ich dachte wahrhaftig eine Zeitlang, ich könnte es nicht schaffen.«

»Sie Ärmster«, bemitleidete die Lady spöttisch, ohne zu empfinden, dass ihr Ausdruck überhaupt nicht zu dem Wesen und den Worten des jungen Mannes passte. »Wie verhielt sich das Mädchen?«

Tribbler zögerte.

»Sie hat scheußlich gefroren. Offen gestanden, sie hat mir leid getan. Es gibt angenehmere Dinge, als bei solchen Kältegraden im Flugzeug zu sitzen.«

Die Lady lachte scharf auf.

»Ah, sieh da. Sie haben sich wohl gar ein bisschen verliebt?«

Tribbler blickte sie erstaunt an und erwiderte dann abweisend:

»Sie scherzen wohl? Ich hatte anderes zu tun. Und wenn es der Fall wäre, so würde ich erst recht nicht darüber sprechen. Ich habe mich vorher noch nicht in Privatdiensten befunden, aber ich nahm bisher stets an, dass die Gefühle von Angestellten deren persönlichste Angelegenheit sind.«

Lady Houston wurde bleich vor Ärger.

»Sie – sind sehr deutlich, Mr. Tribbler.«

Er zuckte die Achseln.

»Ich bin ein ganz guter Flieger, aber sicher kein Lakai. Und ich halte es wirklich für Unfug, ein junges Mädchen um diese Jahreszeit nach Norden zu schicken.«

»Das mag ihr Vater verantworten«, gab sie gleichgültig zurück. »Wie hat sie sich sonst verhalten?«

»Sie hat kaum gesprochen und wortlos alles getan, was man ihr sagte. Sie fand es nur schrecklich, dass sie nun in einer Gegend leben sollte, an die sie nicht die geringste Erinnerung mehr hatte. Aber sie sah ein, dass sie dem Ruf ihres Vaters folgen müsse.«

»Was sagte ihr Vater?«

Wieder zögerte Tribbler.

»Hm, ich hatte mir den Mann anders vorgestellt. Aber vielleicht war er nur äußerlich so rau. Es ist schwer, Menschen zu beurteilen, die unter ganz anderen Verhältnissen leben. Besonders entzückt schien er nicht zu sein, wahrscheinlich hatte er doch nicht so schnell mit der Ankunft seiner Tochter gerechnet. Er lässt Ihnen jedenfalls seinen Dank ausrichten und bestellen, dass Sie sich nun keine Sorgen mehr zu machen brauchen.«

»Das genügt«, lächelte die Lady spöttisch. »Das Wiedersehen zwischen Vater und Tochter war gewiss rührend, nicht wahr?«

»Das kann man nicht gerade sagen«, erwiderte Tribbler ziemlich grob. »Sie schien sich eher zu fürchten als zu freuen, ja, sie bat mich sogar, sie wieder mit zurückzunehmen. Viel hätte nicht gefehlt, so hätte ich es getan. Diese Gegend und die Leute dort oben sind scheußlich. Das arme Mädel wird ein hartes Leben, haben. Ein unvernünftiger Vater.«

»Sie wird sich schnell eingewöhnen«, beruhigte die Lady. »Aber nun wollen wir zur Sache kommen. Ich bin zufrieden mit Ihnen. Sie haben den gewiss nicht leichten Auftrag ausgeführt. Nun muss ich Sie bitten, umgehend nach New York zu fliegen.«

»Sie?«

»Nein, Sie fliegen diesmal allein. In New York besteigen Sie das Schiff und fahren nach England. Dort werden Sie gebraucht. Ich habe bereits Anweisung nach New York gegeben, dass man einen Schiffsplatz belegt und alles Sonstige regelt. Sie werden auf dem Flugplatz empfangen werden. Über das, was Sie in England zu tun haben, erhalten Sie noch rechtzeitig Nachricht, wenn nicht früher, so in London. Wichtig ist, dass Sie sofort abreisen.«

Tribbler zog die Brauen hoch.

»Sofort?«

»Ja«, nickte sie. »Sie müssen noch heute abfliegen.«

Er schüttelte entschieden den Kopf.

»Das ist ausgeschlossen. Bis New York ist eine gute Strecke, und England liegt erst recht weit genug entfernt. Ich muss erst noch einmal ausschlafen und dann möchte ich mich wenigstens von einigen guten Freunden verabschieden, bevor ich nach England gehe. Morgen früh werde ich starten.«

Sie reckte den Kopf und meinte hochfahrend:

»Mir scheint, Sie sind ein bisschen zu stark Flieger und ein bisschen zu wenig Angestellter, Mr. Tribbler. Es ist sonst nicht üblich, dass ein Angestellter Bedingungen stellt.«

Tribbler machte aus seinem Ärger keinen Hehl.

»Gewiss, man verlangt aber auch sonst nicht von einem Flieger, der eben aus Alaska zurückgekehrt ist, dass er drei Stunden später schon nach New York weiterfliegt. Und man verlangt sonst auch nicht von einem Mann, dass er sich auf unbestimmte Zeit ins Ausland begibt, ohne seinen Freunden noch einmal die Hand zu schütteln. Entschuldigen Sie, wenn ich das sagen muss, aber es ist nicht mein Fehler.«

Die Lady sah ihn nachdenklich an.

»Ich verstehe«, sagte sie schließlich lächelnd. »Sie werden also morgen früh starten?«

»Gewiss.«

»Ich darf wohl annehmen, dass Sie die Zeit nicht benutzen, um Ihren Freunden erst Ihre Erlebnisse zu erzählen?«

»Ich pflege im Allgemeinen nicht über dienstliche Angelegenheiten zu sprechen«, gab er steif zurück. »So viel Zeit bleibt mir denn doch wieder nicht.«

»Schon wieder beleidigt?«, spottete sie. »Hier ist Geld für die Fahrt bis New York. Dort wird dann alles weitere geregelt werden.«

Tribbler steckte die Scheine ein.

»Danke. Ich werde es dann verrechnen.«

Lady Houston rauschte nach kühlem Abschiedsgruß hinaus.

Tribbler brummte eine unhöfliche Bemerkung hinter ihr her. Er hatte eine Mordswut gegen diese feine, hochvornehme Tante im Leibe, die ihre halbkranke Nichte in das Eisklima Alaskas schickte, weil der verrückte Vater es wünschte. Überhaupt, es war anscheinend nicht so einfach, in Privatdienst zu stehen.

*

George Rickers befand sich bei Sun Koh, als kurz hintereinander die telefonischen Meldungen Hal Mervins und Nimbas eintrafen, dass die Lady ihrer Beobachtung entglitten sei.

»Das sind unangenehme Nachrichten«, sagte er bestürzt, als ihm Sun Koh den Inhalt der Meldungen mitteilte. »Aber es ist eben zu schwer, in der Großstadt einem Menschen auf den Fersen zu bleiben.«

»Es ist Glückssache«, nickte Sun Koh ernst. »Und zeitweise scheint es, als sei das Geschick gegen einen verschworen. Sicher wird die Frau gerade jetzt mit dem Mann zusammentreffen, der ihr aus Vancouver telegraphierte. Zwei Menschen unter Millionen, es gibt keine Möglichkeit für uns, sie zu finden. Wir müssen warten, bis die Lady ins Hotel zurückkehrt.«

»Es wäre eben vielleicht doch richtiger gewesen, die Zeitungen zu Hilfe zu nehmen«, meinte Rickers.

»Wir hätten die Lady auch nicht vor der Öffentlichkeit in Verdacht bringen können«, wehrte Sun Koh ab.

»Aber wie wollen Sie dann Miss Martini finden?«

»Ich will mit Raton sprechen.«

Der Inspektor befand sich im Amt und meldete sich gleich.

»Ich brauche Ihre Hilfe«, sagte Sun Koh. »Lady Houston ist vorhin zu dem Kaufhaus Cripton gefahren. Dort ist sie mir aus den Augen gekommen. Ihren Wagen hat sie bis jetzt nicht benutzt, ich nehme an, dass dieser leer zum Hotel zurückkehren wird. Die Lady ist vom Kaufhaus aus aber wohl bestimmt nicht zu Fuß weiter gegangen, sondern hat eine Taxe genommen.«

»Wenn sie nicht von einem anderen Privatwagen erwartet wurde.«

»Das ist nicht ausgeschlossen, aber die Wahrscheinlichkeit, dass sie eine Taxe benutzte, ist ebenso groß. Es wäre mir lieb, wenn Sie …«

»Verstehe schon«, knurrte Raton. »Wenn wir Glück haben, nahm sie einen der Wagen, die sich ständig dort befinden. Haben wir Pech, wählte sie einen vorüberfahrenden Wagen eines ganz anderen Standplatzes. Wir werden jedenfalls versuchen, den Fahrer zu ermitteln. Sie erhalten Bescheid, sobald es gelungen ist.«

Sun Koh hängte ab.

»Hier ist eine Möglichkeit. Wenn wir den Mann finden können, der die Lady gefahren hat, so kommen wir vielleicht zu dem andern, den sie aufsuchte.«

Nachdem sie sich noch eine Weile unterhalten hatten, klingelte das Telefon wieder.

»Für Sie«, gab Sun Koh den Hörer weiter.

Der Diener Rickers befand sich am anderen Ende der Leitung.

»Mr. Berkeley wünschte Sie telefonisch zu sprechen. Sie möchten ihn bitte sofort anrufen.«

»Mr. Berkeley? Der Direktor des Flughafens?«
»Jawohl.«
»Es ist gut.«
Rickers hängte ab und wählte.
»Jammerschade«, sagte Berkeley. »Ich hätte gern noch schnell mit Ihnen gesprochen, aber jetzt ist es zu spät. Die Maschine rollt eben hinaus.«
»Wovon sprechen Sie?«
»Von Lady Houston, wegen der Sie mich vor einigen Tagen baten, Ihnen Nachricht zu geben, sobald ...«
»Ist sie etwa abgeflogen?«
»Eben geht das Flugzeug hoch.«
»Was?«
»Tja, es ist so. Ich konnte Sie leider nicht mehr ...«
»Aber wie ist denn das möglich? Um diese Stunde fährt doch überhaupt kein Linien-Flugzeug ab? Stimmen Ihre Fahrpläne nicht mehr?«
»Es ist ein Sonderflugzeug. Die Lady ist der einzige Fahrgast.«
»Dann verstehe ich es erst recht nicht. Die Maschine musste doch bestellt werden? Sie hätten mir schon gestern Nachricht geben können?«
»Leider nicht. Die Bestellung und Bezahlung erfolgte auf den Namen eines Mr. Smith.«
»Ausgerechnet Smith!«
»Wir hatten keinen Anlass, den Namen für verdächtig zu halten«, verteidigte sich der andere etwas empfindlich. »Die Maschine wurde zur angegebenen Zeit startbereit gestellt. Vorhin traf nun die Lady ein und verkündete, dass sie der Fahrgast sei. Es war alles in Ordnung, sodass ich keinen Grund fand, die Fahrt zu untersagen. Ja, wenn Sie etwa rechtzeitig einen Haftbefehl hätten bringen können?«
»Das wäre ohnehin nicht zu hoffen gewesen«, brummte Rickers voller Enttäuschung. »Wo fliegt sie hin?«
»Nach Los Angeles.«
»Nun, da ist sie ja nicht außer der Welt. Würden Sie bitte anordnen, dass meine Maschine herausgezogen wird?«
»Aber gewiss.«
Rickers hängte ein und berichtete.

»Ich denke«, endete er, »wir werden wohl hinterherfliegen müssen, um die Verbindung in Los Angeles neu aufzunehmen.«

Sun Koh nickte.

»Gewiss. Hoffen wir, dass sie wirklich nach Los Angeles fliegt.«

»Warum nicht?«, wunderte sich Rickers. »Ich habe nicht gefragt, wer den Flug macht, aber glauben Sie ja nicht, dass einer der Piloten von der Gesellschaft sich auf Sonderfahrten einlässt. Wenn er Auftrag erhält, die Lady nach Los Angeles zu bringen, wird er sie dort absetzen und nirgendwo anders.«

»Vorausgesetzt, dass sie ihn nicht zwingt, ein Stück weiter zu fliegen.«

»Halten Sie die Frau für so rabiat?«

Sun Koh lächelte schwach.

»Ja.«

»Dann wird es gut sein, wenn ich sofort hinterherfliege. Ich werde inzwischen zum Flugplatz hinausfahren. Sie kommen am besten nach?«

Rickers eilte fort.

Als er auf dem Flugplatz eintraf, waren dort schon zwei Monteure bei seinem Flugzeug tätig.

»Gleich fertig«, meldete der eine, »bloß noch etwas Luft auf die Räder. Sollen wir anlassen?«

»Das hat noch ein paar Minuten Zeit«, nickte Rickers den beiden zu. »Was macht denn die L 14 hier?«

Ein Stück entfernt stand vor dem Hangar eine andere Maschine, auf die Rickers hinwies.

»Wir hatten sie gerade in Arbeit«, gab der Monteur Auskunft.

»Schöne Maschine«, meinte Rickers. »Ich habe sie vor einem halben Jahr selbst einmal geflogen.«

»Hm, schöne Maschine? Sie ist ganz hübsch verbiestert.«

»Na, na.«

»Doch, schon, sie muss einen Gewaltflug hinter sich haben.«

»Ist sie jetzt auf der Linie Los Angeles – New York eingestellt?«

»Bestimmt nicht, Mr. Rickers. Heute kam sie von Vancouver, aber ich lasse mich hängen, dass sie mehr hinter sich hat, als die Strecke Vancouver-Frisco.«

Rickers horchte auf.

»So? Von Vancouver kommt sie? Privatflugzeug?«
»Sicher.«
»Wer hat sie denn gebracht?«
»Tribbler hieß der Pilot.«
Charley Tribbler?«
»Das weiß ich nicht. Aber er war genauso runter wie die Maschine.«
»Kam er allein?«
Der Monteur zwinkerte.
»Allein kam er schon, aber geflogen ist er sicher nicht allein, wenigstens einen Fluggast hat er gehabt, seit die Maschine das letzte Mal von uns überholt wurde. Hier, das lag auf dem Rücksitz.«
Er tippte auf ein schmales Etwas, das zwischen zwei Knöpfen seines Overalls klemmte.
»Was ist das?«, erkundigte sich Rickers neugierig.
Der Monteur grinste.
»Man merkt, dass Sie nicht verheiratet sind. Das ist eine Haarklemme.«
Rickers zog die Brauen hoch.
»Eine Haarklemme? So, so, eine Haarklemme? Und von Vancouver kam die Maschine?«
Plötzlich ruckte er scharf herum und rannte auf das Verwaltungsgebäude zu.
Berkeley fuhr erschrocken hoch, als er ohne Anmeldung in das Zimmer stürzte und ihn anfuhr:
»Sie sind ja ein zuverlässiger Nachrichtenübermittler, das muss ich schon sagen. Warum haben Sie mir nichts über die L 14 mitgeteilt?«
»Was – wieso? Was ist denn geschehen?«, stotterte der Direktor.
»Nichts, nur steht draußen eine Maschine, die von Vancouver kam und Haarklemmen spazieren fuhr. Das ist natürlich nichts. Reden Sie später. Tun Sie mir den einzigen Gefallen und sagen Sie mir schnell, was Sie über die L 14 wissen.«
»Du lieber Gott«, ächzte Berkeley. »Sie sind verrückt geworden. Wo soll ich denn schon wieder her wissen, dass Sie sich für Haarklemmen interessieren? Die Maschine ist erst vor einer Stunde und etwas mehr gelandet. Warten Sie, hier steht alles. Heimathafen Los Angeles, Besitzer die Aero Com-

pany Los Angeles, Pilot Charley Tribbler, letzter Flughafen Vancouver, Papiere in Ordnung.«

»Na und?«

»Und?«

»Lady Houston?«

»Wieso Lady Houston? Was hat sie damit zu tun?«

»Sie muss ...«

»Augenblick.«

Berkeley meldete sich am Telefon.

»Er ist gerade hier«, antwortete er nach einer Pause dem Teilnehmer am anderen Ende. »Bitte, Mr. Rickers.«

Rickers meldete sich.

»Charley Tribbler«, kam die Gegenmeldung. »Fein, dass ich dich erreiche, alter Knabe. Ich wollte ...«

»Charley!«, schrie Rickers hastig in den Apparat hinein. »Du selbst? Wunderbar. Dich suche ich gerade. Bist du mit der L 14 angekommen?«

»Vorhin erst. Ich muss ...«

»Rede nicht. Wo steckst du jetzt?«

»In meiner Pension auf ...«

»Komm sofort hierher. Ich brauche dich dringend, ganz dringend. Ich erwarte dich in der Halle des Flughafenhotels. Einverstanden?«

»Gewiss, aber ...«

»Alles andere mündlich. Wann kannst du hier sein?«

»Eine halbe Stunde wird es dauern.«

»Gut, beeile dich. Beeile dich.«

»Ich renne ja schon.«

Rickers legte aufatmend den Hörer weg.

»So, und jetzt bin ich neugierig, ob er ganz zufällig von Vancouver hergekommen ist.«

»Sie meinen, dass ...?«, horchte der Direktor.

Rickers klopfte ihm wohlwollend auf die Schulter.

»Verehrter Gönner aller einsamen Luftbummler, ich weiß vorläufig selbst noch nichts. Aber ich werde es Ihnen später erzählen. Wenn man nach mir fragt, so bestellen Sie bitte, dass ich im Hotel sitze.«

»Ich will Ihnen gern eine Tasse Kaffee …«

»Danke«, lachte Rickers, »das Angebot ist zu schäbig. Aber Sie dürfen mich in den nächsten Tagen zu einem Abendessen einladen, dann will ich Ihnen gern mehr erzählen.«

»Erpresser.«

*

Charley Tribbler entdeckte seinen Kameraden in der Gesellschaft einiger Herren, die ihm als Sun Koh und Rob Doughton vorgestellt wurden. Die größere Öffentlichkeit hinderte ihn jedoch nicht, sich zunächst ausschließlich Rickers zu widmen.

»Was ist denn nun eigentlich los?«, stieß er diesen an, nachdem sie Platz genommen hatten. »Ich dachte, du wärst im Begriff, eine Weltreise anzutreten, weil du es so eilig hattest?«

»Nichts ist los«, beruhigte Rickers. »Ich legte nur Wert darauf, dich bald zu sehen.«

»Das Vergnügen hättest du auch so gehabt«, erwiderte Tribbler etwas misstrauisch. »Ich rief dich nämlich an, weil ich den Abend mit dir verbringen wollte. Morgen früh verlasse ich Frisco.«

»Schon wieder? Wo soll es denn hingehen? Nach Los Angeles zurück?«

»New-York – London.«

»Donnerwetter, bist du ein Geheimkurier geworden? Oder will die Gesellschaft neue Flugverbindungen anlegen?«

Tribbler grinste.

»Was heißt Gesellschaft? Ich stehe in Privatdienst.«

»Du?«, staunte Rickers. »Ausgerechnet du?«

Der andere zuckte die Achseln.

»Was will man machen? Mit dem alten Schleicher, dem Bransky, habe ich mich verkracht. Er hätte mich rausgeworfen, wenn ich nicht von selbst gegangen wäre. Da passte es ganz gut, dass ich gleich privat unterkommen konnte.«

»Du hast Mut! Hoffentlich besuchst du nebenbei eine Dienerschule. Wie heißt denn deine Herrschaft?«

Tribbler zog eine Grimasse.

»Herrschaft? Hm, es ist eine Frau, eine Lady Houston. – Ist dir was?«

Rickers, der ein Zusammenzucken nicht hatte unterdrücken können, schüttelte den Kopf.

»Nichts. Ich wunderte mich bloß, wie es dann kommt, dass die Gesellschaft noch als Eigentümer der Maschine gilt?«

»Ach, das hat nichts zu besagen. Es ging plötzlich in Los Angeles, weißt du. Die Lady hatte einen dringenden Auftrag und wollte nicht warten, bis die Papiere umgeschrieben waren.«

»Ach. Brauchte sie so dringend Luftveränderung?«

»Die Lady? Nee, die ist hier in San Franzisco geblieben. Es war eine andere Sache.«

»Ich verstehe«, nickte Rickers. »Du hast eine andere Frau geflogen, eine Verwandte von ihr, nicht?«

Tribbler stutzte zum zweiten Male.

»Wieso? Wie kommst du auf einen derartigen Einfall?«

»Ich? Du sagtest doch, du hättest eine Frau geflogen?«

»Ist mir nicht eingefallen. Kein Wort habe ich gesagt.«

Rickers lachte etwas gewaltsam.

»Aber stimmen tut's doch, nicht wahr? Der Monteur zeigte mir eine Haarklemme, die er in deiner Maschine gefunden haben will. Ich glaube, er hat dich in Verdacht, heimlich verlobt zu sein.«

»Unsinn«, wehrte sich Tribbler, um dann schleunigst abzulenken. »Was treibst du eigentlich sonst? Ich glaube, es ist ein halbes Jahr her, dass wir uns nicht gesehen haben.«

»Kann stimmen«, ging Rickers scheinbar darauf ein. »Du weißt ja, ich bin bald hier, bald dort. Nächstens will ich mal nach Vancouver. Bist du übrigens nicht gerade von dort gekommen?«

Tribbler nickte.

»Allerdings, das war aber nur eine Zwischenstation. Ich war weiter oben im Norden.«

»Wo?«, fragte Rickers nun geradezu.

»In – hm, ich weiß nicht, ob ich das verraten darf? Als Privatkutscher soll man ja wohl nicht über die Angelegenheiten seiner Brotgeber sprechen.«

»Na höre mal, solche Geheimnisse wirst du doch hoffentlich nicht zu bewahren haben. Wenn du über Vancouver gekommen bist, so warst du doch höchstens in Alaska oben, nicht wahr?«

»Stimmt«, gab Tribbler bereitwillig zu. »In Mactown war ich. Das ist ein kleines Nest nördlich von Dawson City, am Jukon gelegen.«

»Nanu, was hast du denn dort erledigt?«

Tribbler machte eine abschließende Handbewegung.

»Reden wir nicht darüber. Erstens macht es mir keinen Spaß und zweitens habe ich Anweisung, nicht darüber zu sprechen. Reden wir lieber von dir. Du bist also noch ganz der Alte.«

Rickers wechselte einen schnellen Blick mit Sun Koh, dann erwiderte er:

»Nun, augenblicklich habe ich eine besondere Beschäftigung. Ich spiele Detektiv.«

»Auch ein Witz.«

»Ganz im Ernst. Es handelt sich um eine verwickelte Angelegenheit. Die Verlobte von Mr. Sun Koh ist entführt worden.«

Tribbler kniff die Augen zusammen.

»Hm, dein Wort in Ehren, aber kommt so etwas überhaupt noch vor?«

»Gelegentlich schon«, erwiderte Rickers trocken. »Sie verlor infolge eines Unfalles die Erinnerung und wurde durch eine Frau, die sich als ihre Tante ausgab, aus der Klinik von Morawe herausgeholt. Seitdem ist sie spurlos verschwunden.«

»Sehr bedauerlich«, murmelte Tribbler zu Sun Koh hin. »Hat die Polizei nichts finden können?«

»Leider nicht«, mischte sich Sun Koh ein. »Ich erwäge nunmehr ernstlich, eine Belohnung auszusetzen und dieses Bild der Verschwundenen veröffentlichen zu lassen.«

Er reichte Tribbler das Bild hin, das er gewöhnlich bei sich zu tragen pflegte.

Tribbler warf einen gleichgültigen Blick darauf, stutzte und griff dann hastig zu. Einige Sekunden musterte er es mit zusammengezogenen Augenbrauen, dann sagte er langsam und mit Nachdruck:

»Wenn das ein Scherz sein soll, so ist es ein sehr schlechter. Wen stellt das Bild dar?«

»Meine Verlobte«, gab Sun Koh mit mühsam beherrschter Stimme Antwort. Tribbler blickte ihn forschend an, schüttelte den Kopf, sah wieder auf das Bild und schüttelte abermals den Kopf.

»Erstaunlich«, meinte er endlich nachdenklich, »wirklich erstaunlich. Ich habe dieser Tage ein junges Mädchen kennengelernt, das diesem Bild aufs Haar glich.«

Jetzt loderte die Erregung doch aus Sun Koh heraus.

»Sie haben die Dame nach Mactown gebracht?«

»Ja – das heißt – ach was, unter diesen Umständen kann ich wohl darüber sprechen – ja, ich flog sie nach Mactown.«

»Warum?«

»Warum? Im Auftrag von Lady Houston.«

»Ja, aber warum gerade nach Mactown? Was sollte sie dort?«

Tribbler verstand.

»Ach so. Ihr Vater erwartete sie in Mactown.«

»Ihr Vater?«

»Gewiss, er ist Pelzjäger dort oder ähnliches. Das Mädel hat mir ehrlich leid getan, dass sie nun dort oben in der rauen Gegend leben soll. Die Menschen schienen auch nicht gerade die besten zu sein.«

»Erkannte sie denn ihren Vater?«

»Das nicht gerade, aber sie sollte lange krank gewesen sein und die Erinnerung verloren haben.«

Rickers griff ein.

»Hältst du die Ähnlichkeit wirklich für Zufall, Charley?«

Tribbler fuhr herum.

»Was sonst? – Menschenskind, du willst doch nicht etwa mich und die Lady in den Verdacht bringen, dass ...«

»Dich nicht«, wehrte Rickers ab. »Aber es wird dir bemerkenswert erscheinen, dass wir seit vollen acht Tagen Lady Houston für die einzige Person halten, die der Entführung der jungen Dame verdächtig ist.«

Tribbler starrte ihn sekundenlang mit offenem Munde an, dann stöhnte er auf:

»Du meinst also, dass ich, ohne es zu wissen, die Verlobte dieses Herrn verschleppt habe?«

»Ja.«

Die runde Bejahung ließ Tribbler aufspringen. Rickers zog ihn wieder herunter.

»Kein Aufsehen, Charley. Es ist kein Zufall, dass wir hier zusammensitzen. Wir sind überzeugt, dass dein Fluggast Miss Martini, die Verlobte Mr. Sun Kohs, war.«

»Aber dann hätte ich ja bei einem Verbrechen mitgeholfen?«

»Du trägst keine Schuld.«

»Aber – sie brauchte doch nur den Mund aufzumachen? Ich hätte doch sofort – wenn ich gewusst hätte, dass Silver nicht ihr Vater ist – ich ...«

»Beruhige dich«, bat Rickers.

»Sie brauchen sich keine Vorwürfe zu machen«, dämpfte auch Sun Koh. »Miss Martini hat ihre Erinnerung verloren. Sie fand es wohl in Ordnung und hielt jenen Silver wirklich für ihren Vater.«

Tribbler presste die Fäuste gegeneinander.

»Das – das ist mir denn doch noch nicht passiert«, knurrte er verwirrt und doch schon voll Zorn. »Aber wenn es stimmt, so wird dieser Streich der Lady teuer zu stehen kommen. Ich werde sie höchst eigenhändig über verschiedene Dinge belehren. Ich will nur gleich ...«

Rickers hielt ihn fest.

»Wenn du etwa die Absicht hast, Lady Houston aufzusuchen, so kannst du dir den Weg sparen. Sie hat San Franzisco verlassen. Vor einer Stunde ist sie in Richtung Los Angeles abgeflogen.«

»So? Und ich sollte möglichst noch heute fort? Wenn ich einmal in England gewesen wäre, hättet ihr lange nach dem Mädel suchen können. Aber warte, das Weib treffe ich gelegentlich schon wieder. Da kann sie was erleben. Mein Gott, ich kann es noch gar nicht fassen.

Morgen früh mach ich mich schleunigst auf den Weg, fliege nach Mactown, und hole Ihre Verlobte zurück. Darauf können Sie sich verlassen.«

»Danke, Mr. Tribbler«, erwiderte Sun Koh ernst. »Das Wertvollste haben Sie mir gegeben, nämlich den Hinweis, wo sich die Verschwundene befindet. Fliegen werde ich selbst, und zwar noch heute.«

2.

Klondike.
Dawson City.
Zwei Namen von einzigartigem Inhalt. Gold schimmert auf, gelbes Gold in faustgroßen Nuggets und glänzenden Adern, Goldstaub in ledernen Beuteln, in mühsamer Arbeit aus dem Flusssand gewaschen. Ein wildes Heer zieht vorüber, wüste Gesellen aus aller Herren Länder, Goldgräbergestalten in feuerroten Hemden, die schweren Waffen am Gürtel, schuftend, schwitzend, hungernd, frierend und zwischendurch saufend, tobend und mordend, voll heißer Leidenschaften, wetterhart, verbissen, zäh, Abschaum aus allen Städten, darunter aber auch Helden voll ritterlicher Romantik. Run auf Gold, durch Eis und Schneestürme, Hunger, Tod und erfrorene Glieder, monate-, oft jahrelang in grauenerregender Einöde, und dann hinein in das flittrig lockende Babel, wo es Schnaps gab und Weiber – hinein nach Dawson.

Sun Koh konnte gerade noch beim letzten spärlichen Lichtschimmer des Tages den freien Platz hinter Heppers Hotel erwischen, um die Maschine niederzusetzen. Als er die Räder auf dem Boden auffedern spürte, lehnte er sich erlöst zurück und atmete auf, und seine beiden Begleiter Nimba und Hal folgten geräuschvoll seinem Beispiel.

Es war ein Gewaltflug gewesen. Am Morgen von San Franzisco fort, am Nachmittag hier. Es war zwar noch rechtzeitig am Tage, aber die Sonne hatte hier dicht unter dem Polarkreis nicht so lange Ausdauer wie im Süden. Rechnerisch war der Flug nicht lang gewesen, aber er hatte es in sich gehabt. Er hatte fast ununterbrochen über Hochgebirge geführt – das besagt alles.

Während die drei aus der Maschine stiegen, kamen die Menschen zu Dutzenden, darunter eine Menge Frauen und Kinder, aus den Häusern und Straßen geströmt. Ein Flugzeug war eben für Dawson immerhin noch ein Ereignis.

»Kann mir jemand den Sheriff oder Bürgermeister holen?«, rief Sun Koh in die Menge hinein.

»Bin schon da«, antwortete eine kräftige Stimme, gleichzeitig schob sich ein schwergebauter Mann in gewöhnlicher Straßenkleidung durch die Leute. »Was ist?«

»Bitte stellen Sie mir gegen Entgelt zwei Konstabler zur Bewachung der Maschine zur Verfügung«, bat Sun Koh.

»Kann geschehen. Konnten Sie sich nicht einen anderen Platz aussuchen? Dachte nicht anders, als Sie würden hier einen Haufen Bruch machen.«

»Es war der einzige Platz, den ich gerade noch sehen konnte. Sun Koh ist mein Name. Ah, hier ist ja gleich ein Hotel.«

»Merrish«, brummte der Sheriff freundlich, während er die Hand schüttelte. »Bei Hepper sind Sie gut aufgehoben. Wollen Sie länger bleiben?«

»Morgen früh geht es weiter. Bitte leisten Sie uns noch etwas Gesellschaft, ich hätte gern einige Auskünfte.«

Merrish nickte und schloss sich den dreien an, die inmitten der allgemeinen Aufmerksamkeit in das Hotel eintraten. Sie setzten sich in der sauberen Gaststube an einen Ecktisch. Nachdem Sun mit dem Wirt gesprochen hatte, wandte er sich an den Sheriff.

»Kennen Sie eine Stadt Mactown, Mr. Merrish?«

Der Sheriff, der sich jetzt erst den Ankömmling genauer angesehen hatte, antwortete erheblich respektvoller als vorhin.

»Mactown? Den Namen kenne ich, Sir, aber eine Stadt ist das nicht.«

»Sondern?«

Merrish hob die Schultern.

»Wie soll ich sagen? Mactown besteht aus einer Kneipe und zwei oder drei festen Häusern, außerdem aus ein paar Dutzend Blockhütten, die aber im Sommer zum großen Teil leer stehen. Es ist nur ein Winterlager für Goldsucher, die sich während der schlechten Zeit hier zusammenziehen und ihre Nuggets versaufen oder sich gegenseitig totschlagen. Ein übler Flecken, Sir, ich würde ihn nicht aufsuchen an Ihrer Stelle.«

Zwischen Suns Augen bildete sich eine feine Falte. Diese Auskunft war wenig erfreulich, wenn er daran dachte, dass sich dort Joan Martini aufhalten sollte. Aus diesem Gedanken heraus fragte er:

»Halten sich dort Frauen auf?«

Der Sheriff prallte förmlich zurück.

»Frauen, Sir? Um Gottes willen, da machen Sie sich eine falsche Vorstellung. Selbst das liederlichste Frauenzimmer würde sich mit Händen und Füßen wehren, nach Mactown zu gehen.«

»Und anständige Frauen? Es ist doch denkbar, dass einer der Goldsucher verheiratet ist und seine Frau mitnimmt?«

Merrish schüttelte mit einem förmlich mitleidigen Ausdruck den Kopf.

»Mit Verlaub, Sir, Sie sind sicher noch nie in Alaska gewesen. Die Männer, die in Mactown hausen, haben keine Frauen, weil es eine Frau bei solch einem Kerl nie aushalten würde, wenn sie wirklich über das Klima und die Strapazen hinwegkäme. Gesetzt den Fall, es käme wirklich ein Wahnsinniger auf den Gedanken, seine Frau nach dort mit hinzunehmen, so wäre er innerhalb vierundzwanzig Stunden ein toter Mann und seine Frau nur noch ein Stück Vieh, das von jedem misshandelt wird. Was haben Sie?«

Sun Koh unterdrückte das Stöhnen, das sich ihm abermals aus der Brust ringen wollte, und wischte sich über die Augen.

»Nichts«, sagte er leise. »Wo liegt Mactown?«

»Sie brauchen sich nur an den Fluss zu halten, sofern sie ihn von oben erkennen können. Dort, wo er nach Westen abbiegt, rund zweihundert Meilen nördlich von hier, liegt Mactown. Aber ich rate Ihnen, nicht hinzufliegen.«

»Ich muss nach Norden«, erwiderte Sun rau. »Können Sie für mich und meine Leute eine zweckmäßige Ausrüstung besorgen? Wir sind etwas leicht gekleidet.«

»Ich schicke Ihnen den Händler Ferguson, der hat alles, was Sie brauchen«, erklärte Merrish bereitwillig. »Sie werden sich dann sicher noch in Dawson umsehen wollen?«

Sun Koh nickte stumm. Hal Mervin, dessen sommersprossiges Jungengesicht schon lange voller Fragen stand, platzte heraus:

»Dawson habe ich mir anders vorgestellt, Sheriff. Ich dachte, hier geht's hoch her mit Grölen, Saufen und Schießen, aber wie ich sehe, ist es hier gerade wie in der Kirche. Frauen und Kinder, die Männer mit Kragen und Schlips genau wie im Süden, nirgends ein Revolver …?«

»Den würde ich auch sehr schnell beschlagnahmen«, grinste Merrish. »Hast schon recht, Dawson ist eine friedliche Stadt, in der nicht mehr passiert als irgendwo anders.«

»Aber«, protestierte Hal, »ich habe doch gelesen …«

»Pöh, gelesen«, schnaufte der Sheriff verächtlich. »Das hat vielleicht vor dreißig Jahren gespielt, wenn es nicht irgendso ein blutiger Schund gewesen ist. Ja damals, da ging es hier wild zu, als einer noch über Nacht Millionär werden konnte und als sich das Auswaschen noch lohnte. Da gab's alle Tage Tote, und Dawson war genau so viel wert wie jetzt Mactown. Wer zwischen den Verbrechern und Spielern den Revolver am schnellsten bei der Hand hatte, war Gewinner.«

»Na, und heute?«

Merrish grinste.

»Heute ist Dawson eine ehrsame, friedliche Stadt mit Arbeitern und Angestellten, die nichts von Abenteuern wissen wollen. Gold wird noch gewonnen, aber ausschließlich von großen Konzernen, die hier ihre Fabriken und Goldwäschereien gebaut haben. Alles mechanisch, alles Maschine. Der Arbeiter kriegt seinen Lohn, wie woanders für das Tütenkleben. Das Gesetz gilt, keiner schlägt mehr über die Stränge. Ja, mein Sohn, heute und damals, das sind Gegensätze. Es ist verflucht nüchtern geworden in Dawson.«

Das klang so wehmütig, dass Hal sich nicht verkneifen konnte, zu fragen: »Das tut Ihnen wohl leid, Sheriff?«

Der hob die Schultern.

»Ich bin über vierzig Jahre im Lande, mein Junge, habe noch ein ganzes Stück der wilden Zeit mitgemacht. Heute bin ich ein alter Mann und bin froh, dass ich meine Ruhe habe. Nur – wenn ich in deinem Alter wäre, ich bliebe bestimmt nicht in Dawson.«

»Aber nach Mactown würden Sie auch nicht gerade gehen?«

Die Augen des Mannes blitzten auf.

»Doch, Sir«, beantwortete er Suns Frage, »das wäre mein erstes, jenes Schandnest auszuräumen. Es gibt eine ganze Menge ehrliche Leute im Lande, die dort böse Erfahrungen gemacht haben, und ich kenne manchen, der in der Gegend spurlos verschwunden ist. Tja, wenn ich dreißig Jahre jünger wäre.«

»Erzählen Sie doch etwas von Ihren Erlebnissen«, bat Hal, der sich brennend für solche Dinge interessierte.

Der Sheriff ließ sich nicht lange drängen. Nachdem er den Händler noch schnell hatte benachrichtigen lassen, legte er los, dass dem Jungen die Ohren brannten.

*

Am nächsten Morgen stieg das Flugzeug von Dawson wieder auf und flog nach Norden. Die Landschaft wirkte, von oben gesehen, wie ein gewelltes weißes Tuch, in das hier und da schmutzige Flecken von Wald eingesprengt waren. Der Fluss war kaum zu erkennen, nur die härtere Linie seiner Ufer hob ihn etwas aus dem Weiß heraus. Nach Westen zu sammelten sich die dunkelgesäumten Waldbestände, darüber hinweg stieg das Land in Absätzen immer weiter. Ganz in der Ferne glaubte man hohe Gipfel zu ahnen.

Die Kälte war erbarmungslos. Obwohl sich Sun und seine zwei Begleiter nun warm eingehüllt hatten, obwohl die Kabine elektrisch geheizt wurde – der grimmige Frost schlug wie mit spitzen Kristallen durch. Von der Sonne war nicht viel zu sehen. Eine Zeitlang stand sie als rötlich umdunsteter Ball am Horizont, dann verschwand sie hinter einer grauen Decke, die nach völlig klarer Nacht den Himmel einhüllte. Das Licht lag fahl und trübe über der bleichen Erde.

Merrish, der am Morgen anwesend gewesen war, hatte sehr bedenklich nach oben geblickt und gewarnt. Anfänglich schien er nicht recht zu behalten. Der Himmel wurde zwar mehr und mehr bleiern, aber der Sturm blieb aus, der Flug ging glatt.

Aber dann, als sie eben einige dunkle Flecke in Sicht bekamen, die Mactown darstellen mussten, brach die weiße Hölle los.

Huiii piih – heulte es auf und packte die Maschine mit gewaltiger Faust, drückte sie nach unten, dass sie fast die harsche Schneekruste aufriss und schleuderte sie wieder nach oben in einen tobenden, pfeifenden und johlenden Wirbel hinein. Plötzlich war jede Sicht genommen. Schnee, Schnee, Schnee in Milliarden von Flocken und Nadeln, Schnee in fast waagerechten Strähnen, Schnee in Klumpen, kaum wie lose Watte auseinander gezupft, der sich in dichten Bäuschen gegen die Scheiben presste, Schnee wie eisiger Zuckerstaub, der selbst in diese Kabine einen Weg fand.

Hoch, runter, der Höhenmesser sprang wie irrsinnig hin und her. Sun gab volles Höhensteuer.

»Unmöglich, zu landen«, schrie er zurück. .»Wir werden zerschmettert!«

Huiii piii – ih!

»Achtung!«

Jäh ging es hinunter wie in einem stürzenden Fahrstuhl. Das Flugzeug prallte wie auf ein Polster auf, schwenkte scharf herum, während gleichzeitig irgendetwas kreischend brach und splitterte, hart kam ein Stoß von vorn, langsam kippte alles auf die Seite ...

Gelandet.

Sun ließ das Steuer los und warf seinen Begleitern einen kurzen Blick zu.

»Wir sind unten. Alles noch zusammen?«

Nimba rieb seinen Hinterkopf.

»Bei mir ist soweit alles in Ordnung.«

»Bei mir auch«, stöhnte Hal etwas kläglich und tastete seine geprellte Seite ab. »Wo sind wir denn?«

»Irgendwo in der Nähe von Mactown im Schnee. Wenn ich nicht irre, sitzen wir in einem Loch drin.«

Sun Koh presste gewaltsam die Tür auf. Sofort drang ein Berg Schnee herein. Die Maschine war völlig im Schnee begraben. Er tastete nach oben und zog sich hoch. Einen halben Meter hoch lag die weiße Masse schon auf dem Metall, und noch immer schüttete es unter ohrenbetäubendem Heulen und Pfeifen von oben. Der Sturm war so stark, dass Sun sich auf dem glatten Dach kaum halten konnte. Kaum hundert Meter entfernt sah er ein Licht, das dann und wann matt durch den weißen Wirbel hindurchblinkte. Er glaubte es wenigstens zu sehen, denn später fand er es nicht mehr, sodass sich seine Sinne auch getäuscht haben konnten.

Er ließ sich wieder hinunter, presste sich durch den Schnee hindurch, bis er in der Kabine Fuß fasste.

»Wir müssen hinaus«, sagte er zu seinen Leuten. »Die Maschine steckt in einer Senke. Wenn wir noch lange bleiben, sind wir völlig verschüttet und verloren. Waffen und etwas Mundvorrat, Feuerzeug und Decken. Lebhaft, es eilt!«

»Das Flugzeug, Herr?«, fragte Nimba.

»Ist vorläufig verloren. Wir bekommen es hier nicht heraus, und außerdem hat es Bruch gegeben.«

Mit schnellen, sicheren Bewegungen packten sie ihre Bündel mit dem Notwendigsten, was sie in dieser Gegend brauchten. Dann stieg Sun wieder nach oben. Ihm folgte Hal und schließlich Nimba.

Noch immer raste der Schneesturm. Mühsam hielten sie sich auf der dürftigen Unterlage. Dann sanken sie bis zum Halse hinein, und es sah sekundenlang so aus, als sollten sie überhaupt nicht herauskommen. Aber schon fasste Sun die Ränder der festgefrorenen Harschplatte, die von dem stürzenden Flugzeug durchschlagen worden war, er zog die anderen nach, und nun ging es leidlich. Sie wateten allerdings auch weiterhin bis zum Knie im frischen Schnee, aber sie fühlten wenigstens festen Untergrund.

Sun Koh musste sich doch wegen des Lichtscheins getäuscht haben. Jetzt war es unmöglich, weiter als drei Meter vorauszusehen. Wie Blinde stapften sie vorwärts, mit mühsam schweren Schritten, trotz der Kälte bald am ganzen Körper dampfend vor Anstrengung. Die Gesichter brannten rot auf und glühten, der Schnee biss sich wie mit spitzen Nadeln in der Haut fest, die Augen verklemmten sich.

Das war kein Laufen und kein Marschieren, sondern ein schweres Ringen mit Sturm und Schnee um jeden Meter. Die Lungen keuchten, und in die Beine, die mit jedem Schritt schwere Schneelasten bewältigen mussten, kam ein Gefühl, als seien sie aus sprödem Glas.

Fünf Minuten, zehn Minuten.

Dann stieß Sun Koh gegen eine dunkle Wand aus Holzstämmen.

Eine Hütte!

Er stapfte herum, fand auf der sturmgeschützten Seite eine starke Bohlentür mit einfachem Riegel, zog sie auf.

Sie waren geborgen. Nimba und Hal taumelten hinein, Sun schloss die Tür wieder. Es dauerte eine Weile, bis er die Lampe herausgenestelt hatte und die Hütte ableuchten konnte.

Sie musste schon lange keinen Bewohner gehabt haben. Festgestampfter, nackter Fußboden, an der Seite ein schimmliges Lager aus Blättern und Zweigen, eine rohe Feuerstelle, in der Ecke ein Stoß Holzscheite, sonst nichts.

Nimba hatte kaum das Holz gesehen, als er sich auch schon an die Arbeit machte. Nach wenigen Minuten loderte ein Feuer auf und verbreitete allmählich angenehme Wärme, allerdings auch ziemlichen Qualm, da der Abzug nichts taugte. Im Gegensatz zu draußen war hier drin das reinste Paradies. Hal brachte es denn auch unverzüglich zum Ausdruck.

»Uff«, seufzte er behaglich, während er sich auf seine Decke streckte, »hier halte ich's eine Weile aus. Nimba, binde dein Taschentuch als Schürze um, das sieht hausfraulicher aus.«

»Nee, nee«, wehrte der Neger ernsthaft ab, »wir wollen doch sicher essen, und da brauchst du es als Schlabberlatz.«

»Häng den Witz ans Feuer und lass ihn erstmal auftauen«, schnaubte Hal verächtlich. »Vergiss nicht, dein Gehirn daneben zu hängen. Bleiben wir lange hier, Herr?«

»Dein Gehirn kann man freilich nicht zum Trocknen hängen, weil du keins hast«, brummte Nimba. »Wie lange bleiben wir, Herr?«

Sun Koh horchte hinaus.

»Wir müssen wohl den Schneesturm vorüber lassen. Ich denke, dass wir nicht weit von Mactown sind, vielleicht gehört diese Hütte schon dazu.«

Sie wickelten sich in Ermangelung eines besseren in die Decken und schliefen fest ein.

Als sie kurz hintereinander munter wurden, herrschte draußen Totenstille. Der Schneesturm war vorüber. Sie hatten den Rest des Tages und die ganze Nacht über geschlafen. Suns Uhr zeigte die neunte Morgenstunde.

Während Sun Koh die Tür gegen den angewehten Schnee aufdrückte, hörten sie in der Ferne Hundegebell und allerlei Geräusche, die auf die Anwesenheit von Menschen schließen ließen.

Weiß leuchtend biss ihnen der Schnee in die Augen, als sie hinaustraten. Der Himmel war völlig klar, kalt und still. Sie sahen jetzt, dass die Hütte am Rande eines Waldes stand. Vor ihm glitt das freie Gelände ab in eine lang gezogene Senke, in der vermutlich der Yukon in den Banden des Eises ruhte. Das Bellen der Hunde kam hinter den Bäumen heraus.

Sie marschierten vorwärts. Nach kaum hundert Metern wich der Wald zurück. Vor ihnen lag eine Lichtung oder genauer, eine Einbuchtung des Waldes, denn das freie Gelände zog sich seitlich von ihnen bis zum Flussufer hinunter. Sie waren nur in der verkehrten Richtung vorgestoßen. Dadurch kam es, dass sie jetzt im Rücken der Häuser standen, aus denen die Ortschaft Mactown gebildet wurde.

Merrish hatte mit seiner Beschreibung ziemlich recht gehabt. Mactown bestand, alles in allem, aus vier zweistöckigen, festen Gebäuden, die dicht beieinander um einen Platz herum lagen. Daran reihten sich verstreut und regellos einige Dutzend Blockhütten, die sich äußerlich kaum von der unterschieden, in der die drei die Nacht verbracht hatten. Zwischen den Hütten lag meterhoch der Schnee, durch den frisch eingetretene Pfade führten und bewiesen, dass die Leute von Mactown schon eifrig auf den Beinen gewesen waren. Der Platz in der Mitte des Fleckens war sogar regelrecht gesäubert worden, das heißt, wenigstens war der Schnee vor den Häusern in größerem Umfange weggeschippt worden.

Sun Koh kam mit seinen Begleitern bis ziemlich an den Platz heran, bevor er auf einen der Bewohner von Mactown traf. Es war ein stämmiger, starker Mann mit groben Gesichtszügen, der sich ihnen auf dem schmalen Wege entgegenstellte. Er war sichtlich verblüfft und stemmte vor Staunen die Hände in die Hüfte. Das sollte wohl zugleich auch überlegen und herausfordernd sein, aber Sun übersah es, grüßte höflich und fragte:

»Ist das hier Mactown?«

»Was soll's denn sonst weiter sein?«, antwortete der Mann derb. »Dachtet ihr etwa, ihr wärt nach Frisco gekommen, hahaha? Was seid ihr denn eigentlich für Vögel?«

»Wir mussten eine Notlandung mit dem Flugzeug vornehmen«, gab Sun zurück, »und übernachteten in einer Hütte vorn am Walde.«

Der Mann drückte missbilligend die Augen zusammen.

»So, mit dem Flugzeug? Hm, wer seid ihr und was wollt ihr in Mactown?«

Sun passte der Ton des Mannes nicht, und er erwiderte deshalb ziemlich kurz:

»Das werde ich euch später einmal erzählen. Ist das dort ein Gasthaus?«

»Fragt doch an Ort und Stelle nach!«, schnauzte der andere. »Scheint ja recht feine Burschen zu sein. Schon mal eine Schaufel in der Hand gehabt, he?«

»Nicht dass ich wüsste«, antwortete Sun kühl.

Der Goldsucher lachte bösartig auf.

»Habe ich mir doch bald gedacht. Bist wohl deiner Mutter von der Schürze weggelaufen, he?«

Sun Koh hielt es für an der Zeit, das sinnlose Gespräch abzubrechen.

»Spart euer Geschwätz«, sagte er kurz. »Tretet etwas beiseite, dass wir weiter können.«

Der Mann blieb ruhig stehen und grinste tückisch.

»Hoho, geht nur weiter, links und rechts ist Platz.«

Links und rechts war tiefer Schnee. Der Pfad war nicht ganz einen Meter breit, aber er hätte zum Passieren bequem ausgereicht, wenn sich der Goldsucher nicht breitbeinig hingestellt hätte.

Sun Koh hob leicht die Schultern.

»Ganz wie Ihr wollt«, sagte er höflich, machte zwei Schritte auf den Mann zu und schob ihn mit einer schnellen Bewegung seines rechten Armes schwungvoll in den Schnee hinein. Dann winkte er Hal und Nimba vorbeizugehen.

Der stämmige Goldsucher lag eine Sekunde reglos im tiefen Schnee eingebettet. Vermutlich brauchte sein Gehirn Zeit, zu begreifen, wieso dieser schlank gebaute Jüngling einen Riesen wie ihn einfach beiseite schieben konnte. Doch dann ruderte er wild hoch, plumpste wieder zurück und taumelte schließlich auf den Pfad heraus.

Sun Koh lächelte fröhlich, denn der Mann sah ziemlich grotesk aus. Und Hal schmetterte unverfroren los:

»Mensch, wie haste dir verändert! Wo biste denn gewesen? Hat's gut getan?«

Das machte das Maß voll. Der Goldsucher stürzte sich wie ein gereizter Stier mit gesenktem Kopf auf Sun Koh zu und stieß mit seinen mächtigen Fäusten zu. Er stieß in die Luft und wäre vermutlich mit dem Gesicht abermals in den Schnee gefallen, wenn ihm Sun nicht rechtzeitig einen krachenden Schlag an die Kinnspitze gegeben hätte, der den Mann nach rückwärts umkippte. Wortlos legte er sich lang und blieb liegen.

Sie gingen weiter, aber sie merkten bald, dass der Auftritt nicht ohne Zuschauer geblieben war. In der Tür der Kneipe standen ein halbes Dutzend Männer, und von den anderen Hütten starrten verschiedene Gesichter herüber, währen sich gleichzeitig auf den Pfaden Gestalten auf die Kneipe zu bewegten. Sun Koh hielt es für geraten, seine Begleiter an ihre Pistolen zu erinnern. Nach dem, was er von Mactown gehört hatte, war es leicht möglich, dass man ihnen hier zu einem Tänzchen aufspielen wollte.

Die Männer in der Tür der Kneipe musterten die Ankömmlinge mit finsteren Gesichtern, aber sie wichen zur Seite, als Sun unmittelbar auf sie zuschritt und ließen die drei ungehindert in die Gaststube ein. Aber dann strömten sie ebenfalls hinein, und nicht bloß sie, sondern noch eine ganze Menge anderer, bis sich drei Dutzend Menschen in dem verhältnismäßig kleinen Raum drängten. Außerdem hörte man draußen auch noch Stimmen. Ganz Mactown schien blitzschnell von der Ankunft der Fremden erfahren zu haben und sich hier ein Stelldichein zu geben.

Sie nahmen an einem der verschmierten Holztische an der Wand Platz, wobei sie darauf achteten, dass ihre Bewegungsfreiheit nicht gehemmt wurde. Ihre Packen legten sie unter den Tisch.

Durch die Männer, die sich hereindrängten, schob sich die herkulische Gestalt eines riesigen Mannes, der wie eine überlebensgroße Bulldogge wirkte. Sein Mund war breit und hässlich, seine Backen wie fleischige Säcke, die Nase breitgedrückt, die Stirn niedrig mit borstigem Haar darüber und die Augen klein und bösartig. Wenn alle anderen schon wie Gesindel und Abschaum wirkten, so erst recht dieser Mann. Die Gesichter der anderen Männer wurden gegenüber seinem fast harmlos.

»Tag, Fremde«, brummte er unwirsch.

Sun sah zu ihm hoch.

»Sie sind der Wirt?«

»Hoffentlich haben Sie nichts dagegen«, knurrte der Mann drohend zurück und stemmte seine Hände auf die Tischplatte.

Sun lächelte ihn freundlich an.

»Nicht das Geringste. Bitte bringen Sie mir und meinen Leuten etwas Warmes zu trinken.«

Es sah so aus, als wollte der Wirt etwas entgegnen, aber dann wandte er sich schweigend ab und schlurfte davon. Sun prüfte unauffällig die Gesichter der Leute, die sich durch den Raum schoben und halb unterdrückte Bemerkungen austauschten. Keiner von allen spielte, wie es in diesen Lagern häufig ist. Die Stunde war ja auch noch reichlich früh. Sie lungerten eben nur herum und warteten der Dinge, die da kommen sollten. Sicher versprach man sich einen rechten Spaß von den Fremden, aber keiner wollte so recht den Anfang machen. Es steckte ziemliche Verlegenheit in den Leuten, die augenblicklich nicht wussten, was sie mit ihren Armen tun sollten. Die Gesichter waren trotz allem recht unterschiedlich. Wenn auch die meisten von den üblen Eigenschaften ihrer Besitzer zeugten, so waren doch zwei oder drei dabei, die mehr hart und verwettert als verbrecherisch wirkten.

Als einer dieser Männer zufällig in unmittelbare Nähe Suns geriet, winkte er ihn vollends heran.

»Einen Augenblick, bitte. Ist unter den Anwesenden zufällig ein gewisser Silver?«

Fast unverzüglich brachen sämtliche Gespräche im Zimmer ab, alles lauschte, um sich kein Wort entgehen zu lassen. Der Goldsucher war durch die unvermutete Anrede verwirrt, warf einen unsicheren Blick über seine Nachbarleute und murmelte schließlich:

»Hm, Tom Silver?«

»Ich kenne seinen Vornamen nicht«, antwortete Sun freundlich.

»Nicht nötig«, rief eine laute Stimme aus der Menge, »es gibt nur einen Silver in Mactown, und der ist nicht mehr hier.«

»Stimmt das?«, fragte Sun den Mann, der neben ihm stand.

»Das stimmt«, nickte dieser. »Er ist vor acht Tagen nach Norden gezogen, um zu prospektern.«

»Quatsch nicht«, rief der Mann von vorhin, »das grüne Tal will er suchen, um vor allem mit seiner Puppe allein zu sein. Er …«

Es kam eine Bemerkung, die die Leute aufjohlen ließ, während Sun die heiße Zornesröte in die Schläfe stieg. Aber er beherrschte sich und fragte nur laut alle Anwesenden:

»Wir sind wegen dieses Silver hierher gekommen. Kann mir jemand genaue Angaben machen, wo man ihn findet?«

Alle schwiegen, bis der gleiche Sprecher, dessen Gesicht Sun immer noch nicht entdecken konnte, die Antwort übernahm.

»Ihr scheint ein rechtes Greenhorn zu sein, Fremder, sonst wüsstet Ihr, dass euch überhaupt niemand Bescheid sagen kann. Wer hier bei uns prospektern will oder so etwas, der sorgt schon dafür, dass ihm niemand hinterhersteigt und die Brocken wegnimmt. Was wollt Ihr denn von Silver? Wenn Ihr ihm wieder so ein Puppchen mitgebracht habt, dann könnt Ihr es auch bei uns abladen, wir werden schon wissen, was mit ihr anzufangen ist.«

Wieder grölten die Männer auf, aber sie brachen schlagartig ab, als Sun scharf rief:

»Ihr solltet euch schämen, so zu sprechen. Das junge Mädchen, das zu Silver gebracht wurde, ist entführt worden. Sie hat das Gedächtnis verloren und glaubte es, als man ihr sagte, Silver sei ihr Vater. Ihr habt es gewusst, dass Silver nicht ihr Vater sein konnte, und es ist erbärmlich genug, dass sich keiner gefunden hat, der sich des jungen Mädchens annahm.«

Der Sprecher, der sich allmählich vorschob und sein schmales, früh verdorbenes Gesicht zeigte, lachte zynisch auf.

»Hoho, wir hätten uns schon des Mädchens angenommen, liebend gern, sozusagen. Aber Silver hielt sie uns vom Leibe, er wurde wild, wenn man in seine Nähe kam. Und er schießt ein bisschen zu gut, der liebe Tom, sonst hätten wir uns schon eine Aktie an seinem Vergnügen genommen. Übrigens sucht euch andere Leute aus, wenn Ihr schimpfen wollt. Bei uns könnte euch das schlecht bekommen, verstanden?«

Das war eine offensichtliche Herausforderung, und Sun sah an den grinsenden Gesichtern, dass jeder der Anwesenden die Worte als bare Münze nahm. Suns Stimme wurde sanft.

»Bei euch, wie woanders, erkläre ich jeden für einen Schuft, der sich schuftig benimmt.«

Drohendes Murmeln erhob sich, und sicher wäre es in den nächsten Sekunden schon zur Entladung gekommen, wenn sich nicht gerade der Wirt durchgeschoben hätte. Er brachte drei große Gläser voll Schnaps und setzte sie mit Nachdruck auf die Tischplatte.

»So«, knurrte er giftig, »erst trinkt und bezahlt, dann könnt ihr euren Handel ausmachen.«

Sun Koh schob die Gläser zurück.

»Danke, ich hatte etwas Warmes bestellt. Alkohol trinken wir nicht.«

Tiefes Schweigen.

»Haste Worte«, grölte schließlich einer der Männer auf.

»Gieß ihnen den Schnaps in die Fresse«, stichelte ein anderer.

Nun fand auch die Bulldogge ihre Sprache wieder.

»Was?«, keuchte er fassungslos. »Was wollt Ihr?«

In Suns Gesicht zuckte nicht ein Muskel. »Bringen Sie heißen Tee.«

»Milch ist besser«, höhnte der Schmale.

Der Wirt beugte sich vor; seine Mienen waren wutverzerrt.

»Tee wollt ihr? Tee? Euch ist wohl mein Schnaps nicht gut genug? Ihr bildet euch wohl ein, ich laufe mir wegen euch die Beine weg und stelle mir

Personal zum Teekochen an? Ich werde dir verfluchtes Greenhorn beibringen ...«

»Achtet auf eure Sprache!«, mahnte Sun scharf.

Der Mann lief blaurot an.

»Was, du willst mir auch noch Vorhaltungen machen? Sauf oder ...«

»Oder?«, fragte Sun freundlich.

»Damned«, zuckte der Wirt auf, riss eines der Schnapsgläser hoch und warf es Sun ins Gesicht. Das heißt, es sollte treffen, aber Sun bog sich blitzschnell zur Seite, sodass das Glas an der Wand zerschellte. Aber noch ehe es diese erreicht hatte, war Suns Faust schon vorgeschossen und mitten in dem Bulldoggengesicht gelandet. Wie von einem Stahlhammer getroffen flog der Mann zurück, prallte gegen die Umstehenden und sackte stöhnend zu Boden.

Lähmende Stille.

Sun wischte mit einer kurzen, gleichgültigen Bewegung die übrigen zwei Schnapsgläser vom Tisch herunter.

»Donnerwetter«, murmelte jetzt irgendeiner, »das war ein Schlag.«

Der Wirt kam langsam wieder hoch. Die Männer hinter ihm wichen zurück, sodass eine Gasse entstand, an deren einem Ende Sun Koh saß, während in der Mitte der riesige Mensch stand. Seine Augen stierten blutunterlaufen auf Sun, aus seiner Brust drang ein heiserer Schrei.

Er schien wie alle übrigen auf etwas zu warten, aber Sun Koh saß gleichgültig am Tisch und blickte scheinbar ausschließlich auf Nimba, der seelenruhig die geringen Mundvorräte auspackte. Es gab keinen grotesken Gegensatz als die drei am Tisch und die Horde der Männer ringsum, in deren Augen der Mord und die Erwartung des Mordes lag.

»Hund verfluchter!«, brüllte der Wirt schließlich los, als müsse er mit Gewalt die unerträgliche Spannung brechen.

Sun wandte sich ihm zu und musterte ihn von oben bis unten.

»Bringt mir Tee, aber bitte recht bald«, sagte er verächtlich. »Im Übrigen rate ich euch, vorsichtig mit euren Händen zu sein, ich schieße schneller als Ihr.«

Ein unartikulierter Laut kam aus dem Munde der Bulldogge, dann ging seine rechte Hand an der Hüfte vorbei nach oben.

Nun zögerte Sun nicht mehr. Er wusste, dass Rücksicht hier ein Fehler war.

Der Mann wollte ihm ans Leben. Je rücksichtsloser er handelte, umso größer war die Hoffnung, dass die anderen vernünftig bleiben würden.

Seine Hand bewegte sich mit unbegreiflicher Geschwindigkeit, seine Pistole lag schussbereit, während der andere noch auf halbem Wege war.

Päng!

Mit verwundertem Ausdruck im Gesicht taumelte der Angreifer nach rückwärts und schlug auf die Erde.

Sun Koh steckte die Waffe wieder ein und sprach ruhig und klar in das tödliche Schweigen hinein:

»Lasst euch das als Warnung dienen. Wer mich angreift, stirbt. Und nun hinaus mit euch.«

Ein Stöhnen brach aus den Kehlen, die vordersten wichen zurück. Da sprang der schmalgesichtige Sprecher von vorhin vor und schrie gehässig:

»Ihr Feiglinge, wollt ihr euch von dem einen Greenhorn ins Bockshorn jagen lassen, weil er schneller schoss als Dan? Kunststück, nicht wahr, keiner zieht so langsam wie der. Wir wollen den Burschen schon kirre machen, und wenn mein Schuss fehlgeht, dann wisst ihr hoffentlich, was ihr zu tun habt. He, Fremder, wie steht's? Soll ich euch das Gesicht verbiegen, oder wollt Ihr endlich ziehen?«

Sun Koh schätzte ihn kurz ab. Der Mann hatte kalte Augen und eine schmale Hand. Er musste sich seines Schusses und seiner Schnelligkeit sehr sicher fühlen, vielleicht schon deshalb, weil er stand, während Sun saß.

»Nach euch, bitte«, warf Sun lässig hin und hielt die Hände weiter auf dem Tisch, beobachtete aber scharf die Augen des andern.

Der lachte hohnvoll auf.

»Ho, wenn Ihr denkt, mich bluffen zu …«

Das war ein ganz raffinierter Bursche. Er erweckte den Anschein, als wolle er noch sprechen, aber inzwischen handelte er schon. Wenn Sun die Augen nicht beobachtet hätte, wäre es leicht zu spät gewesen, zumal der Mann tatsächlich außerordentlich schnell war. Seine Waffe war schon halb oben, als Sun erst den Kolben griff. Aber dann holte er umso schneller auf. Um den Bruchteil einer Sekunde schoss er früher. Der Schuss des andern löste sich noch, aber es war bereits der jähe Abriss des Herzens darin, sodass die Kugel unschädlich gegen die Decke fuhr.

Ein Dutzend Hände machten eine verräterische Bewegung.

»Hände hoch!«, brüllte der wachsame Neger und richtete plötzlich zwei Pistolen auf die dichtgedrängten Männer, und neben ihm sprang Hal ebenfalls schussbereit auf.

Die Vornstehenden warfen die Arme nach oben, aber von hinten krachten zwei Schüsse los und spritzten gegen die Wand. Zwei Schüsse antworteten und rissen im Hintergrund zwei Lücken, ein dritter folgte, weil einer der Männer noch immer nicht begriffen hatte.

Sun erhob sich nun langsam und musterte die wütenden, gespannten und auch unsicheren Gesichter.

»Ihr seid ja eine feine Gesellschaft«, stellte er leise, aber mit durchdringender Kälte fest. »Hinaus mit euch!«

Schweigend drängten sich die Leute hinaus. Im letzten Augenblick hielt Sun den Mann mit dem erträglichen Gesicht, den er vorher nach Silver gefragt hatte, zurück.

»Ihr bleibt hier. Nehmt eure Hände herunter und beantwortet mir einige Fragen. Wie heißt Ihr?«

»Bill Dunker«, antwortete der Gefragte verlegen und wischte sich die Stirn. »Entschuldigt, es ist mir warm geworden. Es wäre mir lieber, Ihr schicktet mich ebenfalls hinaus.«

»Warum?«, fragte Sun scharf. »Ihr kommt mir vor wie ein ehrlicher Mann.«

Dunker hob die Schultern.

»Wir haben alle was auf dem Kerbholz, der eine mehr, der andere weniger. Man wird hart hier oben, Fremder. Aber Ihr habt schon recht, ich bin zum ersten Mal hier. Mein Kamerad ist krank, deshalb konnten wir nicht weiter. Ist eine üble Kolonne hier, aber gerade deshalb wäre mir lieber, ich könnte draußen sein.«

»Ihr fürchtet sie?«

Der Mann schüttelte schwerfällig den Kopf.

»Fürchten? Nein, ich wehre mich meiner Haut. Aber sie können es einem schwer machen.«

»Es würde mir leid tun, wenn Ihr Ungelegenheiten haben würdet. Ihr könnt euch ja darauf berufen, dass ich euch mit Gewalt zurückhielt. Ich muss noch einiges wissen und hoffe, dass Ihr mir meine Fragen beantwortet. Vor allem: Stimmt es, dass der Aufenthalt Silvers unbekannt ist?«

Dunker nickte.

»Ja, das ist nicht anders. Wer auf Goldsuche geht, verwischt seine Spuren.«

»Jener Tote sprach davon, dass Silver nach dem grünen Tal suchen wollte? Was meinte er damit?«

»Es geht unter den Eskimos und unter den Goldsuchern eine Sage von einem ›Paradies im Eise‹. Irgendwo im Norden soll sich ein grünes Tal mit warmem Klima, mit Palmen und Südfrüchten, und was noch alles, befinden. Niemand hat es gesehen, aber alle reden davon und hoffen, es zu finden, denn dort soll es Gold in Massen geben. Silver glaubt bestimmt auch daran, und ich möchte fast annehmen, dass er im Quellgebiet des Kovukuk danach sucht. Ich hörte wenigstens, dass er genau nach Norden gehen wollte.«

»Warum sucht er jetzt danach und nicht im Sommer?«

»Im Sommer ist es noch schlechter mit dem Vorwärtskommen. Wenn Eis und Schnee aufbrechen, taugen Hunde und Schlitten nichts mehr.«

»Aber diese Leute sitzen doch ruhig hier?«

Dunker lachte kurz auf.

»Das sind auch keine Prospektor oder Goldsucher. Die gehen erst los, wenn die andern monatelang geschuftet haben, fangen sie ab und nehmen ihnen das Gold. Wegelagerer sind es.«

»Silver gehört nicht zu ihnen?«

»Er ist kaum besser als sie, aber er hat wenigstens die Unrast und die Gier im Blut und wagt etwas. Ich möchte nicht mit ihm zusammengehen, aber ein Aasgeier ist er nicht.«

»Warum brach er so plötzlich auf?«

Der andere schüttelte den Kopf. »Nicht plötzlich, er hatte von langer Hand alles vorbereitet. Das Mädchen passte ihm erst gar nicht, aber er hat sie mitgenommen. Er wird es schwer bereuen.«

»Warum?«

»Eine Frau auf solcher Fahrt ist das halbe Ende. Aber wahrscheinlich ist das Mädel zu bedauern, denn wie ich Silver kenne, wird er sie einfach umkommen lassen, wenn er's satt kriegt. Ob nun Alaska-Jim sein Versprechen wahr macht, weiß man ja nicht.«

»Wer ist Alaska-Jim und von welchem Versprechen redet Ihr?«
Dunker hob die Schultern.
»Ich kenne Jim Mackroth selber nicht weiter. Er ist ein junger Bursche, bestimmt eine ehrliche Haut. Die Leute hier haben höllischen Dampf vor ihm. Er ist der Einzige gewesen, der sich um das Mädel gekümmert hat, und als Silver sie mitnahm, schwor er hoch und heilig, er werde ihm auf den Hacken bleiben und dafür sorgen, dass dem Mädel nichts geschehe. Leicht möglich, dass sich die beiden Männer schon ein paar Meilen von hier beim Kragen gehabt haben.«

Sun Koh wurde bei dieser Mitteilung etwas leichter ums Herz; vielleicht war Joan Martini doch nicht so schutzlos, wie er befürchtet hatte. Er fragte Dunker noch dies und jenes, vor allem über die Beschaffung einer Ausrüstung, dann ließ er ihn hinausgehen. Er hatte kaum die Tür geöffnet, als ein Schuss krachte. Dunker sprang schleunigst zurück und warf die Tür wieder zu.

»Verdammt, sie schießen.«

»Die Männer haben eine Versammlung abgehalten«, teilte der beobachtende Nimba mit. »Es sieht so aus, als ob sie rings um das Haus auf der Lauer lägen.«

Sun öffnete selbst die Tür und ließ sich sehen. Sofort peitschten einige Kugeln dicht neben ihm ins Holz. Er trat zurück.

»Scheint zu stimmen. Sie haben Gewehre.«

»Dann gibt es eine kleine Belagerung«, rief Hal begeistert.

»Freu dich nicht darauf«, erwiderte Sun Koh kurz. »Wir können uns das Gesetz des Handelns nicht vorschreiben lassen und haben auch keine Zeit, uns wochenlang als Zielscheibe herzulegen. Schießt und trefft, die Leute wollen es nicht anders. Ihr bleibt jetzt unten, ich werde mich oben umsehen.«

Er ging über eine rohe Treppe in das obere Stockwerk, das in drei Kammern, die als Vorratsräume dienten, aufgeteilt war. Die starken Holzplatten, in Ermangelung von Fensterscheiben, waren geschlossen. Sun nahm sich Zeit, sie behutsam auf einen schmalen Spalt zu öffnen und ringsum das Gelände zu prüfen. Nimba hatte recht. Die Männer saßen in den anliegenden Blockhütten mit schussbereiten Gewehren und ließen das Haus nicht aus dem Auge. Sie fühlten sich auf diese Entfernung wohl sehr sicher, denn sie ließen sich ziemlich offen in den ausgeschnittenen Vierecken sehen.

Sun Koh lächelte grimmig.

Als aus einem der Gewehre ein Schuss aufblitzte, stieß er den Laden, an dem er stand, vollends auf und schoss kurz darauf mit zwei Pistolen los. Fünf Schüsse donnerten hinaus, dann waren die Fenster der auf dieser Seite liegenden Hütten leer. Im Nu sprang er auf die andere Seite, gab eine Salve hinaus, dann kam das dritte Fenster.

In den Hütten schien man minutenlang von Entsetzen gelähmt zu sein, dann brach eine wilde Unruhe drüben los. Rufe und Flüche erschallten. Eine Weile später liefen Gestalten geduckt durch den Schnee. Zwei von ihnen traf Sun, die anderen machten sich daraufhin unsichtbar. Sie krochen vermutlich am Boden entlang.

Eine Viertelstunde verging, ohne dass sich ein brauchbares Ziel bot. Dann hörte überhaupt jede Bewegung auf. Dafür drang aus dem gegenüberliegenden Haus umso mehr Lärm und Geräusch, Offenbar hatten sich die Männer dort in Deckung des Gebäudes zusammengefunden und berieten nun ihre nächsten Schritte.

Sun Koh ging wieder nach unten.

»Haltet das Gelände unter Beobachtung«, ordnete er an. »Ich werde die Leute drüben stellen. Dunker, wie kommt man am besten an das Haus heran?«

»An der Waldseite hat es keine Fenster, Sir«, gab der Goldgräber sehr respektvoll Auskunft. »Wenn Sie die Hintertür benutzen und sich in Deckung halten, ist es nicht zu schwer. Aber Sie wollen doch wohl nicht allein …?«

»Ich komme mit«, riefen Nimba und Hal gleichzeitig.

»Ihr bleibt, bis ich euch von der Hausecke aus ein Zeichen gebe. Dann zählt ihr bis zwanzig und kommt.«

Er eilte hinaus. Die Unrast trieb ihn. Tief in seinem Herzen hockte eine grimmige Wut. Joan Martini verkam in Eis und Schnee. Sie brauchte dringend Hilfe, und diese Kerle hier wollten ihn aufhalten?

Unter anderen Umständen hätte er seine Gegner verletzt und hilflos gemacht, ohne sie zu töten, oder er wäre überhaupt ausgewichen und hätte sie geschont. Dazu fehlte ihm jetzt die Zeit und die innere Sicherheit. Es war ihm selbst kaum bewusst, wie sehr die verzweifelte Sorge alles Sanfte aus ihm herausgedrängt hatte und die harten Eigenschaften des Kämpfers in Erscheinung treten ließ.

Er sprang wie ein flüchtender Hirsch von der Hintertür los, halb in Deckung der einen Blockhütte und des Schnees. Wenn man drüben aufmerksam beobachtet hätte, hätte man ihn sehen müssen. Er gelangte jedoch unbeobachtet an die Ecke des Hauses. Die Männer fühlten sich wohl zu sicher.

Er gab seinen Leuten das Zeichen, dann eilte er auf den Eingang des Hauses zu. Eben trat einer der Männer heraus. Er stand vor Schreck wie gelähmt. Dann wollte er sich herumwerfen, aber da war schon Sun Koh bei ihm und rammte ihm die Faust in den Magen, sodass er krachend durch die Tür hindurch in das Innere hineinschlug.

Die Männer fuhren jäh herum, dann hoben sie die Arme. Auf der Schwelle stand Sun Koh und richtete zwei Pistolen auf sie.

»Hände hoch!«

Päng!

Einer der Goldgräber im Hintergrund, der es nicht genau nahm, brach zusammen. Die anderen standen wie Steine.

Sun Koh wartete.

Drüben im anderen Haus zählte Hal laut.

»Achtzehn, neunzehn, zwanzig. Sie bleiben hier, Dunker. Los, Nimba!«

Sie stürmten wie die wilde Jagd hinüber, erst Hal voran, bis Nimba mit seinen langen Beinen ihn überholte.

»Unlautere Konkurrenz!«, schimpfte Hal in seinen Rücken hinein, dann standen sie schon hinter Sun Koh.

»Nehmt ihnen die Waffen ab.«

Das war für Hal ein besonderes Vergnügen.

»Her mit dem Spielzeug«, schäkerte er in die finsteren Gesichter hinein. »Kauft euch Knallbonbons, wenn ihr Krach machen wollt. Zum Schießen habt ihr ja doch kein Geschick. Na Großer, was willst du denn mit dem Käsemesser, sprich? So, hat ihm schon.«

So ging es weiter. Seine freundlichen Bemerkungen machten den jeweils Betroffenen wütend, aber die anderen begannen allmählich zu grinsen. Als alle Waffen eingesammelt waren, hatte sich die Stimmung bedeutend gehoben.

»So, nun durchsucht das Haus und schafft alle Waffen hinüber.«

Nimba und Hal verschwanden. Sun Koh wandte sich an die Männer.

»Ihr könnt die Arme herunternehmen. Ich sehe hier nur vierzehn Mann. Wo sind die anderen?«

»Tot«, brummte einer mürrisch.

»Und trotzdem seid ihr noch nicht vernünftig? Ihr werdet jetzt in diesem Raum bleiben, bis wir Mactown verlassen haben. Das kann noch einige Stunden dauern. So lange habt ihr auszuhalten. Nach Ablauf von vier Stunden dürft ihr hinaus. Wer vorher seine Nase ins Freie steckt, stirbt. Verstanden?«

Die Männer bejahten murmelnd.

Nimba und Hal hatten im Haus noch einige Gewehre gefunden. Sie trugen die Waffen hinüber. Als sie fertig waren, schloss Sun die Tür und folgte ihnen. Er war davon überzeugt, dass sich die Männer ruhig verhalten würden.

»Lassen Sie sich möglichst nicht sehen, Dunker«, sagte er, als er drüben angekommen war. »Sie sollen keine unnötigen Schwierigkeiten haben. Lassen Sie die Männer im Glauben, dass Sie hier als Gefangener festgehalten wurden. Sie müssen uns jedoch helfen zusammenzustellen, was wir brauchen.«

»Vor allem Hunde«, nickte Dunker. »Das ist das Wichtigste. »Ich rate Ihnen zu denen, die sich am Anbau befinden. Sie gehören dem Wirt. Er ist tot, und seine Hunde sind die besten, die es jetzt in Mactown gibt. Viel Auswahl haben Sie ja ohnehin nicht hier. Die Frage ist nur, ob Sie mit ihnen fertig werden.«

Das konnte allerdings das schwierigste Problem werden, denn keiner der drei war jemals mit solchen halbwilden Hunden umgegangen. Sun Koh begriff nach den Hinweisen Dunkers jedoch sehr schnell, worauf es ankam, und die Hunde schienen die Überlegenheit ihres neuen Herrn zu spüren, denn sie ließen sich verhältnismäßig willig einspannen.

Die zweite Schwierigkeit ergab sich, als Dunker Schneeschuhe aus der Vorratskammer brachte. Nimba und Hal hatten noch nie Schneeschuhe an den Füßen gehabt, und Sun Koh glaubte das Gleiche von sich. Als er sie jedoch anschnallte und mit ihnen in den Schnee hinaustrat, merkte er, dass er sich geirrt hatte. Er bewegte sich sicher und gewandt. Er musste also in seiner unbekannten Vergangenheit schon mit ihnen vertraut worden sein.

Dafür sah es bei Nimba und Hal umso böser aus. Sie stolperten über die Bretter an ihren Füßen, dass sie weiß vor Wut und rot vor Scham wurden.

»Tja, das geht nicht«, meinte Dunker bedenklich. »Schneeschuhe brauchen Sie schon, sonst kommen Sie im Neuschnee nicht vorwärts. Einer muss voran und die Spur treten. Die anderen können sich ja zur Not auf dem Schlitten halten.«

»Dann genügt es also, dass ich sie benutzen kann«, folgerte Sun.

»Sie haben keine Ablösung«, warnte der Goldsucher in ehrlicher Besorgnis. »Es ist kein Kinderspiel, wenn Sie auch kräftig sind.«

»Wir müssen uns in das Gegebene schicken«, entschied Sun. »In ein paar Tagen werden Nimba und Hal ebenfalls sicher gehen.«

Nach und nach wurden die zwei Schlitten, die sie mitnehmen wollten, fertig. Sie packten nur das Allernotwendigste auf, spannten aber viele Hunde vor. Sun brauchte ja keinen Goldgräberballast mitzunehmen, ihm lag ausschließlich an der Schnelligkeit. Der Hauptteil des Gepäcks bestand aus getrockneten Fischen und gefrorenem Fleisch für die Hunde.

Endlich erklärte Dunker, dass sie nun mit allem versorgt seien, was sie voraussichtlich brauchen würden.

»Also halten Sie sich nur immer nach Norden«, riet er, »bis Sie auf den Kovukuk stoßen. Dann müssen Sie weitersehen. Viele Aussichten kann ich Ihnen leider nicht machen, ich muss Ihnen sogar offen sagen, dass ich Ihr Unternehmen für glatten Selbstmord halte, weil Sie fremd im Lande sind. Ich wünsche Ihnen das beste Gelingen. Vergessen Sie die Ratschläge nicht, die ich Ihnen gegeben habe.«

Sie schüttelten sich die Hände, Hal und Nimba setzten sich auf die Schlitten, Sun nahm die Spitze und glitt voran. Ein scharfer Zuruf an die Hunde, die sich unruhig wälzten und bissen, der Leithund heulte durchdringend auf, die Schlitten ruckten an.

In immer schneller werdender Fahrt ging es vorwärts, durch den Wald hindurch aus Mactown hinaus, dem Norden zu.

3.

Tage vorher.

Die Hunde nahmen sich Zeit. Dann und wann stießen sie sich gegenseitig an und wandten den Kopf zu ihrem Herrn, der mit zusammengezogenen Knien auf dem Schlitten hockte. Sie fanden ihn höchst ungewöhnlich und erkundigten sich mit gelegentlichem, kurzem Aufjaulen, was denn eigentlich mit ihm los sei.

In der Tat, Jim Mackroth war außergewöhnlich nachdenklich, während seine Blicke an der Waldkerbe hingen, die sich bereits sichtbar öffnete.

Dort drüben lag Mactown.

Er hatte nie geglaubt, dass er dieses Brandnest noch einmal aufsuchen würde, obgleich es eigentlich der Ort war, der ihm in vieler Hinsicht am nächsten lag. Und wenn ihm nicht Northriver von dem Eskimo Ullag erzählt hätte, der im grünen Tal gewesen sein wollte, so wäre es ihm auch nicht im Traum eingefallen, den weiten Weg bis hierher zu machen.

Mactown.

Das feste, braunverwetterte Gesicht mit den energischen Augen, das durch nichts verblüffender wirkte als durch seine Jugendlichkeit, überschattete sich. Mactown – das bedeutete eine Vergangenheit. Wie lange war das schon her? Heute war er neunzehn, damals zwölf, also sieben Jahre, von denen jedes doppelt und dreifach rechnete.

Zwölf Jahre war er gewesen, als sein Vater auf den wahnsinnigen Einfall kam, Frau und Kind mit nach Norden zu nehmen und hier sein Glück zu versuchen. Er hatte es gebüßt. Nach Wochen schon war die Mutter am Klima gestorben und der Vater an einer Kugel, weil er sich voreiligerweise eine rohe Bemerkung verbeten hatte.

Zwölf Jahre war er gewesen, als er sich allmählich auf eigene Füße gestellt hatte. Eine lange Zeit seither, und eine schwere Zeit. Nie war er wieder aus Alaska hinausgekommen. Dawson war die größte Stadt, die er kannte, und die Welt bedeutete für ihn nicht mehr als ein ferner Traum, ein Märchen, das einen üblen Beigeschmack dadurch bekam, dass aus jener Welt all das Gesindel heraufzog, das sich gelegentlich hier herumtrieb.

Nein, die Welt kannte er nicht, aber Alaska dafür umso besser. Hier war er zu Haus, Sommer wie Winter, Tag und Nacht. Für ihn hatte dieses Land keine Schrecken, im Gegenteil, er liebte seine unendlichen Weiten, seine wundervolle Stille und köstliche Einsamkeit, seine wilden Schneestürme und kristallklaren Flächen wie eben ein Mensch seine Heimat liebt.

Es ärgerte ihn, dass diese hergelaufenen Kerle über das Land schimpften, dass sie es mit ihren dreckigen Begierden beschmutzten. Gold, Gold, pah, er wusste eine ganze Reihe von Stellen, an denen es sich lohnte, die Spitzhacke anzusetzen, aber es fiel ihm nicht ein, es zu tun. Wenn er dann und wann einmal einem armen, ehrlichen Teufel einen Tipp gab, so war das etwas ganz anderes.

Jim Mackroth wachte auf.

»Ho, Rothals, reitet dich der Teufel?«, schrie er wohlwollend den Hund an, der seinem Nachbarn gerade an die Kehle wollte. »Schläfst du denn, General, dass du nicht Ordnung schaffst?«

Die Hunde legten sich sofort begeistert in das Leder. In flotter, stiebender Fahrt ging es den Hang hinauf, in die Waldkerbe hinein, in der die Blockhütten und Häuser von Mactown lagen.

Jim fuhr gar nicht erst in den Ort hinein, sondern lenkte dicht vor der ersten Hütte seitwärts, am Walde entlang.

Die alte Hütte, die sein Vater einst bewohnt, hatte, stand fast unverändert. Da sie auch nicht besetzt war, zog Jim Mackroth ein, das heißt, er machte die Tür frei, warf seine Decken und Packen hinein und brachte die Hunde im Verschlag unter. Nachdem er eine Reihe kleiner Dinge erledigt hatte, ging er mit den federnden, leicht wiegenden Schritten des Langstreckenläufers quer durch die Hütten auf das Zentrum von Mactown zu.

Obgleich die Sonne noch über der Horizontlinie stand, wenn auch sehr wenig, war es doch bereits die achte Abendstunde. Im Grunde genommen gab es ja hier oben dicht unter dem Polarkreis im Jahr nur eine einzige Nacht und einen einzigen Tag, da die Sonne ein halbes Jahr unter dem Horizont stand, aber Jim hatte es sich doch angewöhnt, wie die anderen nach der Uhr zu rechnen und zwischen Tag und Nacht zu unterscheiden.

Um diese Stunde schlief man in den Hütten bereits oder, was häufiger der Fall war, man saß in Spilkers Kneipe und vertrieb sich die Zeit. Tatsächlich gab es denn auch sehr wenig Licht in Mactown, nur aus den paar Häusern und aus einigen Hütten um diese herum drangen Strahlen und Lichtstreifen in die weiße Nacht hinaus.

Im Vorderzimmer der Kneipe – es gab noch einen Nebenraum, der meist von den Spielern benutzt wurde – saßen annähernd zwanzig Männer. Einige davon waren eifrig bei den Karten, die andern hockten und standen um einen Tisch herum, an dem, nach dem ganzen Gebaren zu urteilen, allerlei eindeutige Witze gerissen wurden.

Der Eintritt des neuen Gastes erregte einiges Aufsehen. Das war schließlich kein Wunder, denn niemand empfindet eine Abwechslung und Neuigkeit stärker als Menschen, die seit Monaten auf einem Platz hocken und von der Welt mehr oder weniger abgeschnitten sind. Gespräch und Kartenspiel hörten auf, alle Köpfe wandten sich dem neuen Mann zu.

Jim grüßte kurz und trat an die Theke heran, hinter der das Bulldoggengesicht Spilkers alles andere als herzliche Freude zeigte.

»Tag, Jim«, quetschte er mürrisch heraus. »Was Anständiges?«

»Wie gewöhnlich«, gab ihm der junge Mann kurz Bescheid.

Der Wirt schnaufte wütend, verschwand aber unverzüglich. Er vergaß in seinem Leben nicht den Denkzettel, den er vor drei Jahren gekriegt hatte.

Jim Mackroth lehnte sich lässig an die Theke und beobachtete die Männer in der Runde. Es waren lauter fremde Gesichter, natürlich Gesindel wie stets. Sie machten halblaute Bemerkungen über ihn, offensichtlich wenig harmloser Natur, denn sie johlten wiederholt auf. Er wandte sich verächtlich ab. Mochten sie ihren Spaß haben.

Doch gerade, dass er ihnen den Rücken zuwandte, schien sie zu reizen. Ihre Worte waren kaum mehr zu überhören, und schließlich kam einer der Männer breitspurig und gewichtig auf ihn zugeschritten und rief ihn laut an:

»Hallo, Fremder, seid Ihr immer so schüchtern? Wenn ich nicht irre, seid Ihr augenblicklich schamrot im Gesicht.«

Mackroth drehte sich langsam herum und maß den Goldgräber von oben bis unten. »Bitte?«, fragte er scheinbar höflich.

Der Mann lachte wiehernd auf und wandte sich seinen Kumpanen zu.

»Hoho, habt ihr's gehört? ›Bitte‹ hat er gesagt. Hoho, Jungens, bindet eure Stehkragen fest, hier weht ein feiner Wind.«

Die anderen grölten. Der Goldgräber starrte Jim grinsend ins Gesicht.

»Junge, Junge, du hast uns gerade noch gefehlt. Scheinst ein feines Ei zu sein. Bist wohl neu im Land?«

»Gerade erst angekommen«, gab Jim Mackroth kühl Auskunft.

»Willst wohl Gold suchen, he?«

»Nicht ausgeschlossen.«

Die Männer johlten. Der Sprecher wurde zudringlicher.

»Sieh mal einer an«, höhnte er überlegen. »Gold suchen will der Goldsohn? Was es nicht alles gibt? Bist wohl von zu Hause ausgerissen?«

Mackroth wurde ungeduldig.

»Das geht euch einen Dreck an, verstanden! Kümmert euch um eure Angelegenheiten und lasst mich in Ruhe.«

Der Goldgräber markierte erschrockenes Zurückprallen, was eine neue Lachsalve und einige aufreizende Zurufe hervorrief.

»Hoho, du nimmst aber das Maul voll! Tust doch gerade, als wärst du schon trocken hinter den Ohren. Zeig mal her!«

Mackroth wich einen Schritt zurück und sagte scharf:

»Lasst den Unfug. Sucht euch jemand anders aus, wenn Ihr hänseln und streiten wollt. Ich bin alt genug, um euch auf die Finger zu klopfen, falls Ihr sie nicht festhalten könnt.«

»Mir wird schlecht vor Angst«, höhnte einer aus der Runde.

»Husch in die Ecke, Lew«, stichelte ein anderer. »Gegen den kommst du nicht auf.«

Der Mann bekam es mit dem Ehrgeiz zu tun und wurde gehässig.

»So, du willst mir auf die Finger klopfen? So siehst du gerade aus. Nun gerade werde ich mal nachgucken, wie nass du noch hinter den Ohren bist. Alt genug, dass ich nicht lache. Wie viele Jahre sind's denn schon, dass du Grünschnabel auf der Erde herumläufst?«

Jim zuckte zusammen und beugte sich dann blitzschnell vor.

»Was willst du«, knurrte er und hieb dem andern gleichzeitig eine klatschende Ohrfeige ins Gesicht.

Fassungslos stand jener einen Augenblick unbewegt, doch dann schrie er mit einem wilden Fluch auf und riss seine Pistole heraus. Ein ganz winziges Lächeln huschte über die Lippen des Jünglings. Wie gut, dass solches

Gelichter sich gewöhnlich selbst richtete. Mit einer knappen Bewegung ging seine rechte Hand am Gürtel vorbei. Päng.

Der Goldgräber warf die Arme in halbe Höhe und brach dann zusammen. Die anderen Männer fuhren wild hoch, aber gerade im diesem Augenblick trat Spilker mit einem dampfenden Topf wieder ein. Mit einem Blick hatte er die Lage erfasst und brüllte auch sofort los:

»Waffen weg, ihr Hornochsen, wenn euch euer Leben lieb ist. Seid ihr denn ganz und gar verrückt? Wisst ihr denn nicht, wer der Mann ist, gegen den ihr Idioten hier angehen wollt?«

»Nee«, knurrte einer, »kennst du denn das Greenhorn?«

Die Stimme der Bulldogge überschlug sich fast.

»Greenhorn? Hölle und Teufel, ihr habt wohl eure Augen zu Hause gelassen? Sieht so ein Greenhorn aus? Das ist Alaska-Jim.«

Alaska-Jim.

Die Männer wurden blass im Gesicht und ihre Augen bekamen etwas Stierendes, während ihre Hände schlaff herabsanken. Pfui Deibel, da hatte man sich um ein Haar in eine böse Patsche hineingeritten, eine Sekunde am Tode vorbei.

Das war also Alaska-Jim?

Kein Name war auf der weißen Halbinsel bekannter als dieser. Das war der Mann, der mit zwölf Jahren hier oben angefangen hatte, der das Land besser kannte als irgendeiner und genug Goldnester wusste, um ein paar Dutzend zu Millionären zu machen. Das war der Mann, von dem man abends in der Hütte, am Feuer stundenlang erzählte, wie er einst die vierhundert Meilen durch den Schneesturm gejagt war, wie er die Rinter-Bande erledigt, wie er einen Mann aus dem aufgebrochenen Yukon gerettet hatte, wie er zu seinem Bärenfell gekommen war und was noch alles. Alaska-Jim, das war der Held, die Abenteuergestalt des Nordens, der ungekrönte, blutjunge König Alaskas.

Und Alaska-Jim war der Schrecken aller wilden Burschen, weil er schneller schoss und stärker war als irgendeiner vor ihm. Teufel, eben hatte man in seine Pistole geblickt.

»Schnaps, Spilker!«, brummte einer.

Die Männer sanken stumm auf die Stühle. Alaska-Jim betrachtete sie spöttisch. Er wusste ziemlich genau, in welchem Rufe er stand, außerdem sah er, wie es die Männer mitgenommen hatte. Sie duckten sich förmlich unter seinem Blick, so stark wirkte sein Name auf sie.

Er wandte sich an den Wirt.

»Könnt Euch die Lebensrettungsmedaille verleihen lassen, Spilker«, sagte er gleichgültig. »Ich suche den Eskimo Ullag.«

Spilker ließ eines der Gläser fallen. Es dauerte eine Weile, bis er sich zur Antwort bequemte.

»Hm, Ullag? Kenne ich nicht. Vor einigen Wochen war allerdings ein Eskimo hier, weiß aber nicht, wo er hingekommen ist.«

Jim musterte ihn scharf.

»Ihr wisst mehr. Ich hoffe, dass Ihr Euch nicht nötigen lasst?«

Man sah, dass Spilker wütend war, aber er steckte ein und brummte nur mürrisch: »Weiß nichts, wendet Euch an Tom Silver.«

»Wo ist er?«

Der andere hob die Schultern.

»Wahrscheinlich in seiner – ah, dort kommt er gerade.«

Durch die Tür trat ein vierschrötiger Mann mit rotem Vollbart ein. Sein Gesicht war grob und wild, seine Augen etwas zu klein und zu tückisch, um angenehm zu wirken. Vom rechten Auge zum Mundwinkel lief eine hässliche Narbe. Der Mann sah nicht aus wie einer der Besten, aber man musste ihm lassen, dass er nicht so schlaff und versoffen wirkte wie die andern, die hier herumsaßen. Er war sicher ein Goldgräber im alten Stil, ein brutaler Abenteurer, während die anderen allenfalls als Hyänen zählten.

Jim Mackroth sprach ihn sofort an.

»Ich fragte gerade nach euch, Tom Silver. Jim Mackroth heiße ich.«

»Alaska-Jim«, setzte Spilker schnell bedeutungsvoll zu.

»Vor einigen Wochen war hier der Eskimo Ullag«, fuhr Jim fort. »Ich hörte, dass Ihr mit ihm zu tun hattet?«

Silver zog die Augen noch mehr zusammen.

»Nicht dass ich wüsste«, antwortete er mit rauer, aber zurückhaltender Stimme. »Den Eskimo habe ich freilich gesehen und auch wohl ein paar Worte mit ihm gewechselt, mehr aber nicht. Habe nicht die geringste Ahnung, wo er hingekommen ist. Wenn Ihr mich etwa beschuldigen wollt, ihn beiseite geschafft …«

»Ihr wehrt euch gegen eine Beschuldigung, die nicht erhoben wurde«, fiel Jim ein. »Wisst Ihr zufällig noch, worüber Ihr mit Ullag gesprochen habt?«

Silver wurde finster.

»Ihr verlangt reichlich viel, will mir scheinen. Ich kann mich nicht mehr erinnern. Vielleicht über das Wetter.«

»So?«, entgegnete Jim harmlos. »Und doch ist mir berichtet worden, dass Ihr Ullag nach dem grünen Tal gefragt habt. Stimmt das?«

»Kein Wort davon ist wahr«, fuhr der andere wild auf.

Alaska-Jim schüttelte den Kopf.

»Merkwürdig. Und dabei schwor mein Gewährsmann, dass Ihr die Frage stelltet. Ja, noch mehr. Ullag sagte Euch, dass er die Lage des grünen Tales kenne, dass er sie aber nur Jim Mackroth verraten würde, in dessen Auftrag er gesucht habe. Darauf schwort Ihr Hölle und Teufel, dass Ihr ihm seine Geheimnisse herauspressen würdet. Stimmt das?«

Silver war merkwürdig fahl.

»Alles erbärmliche Lügen«, würgte er.

Jims Stimme wurde messerscharf.

»Kann sein, Tom Silver. Aber es ist Tatsache, dass Ullag hier durchmarschierte und mich aufsuchen wollte, aber nie ankam. Sollte ich etwa einen Beweis dafür finden, dass Ihr Eure Drohung wahrgemacht habt, dann gnade Euch Gott, Mann.«

Damit wandte er sich kurz ab und schritt hinaus. Tom Silver sah ihm mit verbissenem Gesicht nach. Der konnte lange suchen, bevor er einen Beweis fand. Er hatte den Eskimo gut verpaddelt. Warum packte der Kerl nicht mit seinem Wissen aus? Einiges hatte er allerdings herausgequetscht. Schade, dass es nicht alles gewesen war, dass ihm der Mann unter den Fingern starb. Immerhin wusste er wenigstens ungefähr, wo man das Paradies des Nordens suchen konnte.

In drei Tagen ging er ab, dann konnte ihm Alaska-Jim …

*

Nach zwei Tagen war Alaska-Jim in seinen Nachforschungen nicht weiter als in dieser Stunde. Von Ullag war nichts mehr zu finden, und keiner der Männer gab ihm rechte Auskunft. Sie gingen in weitem Bogen um ihn herum und wussten von nichts, wenn er sie stellte. Dabei stand durchaus fest, dass Ullag in Mactown gewesen war, aber es sah doch mehr so aus, als ob er nur mit wenigen Leuten gesprochen hatte. Schließlich kein Wunder, denn Ullags Englisch war nicht weit her.

Jim Mackroth wäre vielleicht schon am zweiten Tage weiter gezogen, wenn er nicht gehört hätte, dass Tom Silver einen Trip nach dem Norden vorbereitete. Der Verdacht, dass das etwas Besonderes bedeutete, lag allzu nahe. Jim beschloss jedenfalls, ihn nicht aus den Augen zu verlieren.

Und dann kam das Flugzeug.

Jim hörte das tiefe Dröhnen, sah den großen Vogel hochkommen und lief mit den andern zum Yukon hinaus. In erwartungsvoller Stille sammelten sich dort die Männer und beobachteten voller Aufmerksamkeit, wie die Maschine gegen den Wind ging und langsam ausrollte. Als sie schließlich zur Ruhe gekommen war, schoben sie sich wie eine Mauer heran.

Aus dem Flugzeug kletterte der Pilot in dicker, unförmiger Hülle umständlich heraus, sprang von der Tragfläche herab und winkte den herantretenden Männern zu.

»Hallo, ist das hier Mactown?«

»Ganz recht, Sir«, antwortete einer der Vordersten mit einer Höflichkeit, an der wohl die imponierende Maschine schuld war.

»Gibt es hier einen gewissen Tom Silver?«

Mehrere Stimmen schollen gleichzeitig auf.

»Jawohl, den gibt es. Tom?«

»Bin schon da«, machte sich Silver bemerkbar und schob sich vor. »Was soll's, Fremder?«

»Tribbler«, stellte sich der Pilot vor. »Ich bringe Ihnen Ihre Tochter.«

Silver sah aus, als ob ihn jemand eine Schönheit genannt hätte.

»Was?«

»Ich habe Ihre Tochter mitgebracht«, wiederholte der Flieger. »Sie sitzt im Flugzeug.«

Dieser und jener der Männer lachte laut auf, die andern ließen den Mund offen. Jim Mackroth rückte interessiert näher.

Silver selbst duckte den Kopf zwischen die Schultern.

»Meine Tochter?«, knurrte er drohend. »Wenn das ein Witz sein soll, so ...«

»Ihr scheint nicht gerade freudig überrascht zu sein«, wunderte sich Tribbler. »Bitte, lest den Brief, den ich euch übergeben soll.«

Er zog ein Schreiben hervor. Silver riss es auf, las und lachte dann laut auf.

»Ach so«, grinste er, »jetzt verstehe ich erst. Sie müssen entschuldigen, Fremder, aber ich habe nie geglaubt, dass meine Tochter ausgerechnet im Flugzeug kommen wird. Nun holt sie nur mal heraus. Die arme Kleine wird mich ja leider kaum erkennen, seitdem sie – na, Sie wissen schon, aber das wird schon in Ordnung kommen.«

Tribbler nickte und stieg wieder in das Flugzeug hinein. Mittlerweile drängte sich einer der Männer an Silver heran.

»Mensch, Tom, was hast du denn wieder ausgeheckt? Hast doch im Leben keine Tochter gehabt. Wird sicher wieder ein Hauptspaß, he?«

»Halt's Maul!«, schnauzte ihn der Gefragte an und schritt näher an die Maschine heran.

Der Pilot half einem jungen Mädchen auf die Erde herunter. Jim Mackroth kniff die Augen zusammen. Das sollte Silvers Tochter sein?

Unmöglich.

Die junge Unbekannte trug einen dicken Pelz, aber offensichtlich war sie schlank und gut gewachsen. Ihr Gesicht wirkte unter der dicken Umhüllung fast zu zart, aber es war zweifelsohne von hervorragender Schönheit. Jim Mackroth hatte noch nicht viele Frauen gesehen und sich auch nie um eine Frau gekümmert, aber so viel verstand er doch, dass dieses Mädchen, mit den großen, tiefen Augen weder mit Alaska noch mit Silver etwas zu tun haben konnte.

Sie stand jetzt mit offenbarer Hilflosigkeit vor Silver. Erst hatte sie eine Bewegung gemacht, als wollte sie auf ihn zueilen, dann war sie förmlich zurückgeprallt, und nun wusste sie nicht mehr, was sie tun sollte.

Silver hielt ihr mit theatralischer Gebärde beide Hände hin.

»Sei willkommen, mein Kind«, rief er laut. »Ich bin froh, dass du dich wieder einmal bei deinem alten Vater sehen lässt.«

Sie reichte ihm unentschlossen die Hand. Jim Mackroth sah, wie ein Schauer durch ihren Körper ging. Ihre Stimme war sehr leise, aber trotzdem vernehmbar, als sie antwortete:

»Sie sind – du bist mein Vater? O, es ist schrecklich hier.«

Silver klopfte ihr mit heuchlerischem Lachen wohlwollend auf die Schulter.

»Das kommt dir nur so vor, wirst es schon gewohnt werden. Aber komm, wir wollen hier nicht anfrieren, in meiner Hütte ist es warm.«

Das junge Mädchen wandte sich nach dem Piloten um und warf ihm einen hilfeflehenden Blick zu. Dieser aber nickte ermutigend.

»Ihr Vater hat sicher recht, Miss. Er wird Ihnen das Leben schon erträglich machen.«

Sie senkte mit einer hoffnungslosen Bewegung den Kopf. Diese Gebärde der Resignation war so erschütternd, dass Jim Mackroth vorsprang und scharf rief:

»Stopp, Silver, wollt Ihr mir nicht einmal erklären, was das bedeuten soll?«

Tom Silver sah ihn tückisch an.

»Ich habe keine Veranlassung dazu. Wenn Ihr zugehört habt, so wisst Ihr, dass das meine Tochter ist, die mich besuchen gekommen ist.«

Jim machte aus seinen Zweifeln keinen Hehl.

»So. Eure Tochter? Erzählt das Eurer Großmutter, aber nicht mir. Die junge Dame ist so wenig Eure Tochter wie ich Euer Sohn.«

Silver hob die Schultern wie einer, der sich unschuldig verdächtigt fühlt.

»Wenn Ihr's besser wisst, so fragt sie doch selbst oder diesen Herrn, der sie hergebracht hat.«

Das ließ sich Jim nicht zweimal sagen. Er wandte sich dem jungen Mädchen zu und verbeugte sich höflich.

»Entschuldigen Sie, Miss, wenn ich mich einmische, aber ich halte es für meine Pflicht, um Sie vor Unannehmlichkeiten zu bewahren. Jim Mackroth heiße ich. Stimmt es, dass dieser Mann Ihr Vater ist?«

Sie sah ihn mit einem suchenden, nachdenklichen Blick an.

»Ich weiß nicht«, antwortete sie schließlich zögernd. »Ich – ich glaube.«

Jim runzelte die Stirn.

»Sie wissen es nicht? Aber Sie müssen doch wissen, ob dieser Mann Ihr Vater ist oder nicht?«

Während sie noch nach einer Antwort suchte, mischte sich der Pilot ein.

»Bitte bemühen Sie sich nicht, Mr. Mackroth, nicht wahr? Miss Martini hat nämlich durch einen Unglücksfall ihr Gedächtnis verloren und ist daher tatsächlich nicht imstande, Ihre Frage so ohne weiteres zu beantworten.«

Alaska-Jim war alles andere als schwerhörig.

»Hallo, wie heißt die junge Dame?«

»Joan Martini«, entgegnete der Flieger ruhig. »Sie wundern sich wohl, weil sie nicht Silver heißt? Sie trägt den Mädchennamen ihrer Mutter, darin liegt schließlich nichts Besonderes.«

Alaska-Jim war von der schnellen Abwehr alles andere als erbaut, aber er gab nicht auf.

»Hm«, sagte er, »das klingt ja ganz vernünftig. Aber ich kann unmöglich glauben, dass die Miss die Tochter Silvers sein soll. Welche Beweise haben Sie dafür?«

Der Pilot sah ihn unmutig an.

»Beweise? Soll ich Ihnen Selbstverständlichkeiten noch beweisen? Ich habe die junge Dame von ihrer Tante und Beschützerin übernommen, die sie wahrhaftig nicht aufs Blaue hinaus in die Welt schicken würde. Und außerdem verbitte ich mir die Unterstellung, als ob ich meine Hände zu einem unehrenhaften Handel geben würde.«

Die Augen der beiden Männer hielten sich fest. Langsam antwortete Jim, indem er jedes einzelne Wort betonte:

»Sie sehen tatsächlich aus wie ein anständiger Kerl, Fremder. Es bleibt zwar noch immer die Möglichkeit, dass Sie sich getäuscht haben, aber ganz abgesehen davon – können Sie mir Ihr Wort geben, dass nach Ihrer Überzeugung diese junge Dame tatsächlich die Tochter Tom Silvers ist?«

Tribbler nickte sofort.

»Natürlich. Ich wäre der Erste, der Miss Martini unter seinen eigenen Schutz stellen würde, wenn ich nicht ihren Vater vor mir sähe.«

Mackroth holte tief Atem.

»Gut, dagegen will ich nicht angehen, obgleich ich trotzdem nicht an die ganze Geschichte glaube. Aber etwas anderes. Sie kennen dieses Land nicht und haben vermutlich keine Vorstellung, dass es glatten Mord bedeutet, das junge Mädchen hierher zu bringen.«

»Miss Martini wird unter dem Schutz und der Verantwortung ihres Vaters stehen«, wehrte der Flieger unbehaglich ab.

Jim lachte bitter auf.

»Sie müssen sehr wenig Menschenkenntnis haben, wenn Sie sich darauf etwas einbilden, Fremder.«

Silver knurrte wütend auf. »Unterlasst Eure Beleidigungen, Jim Mackroth.«

Dieser blickte ihn verächtlich an.

»Reg dich nicht auf, ich sage, was mir passt. Bleibst du im Ernst dabei, dass die Miss deine Tochter ist?«

»Sie ist meine Tochter«, brummte der Goldgräber, während seine Augen begehrlich an dem gesenkten Gesicht des jungen Mädchens hingen.

Jim fing den Blick auf, und wenn er noch für sich einen Beweis für die Unrichtigkeit dieser Behauptung gebraucht hätte, so hätte dieser Blick genügt, um jeden Zweifel zu zerstreuen.

»Ihr lügt«, entgegnete Jim fest. »Aber schön, wenn es Eure Tochter ist, so liegt es wohl kaum in Eurer Absicht, sie hier oben zu lassen. Ich nehme an, dass Ihr sie sofort wieder zurückschickt.«

Ein fahles Grinsen trat auf Silvers Lippen.

»Ich denke nicht daran. Jahrelang habe ich mich nach dem Mädchen gesehnt, und jetzt soll ich sie fortschicken? Ha!«

Jims Gesicht wurde immer finsterer.

»Ihr wisst, dass die Miss das Klima nicht vertragen wird?«

Der andere hob die Schultern.

»Sie wird sich daran gewöhnen.«

»Ihr wisst, dass selbst eine Dirne sich für zu wert hält, um hier oben zu leben?«

»Ich werde sie zu schützen wissen«, erklärte jener mit Pathos.

Jim biss die Zähne zusammen.

»Und wer schützt sie vor Euch?«, fragte er bitter. »Übrigens, wenn ich nicht irre, wollt Ihr doch morgen auf Trip nach Norden gehen. Was wird dann mit der Miss?«

Silver warf sich in die Brust.

»Selbstverständlich nehme ich sie mit.«

Der junge Mann hielt sich mit Mühe zurück. Er keuchte fast vor Ingrimm.

»Dann seid Ihr der erbärmlichste Schuft, der mir je unter die Augen gekommen ist, verstanden?«

Silver hütete sich wohl, eine Armbewegung zu machen. Er wusste, dass Alaska-Jim nur darauf wartete. Er begnügte sich zu murren:

»Ihr werdet an dieses Wort noch denken, Jim Mackroth.«

Dieser schnaubte verächtlich und wandte sich an das junge Mädchen.

»Wenn ich Euch einen guten Rat geben darf, Miss, so steigt schleunigst wieder in das Flugzeug und kehrt dorthin zurück, wo Ihr hergekommen seid. Ihr könnt überall besser leben als hier und in Silvers Gesellschaft.«

Joan Martini reichte ihm ihre kleine, schmale Hand.

»Ich danke Ihnen, denn ich fühle, dass Sie es gut meinen. Es ist hier alles so fremd und – so wild, und ich glaube, ich fürchte mich ein bisschen, aber – es ist mein Vater.«

»Das muss ein Irrtum sein.«

Sie sah ihn ruhig an.

»Ich habe keinen Grund, das anzunehmen. Es stimmt, dass ich mein Gedächtnis verlor, und die Leute, die mich hierher schickten, meinten es sicher gut mit mir. Ich werde hier bleiben.«

Jim stöhnte.

»Es ist zum Verrücktwerden. Sie dürfen nicht hier bleiben.«

»Sie bemühen sich zwecklos«, warf Tribbler wieder ein. »Niemand von uns hat das Recht, diesem Manne seine Tochter vorzuenthalten.«

Da gab es Jim Mackroth auf. Der Flieger hatte recht. Solange nicht der Gegenbeweis erbracht wurde, war nichts zu machen.

Er trat dichter an das Mädchen heran und sagte gelassener als bisher, aber eindringlich:

»Sie werden Ihren Entschluss bereuen, Miss. Ich fürchte, Sie werden sehr bald einen ehrlichen Helfer brauchen. Für diesen Fall sollen Sie wissen, dass ich Ihnen jederzeit zur Verfügung stehe. Rufen Sie mich, sobald Sie sich in Not fühlen.«

Sie nickte.

»Ich glaube nicht, dass es dazu kommt, ich danke Ihnen für alle Fälle.«

Mackroth wandte sich wieder Silver zu, der mit missvergnügtem Gesicht dem Gespräch gelauscht hatte. Seine Stimme wurde jetzt hart und klirrend.

»Und Euch, Silver, will ich eins sagen. Wenn Ihr dem Mädchen, das Eure Tochter sein soll, zu nahe tretet, dann gnade Euch Gott. Ihr werdet mich von jetzt an auf Euren Fersen finden, bei Tag und bei Nacht, ob Ihr in Mactown bleibt oder nach Norden zieht, so lange, bis ich die junge Dame wohlbehalten aus dem Lande hinaus weiß. Habt Ihr das verstanden?«

In Silvers Augen lag ein tückisches Blinzeln.

»Ihr habt kein Recht, Alaska-Jim, hinter mir herzuspüren.«

Jim lachte ihm grimmig ins Gesicht.

»Das Recht werde ich mir nehmen, so viel müsstet Ihr von mir wissen. Ich werde immer genau so weit von Euch sein, dass mich ein Hilferuf gerade erreichen kann. Und wenn Euch das nicht passt, können wir ja den Fall austragen.«

Silver grinste mühsam.

»Wenn Ihr absolut den Schutzengel spielen wollt, so habe ich nichts dagegen. Hoffentlich wird's Euch nicht gar zu langweilig.«

Alaska-Jim lächelte verächtlich.

»Das lasst meine Sorge sein.«

Damit wandte er sich ab und schritt durch die zurückweichenden, schweigend starrenden Männer, die alle krampfhaft ein unbeteiligtes Gesicht zogen, hangaufwärts.

Von oben sah er, wie Silver das junge Mädchen nach Mactown hineinführte. Hinter ihnen schritt der Pilot, der offenbar über Nacht bleiben wollte, dann folgte die ganze Rotte der Männer, die sich jetzt allerhand anzustoßen und zu erzählen hatten.

*

In dieser Nacht schlief Jim Mackroth nicht.

Er versorgte seine Hunde und ging dann zu Silvers Hütte hinüber. Gänzlich unbefangen lehnte er sich an die seitliche Blockwand und beobachtete nicht nur Leben und Treiben vor der Hütte, sondern lauschte auch unverfroren auf das, was in der Hütte vor sich ging.

Silver hatte seine Anwesenheit natürlich bald bemerkt, aber er tat zunächst so, als ob das Gegenteil der Fall sei. Erst gegen Mitternacht, nachdem er seine Packen geordnet hatte, kam er zu Jim herangeschlendert und fragte bissig:

»Mir scheint, Ihr wollt die ganze Nacht hier bleiben, he?«

Jim nickte.

»Ich habe es Euch doch vor allen Leuten gesagt. Wenn Ihr Euch immer noch einbildet, dass das junge Mädchen für Euch bestimmt ist, so tut Ihr gut, Eure Meinung zu ändern.«

Silver lachte hässlich auf.

»Vielleicht ist sie für Euch bestimmt, he? Eure Sorge ist rührend, Alaska-Jim. Ihr wisst doch ganz genau, dass sie in der Nebenkammer schläft.«

»Die nicht zu verschließen ist«, fügte Jim sarkastisch hinzu.

Tom Silver starrte eine Weile auf die Erde. Dann hob er ruckartig den Kopf.

»Ihr habt die Absicht, hinter mir herzufahren?«

»Gewiss.«

»Das ist wider jede Regel«, betonte Silver grimmig. »Ihr macht Euch unehrlich, wenn Ihr einem Prospektor nachschleicht.«

Jim blieb gelassen.

»Nicht, wenn der Prospektor ein fremdes junges Mädchen mitnimmt.«

»Sie ist meine Tochter.«

»Quatsch.«

Der Goldgräber hob die Schultern.

»Dann nicht. Aber lasst Euch gesagt sein, Alaska-Jim, dass ich genau das tun werde, was mir beliebt. Wenn Ihr etwa denkt, ich fürchte mich vor Euch, so habt Ihr Euch verrechnet. Das Mädel kommt mit und damit basta.«

Jim antwortete völlig leidenschaftslos:

»Ihr könnt machen, was Ihr wollt, Silver. Aber bei dem geringsten Anzeichen, dass Ihr das Mädchen nicht als Eure Tochter behandelt, geht es Euch an den Kragen. Ihr habt mein Wort darauf.«

Silver brummte etwas vor sich hin, ließ Jim stehen und verschwand in der Hütte. Jim Mackroth hörte ihn dort rumoren und dann sich niederlegen. Nach einiger Zeit drangen starke Schnarchtöne heraus, die die leichten, kaum hörbaren Atemzüge des Mädchens übertönten.

Jim hatte viel Zeit nachzudenken. Er dachte über eine ganze Menge nach, nur über seine Beziehung zu dem Mädchen nicht. Das gab seine Natur nicht her. Wenn er älter und in einem weniger harten Lande gewesen wäre, hätte er sich vermutlich verliebt, aber so fiel ihm das nicht im Geringsten ein. In seinem jungen Leben spielten Frauen keine Rolle. Die paar Minuten, die er das Mädchen gesehen hatte, waren gerade ausreichend gewesen, um die Schutzbedürftigkeit festzustellen. Nicht Liebe oder Begierde trieb Jim Mackroth, sich für Joan Martini einzusetzen, sondern die angeborene, natürliche Ritterlichkeit eines anständigen, ehrlichen Charakters. Er wäre jedem anderen Menschen, der auf Tod und Schande einem Mann wie Silver ausgeliefert war, ebenfalls beigesprungen.

Im Grunde genommen war es für die Fremde nicht das Schlechteste, dass sie mit Silver auf Trip gehen musste. Das Klima und die Strapazen würden ihr mörderisch zusetzen, aber vor Silver war sie bestimmt sicher, solange sie sich unterwegs befanden. Die erbarmungslose Kälte schloss jede Annäherung aus.

Nach Stunden wurde es wieder lebendig. Der Pilot verabschiedete sich und stieg in Anwesenheit der gesamten Bevölkerung von Mactown auf, nachdem er seinen Motor glücklich wieder in Gang gebracht hatte. Dann spannte Silver seine Hunde ein.

Joan Martini nahm weisungsgemäß auf dem Schlitten Platz. Sie musterte ungewiss und zaghaft die Umstehenden. Man sah ihr an, dass es ihr ums Herz nicht leicht war. Und dabei hatte sie nicht die geringste Ahnung, was ihr bevorstand.

Jim Mackroth hielt sich im Hintergrund. Er ließ Silver, der sich mit vielem Hallo verabschiedete, fortfahren, ohne sich zu rühren. Langsam ging er nach seiner Hütte. Die fragenden und spöttischen Blicke, die man ihm nachwarf, beachtete er nicht. Er hatte Zeit.

Erst nach zwei Stunden nach Silvers Abfahrt gab er General, der mit seiner Rute bereits ungeduldig klopfte, frei.

Es war für Jim eine Kleinigkeit, dem vorausfahrenden Schlitten auf der Spur zu bleiben. Und ebenso wenig war es für ihn schwierig, die zwei Stunden wieder aufzuholen. Die Hunde – vielleicht die schnellsten und ausdauerndsten in ganz Alaska – huschten nur so hin, während Silver schwere Fahrt hatte. Das war überhaupt das Unverständlichste an Tom Silver. Offenbar hatte er eine ganz große Sache vor, allem Anschein nach galt seine Fahrt dem grünen Tal. Dieses Ziel war es wert, dass man die gegebenen Möglichkeiten bis zur letzten Grenze ausnutzte, ja, es war sogar notwendig.

Und doch belastete sich Silver mit dem Mädchen, das, praktisch gerechnet, nichts als überflüssiger Ballast war, der ihm verhängnisvoll werden konnte. Entweder war Silver verrückt, oder er hatte so genaue Angaben über sein Ziel, dass er die neue Belastung nicht für gewagt hielt.

Nach wenigen Stunden hatte Jim seinen Mann vor sich. Silver lag an der Spitze, das Mädchen hockte auf dem Schlitten. Sicher fror die hundserbärmlich.

Jim hielt Abstand. Es war nicht notwendig, dass er unmittelbar aufrückte.

Am Spätnachmittag loderten die beiden Feuer wenige hundert Meter voneinander entfernt auf.

So ging es einen Tag um den andern. Voran Silver mit Joan Martini, hinter ihm in Sichtnähe Jim Mackroth. Nach acht Tagen überschritten sie dicht hintereinander den Kovukuk und wandten sich dann ostwärts.

An diesem ersten Morgen jenseits des Kovukuk entdeckte Jim im Vorüberfahren an Silvers Lagerplatz ein zusammengeknülltes Papier. Im Vorbeifahren beugte er sich seitwärts und nahm es mit.

Es war ein Briefblatt, bedeckt mit steilen, nach links gekippten herrischen Schriftzügen. Sie waren an manchen Stellen verwischt und zerlaufen – wahrscheinlich war das Blatt einmal feucht gewesen –, aber Jim konnte sie noch ausgezeichnet lesen. Und er las sie mit angespannter Aufmerksamkeit.

»Tom Silver, ich hoffe, dass Euch das Schreiben in Mactown erreicht. Der Überbringer hat Eure Tochter bei sich, die er Euch übergeben will. Die arme Joan Martini, das war wohl der Mädchenname Eurer Frau, hat noch immer das Gedächtnis verloren. Das südliche Klima bekommt ihr nicht, deshalb vertraue ich sie Eurer liebevollen Pflege wieder an, zumal Ihr ja starke Sehnsucht nach ihr haben werdet. Ihr werdet sicher Eure Freude an ihr haben, wie es einst bei L. K. der Fall war. Ihr versteht mich wohl. Übrigens teile ich Euch noch wunschgemäß mit, dass Euer Bankkonto mittlerweile auf zwanzigtausend angewachsen ist.«

Dieses Schreiben war mit ›Lady Houston‹ unterzeichnet. Jim steckte es sorgfältig ein, während er den Namen halblaut wiederholte. Er wollte sich ihn einprägen. Vielleicht traf er eines Tages doch diese Frau, der man unbedingt einige Worte sagen musste.

Der Brief war klar für den, der Silver und die hiesigen Verhältnisse kannte.

Er war aber auch raffiniert genug abgefasst, um die Absenderin im Notfalle zu decken. Wahrscheinlich hatte sie vermutet, dass der Pilot den Brief unterwegs öffnen könne.

Für zwanzigtausend wurde dieses unbekannte junge Mädchen, das der Lady vermutlich im Wege war, Tom Silver übergeben.

Jim lachte grimmig vor sich hin.

Warte, mein Lieber, noch hast du deine Sündengelder nicht verdient, und solange Jim Mackroth lebt, wirst du auch vergeblich auf eine Gelegenheit warten.

Alaska-Jim zog in Erwägung, ob er den Mann dort vorn nicht einfach stellen und niederknallen sollte. Aber er entschied sich schließlich zu warten. Vorläufig fehlte ihm noch der volle Beweis für die schlechten Absichten Silvers, und außerdem sollte ihm der Mann erst mal den Weg zum grünen Tal zeigen, nach dem er schon seit Jahren forschte. Gerade jetzt ging es in eine Gegend hinein, die ihm selbst noch unbekannt war.

Ho, General, lebhaft, lebhaft! Augen auf, Alaska-Jim, Tom Silver wird es früher oder später mit einem Trick versuchen.

Vorwärts, General!

*

Joan Martini war in trostloser Stimmung. Sie fror entsetzlich trotz ihrer dicken Pelze. Ihre Augen schmerzten von dem ewigen, blendenden Weiß und dem scharfen Luftzug. Im Magen lag ihr eine ständige Übelkeit von der ungewohnten, derben, fettigen Nahrung. Aber all diese körperlichen Beschwerden waren durchaus geringfügig gegenüber der inneren Ungewissheit und der unbestimmten Furcht, die ihre Abhängigkeit von diesem Manne in sich barg.

Dieser Tom Silver sollte ihr Vater sein?

Unablässig wiederholte sie sich die Frage und quälte sich damit, eine befriedigende Antwort zu finden. Unablässig versuchte sie, die Decke, die über ihrer Erinnerung lag, zu lüften, aber stets musste sie es aufgeben.

Sie hatte sich in der Klinik in San Franzisco recht wohlgefühlt. Dann war jene Lady gekommen und hatte sich als ihre Tante vorgestellt.

Sie war willig mit ihr gegangen, da sie keinen Anlass zum Zweifel gehabt hatte. Sie war auch damit einverstanden gewesen, zu ihrem Vater zurückzukehren, der voller Sehnsucht auf sie warten sollte.

Ihr Vater?

Es war ein furchtbarer Schlag für sie gewesen, als sie in der Einöde von Mactown den Mann kennenlernte, der ihr Vater sein sollte. Er entsprach so gar nicht dem Bilde, das sie sich von ihm gemacht hatte. Wenn Tribbler nicht gewesen wäre, an dessen Ehrlichkeit sie nicht zweifelte, so hätte sie nie geglaubt, dass dieser Mann ihr Vater sein könnte.

Die ganze Nacht in Mactown war ihr gewesen, als müsste sie hinauslaufen, davonrennen, aber sie hatte den Entschluss nicht fassen können.

Und nun war sie mit dem mürrischen Mann allein in der grausigen weißen Wildnis.

Sie schauerte zusammen und blickte unwillkürlich nach hinten, wo weit zurück ein zweiter Schlitten in ihren Spuren folgte. Das war wohl der junge Mann, der ihr Schutz versprochen hatte. Er glaubte bestimmt nicht daran, dass Tom Silver ihr Vater war.

Glaubte sie es eigentlich noch?

Sie wusste es nicht, aber Tom Silver benahm sich jedenfalls nicht wie ein Vater. Seine Blicke waren unerträglich. Es lag oft eine Gier in ihnen, die sie zwang, ihre Augen niederzuschlagen. Im Übrigen redete er kaum ein Wort, knurrte höchstens mürrisch vor sich hin.

Es war am Abend des Tages, an dem sie den Kovukuk überschritten hatten. Wie gewöhnlich saßen sie sich nach dem Essen am Feuer gegenüber und wie gewöhnlich starrte Tom Silver sie unverwandt mit seinen merkwürdigen Blicken an. Da fasste sie sich ein Herz und begann tapfer ein Gespräch.

»Werden wir eigentlich noch lange unterwegs sein?«

In sein Gesicht trat eine gewisse Überraschung, die durch ein leises Grinsen abgelöst wurde.

»Einige Tage wird's schon noch dauern, mein Täubchen.«

Sie zuckte zusammen, fragte aber sachlich weiter.

»Wollen wir immer in dieser Kälte leben?«

Er zwinkerte. »Wird bald besser. Dort, wo wir hin wollen, ist es schön warm. Freu mich schon darauf, meine Süße.«

Sie warf den Kopf zurück.

»Du hast merkwürdige Namen, es wäre mir lieber, wenn du nicht so sprechen würdest.«

Silver stieß einen kurzen Pfiff aus.

»Sieh da, du wirst recht munter! Passt dir wohl nicht, wenn ich dir liebevoll komme?«

Sie sah ihn befremdet an. Diese Tonart war alles andere als väterlich. Instinktiv lenkte sie ab.

»Wer ist der Mann, der uns ständig folgt?«

Silvers Ausdruck wechselte. Es entging ihr nicht, dass er unwillkürlich einen Blick nach dem fernen Feuer warf.

»Alaska-Jim!«, knurrte er. »Ein aufgeblasener, junger Laffe, der sich in anderer Leute Angelegenheit mischt und sich einbildet, dass sich jeder vor ihm fürchten müsste. Der Kerl hat schon manchen guten Gesellen auf dem Kerbholz.«

»Warum folgt er uns?«

»Dumme Frage«, schnauzte er. »Hast doch selber gehört, dass er sich einbildet, ich wäre nicht dein Vater und er müsste dich in Schutz nehmen. Haha, wenn dir das nur gut bekommt, mein Junge.«

Joan Martini nahm allen Mut zusammen und sah ihn fest an.

»Bist du mein Vater?«

Es sah aus, als wollte Silver mit einer schnellen Antwort auffahren, aber er hielt sie im letzten Augenblick zurück und schwieg.

Sie wartete. Als er nach einer ganzen Weile immer noch nachdenkend ins Feuer blickte, sagte sie leise:

»Du hast meine Frage nicht beantwortet?«

Da hob er den Kopf und sah sie an. Langsam breitete sich über sein Gesicht ein hässliches Grinsen, das die breite Narbe zu einer grässlichen Kurve verzog.

»Hm«, meinte er, »wenn du unbedingt eine Antwort haben willst, so ist es vielleicht besser für dich, wenn ich dir reinen Wein einschenke.«

»Das heißt?«

Er lachte kurz auf.

»Ich denke gar nicht daran, deinen Vater zu spielen, mein Täubchen. Habe dich in Mactown das erste Mal in meinem Leben gesehen, wenn ich nicht irre.«

Sie brach weder zusammen, noch fing sie an zu weinen. Joan Martini war zwar innerlich unsicher, da ihr der Gedächtnisverlust den festen Grund entzogen hatte, aber sie besaß einen starken und beherrschten Charakter. Außerdem hatte sie diese Antwort im innersten Herzen erwartet.

»Du – Sie sind nicht mein Vater?«, stellte sie verhältnismäßig ruhig fest. »Dann geschah also ein Irrtum, als ich zu Ihnen gebracht wurde?«

Die Situation schien Silver sichtlich Spaß zu bereiten.

»Irrtum ist gut. Nee, ein Irrtum war das nicht. Die Frau, die dich herschickte, wusste schon, was sie tat. Der Flieger scheint allerdings den Schwindel geglaubt zu haben.«

Ihre Augen wurden groß.

»Man hat mich absichtlich in Ihre Hände gespielt? Warum das?«

»Wahrscheinlich bist du dort unten im Wege gewesen, mein Liebling. Wenn ich nicht irre, schreibt sie, dass dir das Klima nicht gut bekommen ist. Wo habe ich denn gleich …?«

Er zog den Brief der Lady hervor und gab ihn ihr. Joan überflog ihn, knüllte ihn zusammen und ließ ihn achtlos zu Boden fallen.

»Das verstehe ich alles nicht«, sagte sie unsicher. »Ich weiß von nichts. Aber warum haben Sie mich dann mitgenommen und nicht zurückgeschickt, wenn Sie nicht mein Vater sind?«

Er beugte sich vor. Seine Blicke gierten auf ihrem Gesicht.

»Eben deshalb. Erstens verdiene ich dabei zwanzigtausend und zweitens gefällst du mir. Ich habe schon lange keine Frau gehabt.«

Sie verstand mit einem Schlage alles. Empört sprang sie auf.

»Sie wollen mich zu Ihrer Geliebten machen? Nie – nie wird das geschehen.«

Er riss sie mit einem brutalen Ruck herunter.

»Reg dich nicht auf, du machst mir den Kerl dort hinten nur aufmerksam. Was ich mache, ist meine Sache, und das wirst du erleben, wenn wir allein an Ort und Stelle sind. Bis dahin hast du Zeit, dich an den Gedanken zu gewöhnen. Und nun halt's Maul, ich will schlafen.«

Sie schwieg, aber ihre Gedanken kreisten und bohrten um das Schicksal, das ihr drohte. Dieser Mann betrachtete sie als Beute?

Oh, er sollte sich irren. Ihnen folgte einer, der sie sicher beschützen würde. Silver schnarchte tief und fest. Da erhob sie sich lautlos und schlich davon, fest entschlossen, ihren fernen Beschützer aufzusuchen. Aber sie kam kaum drei Schritte weit, als Silver auch schon aufsprang. Entweder war sein Schlaf doch nicht so fest gewesen, wie sie angenommen hatte, oder seine Sinne waren sehr scharf.

Mit einem Fluch sprang er hinter ihr her und riss sie brutal zurück.

»Habe ich mir's nicht gedacht?«, knurrte er wild. »Willst wohl den Laffen aufsuchen und dich ihm in die Arme werfen, weil er hübsch ist? So siehst du gerade aus. Wenn du dich noch einmal von der Stelle rührst, knalle ich dir eine Kugel hinterher, verstanden?«

Da bedeckte sie das Gesicht mit ihren Händen. Joan Martini weinte.

4.

Drei Menschen und ein Rudel wölfischer Hunde drangen durch die grauenhafte weiße Einöde Nordalaskas vorwärts. Das Gelände stieg noch immer an, aber es war kahl, nur hier und dort zeigten sich einzelne verwehte Baumgruppen. Die Luft war still und unbarmherzig kalt wie in einem Eiskeller, der Himmel blau und klar, aber die Sonne hatte keine Kraft. Der Schnee knirschte wie trockener Staub.

Wie am ersten Tage schritt Sun Koh voraus und bahnte die Spur. Seine Beine hoben und senkten sich mit der monotonen Regelmäßigkeit einer Maschine. Die Schneeschuhe pressten den Schnee einen halben Meter tief nieder. Dann musste der Fuß senkrecht hochgezogen und mit scharf angezogenen Knien weitergesetzt werden. Kam er nicht senkrecht, so blieb die Spitze in der Schneemauer stecken und der Sturz war unvermeidlich. Die Erfahrung hatte Sun oft genug machen müssen, bis ihm die Gangart ins Blut gegangen war.

Eine harte Arbeit, dieses Pfadtreten, die auch den besten Mann auf die Dauer zermürben musste. Aber schlimmer war, dass es darum so langsam vorwärts ging, zum Verzweifeln langsam.

Hinter Sun Koh kamen die Hunde mit den Schlitten. Sie zogen brav und unentwegt. Selten einmal, dass einer auszubrechen oder zu streiken versuchte. Hinter den Schlitten stapften Nimba und Hal. Sie hatten es bald vorgezogen, sich Bewegung zu machen und nicht auf dem Schlitten sitzen zu bleiben, wo sie nur zu Eiszapfen gefroren. Sie schwiegen meist, ihre Laune war nicht die beste. Ganz abgesehen von den Anstrengungen dieses Marsches, die auch ihnen nicht erspart blieben, und der schneidenden Kälte, fühlten sie sich schuldbewusst, weil sie ihren Herrn bei der schwersten Arbeit lassen mussten. Sie hatten sich zwar schon ein Dutzend Mal angeboten, aber Sun hatte sie nicht vorgelassen.

Stunde um Stunde, Schritt um Schritt.

Endlich hatten sie die Höhe des Bergzuges gewonnen, die Neuschneedecke wurde mit jedem Schritt dünner, der Boden fest.

Das Gelände fiel, die harsche Kruste glänzte wie lange Eisbahnen. Sun hielt das Rudel an, schnallte die Schneeschuhe ab. Hal kam vorgetrabt, die Männer warfen sich auf die Schlitten. Hoho, ging es vorwärts. Die Hunde lebten auf, legten sich in die Riemen und rasten wie lang gestreckte, geduckte Schatten vor den sausenden Kufen davon.

Nach einer Stunde stieg das Gelände abermals, aber der Boden blieb fest. Das Tempo musste sich verringern, aber es konnte flott gehalten werden. Die Hunde wühlten unermüdlich vorwärts. Die Männer und der Junge sprangen ab, rannten im Schnelltempo nebenher, um das Blut wieder in Gang zu bringen, warfen sich dann wieder auf die Packen und rannten eine Weile später von neuem.

Plötzlich stoppte Sun die Hunde jäh ab. Dreißig Meter seitwärts war das Leichentuch des Schnees über einem geduckten Baumbestand abgebrochen, darunter zeigte sich eine schwarze Stelle. Er eilte hinüber.

Reste verbrannten Holzes. Hier musste vor gar nicht langer Zeit Feuer gebrannt haben. Wie lange das her war, ließ sich freilich nicht sagen.

»Hallo!«, rief er den andern zu, »kommt herüber. Wir bleiben hier, es ist ohnehin Zeit zur Rast.«

Die Hunde warfen sich jaulend in den Schutz des Holzes, Nimba und Hal begannen ihre alltägliche Arbeit. In wenigen Minuten flammte ein Feuer auf, das von den starken Ästen, die Nimba wie Glas abbrach, mehr und mehr genährt wurde. Feuer war das Lebenselement, ohne Feuer konnte man nicht einmal wagen, die Finger aus den dicken Pelzhandschuhen herauszuziehen.

Eine halbe Stunde später schmatzten die Hunde an ihren trockenen Fischen, während die Männer einen köstlich heißen Suppentrank schlürften. Langsam kam die Nacht.

Hal fasste plötzlich Suns Arm und zeigte zum Himmel.

»Herr, was ist das?«

»Nordlicht, Hal.«

Wie gebannt blickten die drei zum Himmel, über den seltsam farbenprächtige Erscheinungen glitten. Wie bunte Seidentücher hing es gegen den nachtdunklen Himmel, wie blaugrüne und gelbe Fahnen, die in Schleiern und Falten langsam davonwehten. Dann kam eine Kette von leuchtenden Knoten, die treppenartig vom Horizont aufstiegen und nach Osten zu wanderten. Eine rote Strahlenkrone schoss auf, weißgelbe Pfeile und Lichtbündel zuckten über den Horizont. Es war ein wunderbarer, großartiger Anblick, eine Märchenerscheinung über der erstarrten, weißen Welt.

»Nordlicht, Herr?«, fragte Hal. »Wie ist das?«

»Alugsukat nennen es die Eskimos, das bedeutet soviel, wie die Seelen ermordeter Kinder. Diese schönen Draperien sandten Bewohnern dieser Gegend unheimlich. Auch der Wissenschaft sind sie lange Zeit unheimlich gewesen, weil man keine Erklärung für sie fand. Erst vor einigen Jahrzehnten haben Gelehrte das Rätsel des Nordlichts gelöst. Es handelt sich dabei um eine Einwirkung der Sonne auf die Erde.«

»Eine Art Sonnenstrahlen, Herr?«

Sun schüttelte den Kopf,

»Nein, Hal. Du kennst doch sicher die leuchtenden Röhren, die bei der Reklame verwendet werden?«

»Ja, Herr.«

»Mit dieser Leuchterscheinung hat das Nordlicht vielleicht die stärkste Ähnlichkeit. In diesen Röhren befinden sich verdünnte Gase, durch die elektrische Strahlen hindurchgesendet werden, sodass sie aufglühen. An die Stelle der Gase tritt hier in der freien Natur die verdünnte Luft. Die Nordlichter sind nämlich durchschnittlich hundert Kilometer hoch über der Erde. Und an die Stelle des elektrischen Stromes treten Elektronenströme, die von der

Sonne ausgeschickt worden sind. Sie stoßen auf die Lufthülle der Erde und bringen sie zum Leuchten.«

Hal zog ein zweifelndes Gesicht.

»Ja, aber – von der Sonne sollen die Elektronen kommen? Ist das nicht ein bisschen viel behauptet?«

»Durchaus nicht«, verneinte Sun lächelnd. »Erinnere dich daran, was ich dir schon einmal über die Größe und über die gewaltigen Vorgänge auf der Sonne erzählt habe. Sie ist im Innern viele Millionen Grad heiß. Bei dieser Temperatur gibt es keine Materie, keinen festen Stoff, wie hier auf der Erde, sondern alle Stoffe lösen sich in ihre winzigsten Bestandteile, in Protonen und Elektronen auf. Bei den gewaltigen Eruptionen, die auf der Sonne stattfinden, werden diese Elektronen hinausgeschleudert, in den Weltenraum hinein. Um welche Massen es sich dabei handelt, magst du daraus ersehen, dass unsere Astrophysiker berechnen, dass die Sonne in jeder Sekunde vier Millionen Tonnen ihrer Masse auf diese Weise verliert.«

»Donnerwetter«, murmelte Hal erschrocken, »vier Millionen Tonnen in der Sekunde? Wenn sie da nur nicht bald alle ist.«

»Das ist kaum zu befürchten«, beruhigte Sun.

»Aber«, fragte Hal weiter, »nun kommen wohl die vier Millionen alle auf die Erde?«

»Natürlich nicht, sondern nur ein geringer Bruchteil.«

»Aber Herr, warum sieht man denn die Nordlichter nicht auf der ganzen Erde? Warum nur hier oben?«

»Die Nordlichter bilden sich dort, wo sich die Pole der Erde befinden, und zwar die Magnetpole, und nicht etwa die geographischen Pole. Du weißt doch, dass wir uns hier in ziemlicher Nähe des magnetischen Nordpols befinden, der auf Boothia Felix liegt. Pole bilden um sich herum bestimmte Kraftfelder. Das kann man auf ganz einfache Weise feststellen, indem man einen gewöhnlichen Hufeisenmagneten unter ein Blatt Papier legt und darauf Eisenfeilspäne streut. Diese Späne ordnen sich strahlenförmig um die beiden Magnetpole herum an. So ist es auch bei der Erde. Die Elektronenmassen, die von der Sonne kommen, werden von den beiden Polen angezogen, sie steuern gewissermaßen auf die Pole zu, und dadurch kommt es, dass die Nordlichter nur in der Nähe der Pole entstehen.«

»Aha«, gab Hal befriedigt zu erkennen, dass er alles verstanden hatte.

»Besonders lehrreich ist dabei«, fuhr Sun Koh fort, »dass ein enger Zusammenhang zwischen den Sonnenflecken und den Polarlichtern besteht. Die Sonnenflecken sind ja weiter nichts als die äußeren Zeichen starker Eruptionen auf der Sonne. Je häufiger die Sonnenflecke, umso häufiger und prächtiger die Polarlichter. Überhaupt ist ja der elektromagnetische Zustand unserer Erde völlig von der Sonne abhängig. Das wissen am besten die Rundfunkhörer aller Erdteile, die bei Tag und unter Sonneneinwirkung mit ihren Apparaten vielleicht fünf Stationen fangen, während sie in der Nacht zwanzig mühelos und störungsfrei hören können.«

Hal hatte nichts mehr zu fragen. Die drei blickten noch eine Weile schweigend zu den Wundertüchern des Nordhimmels hinauf, dann hüllten sie sich fest in die Decken und Pelze und legten sich schlafen.

Acht Tagereisen hinter Mactown.

Sun Koh und seine beiden Begleiter ziehen noch immer durch die grausige Einöde des Nordens. Sie haben den Kovukuk schon längst überschritten, sind einem Seitental gefolgt, das weiter nach Norden führt. Ihr Marschtempo wechselt mit dem Boden – und Schneeverhältnissen. Bald tritt Sun Koh mühsam Schritt für Schritt den Pfad, bald geht es in sausender Fahrt über eisige Flächen vorwärts. Das Wetter ist endlich wieder klar, nachdem es drei Tage lang heulend gestürmt hat und Männer wie Hunde zu begraben drohte.

Die Gesichter der Männer haben sich erschreckend geändert. Sie sind schmal geworden, die Backenknochen treten scharf über den hohlen Wangen heraus, die Stirn setzt hart an. Die Haut liegt wie starres Leder auf dem Fleisch, bläulich fahl bei Nimba, scharf rot bei Hal, nur bei Sun hat sie ihre bronzene Farbe behalten, wenn sie auch stumpf geworden ist. In den Augen der drei liegt ein merkwürdiges Glühen. Es glüht aus dem Innern heraus, wo inmitten des starren Todes der Funke des Lebens stärker und wilder brennt als je, aber es wirkt leicht fiebrig, dieses Glühen, und erinnert fast an den Blick hungriger Wölfe.

Man sieht es den dreien an, dass sie durch Strapazen hindurchgegangen sind, dass sie tagtäglich ihren Körper gewaltsam über den toten Punkt der

Erschöpfung hinausgerissen haben, dass sie ihre Muskeln vergeblich nach Schlaf und Ruhe, ihren Magen umsonst nach mehr Nahrung hatten schreien lassen. In ihren Gesichtern spiegelt sich das harte Eis und der lose Schnee der unendlichen kalten Wüste, der rasende Schneesturm, der wahnsinnige Wirbel der Eisnadeln und die durchdringende Kälte der schweigenden Nächte.

Nach fünf Tagen waren sie abermals auf eine ehemalige Feuerstätte gestoßen, aber sie hatten auch dort nichts gefunden, woraus sie auf die Menschen hätten schließen können, die hier am Feuer gelagert hatten. Am sechsten Tage waren die Hunde während der Nacht aneinandergeraten und hatten sich derartig ineinander verbissen, dass sie mit Gewalt auseinandergedroschen werden mussten. Diese Nacht kostete die kleine Karawane vier wertvolle Hunde. Sonst hatte sich nichts Wesentliches ereignet. Die Einförmigkeit dieser Wanderung durch Eis und Schnee erdrückte.

Nach acht Tagen standen sie am Rande eines fast ebenen Eisfeldes, das sich bis zum Horizont hinzog. Am Ostrande hob sich ein dunklerer Streifen ab und ließ einen Höhenzug vermuten.

Sie mussten diese Nacht ohne Feuer und ohne anderen Schutz als den ihrer Decken verbringen. Der Wind schnitt wie mit Messern in ihre Leiber hinein und machte sie allmählich gefühllos. Am meisten waren die Hunde zu bedauern. Ihnen fehlte der hüllende warme Schnee. Sie pressten winselnd ihre Leiber zusammen und suchten sich gegenseitig vor dem Froste zu schützen.

»Wir müssen umkehren«, sagte Sun Koh mit rauer Stimme. »Vor uns liegt das ewige Eis. Wir sind nicht mehr auf der Spur Silvers. Außerdem sind unsere Vorräte knapp geworden. Wir erreichen Mactown nicht wieder, wenn wir nicht Schluss machen.«

Hal und Nimba schwiegen. Minuten vergingen. Dann meinte Hal:

»Dort drüben liegt doch ein Höhenzug, vielleicht stecken sie dort? Wenn wir die Rationen einteilen, könnten wir eigentlich dort noch nach dem Rechten sehen.«

Sun Koh sah ihn mit leichter Überraschung an und antwortete langsam:

»Du hast gerade meine eigenen Überlegungen ausgesprochen, mein Junge. Aber wie steht es mit deinen Kräften? Es ist mindestens ein voller Tag bis dahin.«

»Oh«, wehrte Hal mit Überzeugung den Zweifel ab, »ich bin auf der Höhe. An mir soll es nicht liegen, wegen mir kann es weitergehen.«

»Nana«, zweifelte Sun trotzdem, »aber wir wollen es versuchen. Du wirst dich morgen auf den Schlitten setzen und dich in die Decken einwickeln, damit du nicht unnötig ausgepumpt wirst.«

Dabei blieb es.

Am anderen Morgen brachen sie nach Nordosten auf. Die Fahrt über das Eis ging verhältnismäßig flott vonstatten. Der Höhenzug wurde schnell deutlicher und größer, sodass sie ihn kurz nach der Mittagshöhe bereits vor sich sahen.

Hal hatte befehlsgemäß auf dem vordersten Schlitten Platz genommen und in Ermangelung eines Besseren geschlafen. Bei der glatten Fahrt war das nicht weiter verwunderlich. Als er aufwachte, war die größere Hälfte des Tages vorbei. Nun sprang er aber ab und gesellte sich zu Nimba, der hinter dem zweiten Schlitten das Tempo hielt.

Er rettete sich damit das Leben, denn eine Viertelstunde später trat die Katastrophe ein.

Sun Koh glitt in schneller Fahrt über ein flaches, von glattem Eis überzogenes Becken. Der Boden senkte sich an dieser Stelle auf einen Umkreis von rund zwanzig Metern Durchmesser, sodass er wie eine Schüssel wirkte. Im Darübergleiten wunderte er sich über die merkwürdige dunkle Färbung, ehe er sich aber Rechenschaft über die Bedeutung dieser Erscheinung ablegen konnte, hörte er das Eis unter sich knirschen und in langen Rissen aufreißen. Sein Schwung brachte ihn gerade noch auf sicheres Gelände, dann krachte und stöhnte es hinter ihm. Die Eisdecke brach zusammen.

»Stopp!«, schrie er gellend zurück und warf sich herum.

Er sah zweierlei. Die auffallend dünne Eisdecke wölbte sich von unten auf, zerbrach zu Schollen und stürzte schräg nach den Rändern zu in das Wasser, das sich unter ihr befand. Zugleich aber stieß dieses Wasser in einer fünf Meter hohen, stumpfen Säule heraus, stand sekundenlang kochend und dampfend gegen den Himmel und stürzte dann in sich zusammen.

Währenddessen war das Unglück bereits geschehen.

Der erste Schlitten war kurz hinter Sun Koh gewesen. Der Leithund kam bis auf einen Meter an das sichere Ufer heran, dann ruckte der Schlitten zurück, riss die Hunde in das Wasser hinein. Und der zweite Schlitten konnte nicht mehr gehalten werden. Seine Hunde erkannten wohl noch die Gefahr, aber ihr Tempo war zu scharf, sie rutschten und stürzten in die aufgehende Wassertrombe. Nimba und Hal hatten glücklicherweise etwas Abstand. Sie bäumten sich zurück und starrten nun erschrocken auf die andere Seite.

Hunde und Schlitten verwirrten sich sofort zu einem unentwirrbaren Knäuel. Die Schlitten zogen, die Lederriemen fesselten, ein Tier war an das andere gekettet, sodass keines freikommen konnte.

Sie machten auch kaum den Versuch dazu. Im Stürzen heulten sie jammervoll auf, dann verschwanden sie als wirre Klumpen wie betäubt unter der Oberfläche, trieben mit unsicheren Bewegungen wieder hoch und versanken endgültig.

Hal und Nimba legten die Gewehre weg und machten Anstalten, in das Wasser hineinzuspringen, aber Sun rief ihnen sofort nachdrücklich zu:

»Lasst das! Seht ihr denn nicht, dass das Wasser kocht?«

So war es, und das war die Erklärung für die geringe Gegenwehr der Hunde wie für den Durchbruch des Wassers.

»Es ist eine heiße Quelle«, erklärte Sun mit düsterer Miene, als seine beiden Leute zu ihm herangekommen waren. »Die Hunde sind durch den jähen Temperaturwechsel schlagartig betäubt worden und mehr oder weniger verbrüht in die Tiefe gesunken. Hier ist nichts mehr zu retten.«

»Aber es war doch Eis drauf, Herr?«, fragte Hal.

»Leider«, antwortete Sun bitter, »sonst wären wir der Gefahr ausgewichen. Es ist mehr eine Art Geysir als eine Quelle, ein Geysir, der wie alle andern in regelmäßigen Abständen aus der Tiefe der Erdrinde hochstößt. In der Zwischenzeit kühlt sich das Wasser an der Oberfläche stark ab und bildet eine Eisdecke, die dann immer von neuem aufgebrochen wird. Bei solchen Temperaturen wie heute – wir haben mindestens vierzig Grad – brauchen die Abstände noch nicht einmal besonders groß zu sein.«

»Die armen Hunde«, bedauerte Hal.

Sun sah seine beiden Leute sorgenvoll an.

»Die armen Hunde«, sagte er nachdenklich. »Ich fürchte, wir müssen uns eher bedauern. Wir haben keine Nahrung und keine Decken mehr, jetzt heißt es, die Zähne zusammenbeißen. Neun Tage sind es mindestens bis zur nächsten menschlichen Siedlung. Ich hoffe, dass wir unterwegs jagbares Wild antreffen, sonst …«

»Machen wir eine Ausbildung zum Vegetarier durch und essen Baumrinde«, vollendete Hal, der alles verloren hatte, nur nicht seinen Galgenhumor.

Sun lächelte trüb.

»Gott erhalte dir die Widerstandsfähigkeit deiner Seele, mein Junge. Dir werden die nächsten Tage am meisten zusetzen. Gib mir dein Gewehr. Nimba, du nimmst seine Pistolen.«

Hal wehrte sich.

»Ach Herr, ich kann's schon selber ...«

»Gib her«, unterbrach Sun kurz. »Wir sind kräftiger als du. Jedes Pfund zählt für dich.«

Wohl oder übel gab Hal seine Waffen ab, obgleich er augenblicklich die Notwendigkeit noch nicht einsah. Dann wies Sun nach vorn.

»Wir werden unsere Absicht vollenden und den Höhenzug aufsuchen. Er führt auch nach Süden, sodass wir kaum viel Umwege machen. Wir müssen uns nun an ein gleichmäßiges Tempo gewöhnen, da wir nicht mehr die Schlitten zum Ausruhen haben. Nutzt eure Kräfte gut aus. Vorwärts!«

Er schnallte die Schneeschuhe ab, hängte sie über den Rücken und dann setzten sie sich in der gewohnten Marschordnung in Bewegung, erst Sun, dann Hal, dann Nimba. Hinter sich den Tod des siedenden Wassers, vor sich den Tod des ewigen Eises und des Hungers.

Als es dunkel wurde, legten sie sich am Fuße des ersten Hügels auf das blanke Eis schlafen, außen Sun und Nimba, in die Mitte hinein fürsorglich den Jungen gebettet. Keiner der drei sprach vom Essen, aber Hal spürte in seinem Magen schon den grimmigen Hunger, der in seinem blutjungen Körper besonders stark sein Recht forderte, und der Vielesser Nimba schnürte unauffällig seinen Gürtel ein ganzes Stück enger.

Lange vor dem grauenden Morgen erwachte Sun Koh und wurde sich zu seinem Schrecken bewusst, dass er nicht mehr sagen konnte, was in seinem Körper Blut und Leben und was Eis war. Bestürzt riss er die anderen aus dem mordenden Schlaf und zwang sie zu Bewegungen. Wie erlöst atmeten sie auf, als ein unerträgliches Kribbeln und Brennen ihnen anzeigte, dass es noch nicht zu spät gewesen war. Sie marschierten in der Nacht weiter und wurden von dieser Nacht an vorsichtiger.

Was nützt die Vorsicht, wenn sich der Rachen des Todes bereits schließt?

*

Drei Tage später.

Noch immer marschierten sie durch eine endlose Einöde. Aber ›marschieren‹ wäre schon zu viel gesagt. Nur Suns Bewegungen waren noch sicher und straff, wenn auch etwas schwer. Aber schon Nimba zeigte deutliche Spuren der ungeheuerlichen Strapazen und Entbehrungen. Seine Schritte waren schwerfällig, dabei weich und schleppend geworden. Am schlimmsten erging es Hal, der schon mehr taumelte als ging. Aber er hielt noch durch.

In den Leibern der drei schnitt und wühlte der Hunger wie mit scharfen Messern. Ihre Lippen waren blutig, so hatten sie schon manchmal die Zähne darauf gebissen, wenn der Schmerz gar zu übermächtig hochkam. Ein einziges Mal hatten sie in den vier Tagen, die sie nun ohne Nahrung wanderten, einen kärglichen Baumbestand getroffen. Sie hatten die froststarre Rinde losgeschlagen und sie zu kauen begonnen, aber die scharfen Gerbsäfte hatten nur den Magen zum Brechen gereizt.

Doch sie hatten an jener Stelle ein Feuer anzünden können. Wärme und Schlaf – das war eine köstliche Nacht gewesen, trotz allen Hungers, trotz der furchtbaren Anspannung.

Denn sonst wagten sie kaum mehr zu schlafen, so stark auch die Sehnsucht danach war. Riesengroß stand die Gefahr des Erfrierens, des sanften Hinüberschlummerns in die Ewigkeit vor ihren Augen.

Und keiner von ihnen dachte zu sterben. Der Lebenswille versank manchmal in verzweifelten Sekunden grimmiger Anfälle, aber dann richtete er sich stets wieder mächtig empor.

Wie eine Fata Morgana stiegen zeitweilig Visionen auf. Da wurde die weiße Leichendecke von Schnee und Eis zu einem blendenden Tischtuch, auf dem verlockende Gerichte, dampfende Schüsseln, köstliches Fleisch und herb duftende Kartoffeln standen. Schmerzhaft zogen sich die Sinne zusammen, wenn die Visionen schwanden.

Erschöpft, hungernd und halb erfroren, so schleppten sich die drei am zwölften Tage hinter Mactown durch die Eiswüste.

Und wunderbar leuchtete das Nordlicht.

Sun hielt an.

»Rast«, sagte er tonlos. »Wie geht's, Hal?«

Der Junge zwang sich tapfer zu einem Lächeln.

»Man würgt sich so durch, Herr. Ein fahrbares Bett wäre mir lieber.«

Nimba seufzte.

»Mir auch. Möglichst mit voller Pension.«

Suns Gesicht hellte sich nicht auf. Seine Augen wanderten durch die Umgebung, gingen dann prüfend über den Kompass, den er aus dem Pelz herausgezogen hatte. Immer wieder gingen sie hin und her, sein Gesicht verschloss sich noch mehr.

Doch dann löste sich die qualvolle Herbheit zu einem milderen Ausdruck, als er sich an seine beiden Leute wandte, die am Boden ihre verkrampften Glieder streckten.

»Arme Kerle«, sagte er leise, »die Strapazen hätte ich euch gern erspart. Stattdessen muss ich euch noch mehr belasten. Ihr habt das Recht, alles zu wissen.«

»Was ist, Herr?«, fragten sie aufmerksam werdend.

Sun wies auf den Kompass in seiner Hand.

»Wir sind praktisch ohne Wegweiser. Ich glaube, die Südrichtung gehalten zu haben, aber es ist ebenso gut möglich, dass wir in die Irre gehen. Der Kompass zeigt nicht mehr richtig an. Die Magnetnadel schwankt dauernd derartig unruhig, dass eine genaue Angabe nicht möglich ist. Das ist schon seit einigen Tagen so, und ich habe den Weg nur nach meiner Schätzung genommen, aber …«

»Sie nehmen an, dass wir im Kreise gelaufen sind?«

»Nein, Nimba, das nicht, aber Umwege können wir gemacht haben und vielleicht mehr nach Südosten marschieren als nach Süden. Das kann ich beim besten Willen nicht sagen. Ihr sollt für alle Fälle Bescheid wissen.«

»Sie werden uns schon den richtigen Weg führen«, murmelte Hal halb sehnsüchtig, halb zuversichtlich.

»Vorwärts.«

Weiter ging der entsetzliche Marsch.

Und das Nordlicht leuchtete prächtig.

*

Abermals zwei Tage später.

Nimba schleppte schwer die Beine flach, sein Kopf hing wie betäubt zwischen den Schultern. Hal taumelte wie betrunken, halb besinnungslos, seine Lippen murmelten wirre Worte.

Da entschied Sun Koh. Er hatte den Augenblick so lange wie möglich hinauszuzögern gesucht, da er noch manchen Tag der letzten Not vor sich sah, in denen er Leben und Kräfte für drei haben musste, aber nun ging es nicht anders. Er blieb stehen, und als Hal an ihr herangekommen war, hob er ihn mit einem Ruck hoch und setzte ihn auf seine Schultern.

Hal erwachte aus seiner Geistesabwesenheit und schrie auf.

»Nein, Herr, nein! Ich will nicht, ich will nicht!«

Er wehrte sich, wollte wieder herunter, aber Sun hielt ihn mit hartem Griff fest.

»Halte dich ruhig, mein Junge«, sagte er gütig, »du musst dich ausruhen. Nachher kannst du weiter laufen.«

Hal schluchzte förmlich.

»Lassen Sie mich herunter, Herr«, bettelte er, »lassen Sie mich, bis ich zusammenbreche. Dann lassen Sie mich zurück, ich halte Sie nur auf.«

»Rede keinen Unsinn, Hal«, verwies ihn Sun kurz. »Versuche zu schlafen.«

»Schlafen?«, seufzte der Junge wie träumend.

Doch dann schrie er wieder auf. »Ich will sterben, Herr! Lassen Sie mich doch zurück, auf mich kommt's nicht an.«

Sun Koh schritt gleichmäßig weiter.

»Schlafen – und essen«, murmelte Hal auf seinem Rücken, dann sank sein Kopf nach vorn.

Drei Stunden später stellte ihn Sun behutsam wieder auf seine Füße. Hal fühlte sich nach dem totenähnlichen Schlaf frischer, aber seine Gelenke waren steif und seine Muskeln wie Blei. Es dauerte lange, bevor er wieder vorwärts taumeln konnte.

»Und nun kommst du dran«, wandte sich Sun Koh an den Neger, der vor sich hinstierte.

Nimba wehrte verzweiflungsvoll ab.

»Nein, nicht, Herr, ich kann noch laufen.«

Sun musterte ihn durchdringend.

»Wie lange noch, dann brichst du zusammen. Du hast seit sechs Tagen nichts gegessen.«

Nimba faltete vor Schreck die Hände Er traute sich nicht die gleichen Argumente vorzubringen wie Hal und war vielleicht auch zu zermürbt dazu. Er stammelte nur noch:

»O Herr, das geht doch nicht. Sie sind der Herr …?«

»Unsinn«, erwiderte Sun ruhig. »Der Herr ist für das Leben seines geringsten Dieners verantwortlich. Hopp.«

Mit zwei Zentnern auf den Schultern schritt Sun Koh weiter. Auch Nimba schlief fast unverzüglich ein. Sun spürte sein Gewicht wohl, denn auch er hatte seit sechs Tagen nichts gegessen, und ihm war keine der Strapazen erspart geblieben. Aber was seinen Muskeln an Kräften schwand, das ersetzte er sofort durch eine glühende Energie und Willenskraft. Fest und sicher setzte er seine Füße.

Drei Stunden Hal, eine Stunde Nimba – drei Stunden den Jungen, eine Stunde den Neger. So wechselte der Rhythmus des Tages und der Nacht. Nur eines blieb gleich – Sun Koh marschierte ohne Unterbrechung, ohne Rast und Ruhe, ohne zu essen und zu schlafen, vorwärts.

Noch hielt er den ungeheuerlichsten Anforderungen, die je an einen Menschen gestellt wurden, stand.

Aber …

Er selbst wusste, dass es so nicht mehr lange weitergehen konnte. Heute, morgen, vielleicht auch erst in einigen Tagen musste der Zeitpunkt kommen, wo er selbst stöhnend zusammenbrach.

Dann würden sie alle drei niedersinken und schlafen und vergessen, dass es Hunger und Schmerzen gab.

Die weiße Hölle würde sie nie wieder loslassen.

Wie wunderbar das Nordlicht am Himmel strahlte!

*

Sechsunddreißig Stunden trug Sun Koh seine Begleiter durch Schnee und Eis, durch Tod und Verderben des starrenden Nordens.

Dann kam der Schneesturm.

Er stürzte aus einer schweren, bleigrauen Decke auf sie nieder, biss mit Millionen Eisnadeln in ihre Gesichter, machte die Augen blind, die Landschaft unsichtig. Es war wärmer geworden, ehe er losbrach, erheblich sogar, aber dafür hieb der immer noch eisige Wind durch die Pelze und Sachen hindurch in Blut und Knochen hinein. Dämonische Wirbel stieben hoch und erstickten den Atem, die Luft heulte und sang und pfiff wie von tausend bösen Geistern. Die Füße verloren den festen Untergrund, sanken in die ersten glatten Wehen, dann in staubige Polster, erst bis zum Knöchel, dann bis zur Wade, dann bis zum Knie. Jeder Schritt forderte scheinbar unmögliche Kräfte, jeder Schritt schien der letzte zu sein, den sie in die jagenden, weißen Wirbel setzten.

Sun hatte Hal auf dem Rücken und ließ ihn auch nicht herunter. Nimba taumelte dicht hinter ihm, aber doch war es, als sollte er im nächsten Augenblick zurückbleiben und verschwinden. Wer sich aber hier aus den Augen verlor, der fand sich nie wieder.

Da packte Sun hart das schlaffe Handgelenk des Negers und zog ihn mit vorwärts, unablässig, zeitweilig mit brutalem Druck, wenn er merkte, dass der andere zusammenbrechen wollte.

Wie ein wildes, verzweifeltes Tier bahnte sich Sun seinen Weg. Als der Schnee zu hoch wurde, schnallte er die Schneeschuhe, die er wohl bewahrt hatte, unter. Nun ging es leichter. In der kurzen Pause waren Hal und Nimba zusammengebrochen und fast verschwunden in der weißen Decke. Sun lud den Jungen wieder auf und riss den Neger am Arm hoch.

Weiter ging's, blind durch die weiße Hölle.

Eine Stunde – zwei Stunden.

Der Schneesturm schien nicht nachlassen zu wollen. Der Schnee lag schon fast einen Meter hoch. Nimba musste bei jedem Schritt auf die Spur hochgerissen werden. Er ging nicht mehr, sondern bewegte nur noch wie in traumhafter Erinnerung seiner Muskeln. Sun schleifte ihn wie eine riesige, bewusstlose Masse hinter sich her.

Hal schlief. Seine Brust drückte Suns Kopf tief herunter.

Und dann begann Nimba zu singen. Erst stieß er wirre Schreie aus, dann fantasierte er von allerlei Essen, gab Dienstboten Befehle für Speise und

Trank, dann grölte er mit rauen Lauten ein Lied, das einst seine Väter im afrikanischen Urwald gesungen haben mochten.

Es war schauerlich, grausig, es mischte sich mit dem Toben des Sturmes zu einem Entsetzen erregenden Todesgesang der weißen Hölle.

Sun fühlte das Ende nahen. Seine Beine waren wie Glas, seine Füße hatten das Gefühl verloren, seine Gelenke rieben sich wie voll tausend hemmender Eisnadeln. Die Lunge keuchte tief und stöhnend, die Schläfen drohten zu zerspringen, das Herz pochte mühsam und matt im Halse. Die Lippen zogen sich wie gläsern zerreißende Bänder unter dem letzten Willensdruck der Kiefer auseinander und entblößten die Zähne, die seit Stunden in eiserner Pressung aufeinander lagen.

Die dritte Stunde.

Ließ der Sturm endlich nach?

Die Eisnadeln wurden weicher, flockiger, die Wirbel hieben weniger wuchtig in das kaum noch fühlende Gesicht.

Vielleicht überstanden sie auch noch das?

Krach!

Sun Koh schlug mit der Stirn hart gegen ein festes Hindernis. Die Wucht war nicht groß, aber sie vollendete.

Sun Koh brach blitzartig zusammen.

Mit ihm stürzten Hal und Nimba in das Bett der weißen Hölle.

Irgendwo wanderte farbenprächtig das kalte Nordlicht.

*

Suns Seele war stärker als sein Körper. Während dieser sich bereits zur letzten Ruhe löste und versank, stieß seine Seele verzweifelt gegen die Decke der Bewusstlosigkeit hoch. Aus der letzten Tiefe drang der spitze Schrei der Selbsterhaltung, dumpf rüttelte die Erkenntnis der Gefahr, aus schatten-haften, wandernden Ketten undeutlicher Gefühle und Gedanken stieß jäh und heiß der Name des Mädchens, um dessentwillen er hier durch die weiße Not wanderte.

Und da riss die Decke – Sun Koh fand sein Bewusstsein wieder. Mühsam zwang er die Augenlider hoch.

Er lag tief im Schnee, sein Körper, sein Gesicht war bedeckt, seine Augen halb überstiebt. An seiner Schulter spürte er einen fremden, leblosen Körper. Das war Hals Bein. Seine rechte Hand hielt einen Arm umklammert – das war Nimba.

Und was war das?

Schwärzlich zerrissen ragte kurz vor ihm eine säulenartige Masse auf, die sich in langsam treibenden Flocken verlor. Der Sturm hatte stark nachgelassen, war zum Schneetreiben geworden.

Es dauerte eine ganze Weile, bis Sun begriffen hatte, dass der unbekannte Gegenstand etwas war, was für sie vorläufige Rettung und Erlösung bedeutete.

Ein Baum.

Im undurchdringlichen Sturm war er blind gegen den Baum gerannt.

Er wälzte sich herum, zog sich förmlich an dem Stamm hoch. Nun sah er, dass er nicht allein stand. Da waren noch mehr Bäume.

Äste, Holz!

Feuer und Wärme!

Widerwillig fügten sich die Glieder den Befehlen, die ihnen zuströmten. Taumelnd kam Sun auf seine Füße. Langsam kehrte das Leben zurück, das schon im Entweichen gewesen war. Und dann fieberte es in den Muskeln wieder auf unter der neuen Hoffnung.

Sun Koh zerrte seine Begleiter aus dem Schnee hoch, sodass ihre Gesichter wenigstens frei waren. Beide lebten, aber ihre Sinne wussten nichts davon. Dann brach er Äste ab, schleppte sie zusammen, suchte mit Bedacht trocknes Holz tiefer im Innern des Baumbestandes und dann –

Dann flammte das lang entbehrte Feuer wie ein Bote des Lebens auf und verbreitete Wärme um sich.

Während sich das Feuer zischend hinunterfraß in den Schnee, war Sun ununterbrochen weiter tätig. Ast brach er auf Ast, Tannenwedel auf Tannenwedel. Eifrig schleppte er alles hinauf, nährte den Flammenstoß und kehrte zurück.

Als unter dem Feuer der nackte Erdboden erschien, hatte Sun einen beachtlichen Holzvorrat gesammelt. Das Feuer brannte jetzt unten in der Grube, deren Mauern durch den Schnee gebildet wurden. Sun sprang hinunter, lehnte sich gegen die losen, nassen Wände, presste sie zurück, drückte sie fest und schräger, bis er eine leidlich geräumige Senke geschaffen hatte, die vom Feuer mit einer behaglichen Wärme erfüllt wurde.

Jetzt schleppte er die Tannenbüsche, die Wedel, die sperrigen, dünnen Äste hinunter, schichtete sie zu einem Lager, das die Kälte und Nässe des Bodens abhielt, dann trug er Nimba und Hal hinunter und bettete sie in Wärme und Trockenheit.

Er ließ ihnen die Pelze an, aber er knetete durch den Pelz hindurch die Füße, die Hände, die Glieder, dass die bis zur Bewusstlosigkeit Erschöpften stöhnten.

Schließlich schichtete er noch einmal dicke Äste auf das Feuer und dann streckte er sich aufseufzend selbst auf das Lager.

Drei Stunden – drei Stunden – drei Stunden.

Das hämmerte er ununterbrochen in sein Bewusstsein hinein, bis es versank.

Drei Stunden Schlaf.

Ein Nichts für einen Menschen, der von seinem Körper das Letzte forderte, und doch eine wundervolle Kraftquelle.

Sun Koh erwachte, wie er es sich selbst befohlen hatte, aus einem bleischweren Schlaf heraus, Mechanisch legte er frisches Holz auf das niedergebrannte Feuer, warf einen Blick auf seine beiden Begleiter, zwang seinem Körper einen neuen Befehl auf und schlief wieder ein.

Sechs Stunden Schlaf.

Neun Stunden Schlaf.

Dann hatte Sun die schwersten Folgen der entsetzlichen Überanstrengung überwunden. Er knetete seine Glieder, legte das letzte Holz auf das Feuer und stieg dann aus der Grube des Schlafs hinaus.

Das Schneetreiben hatte völlig aufgehört, der Himmel war klar. Eisig strahlten die Sterne herunter, aber die Kälte war erträglich.

Sun sah sich um.

Hinter ihm, in der Richtung, aus der sie gekommen waren, lag eine unendliche Schneefläche, die allmählich zu einer Hügelkette aufstieg. Vor ihm befand sich Wald, dessen Umfang sich nicht absehen ließ.

Er watete ein ganzes Stück zurück und erkannte, dass der Wald nicht sonderlich groß war. Er bildete nur einen verhältnismäßig schmalen Streifen, der sich in einer Senke zwischen zwei Hügelketten hinzog. Rechts und links war das Gelände kahl.

Merkwürdig.

Die Kammlinie linker Hand war eigenartig stumpf schwarz, es sah fast aus, als hörten dort Schnee und Eis auf und gäben den nackten Erdboden frei.

Und noch merkwürdiger.

Hinter der dunklen Kammlinie stiegen hier und dort grauweiße Schwaden auf, die säulenförmig nach oben stiegen, sich verteilten und verstreuten. Überhaupt war der Himmel an jener Stelle auffallend dunstig. Was trieb dort oben? Nebel, Dampf, Rauch?

Sun Koh fand keine Erklärung für die seltsamen Erscheinungen, da die Entfernung zu groß war. Er kehrte zum Feuer zurück.

Auf halbem Wege stutzte er. Was war das? Im Schnee schimmerte etwas rötlich bunt auf.

Seine Überraschung war unbeschreiblich, als er den Gegenstand in der Hand hielt, der seine Aufmerksamkeit erregt hatte.

Es war ein Vogel.

Er war tot, erstarrt und erfroren, aber allein schon die Tatsache, dass sich in dieser Gegend ein Vogelleichnam befand, war nahezu unbegreiflich. Völlig unfassbar aber war es, dass dieser Vogel ein glänzendes, farbenprächtiges Kleid trug und insgesamt wie ein tropisches Geschöpf anmutete. Die Unterfedern waren nur dünn, die Deckfedern schillerten in allen Farben, der Schwanz lief in einen lang gestreckten Schweif aus. Im Übrigen war der Vogel kaum größer als eine Lerche.

Sun dachte unwillkürlich an das, was ihm Dunker über das sagenhafte Paradies des Nordens, über das unbekannte grüne Tal erzählt hatte. Sollte es tatsächlich etwas Ähnliches geben, möglicherweise gar hier in der Nähe? Eine andere Erklärung für das Auftauchen eines solchen Vogels gab es kaum.

Seine Augen gingen wieder zum Horizont, wo hinter der schwarzen Linie die nebelhaften Gebilde aufstiegen. Sollte …?

Das wäre die Rettung für sie alle.

Nimba und Hal lagen noch immer im Erschöpfungsschlaf. Die armen Kerle. Wenn es nicht gelang, Nahrung für sie zu schaffen, sie zu kräftigen, so waren sie rettungslos verloren. Er musste versuchen, in dem Walde irgendein jagdbares Tier zu finden.

Sun brach neuen Holzvorrat, legte frisch auf, prüfte seine Waffen und schrieb dann einen Zettel, den er auf Nimbas Brust heftete. Dann schritt er in den Wald hinein.

Eine Stunde lang wanderte er zwischen Holz und Bruch vorwärts, aber er fand nirgends Spuren eines Lebewesens, geschweige denn, dass er irgendein Tier sah. Der Wald war tot, ausgestorben, noch nicht einmal einen dürren Polfuchs schien es hier zu geben. Da wandte er sich schließlich seitwärts und stieß in das freie Gelände hinaus.

Der schwarze Hügelrand war jetzt bedeutend näher. Er konnte die aufsteigenden Schwaden gut erkennen und schätzte sie auf Wasserdampf. An jener Stelle musste zumindest eine abnorme Wärme herrschen. Darauf deutete auch der kalte Zug, der ihm jetzt in den Rücken blies und auf den Kamm zustrich.

Sun Koh griff lebhaft aus. Drei Stunden, nachdem er seine Begleiter verlassen hatte, überquerte er den nackten Felsen des Kammes und gewann den Blick in die Tiefe.

Vor ihm lag ein fast kreisrundes Tal von einigen Kilometern Durchmesser. Es war ringsum von den Höhenzügen eingeschlossen und senkte sich überraschend tief hinab. Der Boden des Tales selbst war fast flach, aber die Hänge stiegen jäh an und hatten mindestens dreihundert Meter Höhe.

Dieser Talkessel war grün.

Nirgends eine Spur von Schnee und Eis, sondern dichter, grüner Waldbestand, blühendes Buschwerk und Graslichtungen, soviel man von oben erkennen konnte, außerdem Bäche und Wasserbecken. Die nächste Ursache dafür drängte sich gewaltsam auf.

Aus dem Tal stieg eine feuchtwarme Treibhausluft auf.

Sun wusste, dass seine Sinne übertrieben, da sie an die grimmige Kälte gewöhnt waren und die Wärme nun im Gegensatz dazu stärker beurteilten, als sie wirklich war. Aber trotzdem, bei vorsichtiger Schätzung musste dort unten eine Temperatur von mindestens zwanzig Grad herrschen. Auch die Ursachen dafür waren ohne weiteres zu erkennen.

Der Talkessel war mit heißen Quellen durchsetzt.

Bald hier, bald dort sprangen Geysire wie Springbrunnen mit peifendem, hohlem Geräusch auf und fielen wieder zusammen. Von ihnen gingen die starken Schwaden des Wasserdampfes hoch, wie überhaupt über dem Tal in der Höhe des Randes eine Art Wolkendecke lag, die durch die Verdichtung der aufsteigenden Wärme an der kalten Außentemperatur entstand.

Sun stieg ein Stück den erdigen Steilhang hinunter, um bessere Sicht zu gewinnen. Weit wagte er sich allerdings nicht, denn er spürte den vernichtenden Einfluss der feuchten Wärme in erschreckendem Maße. Er stellte fest, dass sich in der Nähe des Sees in der Mitte des Tales tierisches Leben befand, ohne Genaues erkennen zu können, dann kehrte er schleunigst um. Die Kälte hielt seinen Körper starr und aufrecht. Wenn er jetzt völlig hinunterstieg, so würde die Erschlaffung eintreten, die sowohl der Temperaturwechsel wie in höherem Maße seine Erschöpfung bedingte. Er fürchtete, nicht wieder die Kraft aufzubringen, um in die weiße Einöde hinaufzusteigen. Vielleicht stillte er dort unten seinen wütenden Hunger, um dann in langen Schlaf zu sinken. Und das durfte nicht sein.

Hal und Nimba lagen an der Grenze des Todes in der fernen Schneegrube.

Heldenhaft zwang er die lockende Versuchung nieder und machte sich auf den Rückmarsch. Es fiel ihm schwer, zumal am Anfang. Nicht umsonst hatte sein Körper die weichliche Wärme gespürt und seine Sinne die nahe Nahrung geahnt. Aber allmählich wurde es besser.

Es war Nacht, als er an der Schneegrube anlangte. Das Feuer brannte kaum noch, seine beiden Begleiter schliefen, wie er sie verlassen hatte.

Er rastete nicht, weil er wusste, dass er es nun nicht mehr durfte, wenn ihm sein Körper nicht aus der harten Zange des Willens entgleiten sollte. Sobald er eine frische Ladung Holz aufgeworfen hatte, lud er den Jungen auf seine Schultern und machte sich von neuem auf den Weg zum Tal der heißen Quellen.

Unendlich lang schien jetzt die Strecke, die ihm vorhin verhältnismäßig kurz erschienen war. Das machte die Last auf seinem Rücken, das machte das leise, Unheil verkündende Zittern der Füße und das gelegentliche, unsichere Straucheln.

Er schaffte es, stand endlich wieder oben am Rande des Tales. Wieder stieg er ein Stück hinunter, aber nur zehn Meter weit, um den Jungen aus dem Bereich der eisig über den Kamm ziehenden Winde zu bringen. Dort, wo der Hang zu einem breiten Absatz, zu einer Stufe vorsprang, inmitten der warmen Schwadendecke, legte er den Schläfer nieder. Dann riss er ein Blatt aus dem Scheckheft, schrieb auf die Rückseite einige Worte und steckte es in Hals Pelz. Falls der Junge erwachte, sollte er sich nicht unnötig beunruhigen.

Und nun wieder hinauf auf den Kamm, und hinaus in die Polarnacht. Er wurde fast besinnungslos, so stark nahm ihn der abermalige Wechsel mit, und als er ein Stück gelaufen war, schien es ihm gerade, als bisse die Kälte in schutzlose, nackte Haut hinein und als seien seine Knie aus nachgiebiger Watte.

Trotzdem, er zwang den langen Weg abermals mit übermenschlicher Willenskraft. Er zwang ihn, aber er brauchte diesmal vier Stunden, um die Schneegrube zu erreichen. Er zwang ihn, aber er schritt nicht mehr gleichmäßig aus, sondern stolperte und taumelte häufig. Seine Füße federten nicht mehr, sondern sie fingen nur mit jeder Bewegung den Sturz auf und schoben den vorgeneigten Körper weiter.

Halb bewusstlos taumelte er auf das hell lodernde Feuer zu. Nimba fing ihn förmlich auf.

Der Neger war munter und hatte Holz aufgelegt, aber er fühlte sich entsetzlich schwach. Der gute Kerl war gerade dabei gewesen, trotz allem seine Beine durchzumassieren, aber es war mehr ein klägliches Streicheln als eine wirksame Knetung. Mit Ach und Krach hielt er sich auf seinen Füßen, und der herantaumelnde Sun warf ihn fast über den Haufen.

»Herr«, stöhnte er mit einem Schimmer von Freude.

Sun pumpte tief Luft.

»Rettung, Nimba«, keuchte er. »Drei Stunden von hier ist ein grünes Tal mit warmen Quellen und Tieren. Wir müssen dorthin.«

»Hal?«, deutete der Neger eine Frage an.

»Ist schon dort. Komm, ich kann mich nicht erst ausruhen, bin selbst ziemlich fertig. Hock dich auf.«

Nimba stützte sich auf sein Gewehr.

»Ich glaube, ich kann's versuchen, Herr. Meine Beine müssen bald beweglicher werden.«

Sun nickte und half ihm hinaus. Jeder Schritt, den Nimba selbst tat, war ein

Gewinn. Er wusste ja nicht einmal mehr, ob er noch so viel Kraft besaß, um sich selbst in das Tal zurückzuschleppen.

Langsam ging es vorwärts. Nimba wurde tatsächlich beweglicher und brachte es fertig, in den gleichen, stumpfsinnigen, fast besinnungslosen Trott zu fallen, in dem Sun vorwärts taumelte.

Aber dann, auf halbem Wege, verfiel er zusehends. Die Kraft, die ihm der Schlaf gegeben hatte, war aus dem Körper gewichen. Der Mangel an Nahrung, die allgemeine Schwäche machte sich unheimlich bemerkbar. Er taumelte immer häufiger, schlug mehrere Male lang hin, stützte sich mühsam wieder auf und blieb schließlich wankend stehen.

»Ich kann nicht mehr, Herr«, stöhnte er mit versagendem Atem auf. »Lassen Sie mich zurück.«

Sun Koh hielt an, starrte ihn mit stumpfen Blicken an, als ob sein Geist aus der Umnachtung zurückkehre, dann kam er heran und fasste den Neger unter.

»Weiter, Nimba«, flüsterte er tonlos. »Stütz dich auf mich.«

Aus Nimbas Augen kollerten langsam große Tränen und blieben als längliche Eiszapfen auf seinen hohlen, blaugrauen Backen hängen. Seine Zähne knirschten aufeinander.

Aber nun ging es weiter. Der Neger stützte sich schwer auf Suns Schulter und auf das Gewehr, seine Beine schleiften wie todwunde Tiere nach, kaum, dass sie die Schrittbewegung noch mitmachten.

Sun fühlte den Arm des Negers wie eine entsetzliche Last auf seinem Hals, eine Last, die ihm den Atem wegnahm und den Körper in die Erde bog. Seine Knie fanden nicht mehr die Kraft, sich zu straffen. Halb gebeugt schoben sie sich vor und fingen die doppelte Last ab, oft genug weich nachgebend, sodass sie fast den Boden berührten, aber immer wieder in einer letzten Anstrengung hochgerissen.

Es war ein furchtbarer Marsch.

Aber dieser Marsch war zugleich ein erschütternder Beweis der Treue. Er war das erhabene Lied von der gewaltigen Größe menschlichen Mutes und der unbegreiflichen Stärke eines verzweifelten, männlichen Willens.

Es war eine entsetzliche Strapaze.

Sun schwieg. Seine Augen sahen nicht mehr, seine Ohren hörten nicht mehr, seine Nerven fühlten nicht mehr. In seiner Seele flackerte nur eine letzte, verzweifelte Flamme – vorwärts, bis der dunkle Boden, bis die Wärme kam, bis sich das Paradies des Nordens öffnete.

Nimba stöhnte und wimmerte, schwieg dann verbissen, murmelte später sinnlose Worte und sang wieder seine schrecklich monotone Melodie, um abermals in abgerissenes Stammeln, Schluchzen und Stöhnen überzugehen.

Endlich war das Ziel nahe.

Da stürzte Sun Koh und mit ihm stürzte Nimba. Weich sackten ihre Körper ein, reglos blieben sie liegen.

Vorbei?

Nein, Sun richtete sich wieder auf, schrie verzweifelt den Neger an, der mit geschlossenen Augen lag, riss ihn hoch und zerrte ihn weiter.

Von neuem stürzten sie beide, von neuem nahm Sun Anlauf.

Die letzten tausend Meter waren weiter nichts als ununterbrochenes Stürzen und verzweifeltes Wiederhochreißen. Die letzten tausend Meter waren tausend Zusammenbrüche und tausendfaches Aufbäumen der letzten Lebenskräfte, die letzten tausend Meter brachten tausend Tode und tausend irre Aufbrüche gegen die Vernichtung.

Und dann, hundert Meter vor der Kammhöhe, hatte Sun nicht mehr die Kraft, sich auf seine Füße zu bringen. Seine Beine waren gestorben, trugen nicht mehr und fassten nichts von dem, was die Seele des Mannes ihnen aufzwingen wollte.

Da kroch Sun Koh.

Auf seinen Händen zog er sich vorwärts, mit seinen Händen schleppte er den bewusstlos gewordenen Neger hinter sich her. Wie ein Tier, dem ein Schlag das Rückenmark zerschlagen, die Beine gelähmt hat, so zerrte er sich auf seinen Händen über das Eis hinauf.

Endlich ahnten seine stumpfen Sinne nackten Felsen unter seinem Gesicht, endlich stürzte die Wärme wie ein wollüstiges Tier auf den Körper, endlich wich der Hang nach der anderen Seite.

Sun und hinter ihm Nimba glitten und stürzten in die dunstigen Schwaden hinunter. Es war ein Glück, dass Sun instinktiv genau die Stelle wiedergefunden hatte, zu der er Hal gebracht hatte.

Zehn Meter tiefer wurde ihr Sturz abgefangen. Ihre Körper rollten neben den des Jungen.

Gerettet!

Sun spürte sich aufschlagen, dann sank sein Bewusstsein in eine bodenlose, schwarze Tiefe.

Seine Kameraden waren in Sicherheit, nun konnte er schlafen.

Schlafen!

Irgendwann zuckte er noch einmal hoch, als ein matter Knall den Hang hinaufprallte. Ein Schuss?

Das Gefahrzeichen drang nicht durch die dichte Decke, die auf ihm lag. Sein Körper machte nur eine kurze, unruhige Bewegung, dann löste er sich wieder.

Sun Koh schlief.

Feuchtwarm stiegen die Schwaden aus dem seltsamen Tal aufwärts und hüllten ihn wie in einen warmen Mantel ein. Sorglich schützten sie ihn vor dem eisigen Tod, bewahrten seine Glieder vor der Starre des Frostes und dem ewigen Schlaf des Eises.

Ohnmächtig lauerte draußen die unendliche Wüste des Polargebietes, die weiße Hölle Alaskas mit ihren spiegelnden Eisflächen, ihren unabsehbaren, grundlosen Schneefeldern, ihrem grimmigen Hunger, ihren wirbelnden und rasenden Stürmen, ihren bleichen Kälteschauern und ihrer grauenhaften Einsamkeit.

Wunderbar und farbenprächtig, aber gefühllos kalt und unnahbar wanderten die Nordlichter über den sternenklaren Himmel.

Weiße Hölle des Nordens.

5.

Jim Mackroth lächelte zufrieden, als er den schwarzen Kamm mit den dahinter aufsteigenden Nebelschwaden erblickte. Also hatte ihn Silver doch zum grünen Tal geführt. Nun war es Zeit, mit ihm allmählich abzurechnen – für Ullag und für das Mädchen.

Schneller, General!

Der vordere Schlitten wurde eben gewaltsam über den nackten Kamm geschleift, dann verschwand er auf der anderen Seite. Das Gelände war dort drüben sicher weniger übersichtlich als hier, er musste also dichter aufholen.

Die Hunde gaben ihr Bestes her und jagten wie die Teufel über die eisige Kruste. Aber als der Fels begann, da fingen sie an zu japsen und zu würgen. Jim nahm sich nicht erst Zeit, ihnen zu helfen, sondern lief in schnellen Sprüngen weiter hinauf, um sich erst einmal zu orientieren.

Ohne dass er einen besonderen Grund dazu hatte, nahm er an, dass der Höhenzug auf der anderen Seite genauso sanft abfallen würde wie auf dieser. Das wurde ihm zum Verhängnis.

Allzu plötzlich stand er am jenseitigen schroffen Abfall. Er konnte sich zwar noch rechtzeitig abstoppen, aber er fand keine Zeit mehr, sich zu decken. Er erkannte nur gerade noch zwanzig Meter unter sich Silver, der das Gewehr nach oben hielt, dann spürte er einen harten Schlag gegen die Rippen. Der scharfe Knall des Schusses drang noch an sein Ohr, die Erkenntnis, dass er geradewegs in die Falle gelaufen war, durchzuckte ihn noch, dann war es aus.

Er brach zusammen und kollerte in die Tiefe.

Dicht vor Silvers Füßen kam sein Körper zur Ruhe.

Tom Silver beugte sich mit einem triumphierenden Lachen über ihn.

»Hab' ich dich erwischt, Bursche? Hm, lass sehen! Brustschuss. Tot und erledigt. Du belästigst keine Leute mehr.«

Er ließ sein Opfer liegen und ging auf das Mädchen zu, das einige Schritte entfernt betäubt auf der Erde lag. Sie hatte ihn hindern wollen, als er das Gewehr anlegte. Ein Faustschlag gegen die Schläfe war die Antwort des Mannes gewesen.

Jetzt riss er sie brutal hoch.

»Ho, auf mit dir, wir wollen weiter. Nimm dich zusammen, sonst mache ich dir Beine.«

Der harte Griff brachte sie wieder zum Bewusstsein. Sie hielt sich aufrecht. Als ihr Blick auf den verkrümmten, blutigen Körper ihres jungen Beschützers fiel, schwankte sie sekundenlang, aber dann versteifte sich ihre Haltung erst recht. Jetzt wusste sie, dass Ehre und Leben nur von ihr allein abhingen.

Silver stieg in die Tiefe voran. Sie versuchte, im Vorbeigehen sich eine der Pistolen Jim Mackroths anzueignen, aber Silver beobachtete jede ihrer Bewegungen und schnauzte sie drohend an, als er ihre Absicht erriet. Wohl oder übel musste sie ihr Vorhaben aufgeben.

Der Abstieg in das feuchtwarme Tal war anfänglich mühsam, wurde dann aber, als sie in den Baumbestand hinein kamen, leicht. Als der Boden eben wurde, hielt Silver an.

»So«, knurrte er, » hier wirst du bleiben, bis ich wiederkomme. Ich hole jetzt die Hunde und die Packen herunter. Wehe dir, wenn du dich von der Stelle rührst, ich schlage dir alle Knochen im Leibe zusammen. Deinen Pelz kannst du mittlerweile ausziehen.«

Er stampfte davon. Joan Martini wartete, bis sie ihn weiter oben hörte, dann zog sie unter großen Anstrengungen den Pelz herunter, der ihr in diesen zwei Wochen förmlich auf den Leib gewachsen war. Es war eine Erlösung, und selbst der wollene Sweater mit der langen Skihose, die sie unter dem Pelz getragen hatte, fiel bei der feuchten Hitze noch reichlich lästig.

Sie grübelte nicht lange darüber nach, wieso es hier mitten in Schnee und Eis ein warmes, grünes Tal geben konnte. Die Feststellung, dass es heiße Quellen gab, war ihr nur insofern wichtig, als damit die Vorstellung von Waschwasser verbunden war. Der Schmutz der letzten Tage brannte förmlich auf ihrer Haut.

So zögerte sie denn nicht lange und schritt vorwärts. Zwanzig Meter weiter erblickte sie einen breiten Bach, der nach der Mitte des Tales zuströmte. Sie stellte fest, dass sie sich dicht unter dem einen Hang eines mächtigen Talkessels befand, der sich nach der andern Seite in weiter Rundung hinzog, dann bückte sie sich nieder.

Das Wasser war nicht heiß, aber ausgesprochen warm. Es war köstlich, sich wenigstens Gesicht und Hände darin zu waschen. Als sie damit fertig war und sich das Haar in Ermangelung eines Kammes mit den Fingern notdürftig geordnet hatte und Silver noch nicht auftauchte, zog sie sich auch die schweren Schuhe herunter und badete ihre Füße.

Dabei fiel ihr die merkwürdige gelbe Farbe der Steine auf, die am Grunde des Baches lagen. Sie nahm einen davon heraus. Das Gewicht überraschte sie.

Seltsame Kieselsteine.

Plötzlich durchzuckte es sie wie ein Blitz. Diese gelben, schweren Klumpen, diese kopfgroßen, faustgroßen und erbsengroßen Stücke, die zu Hunderten und Tausenden zu ihren Füßen lagen, bestanden aus Gold.

Aus Gold!

War Alaska nicht das Goldland der Erde? In diesem grünen Tal musste sich eine starke Ader befinden, oder wie man das nannte.

Sie betrachtete mit ganz neuem Interesse den Klumpen, den sie aus dem Wasser geholt hatte, und überhörte dabei fast das Herannahen Silvers.

»Habe ich dir nicht verboten fortzugehen?«, schnauzte er sie aus wenigen Metern Entfernung an.

Sie wandte sich langsam um.

»Ich habe mich gewaschen«, antwortete sie ruhig.

Ein lüsternes Grinsen lief über sein Gesicht.

»Donnerwetter, das sehe ich. Bist wahrhaftig noch hübscher, als ich mir gedacht habe. Deswegen soll's dir auch für diesmal hingehen, mein …«

Er brach plötzlich ab und stierte auf den Brocken, den sie gedankenlos in der Hand hielt. Dann sprang er plötzlich mit einem Satz auf sie zu und riss den Brocken an sich.

»Was ist das? Gold, wahrhaftig Gold, ganz rein! Wo hast du das gefunden, schnell?«

Sie wies stumm in das Wasser hinab.

Mit vorgebeugtem Oberkörper blieb Silver eine ganze Weile reglos stehen, während seine Augen immer glänzender und fiebriger wurden.

»Gold!«, gurgelte es endlich tief aus seiner Brust heraus. Dabei sprang er mit beiden Füßen in das warme Wasser hinein, bückte sich und holte eine Handvoll der gelben Steine heraus, betrachtete sie, ließ sie fallen und griff eine neue Ladung. Dann stampfte er wild herum, murmelte ununterbrochen sinnlose Worte und halblaute Ausrufe, warf einige Hände voll an das Ufer und stieg schließlich selbst wieder heraus.

Das Goldfieber hatte ihn gepackt. Joan Martini war vergessen. Er ließ sie unbeachtet stehen und lief den Bach hinauf bis zu dem spritzenden Geysir im Winkel des Tales, dann kam er zurück und ging den Bach hinunter. Das ganze Bett bestand aus Gold. Entweder waren die Nuggets seit Jahrhunderten hier abgelagert oder der Bach lief unmittelbar auf einer Ader, deren oberste Schicht er allmählich zerstört hatte.

Gold! Gold! Gold!

Silver benahm sich eine Stunde lang wie ein Irrer, dann begann sein Gehirn wieder normal zu arbeiten. Er hatte sich daran gewöhnt, Entdecker und Besitzer des ungeheuren Goldlagers zu sein, der übermächtige Einfluss des Neuen flaute ab.

Damit aber rückte die Frau wieder in den Vordergrund. Im gleichen Maße, wie die Blendung des Goldes aus seinen Augen wich, erwachte die Gier nach der Schönheit des jungen Mädchens in ihm.

Und dann stand er plötzlich dicht vor Joan Martini.

»Jetzt bin ich reich, mein Schätzchen«, lachte er, »reicher als irgendeiner. Sollst auch was davon haben, aber nun gib mir vor allem mal hübsch artig ein Küsschen.«

Sie trat einen Schritt zurück.

»Nein.«

Er langte nach ihr.

»Nein? Ho, wenn du nicht willst, so nehme ich ihn mir.«

Joan wich mit bleichem Gesicht noch weiter zurück, aber schon hielt er sie umklammert und drängte sein Gesicht an das ihre heran. Da schrie sie wild auf und stieß ihm beide Fäuste mit voller Kraft ins Gesicht.

Er taumelte zurück, aber er dachte nicht daran, sie auszulassen. Im Gegenteil, ihr Widerstand reizte ihn erst recht. Mit einem Fluch sprang er auf sie zu.

Da wandte sie sich zur Flucht und lief mit gehetzten Schritten davon. Zu spät sah sie ein, dass sie nach der verkehrten Richtung lief. Nach Minuten stand sie am schroff aufsteigenden Hang, zwischen ihr und dem Tal befand sich Silver. Verzweifelt begann sie zu klettern, aber sie wusste, dass es umsonst war. Höhnisch auflachend zerrte Silver sie am Bein zurück, riss sie zu sich herunter.

Abermals schrie sie auf und setzte sich verzweifelt zur Wehr. Aber ihre Kräfte waren gering gegen die des Mannes. So oft sie ihn auch zurückstieß und ihm entschlüpfte – früher oder später musste sie seinem brutalen Zugriff doch unterliegen.

Da glitt ihr Arm am Kolben seiner Pistole vorbei. Mit blitzschneller Eingebung griff sie zu, riss die Waffe heraus und richtete sie auf sein Gesicht.

»Zurück, ich schieße!«

»Verdammte Katze«, fluchte er wild und stürzte sich von neuem auf sie, ohne der Gefahr zu achten.

Da drückte sie ab. Klick.

Sie hatte vergessen, die Sicherung herumzureißen.

Silver fegte ihr die Waffe aus der Hand und lachte unbändig auf. Sie zerbrach fast unter diesem Lachen, aber dann setzte sie sich von neuem zur Wehr, als er auf sie eindrang.

Der Kampf war aussichtslos.

Ihre Bewegungen wurden immer matter.

Da kam unerwartet Hilfe.

Inmitten eines Steinhagels polterte, schlug und rollte ein Körper den steilen Hang herunter, kam wenige Schritte vor ihnen auf die Füße.

Alaska-Jim.

Der erste Schrei des Mädchens hatte ihn aus seiner Betäubung herausgerissen. Der Schuss hatte ihm nur für kurze Zeit das Bewusstsein geraubt. Es war kein tödlicher Schuss gewesen, da er an den Rippen entlanggeglitten war. Aber von dem darauf folgenden Sturz hatte er eine Gehirnerschütterung davongetragen.

Doch der Alarmschrei hatte ihn jählings hochgerissen. Noch wie im Traumzustand ließ er sich in die Tiefe gleiten. Aus dem Gleiten wurde ein Rollen und Stürzen, da er zu schwach war, um sich zu halten, aber er dirigierte sich wenigstens instinktiv dorthin, wo seine Augen im Bruchteil einer Sekunde das kämpfende Paar wahrnahm.

Tom Silver bemerkte ihn noch früh genug. Er ließ das Mädchen los, sprang zurück, riss seine Pistole heraus und schoss auf den sich überschlagenden Jim. Aber sein Blut war zu unruhig und das Ziel zu bewegt – die Kugel patschte gegen den Stein.

Und nun stand Jim Mackroth.

Wie durch ein Wunder war er auf seinen Füßen gelandet. Genau genommen stand er gar nicht, dazu war sein Körper bereits unfähig.

Seine Füße stoppten den Fall ab, der Körper wollte aber noch weiter nach vorn schlagen. Der Stand war nichts als ein zehntelsekundenlanges Verharren zwischen Sturz und Zusammenbruch.

Aber das genügte. Jim Mackroth war ein Mann, der noch in den Klauen des Todes schoss.

Und er schoss in der gleichen Sekunde, in der Silver seine zweite Kugel auf das sichere Ziel schickte.

Dann brach er zusammen.

Und Silver griff mit einer kurzen Bewegung zum Herzen und wankte fast gleichzeitig mit ihm zu Boden.

Joan Martini aber lag schon lange auf dem feuchten Fels. Sie war zusammengeknickt, als Silver sie losgelassen hatte.

Eine Viertelstunde verging.

Dann richtete sie sich langsam auf. Mit leeren, verständnislosen Augen blickte sie um sich. Wo war sie? Eben noch hatte sie sich vor Juan Garcia geflüchtet, war ins Wasser gesprungen, geschwommen, bis sie Licht und Himmel über sich gesehen hatte. Und nun? Da lagen zwei unbekannte Männer …?

Schmerzhaft arbeitete ihr Gehirn. Joan Martini wusste es in diesem Augenblick noch nicht, was sich in ihr ereignet hatte. Sie wusste nicht, dass die letzte Verzweiflung ihres Kampfes gegen Silver die stumpfe Decke zerrissen hatte, die bisher ihre Erinnerung verhüllt hatte. Was ihr einst die Katastrophe des Schreckens und der Furcht geraubt hatte, das gab ihr eine ähnliche Katastrophe wieder zurück.

Joan Martini hatte ihr Gedächtnis wieder.

Lange, unendlich lange Minuten dauerte es, bis sie alles Vergangene in großen Zügen wiedersah. Endlich wusste sie, warum die beiden Männer blutüberströmt hier am Felsen lagen, in den verkrampften Händen die Pistolen.

Da stand sie auf. Ihre Schritte waren zunächst unsicher, sie fühlte sich am ganzen Körper wie zerbrochen, aber bald vergaß sie ihre eigenen Beschwerden.

Sie überwand den inneren Schauder und beugte sich zu Silver herunter. Er war tot. Aus seiner Brust drang Blut, sein Atem ging nicht mehr, sein Puls war still und reglos.

Dann kniete sie neben Jim Mackroth. Er sah kaum noch menschenähnlich aus, war verschrammt, verschmutzt und blutig, aber er lebte noch. Ganz matt kam der Puls.

Joan Martini atmete tief auf, dann begann sie zielbewusst ihre Arbeit. Dieser Mann musste am Leben bleiben. Er hatte sie gerettet und dabei sein Leben nicht geschont.

Es kostete sie viel Mühe, den starken Pelz mit dem Bowiemesser Jims herunterzuschneiden. Endlich konnte sie an die immer noch blutende Wunde heran. Es waren zwei – eine an der linken Brustseite, die nach oben verlief, und eine an der gleichen Stelle, die zwischen zwei Rippen einen langen, zerfetzten Kanal bildete, aber offensichtlich keine inneren Organe berührte.

Es schien ihr zunächst ein unlösbares Problem, wie sie die Wunden verbinden sollte, ohne sie zu infizieren, bis sie sich der Leinwandsäckchen erinnerte, in denen Silver Hülsenfrüchte und andere Nahrungsmittel mit sich geführt hatte. Sie fand diese bei den Packen in geringer Entfernung. Aufgeschnitten und im heißen Wasser des Geysir abgebrüht, gaben sie ein leidliches Verbandsmaterial.

In den nächsten Stunden verrichtete Joan Martini hundert Dinge, die sie noch nie in ihrem Leben getan hatte. Sie wusch und bettete den Verwundeten, sie leerte die Taschen des Toten und rollte diesen ein Stück fort, sie sammelte Holz, entfachte Feuer und kochte, und was der zahllosen Kleinigkeiten mehr waren, die ihr notwendig schienen. Leider war ein großer Teil ihrer Mühe vergebens, denn Jim Mackroth nahm nichts von dem dünnen Brei an, den sie gekocht hatte. Seine Lippen blieben fest geschlossen. Er lag wie ein Toter in schwerer, dumpfer Betäubung.

Das junge Mädchen schlief dann selbst ein. Als sie erwachte, herrschte noch das gleiche dämmrige Licht im Tale wie vorher. Sie wusste nicht, wie lange sie geschlafen hatte, aber sie fühlte sich verhältnismäßig frisch und munter. Jim Mackroth lag unverändert. Am Hang oben kläfften Hunde. Das waren die von Silver. Und fast genau über ihnen bellte eine zweite Gruppe, die jedenfalls Alaska-Jim gehörten.

Diese Hunde waren ihre nächste Sorge. Sie konnten anscheinend nicht weiter, da sie noch am Schlitten hingen. Darüber war sie im Grunde genommen froh. Sie kannte zumindest Silvers Hunde. Das waren böse, wilde Tiere, vor denen sie sich immer etwas gefürchtet hatte. Wer weiß, wie sie sich benahmen, wenn sie die brutale Hand ihres Herrn nicht mehr über sich fühlten.

Aber immerhin, man konnte sie nicht einfach verhungern lassen. Vielleicht bissen sie auch bald die Lederriemen durch und stürzten dann als Wölfe herunter.

Sie überlegte lange, dann lud sie sich einen der Säcke mit trockenen Fischen auf und stieg tapfer in die Höhe. Es ging besser, als sie gedacht hatte. Bald stand sie seitwärts über dem Vorsprung, auf dem sich Silvers Hunde wie toll gebärdeten, und warf von dort aus ihre Fische in das Rudel. Es war genug, dass sich jeder Hund dick und voll fressen konnte.

Dann kletterte sie bangen Herzens höher. Mackroths Hunde gierten ihr wie Wölfe über den Hang entgegen, aber als sie alle Kraft zusammennahm und sie scharf anschrie, da duckten sie sich zurück. Daraufhin wagte sie es, an die Hunde heranzugehen, jeden Augenblick darauf gefasst, schießen zu müssen.

Ihre Befürchtungen erfüllten sich nicht. Die Hunde waren zwar unruhig, aber sie dachten nicht daran, sie anzugreifen, sondern verfolgten nur mit aufmerksamen Augen jede ihrer Bewegungen. Ungehindert konnte sie die Packen abschnüren und ihnen ebenfalls einen Sack Fische vorwerfen.

Hier oben fegte ein eisiger Wind, der wirbelnd auf die aufsteigende, warme Luft traf. Der Blick in das weiße Land hinaus war trostlos. Sie schauerte und wusste nicht, ob es von der ungenügenden Bekleidung oder aus der Seele heraus kam. Jedenfalls stieg sie schnell wieder hinunter in den Schutz des Hanges.

Plötzlich fasste sie das Mitleid mit den Hunden, die dort oben gerade im pfeifenden Wind lagen. Sie kletterte wieder hoch. Die Hunde ließen ungern von ihren Fischen, aber sie zogen tatsächlich auf ihren Zuruf an und schleppten den Schlitten ein paar Dutzend Meter weiter zu einer Stelle, an der der Hang sanft abfiel. Sie zeigte dem Leithund den geringen Fall, und das kluge Tier begriff. Und als der Schlitten einmal den Schwerpunkt überwunden hatte, rutschte er von allein in die Tiefe bis auf das querlaufende Band. Hier schüttete sie neue Fische vor, dann stieg sie in das Tal hinunter.

Jim Mackroth hatte sich noch kaum bewegt.

Nun unternahm sie eine Wanderung durch das Tal. Sie folgte dabei dem Laufe des Baches, bis sie an einen kleinen See geriet, der sich fast genau im Mittelpunkt des Tales befand. Von hier aus hatte sie den Eindruck, als ob sie in einem mächtigen Becken inmitten einer von der Natur geschaffenen riesenhaften Springbrunnenanlage stände. Wo sie auch hinsah, überall entdeckten ihre Augen die kochenden Fontänen der Geysire, die zwanzig, dreißig und mehr Meter aufsprangen, manche dauernd, andere in kürzeren oder längeren Abständen. Hunderte solcher Geysire musste es in diesem Tal geben, hunderte von kochenden Strahlen. Daher war es so feucht und so warm hier unten.

Sie sah Gold, aber es interessierte sie nicht. Ungleich wichtiger schien ihr, dass es hier unten Vögel gab, schnelle kleine Tiere in bunten, unaufdringlichen Pastellfarben. In der Nähe des Sees schienen sie in ganzen Schwärmen zu leben. Diese Vögel waren nicht die einzigen Lebewesen.

Sie stand plötzlich vor einem seltsamen Tier, das sie ohne die geringste Scheu mit neugierigen, kleinen Augen anstarrte. Es trug auf vier niedrigen, ausgewinkelten Beinen einen ungefähr meterlangen Körper, der unten flach und oben speckig gewölbt war. Vorn saß ein kleiner, eidechsenähnlicher Kopf, hinten ein übermäßig langer haarloser Schwanz, der ohne Absatz im allmählichen Übergang aus dem Körper herauswuchs und ihn unmäßig verlängerte. Sie hatte einst Bilder von Urweltsauriern gesehen – dieses groteske Geschöpf kam ihr fast wie das Modell eines solchen Tieres vor.

Viel Zeit zur Betrachtung hatte sie nicht, denn bei ihrem erschreckten Aufschrei wandte sich das Tier träge ab und glitt zwischen die Bäume. Es war nicht das einzige seiner Art, das Joan Martini zu sehen bekam. Sie entdeckte darüber hinaus noch verschiedene andere Tiere, die ihr wie merkwürdige Spukgebilde vorkamen, so wenig entsprachen sie den Tieren, die sie kannte. Allerdings kam ihr keines so nahe wie das erste, sodass sie nur einen allgemeinen Eindruck erhielt.

Im See selbst fand sie Fische. Auch sie waren eigenartig mit ihren röhrenförmigen Körpern und langen Schleierschwänzen, aber sie erschienen ihr immerhin vertraut. Und dann stieß sie auf eine Art Schildkröte, die langsam am Ufer hinkroch. Dieses Tier erschoss sie, nachdem sie innerlich genügend Anlauf dazu genommen hatte. Schildkrötensuppe sollte für Kranke und Verwundete außerordentlich stärkend sein.

Damit war ihre Wanderung vorläufig beendet. Sie hob das nicht leichte Tier auf und schleppte es zum Lagerplatz zurück.

Irgendwie brachte sie es zwischen Entsetzen und Ekel doch fertig, einige Stücke Fleisch aus dem scheußlichen, blutwarmen Körper herauszulösen und in den Blechtopf zu werfen. Die Brühe, die daraus entstand, mochte sicher kräftigend und heilsam sein, aber besonders gut schmeckte sie nicht. Vor allem aber vermochte sie noch immer nicht Jim Mackroth dazu zu bringen, die Lippen zu öffnen und etwas zu sich zu nehmen.

Joan Martini schlief mit tränennassen Wangen zum zweiten Male im grünen Tal ein. Die Erkenntnis ihrer Lage hockte wie ein dunkler Albdruck auf ihren Träumen. Sie sah Jim Mackroth tot und sich rettungslos einsam auf einem grünen Fleck inmitten einer unendlichen Eis- und Schneewüste, die sie für immer von der Welt absperrte. Sie sah sich verkommen und verwildert wie ein Tier am See hocken und stand dann wieder vor einem prachtvollen Schlosse, in das Sun Koh, der sie wohl lange vergeblich gesucht hatte, mit einer glückstrahlenden Braut einzog. Sie sah sich mit wilden Hunden kämpfen und spukhafte Tiere mit bloßen Händen zerreißen, sie sah Silver wieder lebendig werden und ihn wild mit riesengroßen Schleierfischen kämpfen.

Wüst stürzten die schreckenden Bilder durcheinander. Aber das Stöhnen der Schlafenden ging im dumpfen Brausen der kochenden Fontänen und im rasenden Heulen des Schneesturmes, der über den Kamm jagte, unter.

*

Joan Martini erwachte von neuem. Jim Mackroth war unruhig geworden. Sein Körper bewegte sich hin und her, seine Glieder zuckten, die Stirn war nass, durch die halbgeöffneten Lippen drangen schwere, harte Atemzüge.

Sie wusste nicht, ob sie sich freuen oder traurig sein sollte, da sie die Symptome nicht deuten konnte. Sie entschied sich für das erstere, denn nichts war ihr rätselhafter gewesen als die starre Betäubung. Jetzt erst schien das Wundfieber auszubrechen und den Mann herumzuwerfen. Vielleicht dauerte es nicht mehr lange, so musste sie ihn festhalten, damit er sich auf dem harten Boden nicht zerschlug.

Sie entfachte wiederum das Feuer und sammelte einen Vorrat des feuchten Holzes. Dann balancierte sie den schwarzen Topf zum dritten Male in den Brand hinein in der stillen Hoffnung, diesmal mit ihrer Brühe endlich Anklang zu finden.

Das Tal war bis auf das eintönige Brausen des hochschießenden Wassers und des gurgelnden Baches still. Der Schneesturm oben auf dem Kamm hatte aufgehört, durch die nebligen Wasserdämpfe wurde hier und dort ein Fetzen klaren Himmels sichtbar. Die Hunde verhielten sich still. Sie schliefen wohl noch nach dem ausgiebigen Fraße.

Plötzlich schreckte Joan Martini aus ihrer gebückten Haltung hoch. Nach der Mitte des Tales zu polterte ein Stein am Hang in die Tiefe, kurz darauf folgte ein zweiter.

Als es darauf eine Weile still blieb, schalt sie sich töricht wegen ihres Erschreckens. Die natürliche Verwitterung mochte einige Steine gelöst haben.

Doch dann hörte sie es von neuem poltern und rollen. Nun wurde ihre Unruhe zu stark. Entweder war dort ein großes Tier unterwegs oder gar ein Mensch? Auf jeden Fall entschloss sie sich nachzusehen. Allzu weit konnte es nicht sein.

Sie nahm die Pistole und drang am Bachrande vorwärts. Von Zeit zu Zeit blieb sie stehen und lauschte.

Nichts mehr zu hören.

Fast bis zum See gelangte sie, ohne wieder etwas zu vernehmen. Da kehrte sie um. So weit trug der Schall in dieser wasserdampfgesättigten Luft nicht. Ihre erste Annahme war wohl richtig gewesen.

Sie wusste nicht, dass die Fortpflanzung des Schalles an dem Hang entlang anderen Gesetzen unterlag als inmitten dieser wattigen Nebelpolster.

Sie war noch nicht weit gekommen auf ihrem Rückweg, als plötzlich der Knall eines Schusses wie ein dumpfer Schlag an ihr Ohr drang.

Ein Schuss?

Gewaltsam schüttelte sie die Erstarrung von sich ab und nahm die Richtung, aus der der Knall gekommen war, auf. Dabei wagte sie es, quer durch den Wald zu gehen, was sie bisher nach Möglichkeit vermieden hatte. Es bereitete jedoch wider Erwarten wenig Schwierigkeiten. Das Unterholz war nicht allzu dicht und weich, schreckenerregende Tiere liefen ihr nicht über den Weg.

Schneller, als sie erwartet hatte, sah sie die Bäume sich wieder lichten. Vor ihr lag eine freie Stelle, an der mit gleichmäßig pfeifendem Geräusch ein kochender Geysir aus einem terrassenförmig versinterten Becken seinen Strahl in die Luft schickte.

Herr Gott im Himmel!

Sie tastete mit der linken Hand haltsuchend nach dem nächsten Baum. Eine Schwäche überfiel ihre Glieder, und ihre Augen schmerzten im schreckhaften Weiten.

Wenige Meter vom Geysir, inmitten sprühender, heißer Tropfen, stand ein Junge. Er trug weiter nichts auf dem Leibe als eine Breecheshose ohne Gamaschen und ein weiches Hemd. Pelz, Schuhe und Strümpfe waren nicht zu sehen. Dafür fehlte aber ein Gürtel mit einer Pistole nicht. Er hielt in der Hand einen abgebrochenen Ast, den er nachdenklich betrachtete.

Auf seinem schmalen, sommersprossigen Gesicht unter dem rötlichen, glatten Haar lag dabei der pfiffige Ausdruck eines Gassenjungen, der eben einen neuen Streich ausheckt.

Jetzt bückte er sich. Zu seinen Füßen lag eines der seltsamen langschwänzigen Tiere – tot und auseinandergeschnitten. Der Junge hob einen blutenden Fleischklumpen, den er wohl vorher schon abgetrennt hatte, auf und spießte ihn an den Ast. Dann kratzte er sich schnell einmal am Bein und hielt schließlich das Fleischstück in das heiße Wasser hinein.

Die Nebel wichen aus Joan Martinis Hirn. Eine überwältigende, jubelnde Freude quoll in ihr auf. Dieser Junge dort, der wunderbarerweise auf einmal in diesem Tal stand, war Hal Mervin.

Und Hal Mervin würde stets dort sein, wo sich Sun Koh aufhielt.

»Hal!«, schrie sie auf und rannte auf den Jungen zu.

Hals Hand ging zum Kolben der Pistole, während er herumfuhr, doch dann wischte sie über die Augen. Als sich das Bild trotzdem nicht änderte und sich die Miss nicht in Nebel auflöste, kniff er sich schnell ins Bein. Jetzt war er überzeugt und klappte seinen Mund wieder zu.

»Nun ist mir der Braten in meinen Kochtopf gefallen«, seufzte er vorwurfs-voll. »Sie haben aber auch eine Art, die Leute zu erschrecken, Miss Martini.«

Das warf sie um.

Sie setzte sich nieder und lachte, lachte, dass ihr die Tränen über die Wangen liefen. Oder weinte sie und lachte dazwischen? Jedenfalls löste sich jetzt unter Lachen und Schluchzen alles das, was sich in Tagen und Wochen an Entsetzen, Schrecken und Spannung in ihr verkrampft hatte.

Hal kam sichtlich betroffen heran.

»Nun, nun«, begütigte er halb unsicher, halb väterlich, »deswegen brauchen Sie doch nicht gleich zu weinen. So genau müssen Sie meinen Anpfiff nicht nehmen. Es ist noch mehr Fleisch da.«

Jetzt lachte sie nur noch, wischte sich die Tränen aus den Augen und sprang auf.

»Du bist immer noch der Alte, Hal«, sagte sie, während sie ihm beide Hände reichte. »Ich glaube, bei dir kann die Welt einfallen, das bringt dich nicht aus der Fassung.«

»Beherrschung ist des Mannes Zierde«, murmelte er mit bescheidener Geste. »Aber wie kommen Sie eigentlich ausgerechnet hierher?«

»Na endlich«, lächelte sie. »Ein Mann hat mich verschleppt, ein anderer hat mich beschützt. Der erste ist tot, der andere schwer verwundet. Aber das kannst du alles später erfahren, jetzt sage mir vor allem, wie du hierher kommst. Wo ist …?«

Hal grinste.

»Mich hat auch ein Mann verschleppt, aber der andere ist nur mitgelaufen. Sie liegen alle beide dort oben und schlafen.«

»Sun Koh …?«

»Alles in Ordnung, Miss«, beruhigte er überlegen. »Nur ein bisschen überanstrengt. Er und Nimba schlafen noch. Ich wurde zeitiger munter, in meinem Alter schläft man nicht mehr so lange.«

»Kindskopf.«

»Ganz wie Sie wünschen«, nahm er diplomatisch an, ohne sich im Geringsten beleidigt zu fühlen. »Aber jedenfalls wird es nun höchste Zeit, dass ich Essen schaffe, sonst knicke ich zusammen und der Herr geht noch vor die Hunde. Wir haben seit ein paar Tagen nichts im Leibe.«

Sie wurde blass. Jetzt erst fiel ihr auf, wie erbarmungswürdig schmal der Junge aussah und wie seine Augen fieberten.

»Um Gottes willen, und wir stehen hier und schwatzen? Komm, ich …« Er ließ sich nicht mitziehen.

»Wieso denn, wir brauchen doch nicht erst fortzulaufen. Hier dauert's nicht lange, so ist das Fleisch fertig.«

»Du bist ein Narr«, schrie sie ihn förmlich an. »Glaubst du, dass ein Magen, der tagelang ohne Nahrung war, halbrohes Fleisch verträgt? Komm nur, ich habe ein paar hundert Meter von hier alle möglichen Nahrungsmitteln, du kannst sofort essen.«

Er schüttelte vorwurfsvoll den Kopf. »Und da lassen Sie mich so lange hier herumstehen? Dauerlauf, marsch, marsch!«

In lebhaftem Tempo ging es durch den Wald zum Lagerplatz. Hal stürzte sich wie ein gefräßiger Wolf auf die Lebensmittel, sodass Joan sie ihm schließlich mit Gewalt wegnehmen musste.

Während Hal aß, hatte sie bereits ihre Schildkrötensuppe, die nun endlich zu Ehren kommen sollte, aufgewärmt und einige andere Lebensmittel, die sie für geeignet hielt, eingepackt. Nun nahm Hal den Blechtopf, sie die Säckchen, dann stiegen sie hintereinander den Hang hinauf.

Sun Koh und Nimba lagen noch immer in tiefem Schlaf, als die beiden den Felsvorstoß erreichten. Der voranschreitende Hal setzte seinen Topf behutsam zur Erde und untersuchte seine Zehen, während Joan Martini an ihm vorüber zu dem schlafenden Sun eilte.

Er drehte sich erst wieder herum, als ihm Joan vorwurfsvoll zurief:

»Hal, wo bleibst du denn?«

Hal brachte freudestrahlend die Schildkrötensuppe herangeschleppt. Sun Koh hatte sich bereits aufgerichtet und nickte ihm lächelnd zu:

»Alles gut gegangen, Hal? Was macht Nimba?«

»Schläft noch, Herr, aber ich werde den Faulpelz gleich auf die Beine bringen.«

Sun schüttelte den Kopf.

»Nur nicht so unsanft, der arme Kerl hat seinen Schlaf verdient.«

»Hal protestierte grinsend.

»Was heißt hier unsanft, Herr? Wenn ich ihm was von Essen murmle, kommt er bestimmt auf die Beine, wie ich ihn kenne.«

Joan Martini nahm ihm den Topf aus der Hand und reichte ihn Sun Koh.

»Nun musst du vor allem essen, Sun, sonst wird die Suppe vollends kalt.«

Hal richtete seine Augen anklagend zum Himmel.

»Vollends kalt?«, murmelte er empört. »Als wir hier oben ankamen, war sie noch heiß, aber jetzt ist das bisschen Hitze natürlich schon lange raus.«

Sun Koh aß trotzdem, und er hätte nicht lange Tage voll Hunger hinter sich haben müssen, wenn sie ihm nicht geschmeckt hätte. Hal langte sich mittlerweile ein Stück geräuchertes Fleisch und legte es sanft auf Nimbas Mund. Tatsächlich: fast unverzüglich begann es in dem Gesicht des Negers zu arbeiten, er wurde unruhig, stöhnte auf und ehe sich Hal versah, war der Brocken verschwunden. Kauend und schmatzend richtete sich Nimba hoch.

»Hoho, einhalten!«, schrie Hal ihn an. »Erst deine Suppe löffeln, sonst verdirbst du dir den Magen.«

»Quatsch mit Soße«, murmelte Nimba noch halb schlaftrunken, »gibt mir mehr von der Sorte.«

Er schluckte aber trotzdem erst gehorsam seine kalte Brühe, ehe er die verschiedenen Säckchen ausräumte.

*

Tage vergingen. Sie waren zunächst fast nur ein ununterbrochener Wechsel zwischen Schlafen, Essen und Erzählen. Die drei erholten sich gründlich von den entsetzlichen Strapazen des Marsches durch die eisige Hölle. Einer von ihnen musste allerdings ständig wach sein, da Jim Mackroth im Wundfieber lag und unruhig herumschlug. Erst später begannen sie planmäßig das grüne Tal zu durchforschen.

Bei dem Streifen durch das Tal lernten sie eine Reihe von Seltsamkeiten kennen, die alles überstiegen, was ihnen bisher begegnet war. Nicht die heißen Quellen waren das Merkwürdigste an diesem Tal, noch weniger die Goldadern, die es durchzogen. Viel erstaunlicher fanden sie die Tier- und Pflanzenwelt, die sich ihnen hier zeigte. Die Bäume und die Gräser gehörten fast durchgängig unbekannten Gattungen an. Die Tiere, die ihnen über den Weg liefen, schienen aus einer fremden Welt zu stammen.

»Wie ist es überhaupt möglich, Herr«, erkundigte sich Hal bei der ersten besten Gelegenheit, »dass es hier oben in Alaska noch so ein Tal gibt, in dem ein fast tropisches Klima herrscht?«

»Das ist natürlich eine falsche Bezeichnung«, verbesserte ihn Sun. »Die Temperatur erscheint nur deshalb so sehr hoch, weil du weißt, welche Kälte dort draußen herrscht. Wenn sich das Tal irgendwo in der Nähe von San Franzisco befinden würde, würdest du es höchstens als mäßig warm bezeichnen. Die Ursache dieser Wärme sind die heißen Quellen.«

Hal war nicht recht befriedigt. »Ja, aber, wie kommen dann die Tiere hierher? Sehen Sie doch den Vogel dort. So etwas Ähnliches gibt es vielleicht unter dem Äquator. Wie kommt das Tier hierher, viele Tausende von Kilometern nach Norden hinein bis über den Polarkreis hinaus?«

Sun wies auf die seltsamen Fische, die sich im warmen Wasser neben ihnen außerordentlich wohl zu fühlen schienen.

»Wie kommen diese Fische hierher, Hal, oder wie diese Saurier mit den kleinen Eidechsenköpfen und den lang gestreckten Rümpfen?«

»Ja, eben?«, drängte Hal. Sun gab keine Antwort. Erst eine lange Weile später, als sie ein Skelett betrachteten, das offenbar einem Tier gehört hatte und doch so aussah, als ob es aus den Knochen gänzlich verschiedener Tiere zusammengelegt worden sei, setzte er das Gespräch nachdenklich fort:

»Deine Frage vorhin war falsch gestellt, Hal. Diese Tiere sind ebenso wie die Pflanzen sicher nicht aus einer anderen Gegend hierher gewandert, sondern sie halten sich schon seit jeher hier auf.«

Hal sah ihn überrascht an.

»Sie meinen, dass sich hier gewissermaßen eine Welt für sich entwickelt hat?«

Suns Augen gingen in die Ferne.

»Ja und nein, Hal. Es ist sicher nicht so, dass sich hier seit Anbeginn allen Lebens auf der Erde inmitten der Eis- und Schneewüste eine selbstständige Insel des Lebens entwickelt hat. Ich glaube, wir dürfen die Pflanzen und Tiere dieses Tales als den letzten Rest jenes Lebens betrachten, das einst in der ganzen Polargegend vorhanden war. Weißt du, dass hier oben einstmals tropisches Klima herrschte, dass hier riesige Urwälder standen und zahl-reiche Tiere hier lebten?«

Hal schüttelte nachdrücklich den Kopf. »Nein, Herr, das ist das Erste, was ich höre. Meinen Sie es im Ernst?«

»Selbstverständlich«, lächelte Sun, »du weißt doch sicher, dass es zum Beispiel auf der weit im Norden liegenden Insel Spitzbergen mächtige Kohlenlager gibt. Kohlen aber sind aus Wäldern entstanden, und die Mächtigkeit jener Lager auf Spitzbergen beweist, wie üppig die Vegetation einst im Norden gewesen ist. Darüber herrscht nicht der geringste Zweifel, dass diese Polargebiete einst tatsächlich ihr tropisches Klima und ihr entsprechendes

Pflanzen- und Tierleben gehabt haben. Die Gelehrten sind sich nur darüber im Zweifel, ob es im Laufe der natürlichen Abkühlung der Erde gewesen ist, oder ob die Erdachse früher eine andere Lage gehabt hat.«

Hal kratzte sich.

»Offen gestanden, Herr, das ist mir noch ein bisschen zu hoch. Dass es hier einmal warm gewesen ist, das kann ich mir nun schon denken, weil doch früher die ganze Erde glühend war. Aber Sie meinen, dass auch die ganze Erde gekippt sein könnte?«

Sun hob die Schultern.

»Nicht ausgeschlossen. Jedenfalls ist es sicher so, dass hier unter den warmen Quellen Tiere und Pflanzen am Leben blieben, die vor Hunderttausenden von Jahren den ganzen Polarkreis bevölkerten und ausstarben, als er sich in eine Eiswüste verwandelte. Dieses Tal ist eine unschätzbare Fundstätte für die Geschichte unserer Erde.«

Hal hatte an diesem Tage nichts mehr zu fragen, aber die gekippte Erde ließ ihm keine Ruhe. Zwei Tage später brachte er das Gespräch ziemlich unvermittelt wieder darauf.

»Herr, Sie sagten doch, dass die Erde vielleicht einmal gekippt wäre? Daher sind dann wohl auch die Eiszeiten gekommen?«

Sun Koh war etwas überrascht über die Plötzlichkeit der Frage, aber er ging bereitwillig auf sie ein.

»Nein, die Eiszeiten haben wohl kaum damit etwas zu tun. Es ist nicht mehr als eine Annahme, dass die Erde schon gelegentlich ihren Schwerpunkt verlagert hat. Noch heute sind die Pole durchaus nicht so feststehende Punkte, wie man sie für den Hausgebrauch annimmt. Die Erde kann heute noch dieselbe Schwergewichtslage besitzen wie vor Millionen von Jahren, es ist aber weder das zu beweisen, noch das Gegenteil. Die Eiszeiten können weder die eine noch die andere Theorie stützen. Ihre Ursachen werden wohl auf ganz anderem Gebiete liegen.«

Hal sah etwas enttäuscht aus.

»Schade, Herr, ich dachte gerade, ich hätte die Geschichte richtig ausgeknobelt. Wenn zum Beispiel das eine Mal ganz Europa haushoch mit Eis bedeckt ist und dann wieder nicht, so wäre das schon eine ganz schöne Erklärung, dass sich die Erde eben ein bisschen gekippt hat. Der Nordpol ist dann gewissermaßen weiter nach unten gerutscht.«

Sun lächelte tröstend. »Deine Annahme, die die Eiszeiten auf diese Weise zu erklären versucht, ist noch nicht die schlechteste. Jedenfalls kann dir niemand das Gegenteil beweisen. Ich kann dir zur Beruhigung versichern, dass es mindestens ein paar Theorien für die Entstehung der Eiszeiten gibt.«

»Zum Beispiel, Herr?«

»Die bestechendste und bekannteste ist die Kohlensäuretheorie. Man hat festgestellt, dass die Wärmewirkung der Sonnenstrahlen von dem Kohlensäuregehalt der Luft abhängig ist.«

»Herr«, fiel Hal sofort ein, »die Sonnenstrahlen sind doch aber bestimmt immer gleichmäßig warm.«

»Nein, Hal, das ist ein Irrtum«, widersprach Sun ruhig. »Die Sonnenstrahlen haben überhaupt keine Wärme. Das kann gar nicht anders sein, denn sonst müssten sie diese bei ihrer Reise durch den Weltenraum ja sehr schnell abgeben. Sie verwandeln sich erst teilweise in Wärme, wenn sie auf unsere Lufthülle und auf die Erde treffen. Es liegt etwas Ähnliches vor wie bei dem elektrischen Strom, der auch erst zu Wärme wird, wenn man ihn durch einen Widerstand hindurchschickt. Dieser Widerstand ist für die Sonnenstrahlen die Kohlensäure. Bei geringem Kohlensäuregehalt der Luft geben sie wenig Wärme ab, bei hohem Kohlensäuregehalt viel.«

Hal ging ein Licht auf.

»Aha«, rief er eifrig, »deshalb kommt einem die Sonne immer so warm vor, wenn man im geschlossenen Zimmer hinter der Scheibe sitzt?«

»Ganz recht«, nickte Sun Koh, »denn im Zimmer ist der Kohlensäuregehalt verhältnismäßig größer als draußen in der freien Luft.«

»Wie viel Kohlensäure gibt es eigentlich in der Luft, Herr?«

»Es wird dir sehr wenig vorkommen. 0,03 Prozent sind es wohl durchschnittlich, wenn ich nicht irre. Eine geringe Zu- oder Abnahme um einige Tau-sendstel Prozent bedeutet schon eine außerordentliche Verstärkung oder Abschwächung der Sonnenwärme. Nimmt man nun an, dass aus bestimmten Gründen der Kohlensäuregehalt unserer Lufthülle abnimmt, so muss notwendig die Durchschnittstemperatur auf der Erde sinken und die Eishülle der Pole muss sich ausdehnen. Damit ist die einfachste Erklärung für die Entstehung einer Eiszeit gegeben.«

Hal überlegte eine Weile, dann sagte er:

»Ja, aber weshalb soll denn der Kohlensäuregehalt der Lufthülle schwanken? Er müsste doch eigentlich immer gleich bleiben?«

Sun Koh wies auf einen der Bäume.

»Siehst du den Baum dort? Er besteht zum großen Teil aus Kohlenstoff. Diesen Kohlenstoff hat er der Luft entnommen, er hat einen Teil des Kohlensäuregehalts in der Luft gebunden. Wenn der Baum in der Erde versinkt und verschwindet, dann ist unsere Lufthülle um einen winzigen Bruchteil an Kohlensäure ärmer geworden. Stelle dir nun Millionen und aber Millionen solcher Bäume vor. Sie wachsen auf, entziehen der Luft Kohlensäure und versinken im Sumpf, neue Wälder entstehen über ihnen und versinken ebenfalls, und so geht es Jahrtausende und Jahrhunderttausende hindurch. Begreifst du, dass auf diese Weise der Lufthülle ein ganz beträchtlicher Prozentsatz ihres Kohlensäuregehaltes entzogen werden kann?«

Hal nickte eifrig.

»Das verstehe ich. Die riesigen Wälder, die jetzt zum Beispiel in Spitzbergen als Kohlenlager unter der Erde liegen, haben die Luft arm an Kohlensäure gemacht. Die Folge davon war eine Eiszeit. Aber wie kam denn nun die Kohlensäure wieder in die Luft, sodass es wieder wärmer werden konnte?«

»Jede Verbrennung gibt Kohlensäure frei. Diese Verbrennungen finden in riesigen Ausmaßen bei Erdkatastrophen, Vulkanausbrüchen und ähnlichem statt, vor allem aber in Millionen von tierischen Lebewesen aller Art. Jedes Tier, der Mensch nicht ausgeschlossen, gibt mit jedem Atemzug Kohlensäure an die Luft. Die Feuer, die der Mensch an Millionen von Stellen unterhält, spenden Kohlensäure. Wenn nun das Pflanzenleben nicht mehr unmäßig wuchert, wenn es vernichtet unter der Eisdecke liegt, dann kann sich die Lufthülle im Laufe der Jahrtausende wieder mit Kohlensäure sättigen – es wird wärmer. Die Eisdecke weicht zurück, die Pflanzenwelt erwacht wieder, gedeiht mit zunehmender Wärme immer üppiger, bis sie die Kohlensäure wieder aus der Luft herausfrisst und das alte Spiel von neuem beginnt.«

»Und in was für einer Zeit leben wir jetzt, Herr? Wird es wärmer oder wird es kälter auf der Erde? Kommen wir von einer Eiszeit her oder gehen wir einer neuen Eiszeit schon entgegen?«

Sun Koh wies auf das Feuer des Lagerplatzes, das eben sichtbar wurde.

»Wir leben in einer Zeit, in der zweitausend Millionen Menschen in allen Weltteilen ununterbrochen ihre Feuer lodern lassen, in der aus unzähligen Essen und Schloten, oft zu Hunderten über einer einzigen Stadt, Rauch und damit Kohlensäure zum Himmel steigen, in der die Kohlenschätze, die die Erde in Millionen von Jahren angesammelt hat, in Millionen von Tonnen ausgegraben und verbrannt werden. Wir leben in einer Zeit, in der man sorgenvoll berechnet, wie lange die Kohlenvorräte der Erde bei dem riesigen Verbrauch durch die Industrie noch reichen werden, in der man selbst unter die Eisdecke der Polarzonen geht, um Kohlen für das gefräßige Ungeheuer Maschine zu schaffen, in der man auch das Blut der Erde in Flammen auflodern lässt, in der man Petroleum, Benzin und Öle aller Art in Milliarden von Litern verbrennt. Wir leben in einer Zeit, in der über den Städten der Erde die Kohlensäure in dichten Schwaden hinausgeschickt, in der es in eben diesen Städten nie kalt wird, in der die alten Leute von harten Wintern ihrer Jugend wie von einer Sage berichten und in der die jungen Menschen weit hinauf ins Gebirge fahren müssen, um einen rechten Winter kennenzulernen. Soll ich dir nun noch sagen, ob es bei uns wärmer oder kälter wird?«

»Wärmer natürlich, nicht wahr, Herr?«

Sun nickte.

»Man möchte es annehmen, denn die Lufthülle der Erde erhält jetzt in Jahrzehnten das wieder, was ihr einst die Jahrhunderttausende genommen haben.«

Damit waren sie am Feuer angelangt.

*

Nach acht Tagen hatte Jim Mackroth das Schwerste überwunden. Er schlug wieder die Augen auf und sah um sich. Als er Joan Martini, die neben ihm kniete, erkannte, murmelte er:

»Alles in Ordnung?«

Sie nickte nur und Sun Koh fügte hinzu:

»Sie haben Miss Martini gerettet. Wir sind Freunde der Miss.«

»Tom Silver?«

»Wir haben ihn begraben.«

Ein kaum wahrnehmbares Lächeln der Genugtuung huschte um die Lippen des Verwundeten.

»Gut«, flüsterte er, »ich habe ihn erwischt. Meine Hunde?«

»Werden dick und rund«, lächelte Sun, »Wir haben sie heruntergeholt.«

»Danke.«

Joan Martini verhinderte jedes weitere Gespräch, indem sie ihn zwang, etwas Suppe zu schlucken. Alaska-Jim war mehr als ausgehungert und holte nun willig auf. Nimba wurde förmlich blass vor Neid, als er ihn essen sah. Dann schlief Jim Mackroth sofort wieder ein.

Abermals nach acht Tagen fühlte er sich bereits wieder ausgezeichnet auf der Höhe. Sein kerngesunder Körper überwand zusehends alle Entbehrungen. Wenn er auch noch schwach war, so konnte er sich doch schon wieder bewegen und die ersten Märsche durch das Tal unternehmen. Vor allem aber hinderte ihn nichts, den eifrigen Reden Hals mit immer neuer Verwunderung zu lauschen. Der Junge hatte sehr schnell erfasst, dass Alaska-Jim bei aller Tüchtigkeit nicht allzu viel von der Welt wusste, folglich nutzte er die Gelegenheit nach besten Kräften. Einen so dankbaren Zuhörer fand er nicht alle Tage.

»Das ist aber noch gar nichts«, übertrumpfte er seine letzte Darbietung, die Alaska-Jim eben mit innigem Vergnügen angehört hatte. »Sehen Sie, da ist mir mal ein Ding passiert, das ich auch mein Lebtag nicht mehr vergessen kann. Nimba wollte ein Huhn anrichten. Ich griff mir eins, nahm das Beil und hackte dem Huhn den Kopf ab. Dummerweise ließ ich es kurz darauf los. Was denken Sie, was geschah?«

»Jedenfalls flog es ohne Kopf fort, nicht wahr? Eine alte Geschichte, wenn ich nicht irre.«

»Sie irren nicht«, erwiderte Hal sanft gekränkt, »aber die Geschichte kommt nun erst. Also das Huhn flog tatsächlich fort, in die Luft, mindestens zehn Meter hoch. Nun, wie es dort oben war, sind jedenfalls die Lebensgeister völlig aus ihm gewichen. Es starb oben in der Luft und kam infolgedessen nicht wieder herunter, weil es doch nun nicht mehr fliegen konnte. Wie angenagelt hing es dort oben. Was blieb mir schon übrig, als die Pistole zu nehmen, und das Biest herunterzuschießen. Was sagen Sie dazu?«

Alaska-Jim kratzte sich an der Nase, sodass Hal nicht recht feststellen konnte, ob er grinste oder nicht. Jedenfalls nickte er und antwortete tiefernst: »Ja, ja, es passieren merkwürdige Dinge. Ich denke da an meinen guten Freund Lew, der einmal einen Grisly-Bär totgespuckt hat.«

Hal räusperte sich anzüglich.

»Hm, hm, wenn das ein Witz sein soll?«

Alaska-Jim schüttelte dramatisch den Kopf.

»Nicht im Geringsten. Es war im vorigen Jahr, als hier oben die große Kälte herrschte, sodass sogar die Schneeflocken ganz blau angelaufen waren. Da bummelte Lew eines Spätabends von der Kneipe zu seiner Hütte, reichlich geladen, sodass er nicht auf seine Umgebung achtete. Dicht vor seiner Hütte stieß ihm was auf. Er spuckte so halb zur Seite gegen einen Baumstumpf oder was er dafür hielt. Plötzlich fällt der Baumstamm mit einem letzten Seufzer um. Nun, da wurde Lew sehr schnell munter und sauste hin. Was war's? Ein mächtiger Grisly-Bär. Er hatte schon mit erhobenen Tatzen bereit gestanden, um den guten Lew alle zu machen. Und jetzt lag er mausetot. Es hat lange gedauert, bis Lew begriffen hatte. Und doch war die Sache ganz einfach gewesen. Er hatte ausgespuckt, die Spucke war sofort zu einem Eiszapfen gefroren, und dieser hatte den Bären genau durch das linke Auge ins Gehirn getroffen und erledigt. Was sagst du dazu?«

Hal stöhnte.

»Das ist der erbärmlichste Bär, der je einem Menschen aufgebunden wurde. Ich werde Sie wegen unlauterer Konkurrenz verklagen.«

Aber dann lachte er mit Alaska-Jim um die Wette.

Kurz darauf gesellte sich Sun Koh zu den beiden. Das Gespräch ging auf ernstere Angelegenheiten über.

»Wir müssen uns irgendwie geschäftlich einigen, soweit es dieses Gold betrifft«, sagte Sun Koh. »Wir können es nicht dabei belassen, dass Sie Miss Martini alle Rechte zuschieben, während Miss Martini Ihnen den Fund zuspricht. Ich glaube, zunächst einmal sind wir an die gesetzlichen Bestimmungen gebunden. Die Erstentdecker sind berechtigt, sich Claims bis zu einer gewissen Größe abzustecken. Der Rest muss für die Nachkommenden frei bleiben. Ist das richtig?«

»So ungefähr«, nickte Alaska-Jim.

»Gut, dann schlage ich vor, dass Sie Ihren Claim abstecken, sobald Sie sich genügend im Tal bewegen können, und dann die Hälfte des Tals für Ihre Freunde reservieren. Miss Martini wird dann die andere Hälfte für sich und ihre Freunde übernehmen.«

Jetzt schüttelte Alaska-Jim den Kopf.

»So geht es nicht. Vielleicht kommt es Ihnen merkwürdig vor, aber ich habe keine Freunde. Ich weiß nicht einmal jemand, den ich durch das Gold glücklich machen könnte. Ich bin immer ein Einzelgänger gewesen. Ich werde meinen Claim abstecken, aber für den Rest alarmieren Sie lieber Ihre Freunde und Bekannten, sonst findet sich hier Gesindel zusammen.«

»Na na?«, winkte Hal ab. »Spielen Sie bloß nicht die einsame Träne im Knopfloch. Nach den Schwindelgeschichten, die Sie erzählen, sind Sie ein ganz munterer Knabe. Sie brauchen bloß die richtige Gesellschaft. Der einsame Wolf im Wald und auf der Heide, he? Das vergeht. Was denken Sie denn, wie einsam ich mich gefühlt habe, als ich noch in der Wiege lag? Keine Freunde weit und breit, weder Frau noch Kind, die einzige Gesellschaft ein treuer Floh, der …«

»Verdammt!«, stöhnte Alaska-Jim. »Wenn du so weitermachst, fange ich noch an zu heulen.«

»Sie reizen ihn«, lachte Sun Koh. »Er hat eine gesellige Natur und verlangt sie auch von anderen. Im Übrigen drückt er auch meine Meinung aus. Sie sind jetzt noch sehr jung. Sie werden nicht ewig in der Einsamkeit leben können. Und die Welt mit ihren Menschen ist auch etwas anders, als Ihre Erfahrungen besagen. Sie sollten sich Ihren Anteil nehmen, so groß Sie ihn bekommen können, und sich dann in der Welt umsehen.«

»Davor hat er ja gerade Angst«, stichelte Hal, aber dazu grinste Alaska-Jim.

»Genau das. Du wirst dich wundern, wenn du mal in meine Hütte kommst. So weit hinter dem Mond, wie du denkst, ist heute nicht einmal der ärmste Pelzjäger. Ich habe unter anderem ein erstklassiges Radio und weiß dadurch ganz genau, was mit der Welt los ist.«

Hal schnappte nach Luft und verdrehte die Augen.

»Durch das Radio? Mensch! Mann! Manometer! Haben Sie das gehört, Herr. Er weiß genau, was mit der Welt los ist. Durch das Radio! Mann, Sie sind der rückständigste Säugling, dem ich je auf meinem langen Lebensweg begegnet bin. Durch das Radio!«

»Teufel noch mal!«, grollte Alaska-Jim. »Ich ...«

»Erschießen Sie ihn nicht«, fing Sun Koh lächelnd ab. »Er will noch weiterleben. Um auf das Gold zurückzukommen: Wir wollen davon ausgehen, dass Ihnen die Hälfte des Goldes gehört. Ich schlage Ihnen vor, dass Sie den Wert dieses Anteils schätzen und dass ich Ihnen einen entsprechenden Betrag auszahle, sodass dann der ganze Fund allein mir und meinen Freunden gehört.«

Alaska-Jim kniff die Augen zusammen und blickte Sun Koh forschend an. »Ich habe einiges von dem Gold gesehen. Hier liegen Millionen.«

»Ich bin kein armer Mann, falls Sie das meinen.«

»Scheint so. Und welches Interesse haben Sie daran, mich auszuzahlen?«

»Wenn der Fund angemeldet wird, lässt sich selbst bei restloser Aufteilung nicht vermeiden, dass ein Run entsteht. Auch Behörden sind nicht dicht, und da hier ohnehin eine Sage von einem grünen Tal umgeht, wird sich mancher etwas denken, wenn Alaska-Jim Schürfrechte für diese Gegend eintragen lässt. Das Tal wird aber nicht so sehr durch das Gold wertvoll, sondern durch die Pflanzen- und Tierformen, die hier erhalten geblieben sind. Der wissenschaftliche Wert ist erheblich größer als der Goldwert, und mir wäre es lieber, das Gold vorläufig liegen zu lassen und ein paar Männer herzuschicken, die es neben einer prähistorischen Eidechse überhaupt nicht sehen.«

»Gibt es das wirklich noch?«

»Sicher.«

»Aus dem Radio!«, zischte Hal verächtlich. »Quiz mich oder wie dämlich ist das Publikum!«

»Einverstanden«, nickte Alaska-Jim. »Wir sprechen weiter darüber, sobald ich mich umgesehen habe. Wahrscheinlich bleibt bei mir alles so, wie es war, aber es ist ganz gut, ein bisschen Geld auf der Bank zu haben. Manchmal braucht man Läusesalbe.«

»Pah!«, schnaubte Hal, der sich angesprochen fühlte.

»Getroffen?«, grinste Alaska-Jim.

»Anfänger!«, grinste Hal zurück. »Ich weiß auch einen Spruch, und bei dem können Sie sich mal überlegen, ob Sie sich getroffen fühlen.«

»Na?«

Hal blickte ihn scharf an.

»Manchmal braucht man ein Poesie-Album.«

Daraufhin wurde Alaska-Jim so knallrot, wie es seine verwetterte Haut überhaupt hergab.

Er hatte nicht damit gerechnet, dass er seine heimliche Liebe zu Joan Martini verraten hatte.

Sein Trost war, dass Hal auch knallrot anlief, als Sun Koh ihn anblickte und trocken bemerkte:

»Takt ist das, was sich am schwersten lernt, Hal. Es wird gut sein, wenn du jetzt für eine Weile Ruhe gibst.«

Worauf sich Hal erhob und kleinlaut wegschlenderte.

Vier Tage später fühlte sich Alaska-Jim kräftig genug, um aufzubrechen und den Rückmarsch anzutreten. Sun Koh bestand jedoch darauf, noch weitere drei Tage zu warten.

Es war gut so. Als sie endlich das Tal verließen, erwies sich der Übergang aus der feuchten Wärme in die starre Kälte als außerordentlich unangenehm. Sie waren weich geworden, und Alaska-Jim spürte das peinlich an seinen Wunden. Auch die Hunde waren weich geworden. Sie litten schwer und mussten erst wieder in Zucht genommen werden, bevor sie leisteten, was von ihnen verlangt wurde. Glücklicherweise blieb das Wetter in den ersten Tagen beständig klar und ruhig und das Gelände zeigte keine Schwierigkeiten, sodass ihnen Katastrophen erspart blieben.

Acht Tage nach dem Aufbruch erreichten sie oberhalb von Mactown, das sie absichtlich umgingen, den Yukon, und einige Tage später Dawson City. Hier verabschiedete sich Alaska-Jim von seinen neuen Freunden. Er wollte zunächst doch wieder weiter nach Norden gehen und sein gewohntes Leben fortsetzen.

»Wenn es mir zu wohl geht, komme ich einmal auf Besuch«, versprach er Hal, während er ihn freundschaftlich anzwinkerte.

»Dann binden Sie aber die Hosen fester«, riet Hal trocken. »Kaffee und Kuchen bekommen Sie umsonst, aber für den Rest müssen Sie sich bessere Nerven anschaffen, als Sie hier in Ihrem Eisschrank bekommen können. Ich bin der Waisenknabe in unserem Verein. Die anderen nehmen Sie auf den Arm, ohne auch nur mit der Wimper zu zucken. Stimmt's, Nimba?«

»Lassen Sie sich nicht einschüchtern«, brummte Nimba. »Milch und Zucker bekommen Sie auch. Und Hal kommt wieder in seine Gummizelle. Gewöhnlich darf er nämlich nicht frei herumlaufen.«

»Pah!«, schnaubte Hal, aber dann grinste er mit den beiden anderen zusammen.

Sun Koh, Joan Martini, Hal und Nimba flogen mit einer planmäßigen Maschine nach Süden. Als sie in San Franzisco landeten und in der warmen Sonne Kaliforniens das Flugzeug verließen, war das grüne Tal inmitten der weißen Hölle schon fast zur Erinnerung geworden.

E<small>NDE</small>

Der Erbe **Sun Koh** von Atlantis

Die goldene Kassette

1.

Detektiv-Inspektor Louis Marron vom Polizeipräsidium Kansas-City blickte sich neugierig um, während er dem Direktor des ›Museum of Art‹ durch den oberen Ausstellungsraum des Pavillons folgte. Er war noch nie in seinem Leben in einem Museum gewesen, und er hatte sich ein Museum wesentlich anders vorgestellt. Diese Burschen schienen es hier nicht schlecht zu haben. Die Decke war ein einziges Oberlicht und ließ eine Helligkeit herein, die es in der ganzen Stadt nicht wieder gab. Die Dampfheizung summte noch und ließ nichts davon ahnen, dass draußen ein rauer Wind durch die Straßen blies. Und Arbeit gab es hier bestimmt auch nicht. Diese Museumsleute hatten es geschafft. Sie bekamen einen Haufen Geld und brauchten nur die Daumen zu drehen, während die Neugierigen an ihren Kuriositäten vorbeispazierten.

Kuriose Sachen, die da herumstanden und herumlagen. Alte Steine mit mehr oder weniger Bildhauerarbeiten, die ein vernünftiger Mensch nicht einmal mehr in die Kellermauern einbauen würde. Fotografien von irgendwelchen Tempeln in irgendwelchen fremden Ländern. Ausgestopfte Figuren mit Gesichtern wie aus dem Verbrecheralbum. Noch mehr Steine.

Detektiv-Inspektor Louis Marron, ein kräftiger Mann um die Vierzig herum mit einem strengen, energischen Gesicht, wunderte sich. Soweit er unterrichtet worden war, sollte das eine Sonderausstellung ›Altamerikanische Kunst‹ sein, aber er sah nichts von Kolumbus, Pizarro oder anderen alten Amerikanern und ihren Künsten. Er hatte gedacht, er würde Bilder oder Bildhauereien von diesen Leuten zu sehen bekommen. Der alte Churchill in England malte auch. Warum sollte Kolumbus nicht auch nebenbei Bilder fabriziert haben? Zeit hatte er ja genug gehabt, wenn er so lange gebraucht hatte, um von Europa nach Amerika zu kommen. Überhaupt – wozu der Lärm um diese Burschen von damals? Heute brauchte eine Düsenmaschine ein paar Stunden, und der Flugkapitän fasste höchstens einen Rüffel, wenn er die Maschine drei Minuten zu spät einsetzte. Komisches Volk, diese Men-schen!

Der kleine, mollige Mann mit dem weichen Gesicht und der grauen Mähne, der vor ihm herlief, hielt plötzlich an und wies mit einer dramatischen Geste auf einen leeren Schaukasten unter dem hohen Fenster.

»Da, Inspektor! Weg! Spurlos verschwunden!«

»Aha!«

Inspektor Marron sah sich den uniformierten Wächter an, der neben dem Schaukasten stand und nicht genau wusste, ob er sich wichtig fühlen sollte, dann trat er noch einen Schritt weiter an den Kasten heran. Er entdeckte einen Textstreifen, aber sonst blieb es ein leerer, pultförmiger Schaukasten mit Glasplatte, den man mit blauem Samt ausgeschlagen hatte. Vorn befand sich ein einfaches Schloss, das ein Anfänger mit einer Haarnadel öffnen konnte.

Inspektor Marron blickte zu dem Wächter auf.

»Sie haben den Verlust entdeckt?«

»Jawohl, Inspektor.«

»Etwas aufgefallen?«

»Nichts, Inspektor.«

»Nichts verändert?«

»Auch nichts, Inspektor.«

»Idealer Fall«, grinste Marron. »Gehen Sie frühstücken. Wenn jemand kommt, der behauptet, Sergeant Lester zu sein, schicken Sie ihn herauf.«

Der Wächter ging, nachdem er sich stumm bei seinem Direktor befragt hatte. Marron ging um den Schaukasten herum, dann lehnte er sich gegen die Wand und blickte sich von hier aus im Raum um. Er blieb dabei, während er beiläufig fragte:

»Also schießen Sie los, Direktor. Was ist mit diesem verschwundenen Blechkasten?«

Cyril Laderman zuckte wie unter einem Nadelstich zusammen.

»Blechkasten? Ich muss schon sagen – hm, vermutlich ein Missverständnis am Telefon. Es handelt sich um eine Kassette aus getriebenem Gold, fünfundzwanzig Zentimeter lang, zehn hoch und fünfzehn breit, eine wundervolle Goldschmiedearbeit von unerhörtem Wert, ein einmaliges ...«

»Wie viel?«

»Wie viel? Was meinen Sie damit?«

»Wie viel ist sie wert?«

»Ah, ich verstehe. Also das lässt sich überhaupt nicht sagen, Inspektor. Die Kassette ist einfach unbezahlbar, ein einmaliges Kleinod, dessen Sammlerwert sich nicht einmal schätzen lässt.«

»Sie brauchen sich nicht zu erhitzen, Direktor«, sagte Marron beschwichtigend, ohne seinen Gesprächspartner auch nur eines Blicks zu würdigen. »Gold lässt sich wiegen, nicht, und der Goldpreis steht in der Zeitung. Auf diese Weise lässt sich ziemlich genau feststellen, was so eine Kassette wert ist.«

Direktor Laderman trat einen Schritt zurück und starrte den Inspektor ungläubig an. Das nützte ihm freilich nichts, denn Marron nahm keine Kenntnis davon.

»Das – das ist ja ungeheuerlich!«, stotterte er nach einer Pause. »Ich ahnte nicht, dass ein Mensch …?«

Marron warf einen flüchtigen Blick zu ihm hin.

»Was ist denn, Direktor?«

Cyril Laderman schluckte und begrub damit seinen Glauben an die Menschheit, den er sich bis dahin mühsam bewahrt hatte.

»Nichts«, seufzte er. »Ich habe Sie zu informieren, dass der Wert von Kunstgegenständen nicht auf diese Weise ermittelt wird. Diese Kassette würde jedenfalls bei einem Preis zwischen fünfzig- bis hunderttausend Dollar mindestens ein Dutzend Käufer finden.«

»Na also. Das ist das, was ich wissen muss. Wer hat sie gemacht?«

»Sie meinen – hm, der Schöpfer ist natürlich unbekannt. Es handelt sich um eine späte Maya-Arbeit, die aus dem 5. Jahrhundert n. Chr. stammen könnte. Die Datierung ist allerdings ziemlich unsicher.«

»Spanisch, nicht?«

»Wieso spanisch?«

»Na, wenn sie aus dem 5. Jahrhundert stammt? Wer hat sie herüber gebracht? Kolumbus und seine Jungens?«

Cyril Laderman stützte sich vorsichtshalber auf die Vitrine in seinem Rücken. Er warf noch allerhand Erde auf den schon begrabenen Glauben an die Menschheit.

»Ich fürchte, Sie sind über gewisse Dinge nicht ausreichend informiert, Inspektor«, sagte er sauer. »Die Maya waren ein hoch entwickeltes Kulturvolk, das schon lange vor Kolumbus in Mittelamerika existierte. Von diesen Mayas stammt die verschwundene Kassette. Die amerikanische Kultur begann nicht erst mit Kolumbus, sondern reicht Jahrtausende zurück. Während in Europa noch steinzeitliche Verhältnisse herrschten, gab es hier schon mächtige Reiche, zum Teil von einer Kulturhöhe, die wir heute noch nicht wieder erreichten.«

»Na na, nur nicht übertreiben«, winkte Marron nüchtern ab. »Mir können Sie nicht erzählen, dass diese Indianer oder was weiß ich schon Radios oder elektrische Rasierapparate gehabt haben.«

»Ich sprach von Kultur«, seufzte Laderman benommen.

»Eben«, nickte der Inspektor unbeeindruckt, während er seine Augen wieder wandern ließ. »Sie machen es verdammt spannend, Direktor. Bis jetzt haben wir nur eine Kassette, für die manche Leute einen Haufen Geld zahlen würden, Maya-Fabrikat. Was war drin?«

»Nichts. Sie war nur mit einem Gewebe von Goldfäden ausgeschlagen.«

»Eigentum des Museums?«

»Leider nicht. Es handelt sich um eine Leihgabe, die uns für diese Sonderausstellung zur Verfügung gestellt wurde. Die Kassette gehört Daniel Boyd.«

Marron kam schnell mit dem Kopf herum und spitzte den Mund zum Pfeifen.

»Kaugummi-Boyd?«

»Ja.«

»Der Schwiegervater des Oberbürgermeisters?«

»Ja.«

»Hm, solche Sachen sollten Sie lieber immer gleich sagen. Wenn das so ist ...?«

Cyril Laderman stützte sich vorsichtshalber mit beiden Händen.

»Ja, wenn das so ist, werden Sie sich wohl hineinknien müssen, Inspektor. Oder haben Sie Lust, Mr. Boyd zu erzählen, dass es sich nicht lohnt, nach seinem Blechkasten zu fahnden?«

»Na, nun werden Sie bloß nicht gleich bösartig«, wehrte Marron ab. »Wir haben unseren Kummer auch so. Sie können sich wahrscheinlich nicht vorstellen, was los ist, wenn sich der alte Boyd aufregt und die Aufregung kommt über den Ober-, den Polizeipräsidenten, den Super- und den Chefinspekteur zu mir. Hätten Sie sich nicht einen anderen Kasten mausen lassen können?«

»Ich werde das nächstens den Dieben vorschlagen«, höhnte der Direktor.

»Sie können sich ja dann mit Ihnen in Verbindung setzen, was Ihnen am besten passt ...«

»Erzählen Sie mir lieber von Ihren Sicherheitsmaßnahmen«, knurrte Marron. »Sie scheinen zu vergessen, dass Sie sich die Kassette haben stehlen lassen, nicht ich.«

»Der gesamte Gebäudekomplex wird bei Nacht durch jeweils zwei Wächter bewacht, die ununterbrochen patrouillieren, und nach einem bestimmten System ihre Uhren stechen. Sie haben keine Meldungen erstattet. Außerdem waren sämtliche Türen und Fenster ordnungsgemäß geschlossen.«

»Auch in den Hauptgebäuden?«

»Ich denke doch. Aber die Kassette wurde hier aus dem Pavillon gestohlen, und ...«

»Lassen Sie dann einmal genau nachprüfen. Irgendwo wird ein Fenster im Erdgeschoss oder im Keller nur angelehnt sein, vermutlich in dem Seitentrakt, der an den Park grenzt. Ich sehe schwarz für Mr. Boyd.«

»Wieso?«, fragte Cyril Laderman gereizt. »Ich darf Sie wohl bitten, sich deutlicher auszudrücken. Haben Sie irgendwelche Anhaltspunkte?«

Marron zuckte mit den Achseln und wandte sich an Sergeant Lester, der mit einem Koffer in der Hand eben zwischen den Ausstellungsobjekten auftauchte.

»Morgen, Sergeant. Tut mir leid, dass ich Sie so früh aus dem Bett holen musste. Das ist Direktor Laderman. Sie sollten sich von ihm mal was erzählen lassen. Ich glaube, es lohnt sich. Im Augenblick handelt es sich um eine goldene Kassette, die aus diesem Schaukasten verschwunden ist. Außen wird es von Fingerabdrücken der Besucher wimmeln, aber vielleicht finden Sie innen an den Rahmen etwas Passendes. Vor allem nehmen Sie dort das Luk im Oberlicht unter die Lupe. Wahrscheinlich hat er Handschuhe getragen, aber man kann nie wissen.«

»Den Vers kenne ich«, brummte der Sergeant. »Das Luk dort? Bin ich eine Zirkusprinzessin?«

»Sie würden sich im Präsidium mächtig beliebt machen, wenn Sie es wären«, grinste Marron. »Ich könnte Ihnen ja mal versuchsweise ein Ballettröckchen spendieren. Im Übrigen machen Sie das mit dem Direktor ab. Irgendwo wird schon eine Leiter sein. Und sehen Sie sich die Fenster vom Hauptgebäude mit an. Bis dann.«

Er tippte mit dem Zeigefinger an seinen Hut und ging zum Ausgang. Cyril Laderman blickte ihm verblüfft nach, dann eilte er hinterher und hielt ihn am Arm fest.

»Ja, was ist denn, Inspektor? Sie können doch nicht einfach weglaufen? Sie sollen den Diebstahl aufklären.«

»Ach so«, sagte Marron, als wäre ihm das eben auch eingefallen. Er wischte die Hand Ladermans von seinem Ärmel herunter, kehrte um und blieb einige Meter von dem leeren Schaukasten entfernt neben einer Vitrine stehen.

»Sehen Sie sich das an, Direktor, hier oben auf dem Glas und unten auf dem Fußboden, Schmutz, Rost und trockene Farbplättchen. Ein ganzer Streifen. Sehen Sie es?«

»Nein«, bekannte Laderman zögernd, nachdem er sich den Kopf verrenkt hatte.

»Wir müssen alle beide mächtiges Glück gehabt haben«, brummte Marron. »Wenn ich mit meinem Kunstverstand zufällig Museumsdirektor geworden wäre und Sie mit Ihren Augen Detektiv – hm, na ja, bei mir würde der fehlende Kunstverstand vielleicht nicht auffallen, aber wie Sie sich als Detektiv halten sollten, ist mir verdammt schleierhaft. Sehen Sie wenigstens hier über uns den eisernen Rahmen mit der Öffnungsklappe?«

»Ja, natürlich, selbstverständlich.«

»Wenigstens etwas. Dort ist der Dreck heruntergekommen. Der Dieb auch. Irgendwo eingestiegen. Vielleicht hat er sich auch einschließen lassen. Vom Hauptgebäude durch ein Fenster aufs Glasdach, dann hier mit einem Seil herunter. Klarer Fall. Sieht nicht nach Profi-Arbeit aus. Liebhaber-Tour! Ein Berufsverbrecher hätte sich nicht so viel Mühe gemacht. Er hätte die beiden Wächter stillgelegt und wäre durch die Tür gegangen. Noch etwas?«

»Sie meinen, dass der Dieb tatsächlich – freilich, möglich wäre es schon. Ober wie wollen Sie dann den Dieb und die Kassette finden?«

»Durch Beten, Direktor«, brummte Marron. »Wenn Ihnen ein besseres Rezept einfällt, rufen Sie mich schleunigst an. Wiedersehen!«

»Wiedersehen«, hauchte Cyril Laderman angeschlagen und blickte dem entschwindenden Inspektor nach. Diese Polizisten besaßen doch robuste Naturen. Sie litten vermutlich nicht einmal an Minderwertigkeitsgefühlen, weil sie nichts von Cézanne, van Gogh oder einem namenlosen Goldschmied der Maya aus dem 5. Jahrhundert wussten. Die Welt war doch wirklich seltsam.

*

Zwölf Stunden später blies der Wind noch rauer durch die nächtlichen Straßen von Kansas City. Er säuselte hohl wie Gebläsewind, der nicht mit genügend Kraft in eine Orgelpfeife gedrückt wird, durch die breiten Avenuen, die sich von Norden nach Süden zogen, schlug aber an den Ecken wie mit pappigen Brettern gegen die kreuzenden Passanten und quetschte sich mit hohen, jaulenden Tönen durch die Gassen. Der Frost saß in ihm und zog die Menschen zusammen.

William Noelly ging dicht an den dunklen, schmierigen Mietshäusern entlang, die zum Fluss hinunterführten. Sie stanken durch die Wände hindurch nach Armut und Schmutz, aber er scheute die hellen Lampen, die über der Straßenmitte schaukelten. Von seinem Gesicht war zwischen dem vorgezogenen Hut und dem aufgeschlagenen Mantelkragen nicht viel zu sehen. In der linken Hand trug er eine abgenutzte Aktentasche am Henkel.

Niemand beachtete ihn. An diesem Abend gab es genug harmlose Leute, die sich an der Wand entlang drückten, um dem Wind zu entgehen.

Als der Fluss auftauchte, auf dem die verschmierten, farbigen Lichter von Frachtkähnen und Dampfern schwankten, bog William Noelly in eine Gasse ab, die wie ein schmaler Riss hinter einer Häuserzeile entlanglief. Sie erweiterte sich zu einem betonierten Hof, in dem der Wind kleine Tromben von Staub und Asche herumquirlte, verengte sich wieder und wurde zu einer schmalen, trübseligen Straße, in der es sogar einige Geschäfte gab.

William Noelly bog in einen Torweg ein, ging seitlich drei Stufen hinauf, folgte einem kurzen Gang und blieb in der schwarzen, feucht riechenden Finsternis stehen. Er zog eine kleine Taschenlampe aus der Tasche und schaltete sie an. Der schmale Lichtstrahl fiel auf eine Tür, in der das gläserne Auge eines Spions saß.

William Noelly schaltete die Taschenlampe wieder ab und klopfte in einer bestimmten Folge gegen die Tür. Er hörte nichts. Erst nach Wiederholung des Klopfzeichens drangen Geräusche durch die Tür hindurch. Dann wurde es plötzlich sehr hell. Die Birne im Mauerwinkel über der Tür musste mindestens hundert Watt haben. William Noelly schob den Hut zurück und schlug den Kragen herunter. Er dachte flüchtig, dass es offenbar eine sichere

Methode gab, vorsichtige Leute umzubringen. Man brauchte nur im richtigen Augenblick in einen solchen Spion hineinzuschießen.

Der Schlüssel drehte sich im Schloss. Die Tür wurde geöffnet. Das Licht über der Tür verlosch.

»Komm herein, Bill«, sagte eine müde, heisere Stimme.

William Noelly ging über die Schwelle. Nachdem sich die Tür hinter ihm geschlossen hatte, sah er sich in einem kleinen Raum, in dem sich ein ungemachtes Bett, ein eiserner Kanonenofen und der Arbeitstisch eines Uhrmachers befanden, dazu ein Schemel und ein Stuhl, ein Vorhang, der ein Regal halb verdeckte, und eine Menge Kleinkram, der sich im ersten Augenblick nicht erfassen ließ. Der Raum war schlecht beleuchtet, unordentlich und schmutzig. Er stank, doch ließ sich nicht bestimmen, wonach er stank.

Auf dem Arbeitstisch befanden sich in einem kleinen Lichtfeld, das von einer Speziallampe kam, einige alte Wecker, Uhrenteile, eine Lupe, Pinzetten und verschiedene, unbekannte Geräte, alles auffallend sauber, als gehörte es zu einer anderen Welt.

»Nimm den Stuhl«, sagte Ab Shepley kraftlos, während er zum Tisch ging und sich auf den Schemel setzte. »Du wirst ja wohl kaum damit gerechnet haben, mich in einem Appartement mit allem Komfort zu finden. Ich freue mich trotzdem, dass du mich einmal besuchst. Wann haben sie dich herausgelassen?«

Ab Shepley war ungefähr fünfzig Jahre alt, aber er sah aus wie siebzig. Und er sah aus wie ein Mann, der nicht mehr mit dem nächsten Frühjahr rechnet. Das Zuchthaus hatte ihn fertiggemacht. Er war klein, schmierig und hässlich, ein Mensch, um den sich niemand kümmerte und der sich um niemand kümmerte. Seine kleinen, eng stehenden Augen lagen hinter entzündeten Lidern, die Nase war dick, bläulich und voller Mitesser, der Mund mit den wenigen Zahnstummeln wirkte greisenhaft, und das seit langem ungeschnittene, graue Haar staute sich an dem schmierigen Rockkragen. Es war keine Freude, Ab Shepley anzusehen. Im Zuchthaus hatte er sich immer noch erheblich besser gemacht.

»Du brauchst mich nicht so anzustarren«, fuhr Ab Shepley fort, ohne eine Antwort abzuwarten. »Was hattest du gedacht? Ich muss froh sein, dass ich dieses Loch gefunden habe und dass mir dieser und jener seinen Wecker zur

Reparatur bringt. Für die feineren Sachen reicht es nicht mehr. Wie geht es dir?«

William Noelly trug den Stuhl näher an den Tisch heran und setzte sich mit einiger Vorsicht. Er sprach leise und farblos.

»Ich habe einen Auftrag an dich, Ab. Er bringt dir Geld ein, mit dem du eine Weile wirtschaften kannst.«

Das Gesicht Shepleys zog sich vor Misstrauen zusammen.

»Was für einen Auftrag?«

William Noelly nahm die Aktenmappe auf die Knie, öffnete sie und zog eine Kassette heraus, deren Wände und Deckel mit Gold verkleidet waren und fremdartige, aber meisterhafte Reliefs aufwiesen. Er schob sie auf den Tisch in den Lichtkreis der Stichlampe.

»Sieh dir das an, Ab. Eine alte Arbeit von ziemlichem Sammlerwert. Ich habe sie letzte Nacht aus dem Museum geholt. Ich brauche darin eine Sprengladung, die unter allen Umständen den Mann zerreißt, der die Kassette öffnet. Er soll aber noch Zeit behalten, um das Bild zu sehen, das ich hineingelegt habe. Der Deckel soll zugelötet werden, damit kein Unbefugter be-troffen wird. Baue einen Geheimverschluss ein, der sich bei einiger Mühe finden lässt. Der Mann, den es angeht, versteht sich auf so etwas und wird ihn zu finden wissen. Wichtig ist, dass die Sprengladung stark genug be-messen wird.«

»Nein!«, sagte Ab Shepley und schob die Kassette zurück.

»Nein? Was heißt das?«

»Ich werde das nicht tun, Bill. Such dir einen anderen. Bei mir ist das vorbei.«

»Hast du Gewissensbisse?«, wunderte sich William Noelly. »Sie sind fehl am Platze. Der Mann, den es treffen soll, ist der niederträchtigste Mensch, der auf der Erde lebt. Er hat den Tod reichlich verdient. Du kannst dich auf mein Wort verlassen, und du weißt, dass ich sonst nicht gerade blutdurstig bin.«

Ab Shepley schüttelte stumm den Kopf.

»Was ist los, Ab?«, fragte William Noelly ungeduldiger. »Du hast die größere Hälfte deines Lebens im Zuchthaus verbracht, weil du nicht von solchen Dingen lassen konntest. An deinen Bomben und Sprengkörpern sind Dutzende von Menschen gestorben. Du hast es immer gewusst, aber deine Leidenschaft für solche Basteleien waren immer größer. Was ist auf einmal mit dir?«

»Ich bin erlöst«, murmelte Ab Shepley und zog ein buntes Traktätchen aus seiner Jackentasche. »Hier – die Engel Jehovas. Sie haben mit mir gebetet, und sie beten für mich.«

»Du Narr!«, sagte er verächtlich. »Hast du dich auch noch von diesem Unsinn einfangen lassen?«

»Du versündigst dich!«, fuhr ihm Ab Shepley angstvoll dazwischen. »Sag nicht solche Dinge. Ich will das nicht hören. Ich werde für dich beten.«

»Du?«, höhnte sein Besucher kalt. »Nein, du wirst nicht für mich beten, sondern für mich arbeiten. Du hast verstanden, was ich brauche? Was kostet das?«

Ab Shepley schüttelte wieder den Kopf.

»Nein, Bill.«

»Wie viel?«

»Ich habe versprochen, nie wieder …«

»Erzähle mir das nicht erst. Ich zahle dir tausend Dollar.«

Ab Shepley fuhr sich mit der Zunge über die Lippen.

»Tausend Dollar! Du gibst viel Geld aus, um jemand umzubringen.«

»Er hat mich um mein ganzes Leben gebracht. Aber kümmere dich nicht darum. Ich brauche nur deine Arbeit, nicht dein Mitgefühl. Sind wir uns einig?«

»Tausend Dollar«, flüsterte Ab Shepley vor sich hin. »Da könnte ich fünfhundert für die Gemeinschaft spenden. Man weiß nicht, wie man es richtig macht. Und fragen kann ich ja niemand. Aber ich glaube, es ist verboten. Ich darf nicht, Bill. Das verstehst du doch, nicht?«

»Geschwätz!«, zensierte William hart. »Dummes, seniles Geschwätz, Ab. Ich will dir sagen, was los ist. Du schaffst es nicht mehr – das ist los. Du bist alt und fertig. Deine Hände zittern und dein Kopf ist nicht mehr klar. Du bist nicht mehr in der Lage, einen Geheimverschluss und eine Zündung zu konstruieren. Erledigt – das ist los.«

Ab Shelley straffte sich.

»Das darfst du nicht sagen. Du hast keinen Grund dazu. Meine Hände sind genauso ruhig wie früher, wenn ich arbeite, und vergessen habe ich noch nichts. Was du brauchst, schaffe ich immer noch aus dem Handgelenk. Öffnungszündung! Pah, Lehrlingsarbeit!«

»Angeber!«

»Ich werde es dir beweisen«, erregte sich Ab Shepley giftiger. »Was ich gekonnt habe, kann ich immer noch. Nachsagen lasse ich mir nichts, und von dir erst recht nicht. Du hast im Bau allerhand für mich getan. Denke ja nicht, dass ich das vergessen habe. Aber um meinen Ruf darfst du mich nicht bringen. Ich werde es dir beweisen.«

»Siehst du«, nickte sein Besucher und legte einige Scheine auf den Tisch. »Die Anzahlung, Ab. Wann bist du fertig?«

»Eine Woche wird's dauern.«

»Gut. Die Kassette ist heiß. Ich brauche dir wohl nicht zu sagen, dass du den Mund halten musst?«

»Das brauchst du mir wirklich nicht zu sagen«, erwiderte Ab Shepley mit einiger Verachtung und einiger Überlegenheit. »Du nicht! Du bist ein Außenseiter, auch wenn du zwanzig Jahre gesessen hast. Ich bin hier groß geworden. Und wenn es um meine Arbeit geht, gibt es keine faulen Sachen. Komm in einer Woche wieder.«

»In Ordnung«, murmelte William Noelly, stand auf und schlug den Kragen wieder hoch. »Der Empfänger ist ein Sammler. Er darf nichts entdecken, was nicht echt wirkt. Denke daran.«

Ab Shepley zuckte mit den Achseln und schlurfte zur Tür, um sie zu öffnen.

*

»Fission«, brummte Nimba.

»Fusion!«, beharrte Hal Mervin.

»Fission.«

»Fusion.«

»Konfusion«, sagte der dritte Mann.

Sie saßen auf einer Bank über Genf. Vor ihnen stand an der Bordkante der Wagen, für den Nimba verantwortlich zeichnete. Seitlich leuchtete hinter der

Einfahrt der Palast des Völkerbundes durch die Bäume hindurch. Die Luft war frisch, aber nicht kalt. Die Sonne schien mild durch einen Dunstschleier hindurch.

Nimba und Hal warteten auf Sun Koh und Wolf Biedermann, den führenden Atomphysiker der Sonnenstadt. Sie befanden sich seit Stunden im Völkerbundsgebäude, um sich Vorträge anzuhören.

Den dritten Mann, der sich vor einiger Zeit zu ihnen gesetzt hatte, kannten sie beide nicht. Er war jung, wahrscheinlich noch keine dreißig, trug einen noch nicht ausgewachsenen Vollbart zu lange nicht geschnittenem Haar, und sah ungefähr wie ein studierter Handwerksbursche auf der Walze aus. Er konnte auch Existentialist oder abstrakter Maler sein und aus Schwabing oder vom Montmartre kommen. Er trug einen Rollpullover, eine fast durchgewetzte gelbe Manchesterhose und Sandalen. Neben ihm lag ein alter, vollgestopfter Rucksack mit einer übergeschnallten Wolldecke sowie ein Brotbeutel. Das schien aber auch seine gesamte Habe zu sein. Zu erwähnen war allenfalls noch eine Wochenzeitung, die reichlich verbraucht aussah, aber von ihm mit großer Aufmerksamkeit studiert wurde.

»Jedem das Seine«, parierte Hal den Einwurf. »Konfus ist immer noch besser als Plattfuß, Herr Wandersmann …«

»Au weh!«

»… und fällt auch viel weniger auf. Im Übrigen soll es schon einmal Leute gegeben haben, die sich nicht in ein sachverständiges Gespräch einmischten.«

»Das war einmal«, grinste der Fremde unbeeindruckt. »Heutzutage liest fast jeder eine Zeitung.«

Hal drückte sich ein Stück herum und blickte ihn aufmerksam an. Bis jetzt hatte er nur aus dem Augenwinkel heraus Notiz genommen.

»Machen Sie sich bloß nicht interessant«, sagte er trocken. »Das ist gefährlich. Lassen Sie sich von dem schwarzen Riesenwuchs an meiner Seite etwas erzählen. Nimba hat einen geistigen Horizont wie eine Waschschüssel, aber – au!«

»Was ist denn?«, fragte Nimba unschuldig. »Kommen bei dir schon die ersten Barthaare durch?«

»Biest!«, fauchte Hal und rutschte ein Stück von Nimba weg.

»Freundschaft! Freundschaft!«, mahnte der Fremde belustigt.

»Das hat meine Großmutter auch schon immer gesagt«, murrte Hal. »Unbekannte Mayastadt vor Kuba entdeckt? Wieso? Darf ich mal sehen?«

Er hatte zufällig einen Blick auf die Zeitung geworfen, die auf den Knien des Fremden lag, und eine Schlagzeile mitgenommen.

»Sie ist schon ein paar Wochen alt«, sagte der Fremde, während er Hal die Zeitung gab.

»Tut nichts«, winkte Hal geistesabwesend ab, da er schon den Artikel überflog. »Diese alten Ruinen verändern sich nicht so schnell. Tatsächlich vor Kuba? Na na? Sollte mich wundern, wenn die Mayas ins Meer gebaut hätten. Immerhin, das wird den Herrn interessieren. Was meinst du, Nimba? Schade, dass du nicht lesen kannst, denn dann – au, verdammt noch mal, du hast wohl heute den Veitstanz? Darf ich mir das herausschneiden, Herr Nachbar, oder brauchen Sie das Blatt noch?«

»Von mir aus kannst du das ganze Blatt nehmen«, erlaubte der Fremde achselzuckend. »Ich finde schon eine andere Zeitung zum Zudecken. Interessiert ihr euch wirklich für Maya-Ruinen?«

»Nur bei Ostwind«, erwiderte Hal, dem die ernsthafte Neugier im Gesicht des Fremden plötzlich nicht gefiel. »Allenfalls noch bei Südost. Decken Sie sich immer nur mit einer Zeitung zu?«

»Manchmal auch mit zwei«, antwortete der andere stockernst. »Das hängt von der Konjunktur ab. Manchmal finde ich eben zwei Zeitungen im Papierkorb. Und dann macht es natürlich einen Unterschied, ob es europäische und amerikanische Zeitungen sind. Die amerikanischen haben viel größeres Format. Das Wichtigste bleibt allerdings eben der Inhalt. Einen Leitartikel kann ich mir überhaupt nicht auf den Bauch legen. Diese Leitartikel sind gewöhnlich windig. Bei Regen lege ich mir am liebsten Leserbriefe aufs Gesicht. Bei denen bleibt ohnehin kein Auge trocken. Die politischen Meldungen kommen auf den Kopf, weil sie ohnehin gewöhnlich auf den Kopf gestellt werden, und die Anzeigen …«

»Das reicht«, atmete Hal tief auf, nachdem ihm der Atem in der Kehle stecken geblieben war. »Sie scheinen ja ein munterer Knabe zu sein. Wollen Sie mich eigentlich veralbern oder kommt es mir nur so vor?«

»Was ist der Unterschied?«

»Nun, vielleicht spendiere ich Ihnen ein Zeitungsabonnement, wenn Sie es richtig treffen«, grinste Hal. »Sind Sie Rundfunksprecher?«

»Nein. Warum?«

»Ach, die sagen auch immer den größten Quatsch ganz ernst an.«

»Reden wir lieber nicht von der Politik«, riet der Fremde zwinkernd. »Wie war das eigentlich mit der Fission und Fusion?«

»Hm, eine Charakterfrage. Nimba macht gern alles kaputt. Deshalb hält er es mit der Fission, mit der Kernspaltung, während mir die Fusion lieber ist, also der Kernaufbau. Falls das Fremdworte für Sie sind – es hat mit dem Zeug zu tun, über das dort drin geredet wird. Kernphysik und solche Sachen. Das ist etwas anderes als die Konfusion, von der Sie reden. In die kommen Sie erst, wenn Ihnen der Bart weiter wächst und Ihnen plötzlich einmal zwischen die Zähne gerät.«

»Vielen Dank für die Warnung.«

»Oh, bitte sehr, man tut, was man kann. Solche Dinge können peinlich werden. Ich hatte einmal den Mund voll Schokoladenpudding und musste plötzlich niesen.«

»Fein! Und das Ergebnis?«

»Nimba. Vorher war er blond und rosig.«

»Beachtlich!«, anerkannte der Fremde trocken. »Aber in dieser Gegend ist es gefährlich, den Mund so voll zu nehmen. Man bekommt zu leicht den Nobelpreis dafür.«

»Nicht bei Schokoladenpudding«, grinste Hal. »Und überhaupt – ach, davon verstehen Sie ja doch nichts. Diese Atomsachen sind Sachen, die nicht einmal ich richtig verstehe.«

»Bescheidenheit ist eine Zier.«

»Na, werden Sie bloß nicht gleich anzüglich. Fragen Sie Nimba. Er versteht auch nichts davon, aber er kann Ihnen erzählen, dass ich mit meinen Kenntnissen jederzeit das Rennen um einen Nobelpreis machen könnte. Ich will mich ja nicht rühmen, aber ich könnte Ihnen jederzeit die Struktur eines Mesons oder eines Protons hinmalen oder Ihnen verraten, um was es sich bei der Kernbindung handelt oder …«

Nimba räusperte sich mit Nachdruck. Hal brach ab und wedelte mit der Hand eine Geste hin.

»Da haben Sie es. Feind hört mit! Nicht einmal reden lassen sie mich. Tag und Nacht habe ich diesen Wilden um mich herum, damit ich kein Wort zu viel sage. Das ist eine Geheimniskrämerei, an der alles dran ist. Wenn ich dort drin einen Vortrag halten würde, könnten sich die Atombrüder für die nächsten hundert Jahre zur Ruhe setzen. So ist das, mein lieber Freund und Kupferstecher.«

»Ja, wenn das so ist …?«, murmelte der Fremde beeindruckt. »Wie war das mit der Kernbindung? Womit werden die Kerne festgebunden?«

Hal kniff die Lider zusammen. Trotzdem sah er sich jetzt den Mann an seiner Seite noch einmal genau an.

»Na na, das sind ja schließlich keine Kirschkerne, nicht? Wie wär's denn, wenn Sie jetzt mal einen Vortrag über sich halten würden? So blöde, wie Sie fragen, ist doch heutzutage kein Mitteleuropäer mehr. Sie haben vielleicht darunter gelitten, dass Sie sich mit Zeitungen zudecken, aber Sie können mir nicht im Ernst erzählen, dass Sie noch nichts von Kernbindung gehört haben.«

»Gehört schon, aber …«

»Na ja, jedem ist es nicht gegeben. Also passen Sie auf. Kernbindung ist …«

Er brach ab, weil sich Nimba heftig räusperte.

»Also bitte – er lässt mich nicht reden. Sie werden wohl oder übel einmal eine Fachzeitschrift lesen müssen.«

»Habe ich getan«, seufzte der Fremde. »Nicht, dass es mich interessiert hätte, aber das Format eignete sich zu schlecht zum Zudecken. So richtig klug bin ich denn auch nicht daraus geworden. Auf der einen Seite schrieben sie so, als ob sie sich im Atom wie in ihrer guten Stube auskennen, und auf der nächsten schrieben sie, als ob die Bestandteile überhaupt nicht bekannt wären und niemand weiß, wie so ein Atom funktioniert und reagiert. Akausalität nennen sie das. Diese Dingsda – Elementarteilchen heißt es wohl – sollen jeden Augenblick anders aussehen oder überhaupt keine richtige Gestalt haben und sich dauernd anders benehmen.«

Hal schüttelte nachsichtig den Kopf.

»Na ja, wenn Sie auf den Quatsch noch hereinfallen? Akausalität, Unbestimmtheitsrelation und solche Sachen, nicht? Mann, kratzen Sie das bisschen Intelligenz zusammen. Wenn die Atome und diese Dingsda-Elementarteilchen nicht stur bleiben würden, was sie sind, sondern sich dauernd verändern würden, wäre doch die ganze Welt um uns herum weiter nichts als ein einziger brodelnder Urschlamm. Das wäre ein Ding, wenn Sie bald als Mann und bald als Frau auf der Bank sitzen würden, und zwischendurch vielleicht als Maikäfer, he? Also ein bisschen blöde ist ja ganz schön, aber hierzulande hat selbst der Käse Löcher, in denen er kein Käse ist, und wenn Sie sich auch bloß mit der Zeitung zudecken …«

Nimba sprang auf.

»Der Herr.«

»Also denken Sie sich den Rest selbst aus«, murmelte Hal und stand ebenfalls auf. »Vielen Dank für das Zeitungsblatt.«

Er ging Sun Koh und Wolf Biedermann entgegen, während sich Nimba zum Wagen wandte. Dreißig Meter vor der Bank fing er sie ab.

»Überstanden, Herr? Sagen Sie nichts, Mr. Biedermann. Ihnen ist schlecht geworden. Ich sehe es an Ihrer Nasenspitze. Geschieht Ihnen recht. Lassen Sie sich nicht mit solchen Leuten ein. Hier habe ich etwas für Sie, Herr. Mayastadt vor Kuba! Wenn das bloß nicht jemand mit den Mexikanern verwechselt hat.«

Sun Koh warf einen prüfenden Blick in das Gesicht Hals, während er das Zeitungsblatt nahm.

»Du scheinst dich angeregt unterhalten zu haben.«

»Und ob, Herr. Eine komische Nudel, vielleicht einer von diesen wild gewordenen Malern, aber trocken wie die Sahara.«

»Entschuldigung«, murmelte Wolf Biedermann und ging hastig auf die Bank zu.

»Interessant!«, zensierte Sun Koh, nachdem er den kurzen Bericht überflogen hatte. »Wir werden uns diese Ruinen einmal ansehen.«

Hal fasste nach seinem Arm, während er in Richtung Bank stierte. Dort war der Mann mit dem Bart aufgesprungen und schüttelte Biedermann die Hände, als wären sie alte Freunde.

»Herr, kennt er ihn etwa?«

»Ist das dein wild gewordener Maler?«

»Ja.«

»Wie kommst du auf Maler?«

»Die Aufmachung, Herr. Und er hat bestimmt seine sämtlichen Besitztümer bei sich. Und mit der Zeitung deckt er sich auch zu. Und von Wissenschaft oder Atomphysik hat er eine Ahnung wie ein Schaukelpferd.«

»Vorsicht, Hal«, warnte Sun Koh, »Mr. Biedermann hofft, dass es einem seiner Freunde, einem gewissen Etzroth, gelingt, über die verschiedenen Grenzen zu kommen und ihn hier zu treffen. Er hält diesen Etzroth für den genialsten Kernphysiker, den es gibt, und das will bei unserem Mr. Biedermann, der selbst den anderen weit voraus ist, viel bedeuten.«

»Keine Angst, Herr«, winkte Hal überlegen ab. »Auf diese Typen verstehe ich mich. Der hat noch nicht einmal begriffen, warum er nicht als Maikäfer herumfliegt.«

Sie gingen auf die Bank zu. Wolf Biedermann und sein Freund kamen ihnen die letzten Meter entgegen.

»Er hat es geschafft«, sagte Biedermann mit vorstellender Geste. »Walter Etzroth.«

»Etzroth?«, schnappte Hal bestürzt.

»Ich freue mich, Sie kennenzulernen«, lächelte Sun Koh, während er Etzroth die Hand drückte. »Sie sind mir willkommen. Ihr Labor wartet bereits auf Sie. Das ist Hal Mervin. Sie sehen ihm die Freude nicht an, aber er freut sich trotzdem.«

Hal holte tief Luft, dann schüttelte er Etzroth die Hand.

»Schöner Reinfall, nicht? Aber deswegen brauchen Sie nicht gleich so zu grinsen. Billiger Trick, mich mit diesem Zeitungsartikel abzulenken. Wie ich Sie kenne, haben Sie den doch extra für diesen Zweck aufgehoben.«

»Geraten«, nickte Etzroth blinzelnd. »Genf ist groß, und ich wollte sehen, wer sich hier für Mayas interessiert. Wenn man so im Laufe der Jahre von Bank zu Bank zieht und den Leuten den Artikel unter die Nase hält …«

»Das genügt«, unterbrach Hal mit einem Seufzer. »Wir werden unseren Spaß aneinander haben, wenn Sie in der Sonnenstadt arbeiten. Aber deswegen brauchen Sie nicht zu weinen. Wir kriegen Sie schon noch hin. Ich habe noch ganz andere Genies als Sie mürbe gemacht. Sehen Sie sich nur Nimba an. Als ich ihn kennenlernte, bildete er sich ein, der beste Boxer der Welt zu sein. Jetzt ist er schon so weit, dass er sich nur noch für den zweitbesten hält.«

»Allerhand! Und wer ist der Beste?«

»Ich«, sagte Hal bescheiden, aber mit Würde.

*

Detektiv-Inspektor Marron warf seinem Sergeanten einen unfreundlichen Blick zu und trommelte mit den Fingerspitzen einen Sturmangriff auf die Tischplatte. Nach einer Weile sagte er mürrisch:

»Was fragen Sie überhaupt noch, he? Ich habe Ihnen doch gleich gesagt, was losgeht. Jetzt ist die Kassette seit zwei Wochen verschwunden, aber Sie werden mich notfalls ein halbes Jahr darauf sitzen lassen und dann finden, dass so etwas wie ich am besten bei der Verkehrspolizei untergebracht ist. Boyd spielt den wilden Mann und nimmt den Ober nach Strich und Faden auseinander, der Ober macht den Polizeipräsidenten zur Sau, der Präsident macht den Chefinspektor madig, sodass er am liebsten freiwillig in die Mülltonne springt – und nun denken Sie sich mal aus, was der Chefinspektor mir erzählt hat. Verdammt, grinsen Sie nicht noch, sonst erinnere ich mich daran, dass Sie mein Untergebener sind. Wenn ich meine Wut loslasse – was ist denn?«

Der Sergeant reichte ihm den Hörer. Marron nahm ihn und bellte seinen Namen hinein. Er lauschte und wurde darüber glatt wie Öl.

»Ja ja, selbstverständlich, Mr. Pomery, ich bin in zwanzig Minuten bei Ihnen. Ja gewiss, ganz zivil. Nein, nein, keine Sorge. Und vielen Dank für den Anruf.«

Er gab den Hörer zurück und stand auf.

»Mahlzeit«, sagte er wieder sauer, aber nicht ganz so unlustig. »Sie bleiben inzwischen hier und drücken die Daumen. Ein gewisser Nicholas Pomery. Ein Trödler, soviel ich verstanden habe. Man hat ihm ein Goldfadengewebe gebracht, das der Beschreibung in unserem Umlauf entspricht.«

»Soll ich nicht lieber …?«

»Eben nicht. So unauffällig wie möglich. Findley-Street. Üble Gegend. Mahlzeit.«

Zwanzig Minuten später warf er einen Blick auf die abgewetterte, hässliche Front eines mehrstöckigen Mietshauses und ging dann über ein halbes

Dutzend Steinstufen in einen trüben Kellerladen hinein, in dessen kleinem Schaufenster abgestandener Kleinkram aller Art ausgestellt war. Eine Glocke schellte kümmerlich. Sie lockte einen alten, trübseligen Mann aus dem Hintergrund. Er war vom Hals bis zu den Knöcheln in einen wattierten Schlafrock eingehüllt und trug dicke Filzschuhe an den Füßen. Trotzdem schien er zu frieren. An seiner Nase hing ein Tropfen, der sich dann und wann löste und dem Nachschub Platz machte.

»Mr. Pomery?«

»Ja.«

»Inspektor Marron. Sie riefen mich an, weil …«

»Ich will aber keine Scherereien haben«, unterbrach der Trödler hastig. »Ich mache bloß legale Geschäfte, aber in dieser Gegend gibt es leicht Missverständnisse. Wenn jemand erfährt, dass ich mich freiwillig mit der Polizei in Verbindung gesetzt habe …?«

»Sie dürfen es eben nicht erzählen«, fiel Marron kurz ein. »Von uns wird nicht geschwatzt. Kann ich das Zeug sehen?«

Pomery zog es aus der Tasche seines Schlafrocks. Es sah aus wie ein Stück von einem lose gewebten, dünnen Stoff, aber die Fäden unter der Schmutzschicht bestanden aus Gold.

»Es sind tatsächlich Goldfäden«, murmelte der Trödler. »Sie ist glücklicherweise nicht auf den Gedanken gekommen. Sie hat es für Messing oder so etwas gehalten.«

»Wer?«

»Eine Mrs. Merrill. Sie wohnt 6 Rivers Lane. Im Erdgeschoss. Einer ihrer Untermieter ist – hm, gestorben, wie sie sagt, und er war ihr noch Miete schuldig. Da hat sie denn ein bisschen aufgeräumt, bevor die Armenverwaltung herangekommen ist. Viel war es nicht. Eine Uhrmacher-Lupe und verschiedene Feinmechanik, wie sie ein Uhrmacher braucht. Sie hatte es in diesen Stoff eingewickelt.«

»Hm, ich verstehe. Ich werde der Sache nachgehen. Vielen Dank einstweilen.«

Der Trödler hielt ihn am Arm fest, als Marron das Gewebe in die Tasche steckte.

»Erst eine Quittung, Inspektor. Und in dem Umlauf war von tausend Dollar Belohnung die Rede. Wie steht es damit?«

»Die Quittung können Sie haben«, brummte Marron und zog sein Notizbuch aus der Tasche. »Von der Belohnung bekommen Sie Ihren Anteil, sobald feststeht, dass es das Gewebe aus der gesuchten Kassette ist. Nur keine Angst. Wir vom Präsidium bekommen ohnehin nichts davon, sodass wir nicht daran interessiert sind, jemand zu prellen. Möglicherweise bekommen Sie sogar alles, wenn wir auf diesem Weg die Kassette finden.«

»Schön war's«, seufzte der Trödler ohne große Hoffnung. »Aber Sie dürfen nichts davon erwähnen, dass Sie das Gewebe von mir haben.«

»Schon gut«, beruhigte Marron, gab dem Trödler die Quittung und ging. Die Glocke schellte kümmerlich hinter ihm her.

Einige Minuten später nahm ihn der dunkle Flur von Rivers Lane Nummer 6 auf, und Inspektor Marron war froh darüber. In dieser Gegend besaßen schon die Säuglinge einen Instinkt dafür, wer hierher gehörte und wer nicht. Er konnte zur Not als Maschinist eines Flussdampfers oder so etwas durchgehen, aber er war nicht sicher, ob nicht dieser oder jener, besonders bei den herumlungernden Halbwüchsigen, stutzen und auf ihn aufmerksam machen würde.

Er sah eine Tür ohne Schild vor sich und eine Tür an seiner Seite, die ein Namensschild und sogar eine Drehglocke aufwies. Die Glocke schrillte dünn und bösartig. Dann rumpelte es hinter der Tür. Die Tür wurde geöffnet. Eine grauhaarige Schlampe in fleckiger Bluse und schmutzigem, rotem Flanellunterrock erschien. Sie entsprach ungefähr den Erwartungen Marrons. Wie war dick, hässlich und ordinär.

»Na?«, sagte sie herausfordernd, nachdem sie Marron gemustert hatte. »Noch etwas?«

»Mrs. Merrill, nicht wahr? Ich bin Inspektor Marron und möchte ein paar Fragen an Sie stellen.«

»Habe ich mir gedacht«, höhnte Mrs. Merrill. »Ihr Kerle von der Armut müsst wahrhaftig den ganzen Tag nichts zu tun haben. Kommen Sie rein.«

Marron trat über die Schwelle, kreuzte einen Wohnungsflur und geriet in einen Raum, der als Wohnraum, Schlafraum und Küche diente und durchaus zu dieser Gegend wie zu der Frau passte. Er blieb lieber an der Tür stehen. Die Frau machte es sich in einem alten, knirschenden Schaukelstuhl bequem.

»Nun?«

»Ihr Untermieter ...«, deutete Marron an und schwieg dann lieber. Es war kein Fehler, wenn sie ihn für einen Inspektor der Armenverwaltung hielt und nicht merkte, wie wenig er im Bilde war.

»Na, was denn? Immer noch Scherereien? Shepley ist tot und besaß nicht das Schwarze unter dem Nagel. Sie mussten ihn auf Kosten der Stadt einscharren und damit basta. Was noch? Bilden Sie sich etwa ein, dass ich ihm auf meine Kosten einen Grabstein setzen lasse?«

Inspektor Marron stand unter Alarm, seitdem er den Namen gehört hatte. Shepley und hinterlassene Feinmechanik. Das sah nach Abraham Shepley aus. Ab Shepley war einmal wochenlang sein tägliches Brot gewesen – das gefährlichste Brot seiner Dienstzeit. Und es konnte leicht sein, dass selbst der Griff nach dem toten Shepley ein Griff ins Wespennest war.

»Regen wir uns nicht auf, Mrs. Merrill«, schlug er überredend vor. »Ich brauche eine bestimmte Auskunft, die Ihnen nicht weh tut. Dafür vergesse ich eine Menge Zeug, das Ihnen wehtun könnte. Es ist ein Geschäft zu Ihren Gunsten.«

Die Frau musterte ihn misstrauisch. Nachdem sie das gründlich getan hatte, sagte sie grob:

»Scheren Sie sich raus! Mit Ihnen mache ich keine Geschäfte.«

»Das wäre unklug«, warnte Marron freundschaftlich. »Ab Shepley wurde auf Kosten der Stadt begraben, aber es wäre nicht nötig gewesen. So arm war er denn doch nicht. Oder was meinen Sie?«

»Verdammt!«, sagte Mrs. Merrill, drückte sich aus dem Schaukelstuhl heraus und kam auf Marron zu. »Kommen Sie mit.«

Er folgte ihr auf den Wohnungsflur, dann in den Hausflur und schließlich in den Raum, der hinter der anderen Tür lag.

»So, nun suchen Sie das Geld selbst«, schnauzte die Frau gereizt. »Hier hat er gewohnt. Und wenn Sie es gefunden haben, machen Sie die Tür wieder hinter sich zu und gehen Ihrer Wege. Mich lassen Sie gefälligst in Ruhe. Lassen Sie sich das Geld von dem zeigen, der es Ihnen erzählt hat. Meinetwegen können Sie ihm sogar die Geschichte anhängen. Wenn einer bei der Polizei herumschwatzt, hat er's nicht anders verdient. Ich kann mir schon denken, was los ist. Aber die Sorte kriegt nie genug, und wahrscheinlich haben sie sich den Rest einfach auf die Weise geholt.«

»Mord?«, warf Marron hin, während er langsam in der schmutzigen Höhle herumging. Die Frau lachte daraufhin hässlich auf.

»Aus mir holen Sie nichts heraus. Halten Sie sich an die, die es angeht. Mord? Was weiß ich denn? Aber was gehört schon dazu, um einen alten Kerl wie Ab umzubringen? Jedenfalls hat er vor ein paar Tagen noch tausend Dollar gehabt. Er hat sie mir sogar gezeigt. Und dann habe ich mir Blutblasen gesucht und doch nicht einen einzigen Schein gefunden. Da können Sie sich mal einen Vers darauf machen, wenn Ihnen schon einer das mit dem Geld gestochen hat.«

»Hm, nicht bloß das Geld, Mrs. Merrill«, erwiderte Marron, während er die Schublade unter der Tischplatte vorzog. »Ab muss auch einiges Werkzeug besessen haben, das allerhand Geld wert war. Er war gelernter Uhrmacher und nebenbei Spezialist für gewisse feinmechanische Arbeiten. Ich will das aber bloß nebenbei erwähnen. Ich bin der Letzte, der jemand wegen Beraubung eines Toten für ein paar Jahre ins Gefängnis bringen möchte. Mich interessiert nur eine einzige Sache. Ab hatte in den letzten Tagen oder Wochen eine Kassette hier, die außen nach Gold aussah und künstlerische Arbeiten aufwies. Was ist aus der Kassette geworden?«

In der leeren Schublade lag ein noch ziemlich neu aussehender Zeitungsausschnitt.

»Maya-Stadt vor Kuba entdeckt!«

Marron las die Schlagzeile, nahm den Ausschnitt heraus und überflog den Artikel. Er sagte nicht viel mehr als die Überschrift.

Eine goldene Kassette, die von den Mayas stammte – eine unbekannte Ruinenstadt, die einst von den Mayas erbaut worden war – hier bestand zweifellos ein Zusammenhang. Ab Shepley hatte sich etwas gedacht, als er den Artikel ausschnitt. Führte die Spur etwa nach Kuba?

Mrs. Merrill kam an den Tisch heran. Sie sprach plötzlich ungewöhnlich ruhig.

»Sie sind nicht von der Armut, nicht?«

»Nein. Kriminalabteilung.«

»Aha.«

Sie schwieg eine ganze Weile, dann nahm sie ihren Faden wieder auf.

»Ich will keinen Lärm, Inspektor. Ab war ein Lamm, aber er hatte gefährliche Bekanntschaften. Ich sage Ihnen lieber, was ich weiß. Sie müssen dann aber Ruhe geben.«

»Hm, wir können es ja versuchen. Was ist mit der Kassette?«

»Nie gesehen«, antwortete sie sofort. »Auch nicht etwas Ähnliches, das muss Ihnen doch klar sein, wenn Ab beruflich damit zu tun hatte. In seinem Beruf war er eigen. Wäre ja auch komisch, wenn man bei einem Sprengstoffanschlag nur die Wirtin des …«

»Schon gut«, winkte Marron ab und zog das Goldfadengewebe aus der Tasche. »Wo haben Sie das gefunden?«

»Dieser verfluchte Lump!«, ging Mrs. Merrill hoch. » Wenn dieser dre-ckige Trödler …«

»Auch solche Leute geraten der Polizei gegenüber in eine Zwangslage«, unterbrach Marron mit Bedeutung. »Pomery hat Sie gedeckt, solange es ging. Also?«

»In der Schublade«, gestand sie wieder ruhiger. »Ich habe das Werkzeug damit eingewickelt – wenn Sie schon so weit Bescheid wissen. Aber es war bloß wegen der Miete und …«

»Interessiert nicht. Also die Schublade. Hatte er tatsächlich tausend Dollar?«

»Bestimmt, Inspektor. Er hat sie mir gezeigt. Für einen Auftrag. Aber wenn das mit Ihrer Kassette zu tun hatte, dann war sie um die Zeit schon nicht mehr hier. Ab nahm immer Anzahlung und den Rest nach getaner Arbeit.«

»Besucher?«

»Na ja, das könnte schon passen. Gesehen habe ich niemand, aber man hört, wer kommt. Vor vierzehn Tagen war einer da. Ab nannte ihn Bill. Er blieb ungefähr eine Viertelstunde, und am nächsten Tag war Ab viel unterwegs. Vor einer Woche war wieder einer da. Ab sagte: ›Ich bin fertig, Bill. Komm rein.‹, und am nächsten Tag zeigte er mir die tausend Dollar und bezahlte seine – na ja, also meinetwegen, er bezahlte die Miete und was so angelaufen war. Von anderen Besuchern habe ich nichts bemerkt.«

»Sie sind eine gescheite Frau, Mrs. Merrill«, lobte Marron bedächtig. »Und Sie werden merken, dass es sich manchmal lohnt, gescheit zu sein. Vielleicht erinnern Sie sich an irgendwelche Bemerkungen Abs, die mit seiner Arbeit seinem Besucher oder der Kassette zu tun haben?«

Mrs. Merrill zuckte mit den Achseln.

»Schwer zu sagen, Inspektor. Ab schwatzte neuerdings sehr viel. Er war an eine Sekte geraten. Das vertrug er so wenig wie sein Geldbeutel. Komisch war er, manchmal vergnügt und manchmal moralisch. Irgendetwas musste ihm an diesem letzten Geschäft Spaß gemacht haben. ›Er wird sich wundern‹, sagte er einmal, und dann ›Raffiniert gemacht, wenn es ein Sammler ist. Echte Ruinen – allerhand‹. Ich bin nicht daraus klug geworden, aber er wird sich schon etwas dabei gedacht haben.«

»Scheint so«, nickte Inspektor Marron. Er stellte noch eine Reihe von Fragen, die ihm nichts einbrachten, dann verabschiedete er sich.

Auf der Rückfahrt zum Präsidium vergaß er manches, was er hätte melden müssen, aber dafür kam er mit seinen Überlegungen auf eine gerade Straße.

Sie führte schnurstracks zu einer sumpfigen Insel vor der Küste von Kuba.

2.

Die Stadt Cienfuegos an der Westküste von Kuba, der Ausgangspunkt für den Besuch der Insel, machte den Eindruck einer wohlhabenden Stadt. Das Hotel Pinos, zu dem man Sun Koh und seine beiden Begleiter wies, erfüllte alle Ansprüche, die man an eine moderne Fremdenkarawanserei stellen konnte. Vor allem aber war der Geschäftsführer dieses Hotels ausgezeichnet über den Stand der Forschungen, die Möglichkeit eines Inselbesuchs und andere wichtige Dinge unterrichtet.

»Ah, Sie wollen auch zur Insel Coro hinaus?«, sagte er lebhaft, als ihm Sun Koh seine Wünsche andeutete.

»Coro heißt sie?«, fragte Sun Koh zurück. »Ich hörte, die Insel sei sehr winzig und sogar namenlos?«

Der Geschäftsführer nickte.

»Gewiss, gewiss. Aber irgendjemand hat sie Coro genannt, und seitdem wird sie mit diesem Namen bezeichnet. Sie ist tatsächlich sehr winzig; nur wenige Quadratkilometer groß. Ach, ich hätte mir nie träumen lassen, dass so viele angesehene Herrschaften es vorziehen, ihre Aufmerksamkeit dieser Insel zuzuwenden. Aber diese Ruinen!«

Sun Koh lächelte über die deutliche Missachtung.

»Wie kommt es, dass man sie jetzt erst entdeckt hat?«

Der Geschäftsführer malte eine große Linie durch die Luft.

»Ah, mein Herr, schön, schön! Wenn einem dieser Herumlungerer, von denen unsere Gäste ständig belästigt werden, nicht das Boot in unmittelbarer Nähe der Insel auseinandergefallen wäre, so würde man heute noch nichts über die Ruinen wissen. Wer kommt schon auf den verrückten Einfall, in die schlammige Wildnis einer solchen Insel einzudringen und sich dort allen möglichen Gefahren auszusetzen? Sehen Sie, der ganze Küstenstrich nordwestlich der Stadt ist ja nichts anderes als Sumpf, wieder Sumpf und undurchdringlicher Urwald, von der Küste bis fünfzig Kilometer ins Land hinein. Wer wohnt also schon in der Nähe der Inseln? Niemand, mein Herr. Und diese kleinen Inseln, von denen es eine große Zahl gibt, sind ja nichts anderes als das Küstengebiet selbst. Das Meer hat Stücke von dem Land verschlungen und weggespült, so sind die Inseln entstanden. Wer sollte sich schon um sie kümmern?«

»Das ist mir verständlich. Bewohner hat die Insel Coro also nicht?«

»Nicht einen einzigen, wie die ganze Küste nicht. Wer soll sich von Millionen Mücken zerstechen lassen? Oder wer hat Lust, nach wenigen Wochen am Sumpffieber zu sterben? Ah, ich war selbst einmal dort draußen. Ich muss gestehen, dass ich der Madonna inbrünstig Dank sagte, als ich mich gesund wieder hier befand.«

»Sie scheinen es durchaus zu missbilligen, dass die Insel jetzt von Fremden besucht wird?«

Der Geschäftsführer hob die Schultern.

»Es liegt mir nicht ob, ein Urteil zu fällen. Warum sollte man die Insel nicht besuchen, wenn es Vergnügen bereitet? Aber ich persönlich halte einen Aufenthalt in unserem vorzüglich ausgestatteten Hotel für erheblich angenehmer. Missverstehen Sie mich bitte nicht, mein Herr. Ich spreche nicht aus Eigennutz. Alle die Herrschaften, die sich jetzt bei der Insel befinden, haben hier Zimmer belegt und werden zum großen Teil auch von uns versorgt. Aber es ist nicht angenehm für uns, wenn man fieberkrank von Cienfuegos abreist. Sie müssen bedenken, dass …«

»Lassen wir es«, unterbrach Sun Koh. »Wie weit ist die Insel entfernt?«
»Fast zweihundert Kilometer.«
Sun Koh war überrascht.
»Doch so weit? Können Sie mir die genaue Lage angeben?«
»Gewiss«, versicherte der andere, »aber es ist kaum nötig, dass Sie sich damit belasten. Sie werden doch zweifellos eines der großen Motorboote im Hafen mieten, um zur Insel zu kommen?«
»Das war meine Absicht.«
»Dann ist nichts anderes nötig, als dass Sie Ihr Ziel angeben. Die Besatzung der Boote kennt den Weg genau und bringt Sie sicher zur Insel. Ich würde Ihnen allerdings empfehlen, eines der Boote zu benutzen, die dem Hotel gehören, Sie sind dann weiterhin Gast unseres Hauses und werden von uns betreut, nur verlegen Sie eben Ihren Aufenthalt vom Hotel aufs Schiff.«
Sun Koh nickte. Diese Einrichtung zeugte von der Geschäftstüchtigkeit des Mannes, bot aber zugleich auch für den Reisenden außerordentliche Bequemlichkeiten.
»Ich werde eines Ihrer Boote benutzen. Die Insel wird wohl recht stark besucht?«
Der Geschäftsführer pendelte mit dem Kopf.
»Nun, man muss da einen Unterschied machen. Es gibt nur wenige Durchreisende, welche die Insel aufsuchen, um sich durch eine Sehenswürdigkeit zu bereichern. Augenblicklich sind nur Herrschaften draußen, die bestimmte Absichten verfolgen, wenn ich mich so ausdrücken darf. Es ist nicht meine Angelegenheit, mich darum zu kümmern, welche Gründe einen Gast unseres Hauses bewegen …«
»Nur Neugier«, befriedigte Sun Koh lächelnd die mitschwingende Frage.
»Ah, Sie wollen die Sehenswürdigkeit genießen? Das ist bei den Herrschaften, die sich draußen befinden, wohl kaum der Fall. Sie werden den bekannten Forscher Albemarle mit seinen Mitarbeitern treffen, der die Ruinen eingehend untersuchen will. Dann befindet sich der Forscher Le Gozier mit seinen Begleitern auf der Insel, ferner der Sammler Rockill mit seinen Leuten, dann wäre ein Forschungsreisender Leon zu nennen, der allerdings allein reist, schließlich noch einige Reporter.«
»Das ist eine ganz stattliche Zahl von Menschen. Nun, ich werde mit ihnen

kaum in Berührung kommen, sondern die Ruinen nur flüchtig besichtigen und dann zurückkehren. Halten Sie bitte für morgen früh das Motorboot bereit.«

Der Geschäftsführer verneigte sich.

*

Die Beschreibung, die Sun Koh in Cienfuegos erhalten hatte, wurde durch die Wirklichkeit weit übertroffen. Die Insel und der dahinter liegende Küstenstrich machten einen so unangenehmen Eindruck, dass einem trotz der Hitze ein kaltes Frösteln über den Rücken lief. Die Sonne stach grell vom Himmel herab, trotzdem wirkte die Insel düster und unheimlich und schreckensvoll. Das fast stagnierende, trübe Wasser, das sich zwischen Baumstämmen, Luftwurzeln und Schlingpflanzen gegen das noch unsichtbare feste Land vorschob, das düstere, grünschwarze Gewirr des Waldes, das eine unregelmäßige, vom Wasser überflutete Wand bildete, die tödliche Stille und der faulige Geruch der miasmengeschwängerten Luft ließen schleichende Fieber ahnen und versprachen widerliche Mückenschwärme für die Abendstunden. Darüber hinaus legte sich die Drohung unbekannter Gefahr bedrückend auf die Stimmung. Die Kreatur spürte beunruhigt die Lebensfeindlichkeit dieser Landschaft, die dem erdbeherrschenden Geschöpf keinen Spielraum für seine Lebensgesetze gönnte und ihn einfach aufzusaugen und in dumpfer Umklammerung zu überwältigen drohte.

»Scheußlich«, fasste Hal Mervin seinen Eindruck zusammen. »Urwald und Sumpf, eine Zusammenstellung, die mir genau so scheußlich vorkommt, wie sie in Wirklichkeit ist. Ich muss da immer an einen weiten, grünen Golfplatz mit einigen weißen Birken denken, ich glaube, das ist gerade der Gegensatz dazu.«

»Ich bin mehr für Eislimonade als Gegensatz«, murmelte Nimba neben ihm.

»Jeder nach seiner Natur«, grinste Hal. »Der eine empfindet mit dem Kopf, der andere mit dem Bauch.«

»Und reden tut man meist umgekehrt«, knurrte Nimba trocken.

»Dort sind die anderen Motorboote«, lenkte Sun Koh ab.

Die Insel Coro war nur an einer Stelle leidlich zugänglich. Ein Hügel trat verhältnismäßig steil aus dem Wasser heraus, sodass die ersten Bäume die Grenze zwischen Wasser und Land bildeten und man vom Boot aus unmittelbar auf das feste Land treten konnte. Stellenweise wich der Wald sogar zurück und gab trockene Uferstreifen frei, die allerdings nur geringe Ausdehnung besaßen. Das gesamte Anlegegelände hatte eine Länge von zweihundert Metern, die drei freien Plätze dehnten sich über Entfernungen von zwanzig bis fünfzig Metern.

An ihnen lagen die Boote der Leute, die der Geschäftsführer des Hotels flüchtig genannt hatte.

Es waren insgesamt sechs Motorboote vorhanden. Drei davon wirkten schon mehr schiffsähnlich und besaßen ganz ansehnliche Größe, die drei anderen gehörten zu der gleichen kleinen Klasse wie das Boot, das Sun Koh benutzte. Diese drei kleinen lagen unmittelbar nebeneinander, ein großes und ein kleines an dem zweiten Uferplatz und ein großes ganz allein am dritten freien Fleck.

Sun Koh wollte neben dem letzten anlegen lassen, aber der Bootsführer schüttelte lebhaft den Kopf.

»Wir wollen lieber dort nicht anlegen. Der Herr, der das Boot gemietet hat, wird schrecklich wild, wenn wir es tun. Dort ist ja auch viel Platz.«

Sun Koh hatte keinen Grund, auf seiner Anregung zu beharren. So legten sie denn neben den drei kleinen Booten an.

Das Manöver wurde von einigen Herren sehr aufmerksam vom nächstgelegenen Boot aus verfolgt. Als Sun Koh und seine Begleiter das Boot verließen, taten jene das Gleiche und kamen auf Sun Koh zu. Kurz vor ihm hob der vorderste die Hand.

»Stopp! Zückt die Bleistifte.«

Jetzt standen alle und hielten auch schon Notizblöcke und Bleistifte in den Händen.

Die Reporter.

Der Sprecher, ein junger, noch etwas knabenhafter Sporttyp mit offenem Gesicht, verneigte sich feierlich.

»Sie sprechen englisch? Fühlen Sie sich auf diesem geweihten Boden begrüßt. Halley ist mein Name, der berühmte Reporter der ›Evening Post‹. Betrachten Sie die anderen Herren ganz nach Belieben als Statisten oder Reporter. Sie sind keines von beiden, obgleich sie sich einbilden, die unterschiedlichen Weltzeitungen würdig zu vertreten. Kein Volksgemurmel bitte. Also Mister noch unbekannten Namens ...«

»Sun Koh«, lachte dieser.

»Ganz recht, Mr. Sun Koh, erlauben Sie uns als Gegengeschenk für unsere feierliche Begrüßung, dass wir Sie interviewen, damit wir endlich einmal mehr für unsere Honorare tun, als nur die Zeit totzuschlagen. Wann sind Sie geboren? Wie hieß Ihre sicher verehrungswürdige Großmama? Wie viele Kinder haben Sie? Wurden Sie mit der Flasche großgezogen? Welche Firma lieferte sie? Also schön, einigen wir uns auf die Frage aller Fragen – wie sind Sie auf den Einfall gekommen, ausgerechnet die Insel der Inseln mit Ihrer Gegenwart zu beglücken?«

»Mensch, das Mundwerk!«, stöhnte Hal.

»Neidisch?«, erkundigte sich Nimba.

»Quatsch!«

»Sie finden ein undankbares Objekt an mir«, erwiderte Sun Koh. »Ich hörte zufällig von den Ruinen auf dieser Insel und kam nur, um sie mir einmal anzusehen. Ich bin ein harmloser Reisender, der wahrscheinlich froh sein wird, dass er die Insel morgen wieder verlassen kann.«

Halley reckte beschwörend die Arme.

»Tun Sie uns den Kummer nicht an. Wir sind froh, wenn wir noch etwas Gesellschaft für unsere einsamen alten Tage bekommen. Außerdem brauchen wir dringend einen Mann, der etwas Geld im Poker verlieren kann. Wir haben unseres schon zum fünften Male wieder zurückgewonnen, und das wird schließlich langweilig. Beehren Sie uns weiterhin mit Ihrer Gunst. Wir werden auch zur Belohnung auf weitere Fragen verzichten. Es glaubt Ihnen zwar kein Mensch an dieser gesegneten Küste, dass Sie ein harmloser Reisender sind, denn so harmlos ist kein Mensch, dass er aus bloßer Neugier in dieses Mückeneldorado fährt, aber Sie sollen sehen, mit welcher Anständigkeit wir behaftet sind. Achtung! Die Bleistifte – weg!«

Das Kommando tat seine Wirkung. Die anderen drei Reporter drängten nun heran und nannten ihre Namen und Zeitungen. Halley machte dazu ununterbrochen seine Bemerkungen, bis ihn Hal am Arm zog und teilnahmsvoll bemerkte: »Ich würde an Ihrer Stelle nicht so viel reden, Mr. Halley. Erstens bekommen Sie davon nur dünne Lippen, und zweitens könnte Ihnen eine Mücke in den Magen fliegen, sodass Sie denken, Ihr Magen sei Untergrundbahnhof geworden. Warten Sie. Es ist überhaupt nicht gut, wenn man so viel redet, denn davon leiert sich bekanntlich die Zunge aus. Was werden Sie sagen, wenn Sie eines Tages Ihre Zunge in der Hand haben? Sie können Sie sich ja schließlich nicht als Ochsenzunge herrichten lassen, dazu ist sie zu klein. Und unter Glas und Rahmen können Sie sich Ihre Zunge dann auch nicht hängen lassen, denn dazu hält sie sich nicht genügend. Seien Sie vorsichtig. Ich kannte einen Mann, der redete auch so viel. Eines Tages hatte er sich die Zähne von hinten her abgewetzt und musste sich ein neues Gebiss kaufen. Eines Tages verschluckte er das Gebiss. Sie können sich wohl denken, was da geschah?«

»Du lieber …«, setzte Halley an.

»Warten Sie«, atmete Hal schnell. »Natürlich streikte nun sein Mund und wollte nicht mehr kauen. Wozu sollte er auch noch kauen? Das Gebiss war ja im Magen und konnte dort arbeiten, nicht wahr?«

»Das ist …«

»Augenblick. Ich will Sie natürlich nicht abhalten zu reden, aber ich empfehle Ihnen doch mehr oder minder, sich an mir ein Beispiel zu nehmen. Man nennt mich den Schweiger. Nun, bei Ihrer Intelligenz wird es Ihnen nicht viel Mühe machen, das zu erraten. Ich pflege grundsätzlich überhaupt nicht zu sprechen und …«

Halley wedelte heftig mit den Armen, die anderen brüllten vor Lachen. Hal wollte weitersprudeln, aber Sun Koh schüttelte den Kopf, worauf Hal sich leicht gekränkt auf die Schlussbemerkung beschränkte:

»Sehen Sie, Sie reden schon die ganze Zeit, aber ich habe noch nicht ein einziges Mal den Mund aufgemacht.«

Halley setzte sich nieder.

»Ungeheuerlich, phänomenal!«, stöhnte er. »So was von Rederei habe ich noch nie gehört. Mein Gehirn und Ihr Mundwerk – ich wäre der gefeiertste Mann der Staaten.«

»Als Wasserfalllimitator vielleicht«, grinste Hal. »Nehmen Sie lieber mein Gehirn und Ihr Mundwerk, dann können Sie Präsident werden.«

»Frech ist er auch noch«, seufzte Halley zerschmettert. »Mann, warum sind Sie bloß kein Reporter geworden?«

Hal zuckte die Achseln.

»Beruhigen Sie sich, bei mir hat's eben noch zu etwas anderem gereicht.« Halley streckte lachend beide Hände aus.

»Gut gegeben. Vertragen wir uns wieder, verehrtes Anhängsel eines harmlosen Reisenden. Ich strecke sämtliche Bleistifte vor Ihrer Überlegenheit und schlage vor, mit einem Versöhnungskuss und einem stillen Umtrunk den Frieden zu beschließen.«

»Auf den Versöhnungskuss verzichte ich«, erwiderte Hal mit Grausen.

»Und den Umtrunk bitte ich auf meinem Boot einzunehmen«, lächelte Sun Koh. »Ich glaube, wir sind am besten mit Erfrischungen eingedeckt. Sie können mir dabei einige Hinweise auf die Ruinen geben, damit uns nutzloses Suchen erspart bleibt.«

»Wird mit Dank angenommen«, schrie Halley. »Hinterher werden wir Ihnen dann verraten, dass Sie nur jenen Pfad entlang zu gehen brauchen, um zu den Ruinen zu kommen!«

Es wurde eine vergnügte Runde in der geräumigen Mittelkabine des Bootes. Die Reporter waren unbekümmerte, frohe Naturen mit ungehemmtem Mundwerk und schwatzten eifrig durcheinander.

Es zeigte sich aber bald, dass alle Heiterkeit nur Oberfläche war, die dunkle, schwere Strömungen verbarg. Sun Koh spürte aus einigen flüchtigen Äußerungen heraus, dass diese vier im Grunde genommen stark verdrossen waren, weil sie hier zwecklos herumsitzen mussten. Sie teilten durchaus nicht die Hoffnungen ihrer Zeitungen, dass hier Aufsehen erregende Entdeckungen gemacht werden konnten. Ferner litten sie unter der schweigenden Drohung dieser Sumpfinsel.

Zu dieser Feststellung machte Sun Koh noch eine zweite. Der sorglose Halley schien gerade der von den vieren zu sein, der den greifbarsten Kummer verbarg. Als flüchtig ein Mädchenname erwähnt wurde, verfinsterte sich sein Gesicht urplötzlich, und die anderen schienen sich zu erinnern, dass sie bei Halley etwas Schmerzliches berührt hatten. Wenig später glitt jedoch alles wieder fröhlich auf der Oberfläche herum.

Die Unterhaltung wurde jedoch merklich gedämpfter und ruhiger, als sie auf die Verhältnisse der Insel kam. Und als Sun Koh eine direkte Frage nach den anderen Besuchern der Insel stellte, wurden die Gesichter der Reporter ernst, ja, fast düster. Man überließ bereitwillig Halley das Wort, der dann zögernd erwiderte:

»Offen gestanden, wir sprechen nicht gern darüber. Es ist gerade so, als ob die Insel in die Menschen hineingiftet und sie sich formt. Aber schließlich sind wir verpflichtet, Ihnen einige Andeutungen zu machen. Vielleicht ziehen Sie daraus die Nutzanwendung, die wir gezogen haben, nämlich verschiedenen Leuten einfach aus dem Wege zu gehen.«

»Ich nehme an, dass ich sie überhaupt nicht kennenlerne. Wir wollen ja morgen wieder fort!«

»Richtig. Aber wenn Sie auch nur einen Teil der Ruinen kennenlernen wollen, müssen Sie schon einige Tage bleiben. Sie sind nämlich ziemlich umfangreich, und man kann nicht einfach zwischen ihnen spazierengehen. Also zunächst ist da Mr. Leon, auf den Sie wohl zuerst treffen werden.«

»Der Forschungsreisende?«

»Wieso?«

»Der Geschäftsführer des Hotels sprach von einem Forschungsreisenden Leon.«

Halley zuckte die Achseln. »Ach so. Man darf solche Bezeichnungen wohl nicht so genau nehmen. Was hierher kommt, nennt sich Forschungsreisender. Ob er's wirklich ist, bleibt offen. Ich habe jedenfalls von einem Forschungsreisenden Leon noch nicht gehört.«

»Halten Sie ihn für einen Schwindler?«

»Durchaus nicht. Ich glaube auch nicht, dass er sich als Forschungsreisender ausgegeben hat. Leon, der das Boot neben unseren beiden Booten hat, macht einen ganz guten Eindruck. Er ist ein stiller, ruhiger und sehr zurückhaltender Zeitgenosse, der auf Gesellschaft keinen Wert legt. Er hockt den ganzen Tag irgendwo herum. Ich persönlich habe noch nicht begriffen, was er eigentlich hier will. Aber wie gesagt, man kann ihn gut leiden. Trotzdem hat der Mann irgendwie etwas Unheimliches an sich. Vielleicht hat bloß diese verfluchte Insel auf ihn abgefärbt, aber ich behaupte, dass der Mann an einem tiefen Kummer leidet. Er ist durch und durch eine melancholische Natur und verdeckt einen gewaltigen Schmerz.«

»Und Hass«, warf einer der anderen Reporter ein.

»Und Hass«, nickt Halley. »Das ist das Merkwürdige an ihm. Man hat zugleich den Eindruck, dass ein furchtbarer Hass in ihm sitzt, der auf Befriedigung wartet. Ich sage wartet, denn Leon scheint wiederum nicht der Mensch zu sein, der hassvoll ausbricht und auflodert. Der Mann wartet, wartet auf irgendetwas, das seinen Kummer und Hass zur gleichen Zeit auszulöschen vermag.«

»Ein seltsamer Mensch«, sagte Sun Koh nachdenklich in die Stille hinein. »Wenn die anderen von ähnlicher Art sind, dann kann ich Ihre Abgeschlossenheit verstehen.«

»Auch die anderen sind merkwürdig«, erzählte Halley weiter. »Der harmloseste ist vielleicht noch Albemarle, von dem man weiß, dass er tatsächlich Forscher ist. Er steckt den ganzen Tag zwischen den Ruinen und kämpft verbissen gegen Wald und Sumpf. Diese zerfallenen Steine gehen ihm über alles. Es ist ihm gleich, ob er Fieber bekommt und ob seine Leute schlapp machen, er arbeitet in den Ruinen. Nun, dafür ist er ja schließlich Forscher. Aber er hat seine Eigenheiten. Ich glaube, er betrachtet die ganze Insel als sein persönliches Eigentum und uns als freche Eindringlinge. Sie müssten ihn zetern hören! Der Mann kann jähzornig wie ein Stier werden. Er behauptet glatt, dass alle anderen außer ihm nur darauf aus sind, die Insel ihrer wertvollen Schätze zu berauben, ihm die Ergebnisse seiner Forschung zu stehlen und was noch alles. Mich hat es schon gewundert, dass er noch nicht mit dem Gewehr losgegangen ist, um uns zu vertreiben.«

»Ein netter Mitmensch!«

»So ist es. Sein größter Hass gilt naturgemäß dem Manne, von dem er weiß, dass er sich aus Konkurrenzgründen hier befindet. Das ist Rockill, Josua Rockill, dessen Boot so abgetrennt von allen anderen liegt. Dieser Mann ist ein Kapitel für sich. Ich weiß nicht, ob Sie nicht schon von ihm gehört haben. Er ist nicht unbekannt, bestimmt einer der fanatischsten Sammler, die es gibt. Er ist ein ganz gemeiner, schmutziger Geizhals und Menschenschinder, gönnt andern nicht das Schwarze unter den Nägeln, ist aber jederzeit bereit, ein Vermögen für ein Sammlungsobjekt auszugeben. Noch lieber ist ihm natürlich, wenn er es ohne Geld an sich bringen kann. Ein widerlicher Kerl.«

»Sie haben ihn sehr wenig gern?«

Halleys Gesicht war finster.

»Ich hasse ihn«, gab er kurz zurück. »Er hat ein Mädel bei sich, als Sekretärin und alles Mögliche. Es heißt, sie sei ein angenommenes Pflegekind, aber ich denke, er hat sich bloß eine billige Arbeitskraft herangezogen. Das arme Mädel tut mir leid. Sie ist in der ganzen Zeit, während der wir hier liegen, nicht ein einziges Mal an die frische Luft gekommen!«

Es war offensichtlich, dass Halley nicht allein von neutraler Menschenliebe bewegt wurde. Mit dem Mädchen, von dem er sprach, verbanden ihn Beziehungen, die man vielleicht schon Liebe nennen konnte.

Sun Koh lenkte ab.

»Sie meinen, dass Albemarle in Rockill eine Konkurrenz sieht?«

»Natürlich, und er hat seine guten Gründe dazu. Rockills Sammelgebiet umfasst hauptsächlich diese alten mittelamerikanischen Kulturen. Mit den großen Steintrümmern kann er ja nicht viel anfangen, sobald aber kleinere Funde gemacht werden, wird er zur Stelle sein und sich nach Möglichkeit alles anzueignen versuchen.

Augenblicklich wartet er und lässt andere arbeiten. Ich bin davon überzeugt, dass er sich zu seiner Zeit regen wird. Und Albemarle ist genau so gut überzeugt und ahnt wohl auch, dass seine Leute wie die Raben stehlen werden, wenn Rockills Geld lockt. Daher der Hass.«

»Rockill scheint ihn zu fürchten? Unser Bootsführer wollte nicht neben ihm anlegen, weil er den Zorn Rockills fürchtete.«

Halley lachte.

»Das glaube ich gern. Wenn Albemarle zum Jähzorn neigt, so Rockill zur Tobsucht. Man sieht es dem kleinen, dürren Gespenst nicht an, wie er sich aufregen kann. Wie eine gereizte Eule fährt er herum, wenn man ihn ärgert. Der bringt es fertig, auf seine lieben Nachbarn zu schießen, übrigens hat seine Abneigung gegen Nachbarschaft nichts mit einer Furcht vor Albemarle zu tun.«

»Sondern?«

»Rockill ist einmal so. Ich kenne ihn von früher. Er ist ständig von drei Mann umgeben, die eine Schutzwache für ihn bilden. Sie werden die drei noch zu Gesicht bekommen. Menschliche Wachhunde, gute Schützen, die sich ihren Posten gut bezahlen lassen. Rockill lässt niemand an sich heran, der nicht vorher auf Herz und Nieren geprüft wurde. Das ist schon seit vielen Jahren so. Entweder fürchtet er sich allgemein so, oder er hat Angst vor einem bestimmten Menschen, von dem er Böses fürchtet.«

»Vielleicht ist es einfach Hysterie. Nun fehlt noch die letzte Gruppe.«

Halley nickte.

»Le Gozier und seine Freunde. Auch eine komische Gesellschaft. Sie geben vor, Forscher zu sein, sie stöbern auch in den Ruinen herum, aber ich halte das für Schein. Die Leute wirken eher wie Chikagogangster auf Urlaub. Revolver tragen sie jedenfalls alle in den Hosentaschen herum. Ich dachte zu Anfang, sie hätten es auf Rockill abgesehen, aber da muss ich mich doch geirrt haben. Mein Geschmack sind sie jedenfalls nicht, wir allerdings auch nicht der ihre, denn sie halten sich abgeschlossen für sich.«

»Ist dieser Le Gozier ein Franzose?«

»Wenig wahrscheinlich, wenn auch der Name danach klingt. Seiner Sprache nach kommt er aus der Nähe von Chicago. Etwas südländisch sieht er ja aus, vielleicht waren seine Vorfahren eingewanderte Franzosen, aber bestimmt beherrscht er kein Wort Französisch. Ich persönlich halte den Namen für frei zugelegt und schätze, dass der Mann einen amerikanischen Vater und eine mexikanische Mutter gehabt hat. Na, das ist ja unwesentlich. Jedenfalls haben Sie nun die ganze Galerie zusammen.«

»Für Sie als Reporter muss die Zusammenstellung eigentlich recht interessant sein?«

Halley schüttelte den Kopf.

»Einen Tag lang vielleicht. Eine Bombe in der rechten Hand ist so harmlos und langweilig wie ein Kohlkopf, wenn man die dazugehörige Zündung in der linken Hand trägt. Vom Gesichtspunkt der Berichterstattung aus sind alle diese Leute denkbar wenig bemerkenswert. Freilich, wenn plötzlich ein ernsthafter Konfliktstoff auftauchen würde, der alle in den Bann zieht, dann könnte auf dem Hintergrund dieser schlammigen Fieberinsel ein düsteres Drama entstehen, zu dem genügend abgründige Spieler vorhanden wären.«

»Welche Rolle würden Sie übernehmen?«, erkundigte sich Hal.

»Die des Berichterstatters natürlich«, lächelte Halley. »Und Sie würden sich vermutlich vorzüglich zur Souffleuse eignen.«

»Das ist eine Beleidigung. Betrachten Sie sich als moralisch erschossen.«

Die Unterhaltung lockerte sich damit wieder auf, wurde leichter und heiterer.

*

Der Nachmittag war schon ziemlich weit vorgeschritten, als Sun Koh und seine beiden Begleiter die Ruinen aufsuchten. Sie folgten dem Pfad, der in den Wald hineinführte. Man hatte ihn vor nicht langer Zeit eingehauen. Mehr als einen Durchschlupf stellte er nicht dar. Der Boden wurde bald morastig, man kam aber leidlich vorwärts, weil durch gefällte Baumstämme ein einigermaßen gangbarer Weg geschaffen worden war. Albemarle hatte zweifellos seine Leute fleißig arbeiten lassen.

Die ersten Ruinen tauchten auf, mächtige Steinmassen aus großen und gut bearbeiteten Quadern gefügt. Sie waren in den Schlamm hinabgesunken, von Baumwurzeln und Lianen auseinandergesprengt, von schleimig grünen Schichten überzogen und von Blattwerk und faulig duftenden Blüten überwuchert. Gespenstisch und unwirklich ragten die Steine inmitten einer Landschaft auf, die die Festigkeit des Steins überhaupt nicht kannte, unheimlich wirkten die zum Teil abgewitterten Skulpturen.

»Das sind Mayabauten«, erklärte Hal Mervin sofort. »Sehen Sie, Herr, das sind ganz ähnliche Figuren wie drüben auf Yukatan.«

»Zweifellos Mayabauten«, nickte Sun Koh, »wenn auch weitgehend zerstört.«

»Aber wie haben denn die Leute überhaupt die Steine hierher gebracht?«, äußerte Hal die Bedenken, die ihm aufstiegen. »Es war doch verrückt, hier mitten in den Sumpf hineinzubauen?«

»Die Steine haben sie wohl von Kuba geholt«, erwiderte Sun Koh. »Damals wird dieses Gebiet wohl noch nicht sumpfig gewesen sein. Jedenfalls haben erst spätere Landsenkungen und das Vordringen des Meeres die Entstehung dieser Sumpflandschaften begünstigt.«

»Aber dass die Mayabauten überhaupt hier zu finden sind? Ich dachte, die gäbe es nur auf Yukatan?«

»Eben doch nicht ausschließlich. Irgendein Trupp muss das Meer überfahren und sich hier angesiedelt haben. Wer weiß, wie damals die Landschaft hier ausgesehen hat. Dieses ganze Westindien ist ja bewegter Boden. Auf alle Fälle ist kein Zweifel daran, dass es sich um Mayabauten handelt. Doch sehen wir weiter.«

Zusammengerutschte Terrassen, Säulen, zerbrochene Stufenwölbungen und andere Trümmerstücke tauchten auf, dann stieß man auf den Arbeitsplatz Albemarles. Dieser Pfad war ja von ihm angelegt worden und diente keinem anderen Zweck, als ihn und seine Leute zur täglichen Arbeit zu bringen.

Auf der kleinen Lichtung, die man hier gerodet hatte, waren rund ein Dutzend Leute mit den verschiedensten Arbeiten beschäftigt. Einige legten Bäume um, andere räumten Trümmer und Schutt und suchten sie vor dem saugenden Sumpf zu retten. Albemarles Haupttätigkeit schien darin zu bestehen, auf seine Leute, den Sumpf und die ganze Welt zu schimpfen.

Als er die drei erblickte, brach er zunächst ab, kam aber unverzüglich über die Baumstämme und Steine hinweg auf sie zu.

»Der holt Luft«, raunte Hal ahnungsvoll. Tatsächlich legte Albemarle denn auch los, nachdem er genügend weit herangekommen war.

»Was wollen Sie? Was fällt Ihnen ein, hier herumzulaufen? Sehen Sie denn nicht, dass hier eine wissenschaftliche Expedition bei der Arbeit ist? Glauben Sie, ich habe den Pfad anlegen lassen, damit Sie darauf spazierengehen und hier herumschnüffeln können?«

Er wirkte mit seinem roten Gesicht und seinen aufgeregten Gebärden wie ein gereizter Truthahn. Begreiflicherweise war sein Anzug von oben bis unten beschmutzt, sodass er eher wie ein Kanalräumer als wie ein Gelehrter aussah, aber das entschuldigte der furchtbare Morast, aus dem er sicher den ganzen Tag nicht herausgekommen war. Die Bösartigkeit seines Tones ließ sich allerdings nur dann entschuldigen, wenn man bedachte, mit welchen Widerwärtigkeiten er hier im Sumpf zu kämpfen hatte.

Sun Koh ließ ihn eine Weile schimpfen. Erst als Albemarle freiwillig eine Pause machte, bemerkte Sun Koh ruhig:

»Ich hörte, dass hier ein Professor Albemarle mit wissenschaftlichen Arbeiten beschäftigt ist?«

»Zweifeln Sie etwa daran?«, zeterte Albemarle gleich wieder los. »Selbstverständlich bin ich mit ...«

Sun Koh unterbrach sehr verwundert.

»Ach, Sie sind doch nicht etwa Professor Albemarle selbst?«

»Und warum nicht, he?«, schnob jener gereizt.

Sun Koh schwieg erst eine Weile, bevor er nachdrücklich sagte:

»Es schien mir immerhin unwahrscheinlich. Professor Albemarle ist als gebildeter, erwachsener Mann bekannt. Sie schienen mir aber ein kreischendes, ungezogenes Kind zu sein, das sich erbost, weil andere sein Spielzeug betrachten.«

Albemarle machte eine heftige Bewegung, stand dann eine Weile ganz ruhig und murmelte schließlich:

»Hm, ich bin wohl überreizt. Aber stellen Sie sich einmal her und leiten Sie solche Ausgrabungen, dabei werden Sie auch tobsüchtig.«

Dann machte er kehrt und ging zu seinen Leuten zurück.

Sun Koh kehrte auch um.

»Kommt«, meinte er, »wollen wir ihn nicht noch tobsüchtiger machen. Wir wollen noch an einer anderen Stelle eindringen, dann werden wir wohl genug gesehen haben.«

»Das genügt eigentlich auch schon«, meckerte Hal.

Sie schritten den Pfad zurück. Auf halbem Wege entdeckten sie eine schmale Spur, die seitlich abführte.

»Hier hat sich schon einmal ein Mensch den Weg gesucht«, stellte Sun Koh fest. »Folgen wir ihm.«

Mehr wie die bescheidene Andeutung eines Pfades war nicht vorhanden, und selbst diese verschwand sehr bald. Nur dann und wann wiesen einmal Spuren darauf hin, dass sich ein Mensch auf der gleichen Strecke bewegt hatte. Ob vor Tagen oder Wochen, ließ sich schwer sagen.

Der Gang durch den Urwald wurde schnell zur abenteuerlichen Kletterei. Der Boden gab immer stärker nach, die Füße sanken sofort knöcheltief ein, sodass die drei es vorzogen, durch das verfilzte Geäst zu klettern, solange sie nicht einen niedergebrochenen Stamm fanden, auf dem die Füße Halt bekamen. Das war nicht so einfach, außerdem sahen sie nach einer Viertelstunde äußerlich nicht weniger mitgenommen aus wie Albemarle. Hal fluchte schrecklich, aber er fluchte in sich hinein.

Endlich stieg das Gelände etwas an, der Boden wurde fester. Kurz darauf bemerkten sie die ersten Steintrümmer zwischen Bäumen und Wurzeln, genauso zerstört und bizarr verworfen wie an der ersten Stelle. Sie hatten allem Anschein nach eine Terrasse erreicht, die einst von den Erbauern der Stadt errichtet worden war. Aus den Trümmergrundstücken ließ sich schließen, dass hier ehemals ein Tempel gestanden hatte. Dahinter senkte sich das Gelände wieder zum Sumpf, der aber nunmehr von Ruinen durchsetzt war.

Die drei hatten nicht die Absicht, weiter vorzudringen. Sie stöberten nur ein bisschen auf dem Hügel herum, sahen sich Bruchstücke an und versuchten zu erraten, wie der Bau einst wohl ausgesehen haben mochte.

Dabei fanden sie den goldenen Kasten.

Sun Koh entdeckte ihn selbst, nachdem er durch die abweichende Farbe aufmerksam geworden war. Er lag unter den Trümmern eines zusammengestürzten Gewölbes und war halb von Steinen bedeckt, lag aber so weit vorn und so unbelastet, dass ihn Sun Koh nur hervorzuziehen brauchte.

Während seine beiden Begleiter auf seinen Wink herankamen, betrachtete er seinen Fund.

Der Kasten war ungefähr fünfundzwanzig Zentimeter lang, zehn Zentimeter hoch und fünfzehn Zentimeter breit. An der Unterseite befanden sich vier knopfartige, winzige Füße. Der Deckel ragte an allen vier Seiten wenige Millimeter über den Kasten selbst hinaus. Ein Scharnier oder Schloss war nicht zu sehen. Abheben ließ sich der Deckel nicht.

Erstaunlich war zunächst das Gewicht. Obgleich sich nichts in dem Kasten bewegte, als Sun Koh schüttelte, schien er gefüllt zu sein. Es war freilich nicht ausgeschlossen, dass sich das Gewicht aus einer entsprechenden Stärke der Wände ergab. Diese bestanden nämlich zweifellos aus Gold, und zwar aus hochwertigem, verhältnismäßig weichem Gold.

Der Wert des Kastens lag aber wohl vorzugsweise in seiner Verarbeitung. Wände und Deckel waren mit künstlerisch ausgeführten Figuren und Zeichnungen bedeckt, die den Kasten zu einem Schmuckstück ersten Ranges machten.

Allerdings, wahrscheinlich war der historische Wert noch größer als der künstlerische. Die ganze Art der Arbeit, die Federschlangen und die charakteristischen Köpfe verrieten eine originale Mayaarbeit.

»Donnerwetter«, sagte Hal, als er den Kasten in der Hand seines Herrn sah. »Sie haben aber Glück. Haben Sie das eben gefunden?«

»Nee«, brummte Nimba, »das hat sich der Herr mitgebracht!«

»Reg' dich nur nicht gleich auf«, murrte Hal. »Hat der Kasten hier gestanden, Herr?«

Sun Koh wies auf die Fundstelle.

»Dort. Etwas war er schon von den Trümmern bedeckt.«

»Ein feines Stück.«

»Wertvolle Mayaarbeit.«

»Was ist denn drin?«

»Er geht nicht zu öffnen.«

»Mit Kraft geht alles.«

Sun Koh schüttelte den Kopf.

»Vorläufig haben wir keinen Anlass, den Kasten gewaltsam zu zerstören. Wir werden den Mechanismus, der ihn öffnet, schon noch finden. Allerdings …?«

»Was ist denn?«, erkundigte sich Hal.

»Es sieht bald so aus, als ob die Ansatzstelle des Deckels kunstvoll verlötet wäre. Aber der helle Strich ist so fein, dass ich erst näher untersuchen muss. Ein merkwürdiger Kasten ist es auf alle Fälle.«

Die nachdenkliche Redeweise Sun Kohs machte Hal sehr aufmerksam.

»Wieso, Herr? Finden Sie etwas Komisches an ihm?«

Sun Koh drückte ihm den Kasten in die Hand.

»Sieh ihn dir an und überlege selbst. Dort habe ich ihn gefunden, du siehst noch deutlich, wo er gestanden hat.«

»Donnerwetter, der hat aber ziemliches Gewicht«, wunderte sich Hal. »Also da wollen wir mal sehen, ob da etwas nicht stimmt. Dreckig genug ist er. Nimba, pump mir mal dein Taschentuch.«

»Wozu?«, erkundigte sich Nimba misstrauisch.

»Na, um den Kasten abzuwischen.«

»Nimm doch dein eigenes.«

»Aber Mensch, das wird dann doch schmutzig. Und wenn ich mir dann die Nase schnauben will, habe ich den ganzen Sumpf im Gesicht, nicht? Bei dir fällt das gar nicht auf. Aber schön, wer nicht will, der hat eben. Bediene dich selbst. Jeder sein eigener Kellner.«

Er zog sein Taschentuch heraus und putzte an dem Kasten herum. Dabei überlegte er krampfhaft, was wohl Sun Koh Besonderes gefunden haben konnte. Er wusste, dass sein Scharfsinn auf die Probe gestellt werden sollte, und er liebte es nicht zu versagen.

Er putzte und putzte.

Plötzlich hielt er inne, blickte auf das schmutzige Taschentuch, dann auf den Kasten und endlich auf die Fundstelle. Nun suchte er sich einen reinen Zipfel heraus, fuhr damit in die Vertiefungen hinein, holte den schwarzen Schmutz heraus, roch an ihm und blickte dann wieder zur Fundstelle. Endlich blinzelte er zu seinem Herrn hin. Sun Koh bemühte sich, völlige Teilnahmslosigkeit zu zeigen. So blieb Hal schließlich nichts anderes übrig, als mit seiner Weisheit herauszurücken.

»Tja, das ist schon komisch, Herr. In den Ritzen befinden sich verhältnismäßig frische Reste von dem Morast dort hinten. Es sieht aus, als hätte der Kasten einmal im Sumpf gelegen, sogar erst vor kurzer Zeit, weil sich das Zeug leicht herauswischen lässt. Nun könnte man ja annehmen, dass das morastige Wasser gelegentlich höher steigt, aber das halte ich für ausgeschlossen, denn dann wäre die ganze Fundstelle von Schlamm überzogen. Hier liegt also ein Widerspruch vor. Stimmt's, Herr?«

Jetzt nickte Sun Koh.

»Du hast meine eigene Überlegung getroffen. Die Schlammspuren an dem Kasten stimmen mit dem Aussehen der Fundstelle nicht überein. Aber es liegt auch noch eine andere Besonderheit vor. Sieh dir die Fundstelle an und überlege weiter.«

Hal tat, wie ihm geheißen, Nach einer Weile sagte er:

»Ich hab's. Der Kasten gehört überhaupt nicht hierher. Er müsste unter dem Steinhaufen gelegen haben, aber nicht so weit oben. Das ist ein zusammengestürztes Gewölbe. Es ist vielleicht nicht ausgeschlossen, dass er ganz oben eingemauert war, aber wahrscheinlich ist es nicht.«

»Gut«, anerkannte Sun Koh. »Aufgrund der beiden Beobachtungen dürfen wir vermuten, dass der Kasten erst vor kurzer Zeit von dem Mann hergebracht wurde, dessen Spuren wir folgten. Seine Gründe liegen für uns völlig im Dunkeln. Da der Personenkreis auf dieser Insel jedoch beschränkt ist, werden wir bald etwas darüber erfahren. Nimba, nimm den Kasten an dich. Wir kehren zum Boot zurück.«

Kurz vor Anbruch der Nacht stießen sie vom Hauptpfad auf den freien Uferplatz und gingen am Strand entlang, um zu ihrem Boot am benachbarten Platz zu gelangen. Dabei begegnete ihnen Leon, der traurige Hasser, wie ihn Halley unter anderem bezeichnet hatte.

Leon war ein Mann zwischen vierzig und fünfzig, mittelgroß und schlank, grauhaarig und mit einem kurz gestutzten, lockigen Vollbart. Er machte insgesamt einen stillen und bescheidenen, ja, fast einen schüchternen Eindruck. In der Nähe bemerkte man die Anzeichen einer tiefen Melancholie. Man war geneigt, ihn sympathisch zu finden, sofern man ihn überhaupt beachtete.

Leon kam mit gesenktem Kopf heran. Er blickte erst wenige Schritte vor den Vorübergehenden auf, als Sun Koh und seine Begleiter grüßten. Er setzte matt und gleichgültig zum Gegengruß an, aber plötzlich fiel sein Blick auf den Kasten, den Nimba unter dem Arm trug. Da war seine Teilnahmslosigkeit jäh verschwunden. Er machte eine schnelle Bewegung auf Nimba zu und stieß heraus:

»Was – was haben Sie denn da?«

»Ein Fund, den wir zwischen den Ruinen machten«, erklärte Sun Koh. »Eine interessante und sehr schöne Maya-Arbeit.«

Leon starrte auf den Kasten. Zweifellos bemühte er sich, eine starke Erregung, die in ihm arbeitete, nicht zu verraten. Der Hauptbestandteil dieser Erregung schien Bestürzung zu sein.

»Ja, sehr interessant«, würgte er schließlich leise heraus. »Wo haben Sie den Kasten gefunden?«

»Weit hinten im Wald. Wir entdeckten einen kaum sichtbaren Pfad, der in den Wald hineinführte. Den Kasten fanden wir auf einer Anhöhe.«

Leon musste daran gewöhnt sein, sich in Zucht zu nehmen. Er hatte sich schon wieder fast restlos in der Gewalt.

»Sie haben Glück«, murmelte er. »Soviel ich sehe, ist das ein wertvolles Stück. Sie können dafür eine Menge Geld verdienen. Werden Sie es verkaufen?«

Sun Koh zuckte mit den Achseln.

»Das lässt sich noch nicht sagen. Wahrscheinlich nicht. Ich sammle selbst.«

Die Mitteilung schien Leon zu enttäuschen.

»Oh, Sie sammeln selbst? Eigentlich schade. Sie hätten auf diese Weise wirklich zu Geld kommen können. Echte Sammler wie zum Beispiel Rockill geben unter Umständen ein Vermögen für solche Funde aus.«

»Ich bin nicht darauf angewiesen«, lächelte Sun Koh. »Ich werde also den Kasten wohl kaum abgeben. Im Mindestfalle möchte ich mich erst einmal vergewissern, was der Kasten enthält.«

»Hm, freilich, natürlich«, antwortete Leon zögernd. »Ich würde Ihnen aber nicht raten, dem Kasten gewaltsam zu Leibe zu gehen. Sie könnten – nun, man weiß ja nicht, vielleicht zerstören Sie dadurch wichtige Dinge. So etwas müssen Sie schon erst einmal einem erfahrenen Sammler überlassen. Aber ich will Sie nicht aufhalten. Entschuldigen Sie.«

Er deutete eine Verneigung an und ging weiter.

»Ein eigenartiger Mensch«, sagte Sun Koh etwas später. »Er verbirgt sein Inneres recht gut. Sein Erschrecken verriet jedoch, dass er den Kasten bereits kannte.«

Hal nickte eifrig dazu.

»Ja, bestimmt. Und er schien schon zu wissen, dass sich der Kasten nicht öffnen lässt. Wir haben nichts davon erwähnt, aber für ihn schien es selbstverständlich zu sein. Origineller Knabe!«

»Ja, allerdings. Nun, wir werden sehen. Vielleicht wissen die Herren von der Zeitung mehr.«

Die Reporter hatten die Neuankömmlinge zum Abendessen zu sich aufs Boot eingeladen. Sun Koh und seine Begleiter zogen sich um und gingen hinüber. Den Kasten ließen sie in der Kabine, eingeschlossen in einer Schublade.

Als sie nach Stunden zurückkamen, ohne von den Reportern etwas Wissenswertes erfahren zu haben, fanden sie die Kabine durchwühlt vor. Die Behälter waren aufgebrochen. Der Kasten war verschwunden.

»Na, so eine Frechheit!«, entrüstete sich Hal, nachdem er sein erstes Staunen überwunden hatte. »So eine hundsgemeine Frechheit!«

»Eine Dummheit!«, berichtigte Sun Koh. »Der Personenkreis auf der Insel ist so beschränkt, dass sich der Täter unter allen Umständen ermitteln lassen muss.«

»Wenn er nicht ausreißt.«

»Dann wissen wir erst recht, wer der Schuldige ist.«

»Doch höchstens Leon.«

»Das kann man vermuten. Vor allem ist er der Einzige, der außer uns von dem Fund wusste und die Kassette gesehen hatte. Er kann allerdings auch zu anderen darüber gesprochen haben.«

»Unsere Bootsbesatzung weiß auch Bescheid, im Mindestfalle der Bootsführer. Er stand auf Deck, als wir kamen.«

Sun Koh wandte sich an Nimba.

»Hole die Leute her.«

Sie kamen alle drei gemeinsam, eingehüllt in eine Fahne von Rauch und Weindunst. Sie rissen die Augen auf, als sie die Verwüstung in der Kabine bemerkten.

»Es ist eingebrochen worden«, teilte ihnen Sun Koh mit. »Gestohlen wurde eine Kassette, die wir heute in den Ruinen fanden.«

»Der Kasten, den Sie mitbrachten?«, fragte der Bootsführer.

»Der gleiche. Wem haben Sie davon erzählt?«

»Meinen beiden Leuten, Señor, sonst niemand. Das kann ich Ihnen bei der Mutter Gottes beschwören. Und sie sind beide genauso wie ich nicht wieder vom Boot heruntergekommen.«

Sun Koh musterte den Mann schärfer.

»Wollen Sie mir erklären, wie es überhaupt möglich ist, dass ein derartiger Einbruch erfolgen kann? Warum wurde das Boot nicht bewacht?«

»Wir hielten es nicht für nötig«, kam verlegen die Antwort. »Wer sollte hier schon stehlen?«

»Überlegen Sie lieber, wer hier gestohlen hat. Wo hielten Sie sich bis jetzt auf?«

»Vorn im Steuerraum, Herr. Wir haben ein Spielchen gemacht und eine Flasche Wein getrunken.«

»Eine?«, stichelte Hal.

»Nun ja …«

»Ist Ihnen nichts aufgefallen?«, fragte Sun Koh weiter.

»Leider nichts, Herr.«

»Gut, Sie können jetzt gehen. Sprechen Sie aber vorläufig nicht über den Vorfall. Vielleicht verrät sich der Dieb selbst.«

Der Bootsführer verneigte sich.

»Sehr wohl, Herr. Sollen wir jetzt aufräumen?«
»Morgen früh.«
Die drei verschwanden.
»Zuverlässige Leute!«, stichelte Hal hinter ihnen her.
»Immerhin sind sie unschuldig«, urteilte Sun Koh. »Wir müssen den Dieb außerhalb unseres Bootes suchen. Aber auch das hat Zeit bis morgen, Nimba, du wirst wohl oben Wache übernehmen müssen. Ich möchte nicht, dass eins der anderen Boote über Nacht verschwindet – mit der Kassette.«
»Jawohl, Herr.«
»Und schlafe nicht auf Wache«, mahnte Hal, aber dazu zog Nimba nur eine Grimasse.

3.

Der schwarze Vorhang der Nacht riss auseinander. Der neue Tag war da.

Sun Koh saß beim ersten Frühstück, als in einiger Entfernung wütende Stimmen laut wurden. Hal lief hinaus und kam nach kurzer Zeit wieder zurück.

»Herr, da ist was los! Nebenan steht ein ganzer Haufen Leute zusammen. Zwei von ihnen schreien sich an wie angestochen. Sie reden von der goldenen Kassette und von einem Toten. Da müssen wir hin.«

»Also los.«

Auf dem mittleren Platz, an dem die großen Boote von Albemarle und Le Gozier lagen, hatten sich mehr als zwei Dutzend Menschen versammelt. Sun Koh und seine beiden Begleiter kamen dazu. Gleich darauf näherten sich auch die Reporter und noch einige Männer von den Bootsbesatzungen.

Den Mittelpunkt bildeten einstweilen Albemarle und Rockill.

Albemarle hatte Sun Koh schon kennengelernt. Rockill sah er jetzt zum ersten Male. Der Mann war schon ziemlich alt, sicher über sechzig. Er war klein und sah wie zusammengezogen aus. Sein Gesicht besaß eine unangenehme Schärfe. Seine beweglichen, langfingrigen Hände erinnerten an Krallen. Er war äußerlich wenig gepflegt und machte insgesamt einen unangenehmen Eindruck.

Er zischte vor Wut. Dafür glühte Albemarle zornrot.

»Sie Dieb!«, kreischte Rockill. »Sie infamer Dieb! Sie Verbrecher! Ich werde Sie ins Zuchthaus bringen! Meine Kassette! Wo haben Sie meine goldene Kassette?«

Er schüttelte drohend beide Fäuste, aber Albemarle wich vor ihm nicht zurück, sondern wütete ebenfalls.

»Meine Kassette! Reden Sie doch nicht von Ihrer Kassette! Meine Kassette ist es, nicht Ihre, Sie schmutzige Hyäne, Sie Spinne! Ich werde Sie der Polizei übergeben, Sie – Sie Mörder!«

»Mörder?«, fauchte Rockill mit sich überschlagender Stimme. »Sie sind der Mörder! Sie haben den Mann ermordet, weil er mir die Kassette gebracht hat. Geben Sie die Kassette heraus.«

»Sie haben sie doch?«, heulte Albemarle dagegen. »Sie haben mir die Kassette stehlen lassen, und hinterher haben Sie den Mann umgebracht, damit Sie ihm nichts zu bezahlen brauchen. Sie sind der Lump, Sie …«

»Sie – Sie …!«, keifte Rockill zurück, ohne das passende Schimpfwort zu finden.

Die beiden Männer drangen aufeinander ein, wutschäumend und offensichtlich entschlossen, handgreiflich zu werden. Die zugehörigen Bootsbesatzungen und Arbeiter gruppierten sich. Es sah aus, als würde in der nächsten Minute eine allgemeine Schlägerei beginnen.

Le Gozier, der neben den beiden Kampfhähnen stand, riss sie im letzten Augenblick auseinander. Seine Stimme verriet, dass auch er wütend war.

»Lassen Sie den Quatsch!«, sagte er scharf. »Wenn Sie etwa glauben, dass Sie mir etwas vorspielen können, haben Sie sich getäuscht. Wahrscheinlich stecken Sie alle beide unter einer Decke und teilen sich den Gewinn. Einer von Ihnen wird den Kasten schon haben. Aber er ist nicht dem anderen gestohlen worden, sondern mir. Mir gehört die goldene Kassette.«

Die beiden anderen starrten ihn wie gelähmt an, nachdem sie das gehört hatten. Dann riefen sie beide wild und gleichzeitig durcheinander.

»Was? Das ist doch eine Unverschämtheit! Mir gehört die Kassette! Mir ist sie gestohlen worden.«

»Das können Sie einem anderen vorschwindeln!«, höhnte Le Gozier. »Ein feines Gaunerpack, unsere Herren Gelehrten und Sammler. Ehrlichen Leuten die Wertsachen wegstehlen und sich dann unschuldig stellen! Das habe ich gern! Mir ist der Kasten gestohlen worden, und hier stehen sechs ehrenwerte Männer, die bezeugen können, dass die Kassette mir gehört."

»Sie Lügner!«, kreischte Albemarle.

»Sie Schwindler!«, schnappte Rockill über.

»Sie sind doch überhaupt nur hergekommen, um mir alle wertvollen Funde zu stehlen!«, schrie Albemarle.

»Halten Sie das Maul!«, wurde Le Gozier bösartig, während sich sein glattes, verlebtes Gesicht verzerrte. Er reagierte, als ob er sich getroffen fühlte.

»Gangster!«, zischte Rockill.

Jetzt wollten alle drei aufeinander los. Die Schlacht schien endgültig zu beginnen. Da schoben sich die Reporter dazwischen.

»Bleiben Sie vernünftig«, drängte Halley. »Sie können sich doch nicht die Köpfe einschlagen. Wir wollen versuchen, die Angelegenheit in aller Ruhe aufzuklären.«

»Das versuchen wir schon lange«, höhnte Le Gozier. »Aber vielleicht können Sie mir sagen, wo sich meine Kassette befindet.«

»Meine Kassette!«, fauchte Rockill.

»Wo haben Sie die Kassette?«, fuchtelte Albemarle.

»Halten Sie doch den Mund!«, wehrte Halley gereizt ab. »Das ist doch …«

»Was, Sie wollen mir den Mund verbieten?«

»Aha, er hat die Kassette!«

Beschwörungen, Vorwürfe, Beschimpfungen und zornige Schreie wirrten durcheinander. Es war eine verrückte Szene, zu der dieser düstere, sumpfige Wald als Hintergrund sehr gut passte.

Sun Koh blickte auf Leon. Er erwartete, dass dieser sich einmischen würde. Leon blieb jedoch etwas abseits mit gesenktem Kopf stehen, als ginge ihn das ganze Durcheinander nichts an.

Sun Koh zweifelte nicht, dass der Streit um die gleiche Kassette ging, die er im Wald gefunden hatte. Es war ihm jedoch gänzlich schleierhaft, wieso sie plötzlich von drei Leuten als Eigentum beansprucht wurde und gleichzeitig von drei Leuten als gestohlen gemeldet wurde. Im Augenblick ließ sich unmöglich sagen, was Lüge und was Wahrheit war. Sicher war, dass es sich für die Beteiligten um bitteren Ernst handelte. Im Mindestfalle bewies es der Tote.

Der Fall, auf den die Reporter schon kaum mehr gehofft hatten, war nun doch noch eingetreten. Das Schicksal hatte einen Zankapfel zwischen diese abgründigen und hinterhältigen Männer geworfen und war offenbar im Begriff, sie zu Mitspielern einer Tragödie zu machen.

Hal Mervin stieß Sun Koh an und sagte leise:

»Und jetzt müssen Sie auch noch in den Ring und den Leuten sagen, dass die Kassette uns gestohlen wurde. Dann ist der Schlamassel fertig. Soll ich mal hetzen?«

»Nein!«, befahl Sun Koh mit Nachdruck. »Und ich werde auch nichts sagen. Diese Leute sind ohnehin schon halb irrsinnig. Hier fehlt die Polizei.«

Er hatte es kaum ausgesprochen, als im Zentrum der Ansammlung sein Name aufklang. Einer der Reporter schrie ärgerlich:

»Was wollen Sie denn überhaupt? Die Kassette gehört keinem von Ihnen, sondern Mr. Sun Koh. Er hat sie gestern Nachmittag in den Ruinen gefunden.«

Der Lärm verdoppelte sich daraufhin. Schimpfworte knallten durcheinander. Fragen prallten gegen Sun Koh, der daraufhin nicht anders konnte als zuzugeben:

»Jawohl, ich habe den Kasten gestern im Walde gefunden. Er wurde mir im Laufe des Abends gestohlen!«

Die Menge tobte auf, denn die Erregung hatte inzwischen auf alle übergegriffen, die ringsum standen. Die Augen glühten und Fäuste wurden geschüttelt. Dieser und jener griff bereits in die Tasche nach der Waffe.

»Schwindel!«, brüllte einer von Le Goziers Leuten, der in geringer Entfernung von Sun Koh stand. »Dieser Obergauner überbietet ...«

Bevor Sun Koh zugreifen konnte, warf sich Hal Mervin nach vorn und setzte dem Mann die Faust mitten ins Gesicht.

Das war das Signal.

Rasendes Aufheulen, dann ...

Dann ein schrillend scharfes Trillersignal, das vom Wasser herkam. Es schnitt in die kochenden Gemüter hinein wie ein Schuss kaltes Wasser, das in einen Topf geschüttet wird, in dem es eben aufkochen will.

Alle Köpfe fuhren herum.

Eben stieß ein kleines Motorboot an, auf dem ganz vorn ein Mann mit der Trillerpfeife im Mund und dem Revolver in der Hand stand.

Er pfiff ein zweites Mal, dann riss er die Pfeife heraus, sprang an Land und schrie dabei:

»Ist denn hier der Teufel los? Der Erste, der die Hand hebt, bekommt eine Kugel. Ich bin von der Polizei!«

Der Zwischenfall kam so plötzlich, dass sich niemand rührte, bis er heran war. Doch dann wurden Stimmen laut:

»Polizei? Das kann jeder sagen! Vielleicht hat er den Kasten?!«

Das Wort zündete. Plötzlich war die Erregung wieder da. Rockill stürzte sich auf den Neuankömmling, packte ihn vorn am Rock, hing sich daran und kreischte:

»Sie haben den Kasten! Geben Sie den Kasten heraus!«

Der andere stieß ihn mit einem Ruck von sich, sodass der Sammler ein paar Meter zurücktaumelte.

»Sind Sie denn wahnsinnig? Zurück und Maul gehalten. Ich bin Detektiv Marron von der Kriminalpolizei Kansas. Hier sind meine Ausweise! Wer Lust hat, mag sie sich einsehen.«

Man schwieg, nur Le Gozier höhnte:

»Ach, ein Detektiv aus Kansas? Seit wann besitzen die Detektive aus Kansas hier Polizeirechte?«

»Sie scheinen ja die Bestimmungen außerordentlich gut zu kennen«, gab Marron anzüglich zurück. »Unterhalten wir uns später über die Frage. Ich werde jedenfalls nicht zulassen, dass Sie sich hier wie die Tobsüchtigen benehmen und gegenseitig die Köpfe einschlagen. Mir scheint, hier tut ein Mann not, der seinen klaren Kopf behalten hat.«

»Sehr richtig«, schrien die Reporter. »Mr. Marron mag die Sache hier aufklären.«

»Dafür bin ich auch«, stimmte Sun Koh bei.

»Wenn er nicht selber den Kasten hat«, zischte Rockill, der inzwischen wieder auf die Beine gekommen war.

»Was wollen Sie denn schon wieder mit Ihrem Kasten?«, knurrte Marron ärgerlich.

»Ein goldener Kasten ist verschwunden«, gab Sun Koh Aufklärung. »Jeder oder fast jeder der Anwesenden behauptet, Eigentümer zu sein, ebenso behauptet fast jeder, der Kasten sei ihm heute Nacht gestohlen worden.«

»Ach so. Nun, wir werden ja feststellen, wer den Kasten hat.«

»Wahrscheinlich der Herr Detektiv selber«, höhnte Le Gozier. »Sie müssen doch schon die ganze Nacht über in der Nähe gewesen sein, nicht wahr? Von Cienfuagos bis hierher kann man nicht in ein oder zwei Stunden kommen, und in der Nacht sind Sie doch wohl kaum weggefahren?«

In aller Augen flackerte die Spannung. Le Gozier hatte recht mit seiner Bemerkung.

Marron löschte sie jedoch mit einer Handbegung aus.

»Die Leute im Boot werden Ihnen bezeugen, dass ich gestern Nachmittag losfuhr. Wir wurden von der Dunkelheit überrascht und legten zwei Stunden von hier bei einer kleinen Insel an. Ich habe das Boot während der ganzen Nacht nicht verlassen!«

»Schwindel!«, kreischte Rockill. »Was wollen Sie denn überhaupt hier?«

Marron ließ seine Blicke über den ganzen Haufen gehen, bevor er antwortete:

»Es wird Ihnen vermutlich seltsam vorkommen, aber ich suche ebenfalls einen goldenen Kasten, wertvolle Mayaarbeit.«

Das war zu viel. Minutenlang konnte man überhaupt kein Wort verstehen, so sehr wirrte alles durcheinander. Die Gemüter erhitzten sich wieder schnell zum Siedepunkt, Marron stand ohnmächtig vor der tobenden Meute, die derartig schrie, dass er sie nicht zu übertönen vermochte.

Jetzt griff Sun Koh wieder ein. Er feuerte ein paar Schüsse in die Luft, und als der Lärm abriss, sagte er ruhig:

»Eine Minute Gehör, meine Herren. Wir stimmen wohl alle darin überein, dass wir diese rätselhafte Angelegenheit klären wollen. Ich schlage vor, das in gemeinsamer, ruhiger Unterhaltung zu tun. Irgendjemand muss aber die Leitung bekommen. Mir scheint Mr. Marron, der an den Vorgängen der Nacht nicht beteiligt ist, deshalb und als Vertreter der Polizei der Geeignetste zu sein. Setzen wir uns zu einer Jury zusammen, bei der jeder von uns Ankläger und Richter zugleich ist, und übergeben wir den Vorsitz an Mr. Marron. Tun Sie das nicht, so müssen Sie damit rechnen, dass der Kasten verschwunden bleibt.«

Die gelassene Sprache verfehlte ihre Wirkung nicht. Und wo die Vernunft nicht siegte, da half die Angst, den Kasten zu verlieren. Außerdem wurde der

Vorschlag lebhaft von den Reportern unterstützt. Man redete noch eine Zeitlang durcheinander, aber dann einigte man sich doch im Sinne Sun Kohs.

Marron nahm neben dem Toten Aufstellung. Um ihn herum gruppierten sich in lockerer Kreisform die Trupps nach ihrer Bootszugehörigkeit. Im inneren Ring standen also Rockill, Albemarle, Le Gozier, Sun Koh, Halley und Leon, hinter ihnen scharten sich die zugehörigen Trupps, die aus Freunden, Dienern und Mitgliedern der Bootsbesatzung bestanden.

Die Reporter mit Ausnahme von Halley hielten selbstverständlich ihre Notizblöcke und Bleistifte bereit, einer war sogar zum Boot gelaufen, um genügend Schreibmaterial für alle heranzuholen. Niemand der Anwesenden hatte etwas einzuwenden gehabt, als Halley formell um die Erlaubnis nachgesucht hatte. Es erschien mindestens den meisten zweckmäßig, ein Protokoll aufzunehmen, und es war ihnen gleichgültig, ob drei Mann schrieben oder einer.

»So, meine Herren«, eröffnete Marron, »unsere Jury oder wenigstens Aussprache ist hiermit eröffnet. Ich bitte Sie nachdrücklich, sich nicht durch irgendwelche Erregungen hinreißen zu lassen und persönliche Verdächtigungen zu vermeiden. Vor allem reden Sie nicht alle auf einmal, sondern lassen Sie den sprechen, der an der Reihe ist. Sie erhalten dann Gelegenheit, an jeden Fragen zu stellen. Ich selbst behalte mir das Recht natürlich auch vor. Bevor wir nun die hiesigen Ereignisse klären, will ich Gelegenheit nehmen, über mich selbst zu sprechen und Ihnen zu sagen, warum ich hier bin und was ich mit der goldenen Kassette zu tun habe. Ich hoffe, dass Sie damit einverstanden sind?«

Man nickte ringsum, sodass Marron fortfahren konnte:

»In Kansas City befindet sich ein Museum. Zu ihm gehört eine Sonderabteilung, in der Stücke aus der Kultur der Maya zusammengestellt sind. Eines davon war eine goldene Kassette im Ausmaß von zehn zu fünfundzwanzig zu fünfzehn Zentimetern, auf kleinen Knopffüßen ruhend – doch halt, ich will Ihnen die genaue Beschreibung jetzt aus bestimmten Gründen lieber nicht geben. Die Kassette, die einen verhältnismäßig hohen Wert darstellt, wurde vor rund vier Wochen gestohlen. Von dem Täter fehlte zunächst jede Spur, bis ein Zufall einen Hinweis brachte. Ich muss dazu erst erwähnen, dass die Kassette innen mit einem charakteristischen Goldfadengewebe aus-

205

gelegt war. Eines Tages fand man in einer Vorstadt von Kansas Teile dieses Gewebes. Da die genaue Beschreibung veröffentlicht worden war, wurde der Finder stutzig und brachte das Zeug zur Polizei. Zugleich brachte er auch einen Zeitungsausschnitt, der in das Gewebe eingeknüllt worden war. Die Zeitungsnachricht, die jener Ausschnitt trug, besagte aber, dass hier auf dieser Insel durch Zufall die Reste einer Mayastadt gefunden worden seien. Sie können sich denken, welche Mutmaßungen wir anstellten, jedenfalls erhielt ich den Auftrag, hierher zu fahren und mich nach der Kassette umzusehen. Es ist verständlich, dass ich mit der Kassette zusammen auch den Dieb zu bekommen hoffe. Dass die Spur gut war, wird wohl dadurch bewiesen, dass hier ebenfalls eine goldene Kassette eine Rolle spielt. Ob es wirklich die gleiche ist wie die, die ich suche, werden wir nachher noch feststellen. So, das wäre mein Bericht. Falls Sie Fragen haben, bitte ich diese jetzt zu stellen. Zunächst Sie, Mr. Rockill war doch Ihr Name?«

Rockill hatte sich wie alle andern bedeutend beruhigt. Dadurch traten die Einzelzüge seines Wesens stärker in Erscheinung, die aber durchaus nicht angenehm wirkten.

»Sie wollen beschwören«, fragte er, »dass Sie sich in dieser Nacht nicht in unmittelbarer Nähe der Insel befanden?«

»Das werde ich wie auch die Bootsbesatzung beschwören«, gab Marron gelassen zurück, ohne sich über den Verdacht zu erregen.

»Sie würden die Kassette beschlagnahmen, falls sie von Ihnen gefunden werden würde?«

»Selbstverständlich! – Keine Fragen mehr? Dann bitte Mr. Albemarle?«

»Wollen Sie nicht gleich die Identität der Kassetten prüfen?«

»Später. – Mr. Le Gozier, bitte?«

»Ich habe nichts zu fragen.«

Auch Sun Koh, Halley und Leon lehnten ab, worauf Marron fortfuhr:

»Dann wollen wir jetzt, bevor wir in die Untersuchung eintreten, die Identität der Kassetten prüfen. Doch zunächst liegt mir daran festzustellen, wer von Ihnen die Kassette, von der Sie sprechen, tatsächlich in der Hand gehabt hat. Sie begreifen meine Gründe. Es ist denkbar, dass jemand die Kassette für sich beansprucht, ohne sie überhaupt gesehen zu haben. Ich weiß zum Beispiel nicht, welchen Inhalt Ihre Kassette hatte. Der Inhalt würde mich als

Beamten ja nichts angehen, sondern dem Eigentümer zufallen. Ich habe die genaue Beschreibung und das Bild der Kassette bei mir. Bevor ich diese Ihnen unterbreite, bitte ich Sie aus den bekannten Gründen, mir irgendein charakteristisches Merkmal anzugeben, sodass die andern ersehen können, dass der Betreffende die Kassette kennt. Bitte aber nur eins, damit Sie nicht andern alles wegnehmen. Sind Sie einverstanden?«

Die Runde schwieg.

»Kein Widerspruch. Dann bitte Mr. Rockill.«

»Die Kassette war auf allen Flächen mit Ausnahme des Bodens von Skulpturen aus der Mayazeit bedeckt, von denen die Quetalcoatl-Schlangen eigenartige und recht seltene Federdarstellung aufwiesen«, erwiderte der Stammler ohne Zögern.

»Die umlaufenden Szenen stellten eine Opferung dar, der Deckel eine Krönung«, gab Albemarle nicht weniger sachverständig seinen Beweis.

»Sie hatte kein Schloss«, erklärte Le Gozier.

»Auch Bänder fehlten«, ergänzte Sun Koh. »Der Deckel ragte auf allen Seiten wenige Millimeter über, ein Öffnungsmechanismus war nicht zu entdecken.«

»Wir haben die Kassette nicht gesehen«, bekundete Halley.

»Ich auch nicht«, schloss sich Leon an.

Marron zog zwei Bilder aus der Tasche.

»Die ersten vier Herren müssen sie in der Hand gehabt haben. Die Angaben stimmen. Hier sind die Bilder. Übrigens braucht man den Deckel nur abzuheben.«

»Die Kassette war nicht zu öffnen«, klangen mehrere Stimmen auf.

»So, dann muss man irgendwelche Veränderungen daran vorgenommen haben. Bitte geben Sie die Bilder herum. Wir haben also festgestellt, dass vier Herren die Kassette besessen oder wenigstens gesehen haben. Ich bitte Sie nun, Ihre Aufmerksamkeit auf die Ereignisse der Nacht zu lenken und zu berichten, was Sie wissen. Doch zunächst eine wichtige Frage: Wer ist dieser Tote?«

Albemarle meldete sich.

»Es ist einer meiner Arbeiter, die ich für die Ausgrabungsarbeiten von Cienfuegos mitgebracht habe. Er heißt Landos. Über seinen Tod kann ich nichts sagen.«

»Wir werden später darauf zurückkommen. Wer hat ihn gefunden?«

»Ich!«, meldete sich einer von Rockills Leuten. »Er lag dort hinten, nach unserm Boot zu am Waldrand, das Gesicht auf der Erde.«

»Schön, wir kommen auch noch darauf zurück. Offensichtlich ist der Mann von vorn erstochen worden. Nun zunächst Ihre Darstellungen. Ich bitte den Herrn zu beginnen, der vermutlich die Kassette zum ersten Mal in der Hand gehabt hat.«

»Ich nehme an, dass ich das bin«, nahm Sun Koh das Wort. »Ich fand die Kassette gestern Nachmittag in der fünften Stunde.«

»Dann habe ich sie vorher besessen«, fiel Le Gozier ein. »Ich habe sie bereits am Vormittag, als Sie noch gar nicht anwesend waren, gefunden!«

Marron nickte.

»Schön, dann beginnen Sie. Bitte geben Sie mir nach Möglichkeit auch stets die Belege und Beweise für das, was Sie sagen, an. Bitte, Mr. Le Gozier.«

Damit begann eine Reihe von Berichten, die das Rätsel der goldenen Kassette klären und lösen sollten und doch nur vertieften.

*

Le Gozier begann:

»Tja, viel zu erzählen gibt es da schließlich nicht. Ich bin gestern in der zehnten Stunde mit meinem Freunde Michard, diesem Herrn hier, ein bisschen im Wald herumgestiegen und über die Ruinen geklettert. Dabei entdeckten wir durch Zufall den Kasten. Wir nahmen ihn selbstverständlich mit und brachten ihn auf das Boot, wo ich ihn meinen anderen Freunden zeigte. Die Herren werden die Richtigkeit meiner Angaben bestätigen. In der Nacht schliefen wir. Die Kassette stand auf einem Tischchen in der Wohnkabine. Am Morgen war sie verschwunden. Das wäre alles.«

»Dann möchte ich zunächst einige Fragen an Sie richten«, sprach Marron wieder. »Können Sie den Fundort der Kassette genau angeben?«

»Beschreiben nicht, aber ich kann Sie hinführen.«

»Schön. Was sind Sie von Beruf?«

»Privatmann.«

»Welchem Zweck dient Ihr hiesiger Aufenthalt?«

Le Gozier grinste.

»Sie verkennen die Lage, Herr Detektiv. Ich kann mir denken, was Sie noch alles fragen möchten. Wir sind jedoch nicht hier, um ein Leumundszeugnis für den einzelnen auszustellen, sondern um den Verbleib der Kassette zu ermitteln. Wollen Sie bitte Ihre Fragen darauf beschränken?«

Marron nahm die Zurechtweisung gelassen hin.

»Schön, dann habe ich für jetzt nichts mehr zu fragen. Die anderen Herren bitte.«

Albemarle meldete sich als Erster.

»Warum haben Sie eigentlich den Fund so geheim gehalten, dass niemand davon erfahren hat?«

Le Gozier hob die Schultern.

»Was heißt niemand? Hier stehen ein halbes Dutzend. Sie erwarteten doch wohl nicht, dass ich extra zu Ihnen kam? Dazu hatte ich keine Veranlassung.«

»Warum öffneten Sie den Kasten nicht mit Gewalt? Sie hatten doch Zeit dazu?«

»Ich zerstöre solche wertvollen Stücke nicht. Ich bin Sammler.«

»Sammler?«, wiederholte Rockill giftig.

»Zweifeln Sie daran?«, fragte Le Gozier kühl. »Ich sammle allerdings ausschließlich Stücke, die auf ehrliche Weise erworben wurden.«

»Stopp«, griff Marron ein, »keine persönlichen Bemerkungen bitte. Andere Fragen?«

»Sind Sie davon überzeugt«, erkundigte sich Sun Koh, »dass die Kassette sich am Abend noch in Ihrem Boot befand?«

»Wir haben sie alle spätabends noch in der Hand gehabt.«

Weitere Fragen wurden nicht gestellt. Marron ersuchte Sun Koh um seinen Bericht. Sun Koh gab eine kurze Darstellung, wann und wo der Fund erfolgt war und wie man den Diebstahl entdeckt hatte. Anschließend kamen wieder Fragen.

»Warum suchten Sie noch zu so später Stunde die Ruinen auf, obwohl Sie eben erst angekommen waren? Haben Sie Zeugen, dass Sie sich überhaupt dort befanden?«, forschte Rockill.

»Ich wollte mich nicht lange auf der Insel aufhalten und nutzte die Zeit«, gab Sun Koh Auskunft. »Mr. Albemarle wird Ihnen bestätigen, dass ich mich bei den Ruinen befand.«

»Wie kommt es, dass Sie von niemandem mit dem Kasten gesehen wurden und diesen auch nicht den Reportern zeigten?«

»Ich hielt es nicht für angebracht, den Kasten mit zum Abendessen zu bringen. Mr. Leon hat gesehen, dass wir den Kasten aus dem Walde brachten.«

»Ah!«

Marron griff schnell zu.

»Mr. Leon, sagten Sie nicht vorhin, dass Sie den Kasten noch nie gesehen hätten?«

»Ja«, gab dieser leise zurück, »ich habe da dieses Zusammentreffen mit Mr. Sun Koh nicht beachtet. Es ist mir erst nachträglich eingefallen, dass es sich um den Kasten gehandelt haben könnte.«

»Sie haben den Kasten bei diesem Herrn gesehen?«

Leon nickte.

»Jedenfalls. Ich traf ihn mit seinen Begleitern kurz vor Sonnenuntergang. Der Neger trug einen goldenen Kasten unter dem Arm, der mindestens starke Ähnlichkeit mit dem Kasten auf dem Bild besaß. Beschwören kann ich nichts, da ich den Kasten nur flüchtig gesehen habe.«

»Erschraken Sie nicht, als Sie ihn sahen?«, fragte Sun Koh.

Leon schüttelte verwundert den Kopf.

»Wieso hätte ich erschrecken sollen? Natürlich befiel mich beim Anblick des offenbar kostbaren Fundes eine gewisse Erregung.«

»Weitere Fragen?«, blickte Marron herum. »Keine? Dann berichtet vielleicht jetzt Mr. Albemarle?«

Der Forscher räusperte sich.

»Ahem, es ist vielleicht richtiger, wenn ich zunächst meinen Diener Jim sprechen lasse, weil er zunächst den Kasten gefunden hat. Fang an, Jim.«

Ein älterer Mann mit ruhigem, ehrlichem Gesicht trat einen Schritt vor und berichtete:

»Ich ging in der zehnten Abendstunde noch einmal an Deck, weil ich glaubte, ein Geräusch oben vernommen zu haben. Dabei fiel mir die Kassette, um die es hier geht, ins Auge. Sie stand linkerhand von unserm Boot unmittelbar am Rande des Wassers. Natürlich erkannte ich erst, als ich sie aufhob, um was es sich handelte. Auf der Kassette lag ein kurzes Stück Holz, darunter lag ein Zettel, also auf dem Deckel der Kassette. Auf dem Zettel stand in Druckbuchstaben gemalt ungefähr Folgendes: ›Schafft die Kassette zu Rockill, er wird einen hohen Preis dafür zahlen, sagt aber, sie sei bei den Ruinen gefunden worden.‹ Nun, ich …«

Er musste unterbrechen, da ein lebhaftes Gemurmel durch die Runde lief. Erst als dieses zum Abebben gekommen war, konnte er fortfahren:

»Ich bin es nicht gewöhnt, hinter dem Rücken meines Herrn etwas zu tun, außerdem wusste ich, dass sich Mr. Albemarle selbst für derartige Gegenstände interessierte. Ich brachte also die Kassette zu Mr. Albemarle.«

»Es ist gut, Jim«, winkte dieser seinem Diener, zurückzutreten. »Was nun mich …«

»Einen Augenblick«, unterbrach Marron, »wir wollen erst Gelegenheit geben, Fragen an Ihren Diener zu stellen. Ich selbst möchte gern wissen, ob er den Zettel noch zur Hand hat?«

»Leider nicht«, erwiderte Jim. »Ich entsinne mich, dass ich ihn später zusammenballte und aus dem Fenster warf.«

»Schade«, brummte Marron, »aber schließlich kann man aus Druckbuchstaben ja auch selten Schlüsse ziehen. Hat jemand andere Fragen?«

»Jawohl«, meldete sich Rockill. »Warum haben Sie die Kassette nicht zu mir gebracht, obwohl sie doch offensichtlich für mich bestimmt war?«

»Sie war nicht als Ihr Eigentum bezeichnet worden, sondern sollte an Sie verkauft werden.«

Le Gozier meldete sich.

»Welchen Zeugen oder Beweise können Sie dafür bringen, dass Sie die Kassette nicht aus meinem Boot stahlen?«

Der Diener ballte die Fäuste.

»Ich bin fünfzig Jahre lang ein ehrlicher Mann gewesen!«

»Ich weise die Frage zurück«, griff Marron wieder ein. »Mit Verdächtigungen kommen wir nicht weiter. Jeder hat das Recht, auf seine Weise darzustellen. Es ist durchaus eine zweite Frage, ob die Darstellung für wahr gehalten wird. Wir wollen jetzt nicht kritisieren, sondern nur hören. Hat noch jemand Fragen? Wenn nicht, dann bitte, Mr. Albemarle.«

»Ich möchte zunächst doch erklären, dass ich für meinen Diener Jim unbedingt einstehe. Er ist zuverlässig und ehrlich. Zur Sache selbst bemerke ich, dass ich naturgemäß sehr überrascht war, dass er mir die Kassette brachte, es aber selbstverständlich für müßig fand, sie Mr. Rockill zum Kauf anzubieten. Ich nahm sie an mich, beschäftigte mich mit ihr und stellte sie dann auf meinen Nachttisch. Als ich frühmorgens erwachte, war sie verschwunden.«

»Sie wurde demnach von Ihrer Seite weggenommen, während Sie schliefen?«, forschte Marron.

»Ganz recht. Ich schlafe sehr fest, da ich tagsüber schwer arbeite. Meine Tür war wie gewöhnlich unverschlossen.«

»Von dem Dieb ist nichts bemerkt worden?«

Albemarle wies auf den Toten.

»Ich halte diesen Mann für den Dieb.«

»Wieso?«

»Nun, ein besonders zuverlässiger Charakter ist er wohl nicht gewesen. Er hat während der Nacht das Boot verlassen und war möglicherweise bei Mr. Rockill, da er auf dem Wege zu dessen Boot tot aufgefunden wurde. Ich kann mir denken, dass er die Kassette bei mir gestohlen und drüben verkauft hat.«

»Das würde voraussetzen, dass er darum wusste.«

»Das kann man annehmen. Sowohl Jim als ich waren etwas unvorsichtig, sodass einige Leute den Kasten zu Gesicht bekamen. Sie wissen, wie schnell Nachrichten dieser Art unter so wenigen Leuten verbreitet werden.«

»Wunderten Sie sich nicht, dass der Kasten so einfach am Ufer gestanden hatte?«

»Doch schon. Ich nahm jedoch an, dass ein paar meiner Arbeiter den Fund im Laufe des Tages gemacht hatten und dass Jim ganz zufällig in ihre dunklen Pläne hineingeraten sei.«

»Schön, ich habe keine Fragen weiter. Die anderen Herren bitte?«

Niemand fragte, sodass Marron sofort Rockill bat, seinen Bericht zu geben.

»Tja«, hüstelte dieser, »ich brauche wohl kein Hehl daraus zu machen, dass dieser Tote bei mir war und mir die Kassette anbot.«

»Ah!«

Wieder raunte es ringsum. Das Eingeständnis erregte, obgleich man es halb und halb erwartet hatte.

»Endlich die erste Verbindung«, seufzte Marron vernehmlich. »Doch bitte weiter.«

»Er sagte mir, dass er die Kassette bei den gestrigen Ausgrabungen gefunden und vor Mr. Albemarle verborgen gehalten habe, um sie nicht entschädigungslos abgeben zu müssen. Wir wurden einig. Ich zahlte ihm einen Betrag von tausend Dollar und wurde damit Eigentümer der Kassette. Der Mann verließ mich dann, und ich kümmerte mich nicht weiter um ihn. Ich schloss die Kassette in einen Schrank ein. Heute Morgen erwachte ich ungewöhnlich spät und mit starken Kopfschmerzen. Ich konnte mir das zunächst nicht erklären, aber dann fand ich den Schrank leer. Die Kassette war verschwunden. Man muss mich in der Nacht regelrecht betäubt haben, um ungestört mit meinen Schlüsseln den Schrank öffnen zu können.«

Zweifelnde Bemerkungen wurden laut, aber Marron ließ sie nicht erst auswirken, sondern band die Aufmerksamkeit durch Fragen.

»Sie meinen, dass Sie betäubt wurden? Wollen Sie damit sagen, dass Sie unter gewöhnlichen Umständen den Dieb unbedingt gehört hätten?«

Rockill lachte hässlich.

»Darauf können Sie sich verlassen. Ich habe einen sehr leichten Schlaf und bin bei der geringsten Störung auf.«

»Hm, unter den vorhandenen Umständen ist es allerdings nicht leicht, sich eine Betäubung zu erklären. Haben Sie noch getrunken?«

»Nichts. Der Verbrecher muss Gas angewendet haben.«

»Er hat keine Spuren hinterlassen?«

»Keine!«

»Wer hat noch Fragen?«

Albemarle meldete sich.

»Wie kommt es, dass Sie einen Gegenstand ankaufen, der nach allem mir gehört?«

»Wir wollen die Auseinandersetzung darüber vertagen«, fing Marron auf. »Jetzt brauchen wir ausschließlich Tatbestände. Hat noch irgendjemand der Anwesenden etwas zur Sache zu berichten oder eine Beobachtung vorzutragen? Es scheint mir besonders wichtig zu sein, ob jemand während der Nacht unterwegs gesehen wurde.«

Es wäre besser gewesen, er hätte die letzte Frage nicht gestellt. Unverzüglich meldeten sich verschiedene Leute aus den Gruppen, die zu den verschiedensten Zeiten unbestimmte Gestalten auf den verschiedensten Booten bemerkt hatten. Marron verlor eine ganze Weile, um all diese Aussagen zu hören, die keinerlei Wert besaßen. Er ließ aber geduldig jeden zu Worte kommen.

»Jetzt haben wir wohl alles gehört«, erklärte er endlich. »Wir wollen nun versuchen, einen Sinn hineinzubringen oder wenigstens notdürftig zu ordnen. Mr. Le Gozier hatte also gestern Vormittag die Kassette im Wald gefunden und den ganzen Abend bei sich gehabt. Mr. Sun Koh hat die Kassette am Nachmittag gefunden, sie aber seit dem Abendbrot nicht mehr gesehen. Er hat den Besitz der Kassette sogar durch einen außen stehenden Zeugen nachgewiesen.«

»Was wollen Sie damit sagen?«, fuhr Le Gozier grob auf. »Hier stehen sechs Zeugen, die meine Aussage beschwören können. Wollen Sie die Leute meineidig machen, weil sie meine Freunde sind?«

»Ich bitte um Entschuldigung«, zog Marron sofort zurück. »Es lag mir natürlich fern, die Glaubwürdigkeit Ihrer Aussage abzuschwächen. Sie erkennen hier aber wohl schon die Schwierigkeit. Mr. Sun Koh hat den Kasten zu einer Zeit gefunden, in der Mr. Le Gozier den Kasten bei sich hatte. Wenn man nicht einen der Herren der Lüge bezichtigen will, bleibt bloß eine Erklärung, dass es nämlich zwei gleiche Exemplare dieser Kassette gibt. Doch lassen wir die Frage offen und sehen wir weiter. Beiden Herren wurde die Kassette gestohlen, Mr. Sun Koh zwischen acht und elf, Mr. Le Gozier – um welche Zeit etwa bitte?«

Le Gozier zuckte die Achseln.

»Ich habe mich gegen zehn Uhr schlafen gelegt.«

»Also nach zehn Uhr. Sie werden mir zugeben, dass wir so weit noch nichts gewonnen haben. Etwas günstiger wird es nun. Die Kassette oder eine der beiden Kassetten wird von Unbekannt am Strande niedergelegt und von dem Diener Jim gefunden. Er bringt sie zu seinem Herrn. Wann legten Sie sich etwa schlafen, Mr. Albemarle?«

»Gegen zehn Uhr.«

»Ah, sehr interessant. Und Sie. Mr. Rockill?«

»Gegen Mitternacht.«

»Die Zeiten sind bemerkenswert. Zunächst dürfte man annehmen, dass Jim die Kassette von Mr. Sun Koh fand, da Mr. Le Gozier um die Fundzeit noch nicht schlief und die Kassette vor sich sah.«

»Vorausgesetzt, dass die Zeitangaben stimmen«, warf Le Gozier ein. »Ich selbst könnte zum Beispiel nicht beschwören, ob ich nicht auch schon eine halbe Stunde früher schlief.«

Marron lächelte flüchtig.

»Die Angaben, die hier gemacht werden, stimmen natürlich alle – wenigstens setzen wir das voraus. Ich fahre fort. Mr. Albemarle, der nunmehrige Besitzer der Kassette, legte sich also schlafen. Dieser Landos stahl dann ausnahmsweise die Kassette und brachte sie zu Mr. Rockill. Ich erwähnte schon, dass hier die einzige klare Verbindung vorliegt. Mr. Rockill nahm die Kassette an sich ...«

»Ich kaufte sie!«

»Kaufte die Kassette«, verbesserte sich Marron unerschüttert. »Wann ging Landos von Ihnen fort?«

»Etwa eine halbe Stunde vor Mitternacht.«

»Eine halbe Stunde vor Mitternacht verließ er das Boot und wurde vermutlich auf dem Rückwege zum Boot Mr. Albemarles ermordet. Motiv und Täter sind unbekannt. Haben Sie nachgesehen, ob er tausend Dollar bei sich trägt?«

»Er hat überhaupt kein Geld bei sich«, bekundete einer von Rockills Leuten. »Wir haben ihn untersucht.«

»Schön, also Raubmord. Er scheint aber nur so nebenbei erfolgt zu sein. Mr. Rockill legte sich Mitternacht schlafen. Zwischen Mitternacht und Morgen wurde die Kassette abermals gestohlen. Wo befindet sie sich jetzt?«

»Das fragen wir uns schon lange«, knurrte Le Gozier höhnisch.

»Mr. Albemarle hat sie zurückgestohlen«, frischte Rockill den Streit wieder auf.

»Wir wollen es dahingestellt sein lassen«, beruhigte Marron. »Sie ist jedenfalls fort. Zweifellos muss irgendjemand von den Booten der letzte Dieb und jetzige Besitzer sein. Wer das ist, können wir nicht sagen. Wir können aber mit verhältnismäßig geringer Mühe feststellen, wo sich der Kasten befindet. Zweifellos ist er auf einem der Boote versteckt worden. Wir brauchen diese also nur gemeinsam zu durchsuchen, so müssen wir ihn finden.«

Man schwieg. Die Gesichter blieben verschlossen. Wie auch der Einzelne dachte, so viel wusste jeder, dass er sich durch einen Widerspruch verdächtig machen musste. Deshalb wartete mindestens einer auf den andern.

Ganz überraschend nahm der schweigsame Leon das Wort.

»Erlauben Sie bitte eine Bemerkung. Sie können mein Boot natürlich jederzeit untersuchen, aber glauben Sie wirklich, dass Sie mit einer Durchsuchung der Boote weiterkommen? Wird der Täter, der immerhin mit einigem Aufsehen rechnen musste, den Kasten wirklich einfach in seine Kabine gestellt haben? Ich bezweifle es und nehme an, dass es ihm nicht schwer gefallen ist, an Land ein passendes Versteck zu finden. Und wenn diese Vermutung nicht zutrifft, so gibt es noch genügend andere Möglichkeiten, um eine solche Durchsuchung zwecklos zu machen. Vergessen Sie bitte nicht, dass auch jetzt noch Leute auf den Booten sind, unter ihnen möglicherweise der Täter oder Vertraute des Täters, die mit leichter Mühe den belastenden Gegenstand beseitigen können. Sie brauchen ihn ja nur ins Wasser zu werfen! Und was wissen wir, ob dieser seltsame Kasten nicht bereits abermals gewandert ist?«

Das war eine lange Rede für einen Mann, der sonst überhaupt nicht zu sprechen pflegte. Seine Worte kamen unbeteiligt und gleichgültig, aber man musste die Richtigkeit seiner Gedankenführung unbedingt anerkennen. Marron gab denn auch unumwunden zu:

»Das habe ich freilich nicht bedacht. Es ist richtig, eine Untersuchung kann völlig ergebnislos verlaufen, solange man die Möglichkeit besitzt, den Kasten an Land zu verbergen. Immerhin ist es natürlich ausgeschlossen, dass wir es einfach damit belassen können. Hier liegt ein Toter. Zumindest der Mord heischt unbedingt Aufklärung. Ich muss Sie daher ersuchen, ausnahmslos sich fertig zu machen und mit nach Cienfuegos zu kommen, damit dort eine regelrechte Untersuchung einsetzen kann.«

»Sie sind wohl verrückt?«, fuhr es Albemarle heraus. »Ich stecke hier mitten in der Arbeit und soll wegen dieser verwirrten Geschichte auf Tage oder Wochen nach Cienfuegos zurück? Ausgeschlossen, gänzlich ausgeschlossen!«

»Es handelt sich um einen Mord«, wiederholte Marron ernst.

»Bei mir handelt es sich um unersetzliche archäologische Werte.«

»Die Untersuchung wegen Mord geht vor. Sie setzen sich durch Ihre Weigerung nur Missdeutungen aus«, redete Marron zu. »Vergessen Sie bitte nicht, dass ich Kriminalbeamter bin und das Recht habe, Sie von Amts wegen zu zwingen, sich der Untersuchungsbehörde zu stellen.«

Albemarle war klug genug, seinen Zorn niederzukämpfen.

»Na schön«, knurrte er verdrossen, »es wird mir also nichts anderes übrig bleiben. Aber vor heute Abend bin ich nicht fahrfertig.«

»Dann fahren wir morgen früh.«

»Das steht noch lange nicht fest«, bemerkte Le Gozier. »Ich bestreite Ihr Recht, Verhaftungen vorzunehmen oder unsere Freiheit zu beschränken. Was wollen Sie machen, wenn ich heute abfahre?«

Marron zog die Brauen zusammen.

»Wollen Sie auch noch Schwierigkeiten machen? Nun, ich will Ihnen sagen, was ich machen würde. Ich würde sofort hinter Ihnen her fahren und Sie als mutmaßlichen Mörder dieses Mannes verhaften. Sie könnten dann einige Monate im Untersuchungsgefängnis darüber nachdenken, ob es zweckmäßig ist, bei der Aufklärung von Mordfällen Schwierigkeiten zu bereiten.«

Le Gozier gab achselzuckend bei.

»Sie missverstehen mich. Ich schnitt nur eine Möglichkeit an, um die anderen Herren auf die Folgen etwaiger Sonderunternehmungen aufmerksam zu machen. Ich fahre selbstverständlich mit Ihnen zusammen.«

»Sehr vernünftig«, quittierte Marron bissig. »Also einstweilen auf morgen früh.«

Damit schien die Versammlung zu Ende zu sein.

*

Aber sie schien es nur.

Während die Gruppen sich auflösten, kam von Rockills Boot her ein Mann gelaufen. Er trat zu Rockill, sprach leise auf ihn ein und übergab ihm einen Gegenstand, worauf der Sammler über die Köpfe der Umstehenden hinweg laut zu Marron hinüberschrie:

»Einen Augenblick noch, Herr Detektiv! Hier ist was Neues!«

Sofort stockte alles, kehrte um und schob sich dann wieder zurecht. Rockill ging inzwischen auf Marron zu und drückte ihm den Gegenstand in die Hand, der ihm oben übergeben worden war.

»So«, sagte er dabei, »bitte stellen Sie einmal fest, wem das Ding gehört. Wenn Sie den Eigentümer haben, werden Sie auch den Mann haben, der die Kassette von mir gestohlen hat.«

Marron blickte flüchtig auf den Gegenstand, hob aber gleich wieder den Kopf und fragte:

»Wie kommen Sie zu dieser Behauptung?«

»Das Ding wurde auf dem Deck meines Bootes gefunden. Man brachte es mir soeben. Es dürfte aller Wahrscheinlichkeit nach keinem von meinen Leuten gehören, sondern einem Mann, der nicht auf mein Boot gehört. Er muss es in dieser Nacht verloren haben.«

Marron nickte.

»Es wäre allerdings ein starker Beweis. Doch wir wollen sehen. Wer von den Herren zeichnet seine Anfangsbuchstaben mit H. G. oder G. H.?«

Tiefes Schweigen, dann bekannte Halley zögernd:

»Ich zum Beispiel. Ich heiße George Halley.«

»Ich auch«, meldete sich Le Gozier. »Ich heiße Harry mit Vornamen und zeichne gewöhnlich nur G. H.«

»Zwei sind besser als überhaupt keiner«, philosophierte Marron und ließ seine Blicke herumgehen. »Sonst noch jemand?«

Es meldete sich niemand weiter. Nun streckte Marron die Hand nach oben und zeigte einen silbernen Zigarettenbehälter.

»Na schön, wem von den beiden Herren gehört dieses Etui?«

Die beiden traten näher heran.

»Es gehört mir«, erklärte Halley unruhig. »Was soll's damit?«

Aufgeregtes Murmeln folgte dem Bekenntnis, dessen Tragweite sicher bedeutend war, wenn man sie auch noch nicht absehen konnte.

Marron nahm sich seinen Mann scharf vor.

»Sie haben gehört, was Mr. Rockill erzählte. Das Etui wurde auf dem Verdeck seines Bootes gefunden.«

Halley starrte erst sekundenlang vor sich hin, dann gab er sich einen merkbaren Ruck.

»Es ist heute manches erzählt worden, was unbewiesen geblieben ist«, verteidigte er sich geschickt. »Ich habe die Zigarettendose bisher noch nicht vermisst und nahm an, dass sie sich auf meinem Boot befinden würde.«

»Wir wollen annehmen, dass die Angaben Mr. Rockills den Tatsachen entsprechen. Wir haben wohl alle gesehen, wie jener Mann vom Boot hergelaufen kam. Selbstverständlich haben Sie das Recht, eine eingehende Untersuchung auch über seine Angaben zu fordern. Doch vorläufig bitte ich Sie noch um einige Antworten. Wie erklären Sie sich, dass der Behälter auf dem Boot von Mr. Rockill gefunden wurde?«

»Ich sagte Ihnen schon, dass ich die Angabe bezweifle. Ich habe die Dose jedenfalls nicht hingetragen!«

»Sie behaupten also, das Boot Mr. Rockills heute Nacht nicht betreten zu haben?«

Halley nickte.

»Sie haben mich vollkommen verstanden.«

Marron konnte seinen Ärger nicht ganz unterdrücken.

»Himmel noch mal, Sie wollen demnach sagen, dass das Etui von allein dorthin geflogen ist?«

Der Reporter hob die Schultern.

»Ich habe mich nicht unterfangen, nach Erklärungen zu suchen. Das ist ja schließlich Ihre Sache.«

»Aber Sie haben das meiste Interesse daran«, schnaubte Marron. »Sie sind sich hoffentlich klar, dass dieses Indiz außerordentlich gegen Sie spricht und dass Sie in die Lage kommen werden, Ihre Unschuld unter Beweis stellen zu müssen. Bedenken Sie, dass es nicht nur um einen Diebstahl geht, sondern auch um einen Mord!«

»Ich bin mir über die Bedeutung des Fundes im Klaren«, erwiderte Halley, »aber ich kann Ihnen nicht mehr sagen.«

»Sie wollen nicht«, gab Marron bedeutend ruhiger zurück. »Nun gut, das ist einstweilen Ihre Sache. Sie erschweren sich's dafür für später. Es wäre mir jedoch lieb, wenn Sie mir noch einige Fragen beantworten würden.«

»Bitte.«

»Sie verlebten den Abend mit den anderen Herren hier zusammen, nicht wahr? Wann trennten Sie sich?«

»Gegen elf Uhr.«

»Sie legten sich dann zu Bett?«

»Ja.«

»Schlafen Sie allein?«

»Nein, ich teile die Kabine mit diesem Herrn, Mr. Pedders von der ›Chikago-Tribune‹. Wir legten uns zur gleichen Zeit nieder.«

Marrons Gesicht wurde heller.

» Ah, das ist wichtig. Mr. Pedders, stimmt es, was Mr. Halley sagte?«

»Jawohl!«

»Haben Sie bemerkt, dass er in der Nacht sein Lager wieder verlassen hat?«

Pedders zögerte eine ganze Kleinigkeit, betonte dann aber entschieden:

»Nein, ich habe nichts bemerkt.«

Marron hatte das Zögern sicher bemerkt, denn er fragte schärfer:

»Können Sie beschwören, dass Mr. Halley nicht wieder aufgestanden ist?«

Pedders schüttelte den Kopf.

»Wie kann ich das beschwören? Ich schlafe sehr fest. Allerdings glaube ich, dass es mir trotzdem nicht entgangen wäre, wenn er sein Bett verlassen hätte.«

Marrons Stirn runzelte sich.

»Damit lässt sich nicht viel anfangen. Hatten Sie die Zigarettendose gestern Abend bei sich, Mr. Halley?«

»Gewiss, ich habe sie benutzt. Diese Herren werden es bezeugen.«

Die anderen Reporter nickten. Auch Sun Koh entsann sich genau, dass Halley die Dose in der Hand gehalten hatte.

»Sie haben sie heute früh nicht vermisst?«

»Nein, ich rauche am Morgen nicht.«

Marron hob die Schultern.

»Damit sind wir genauso weit wie am Anfang. Der Fall ist um ein Indiz und einen Verdächtigen reicher und damit ein Stück verwickelter geworden. Verschieben wir also alles Weitere bis auf die Untersuchung in Cienfuegos.«

»Noch einen Augenblick«, bat jetzt Sun Koh, der sich eben mit Nimba unterhalten hatte. »Ich erfahre soeben von meinem Diener einige Kleinigkeiten, die ich gleich mit erwähnen möchte, damit mir nicht später ein Vorwurf gemacht wird. Ich habe nach der Entdeckung des Diebstahls meinen Diener beauftragt, auf dem Bootsdeck Wache zu halten und festzustellen, ob etwa eines der Boote während der Nacht die Insel verlassen wollte. Er hat mir jetzt seine Beobachtungen mitgeteilt, für die ich mich gleich von vornherein verbürgen möchte, da ich seine Zuverlässigkeit und seine guten Augen kenne. Sie gehen zusammenfassend daraufhin, dass er nach Mitternacht die drei Herren Leon, Le Gozier und Halley auf getrennten Pfaden unterwegs gesehen hat!«

Das war eine Bombe.

Alles quirlte wild durcheinander, nur die unmittelbar Betroffenen hüllten sich in Schweigen.

Marron schaffte sich mühsam Gehör und wandte sich dann unmittelbar an Nimba.

»Berichten Sie bitte, was Sie gesehen haben. Sagen Sie aber nur das, was Sie beschwören können.«

Nimba nickte und begann leicht verlegen, um bald bestimmt und klar zu werden:

»Tja, es war so, dass ich auf dem Boot hockte und die Umgebung beobachtete. Nach elf hatte ich mich hingesetzt. Nicht viel nach Mitternacht sah ich einen Mann, der vom Ufer aus auf das Boot von Mr. Le Gozier stieg. Er hielt einen dunklen Gegenstand unter dem Arm. Zufällig kam der Mond etwas hervor, sodass ich sein Gesicht sehen konnte. Es war dieser Herr.«

Er wies auf Le Gozier. Bevor dieser etwas äußern konnte, fragte Marron rasch: »Konnten Sie das über die Entfernung von annähernd hundert Metern so sicher sehen?«

»Ja. Ich habe gute Augen. Außerdem stimmen Größe, Haltung und Bewegungen völlig überein. Er kam auch bis zum Morgen nicht wieder zum Vorschein.«

»Gut, dann bitte weiter.«

»Gar nicht viel später erschien Mr. Halley auf dem Verdeck seines Bootes. Er bemerkte mich wohl nicht, sondern bestieg gleich das kleine Beiboot und ruderte weg, auf das Boot von Mr. Rockill zu. Ich habe den Eindruck gehabt, dass er mit einer zweiten Person auf jenem Boot gestanden hat, aber ich will das nicht beschwören. Bestimmt ist er über die beiden großen Boote hinaus gerudert und nicht über das Boot von Mr. Rockill hinausgekommen, denn dann hätte ich ihn auf der glatten Wasserfläche sehen müssen, während er vorher mit der dunklen Insel mehr verschmolz. Er kam etwa eine halbe Stunde später zurück und ging sofort nach unten. Irgendeinen Gegenstand brachte er nicht mit.«

»Ganz erstaunliche Beobachtungen«, murmelte Marron in die Stille hinein. »Bitte weiter.«

»Mr. Leon erschien noch eine Stunde später. Ich sah ihn zum ersten Male auf dem Verdeck des Bootes von Mr. Le Gozier, erkannte ihn jedoch nicht. Ich hielt ihn überhaupt ursprünglich als zu diesem Boot gehörig. Stutzig wurde ich erst, als er das Boot verließ, also an Land ging, und auf unsere Boote zukam. Da er in geringer Entfernung von mir passierte, konnte ich genau feststellen, um wem es sich handelte. Es entging mir auch nicht, dass er einen größeren Gegenstand unter dem Arm trug. Mr. Leon bemerkte mich ebenfalls nicht. Er suchte sein Boot auf und verließ es nicht wieder. Ich möchte noch erwähnen, dass ich ihn nicht gesehen habe, wie er sein Boot verließ. Da ich ihn kaum übersehen oder überhören konnte, nehme ich an, dass er sich schon die ganze Nacht unterwegs befand.«

Nimba schwieg. Es wurde auch Zeit. Die ungeheure Erregung musste sich Luft machen. Als sie einigermaßen abgeebbt war, fragte Marron die drei Betroffenen, was sie dazu zu erklären hätten.

Sie erklärten alle drei, dass die Angaben des Negers unrichtig, falsch und erfunden seien. Leon tat ein Übriges.

»Nach der Darstellung gewinnt man den Eindruck, dass ich den Kasten in meinem Boot habe. Ich bestehe nunmehr darauf, dass eine sofortige Untersuchung stattfindet. Meine drei Bootsleute sind hier, es kann also nichts vertuscht werden. Und nach dieser Aussage habe ich ja den Kasten mit aufs Boot genommen, sodass er auch nicht an Land versteckt sein kann.«

Diese mit ungewöhnlicher Heftigkeit vorgetragene Forderung wurde von Marron zunächst abgelehnt, dann aber doch angenommen. Der ganze Haufen bewegte sich auf das Boot zu. Marron, einer der Reporter und Leon bestiegen es, dazu kam der Bootsführer.

Das Boot war klein. Nach einer Viertelstunde erschienen die vier Männer wieder auf Deck. Marron sah sehr blass aus, aber in seinen Augen lag ein unruhiges Glänzen.

»Meine Herren«, schrie er herunter, »der Kasten befindet sich bestimmt nicht auf diesem Boot. Wir haben alles durchsucht.«

Wieder tobte alles wild auf, als diese Eröffnung kam. Die meisten hatten angesichts des bestimmten Berichts doch angenommen, der Kasten würde hier zu finden sein.

Marron ruderte heftig mit den Armen.

»Ein Wort noch«, brüllte er mit einer Erregung, die man bisher noch nicht an ihm bemerkt hatte. »Ich habe nun auf dieser verrückten Insel genügend gehört, ich will nichts mehr wissen. Wer noch mehr solche Geheimnisse bei sich trägt, mag sie gefälligst für sich behalten. Bei mir ist Schluss. Morgen früh mit dem ersten Sonnenstrahl fahren alle Boote gemeinsam nach Cienfuegos, dort wollen wir dann weiter sehen. Schluss!«

Langsam zerstreute sich die Menge, aber den ganzen Tag über tuschelte und flüsterte es über die düstere Insel:

»Wer ist der Mörder?«

»Wer ist der Dieb?«

»Wo steckt die goldene Kassette?«

Doch alle Fragen blieben ohne Antwort. Geheimnis umschloss dicht und undurchdringlich den wertvollen Kasten, den jeder besessen haben wollte und der allen gestohlen worden war.

4.

Die Nachmittagshitze lastete über der sumpfigen Insel an der Küste von Kuba, als ständen hinter der schiefergrauen Dunstkuppel des Himmels hundert Sonnen. Aus dem missfarbenen Grün des verschlammten Waldes stiegen faulige Gerüche nach oben. Das Weiße der Motorboote, die an der einen Seite der Insel lagen, leuchtete fahl. Es setzte dem düsteren Eindruck von Sumpf, Wald, Meer und Himmel keine Grenze, sondern unterstrich ihn nur.

In der Wohnkajüte des Bootes, das Sun Koh in Cienfuegos gemietet hatte, saßen sich Sun Koh und der Berichterstatter George Halley gegenüber. Halley rührte mechanisch die Eisstücke in seinem Glas durcheinander und stierte vor sich hin.

Von seiner gewohnten Redseligkeit war nichts zu spüren.

Sun Koh saß zurückgelehnt und wartete nicht weniger schweigsam ab, dass Halley auf den Zweck seines Besuches kommen würde.

Halley rührte und rührte. Endlich ließ er das Glasröhrchen los, seufzte und blickte auf.

»Das ist die schlimmste Stunde«, murmelte er. »Diese brütende Hitze macht einen schlaff bis auf die Knochen, Entschuldigen Sie bitte, dass ich mich so vergaß. Ich bin eigentlich gekommen weil ich Sie um Ihre Meinung wegen all dieser Vorgänge befragen wollte. Die anderen sitzen noch bei der Abfassung ihrer Berichte, aber ich halte es für zwecklos zu schreiben, solange die Ereignisse derartig ungeklärt sind.«

»Dann müssen Sie vielleicht noch lange warten.«

Halley nickte.

»Leicht möglich. Ja, wenn man jeden zwingen könnte, die Wahrheit zu sagen, so wären die Rätsel um die goldene Kassette bald gelöst. Was halten Sie von den Vorgängen der Nacht und des Vormittags?«

»Das Gleiche wie Sie«, erwiderte Sun Koh. »Es ist heute Morgen viel gelogen worden. Sie werden das am besten beurteilen können.«

Halley kniff die Augen zusammen, wodurch sein junges, offenes Gesicht etwas Finsteres bekam.

»Wollen Sie damit sagen, dass ich auch gelogen habe?«

»Ja.«

Der Reporter räusperte sich.

»Ahem, Sie sind sehr offen. Sie halten mich demnach für den Mann, der die Kassette raubte und Landos ermordete?«

Sun Koh schüttelte den Kopf.

»Ich bin nur davon überzeugt, dass Ihre Aussage falsch war. Ich vertraue der Zuverlässigkeit und Beobachtungsgabe meines Dieners. Wo diese mit Ihren Worten in Widerspruch steht, muss ich schon zu Ihren Ungunsten entscheiden. Es wäre bestimmt besser für Sie und uns alle, wenn Sie die Wahrheit sagen würden.«

Halley hob die Schultern.

»Ich habe gesagt, was ich zu sagen hatte. Ich habe mit der Kassette nichts zu schaffen.«

Sun Koh ließ ihn einstweilen in seiner Deckung. Halley war sicher nicht nur gekommen, um etwas Unterhaltung zu haben. Er fühlte sich bedrückt, hatte sich aber innerlich noch nicht ganz entschieden, ob er Vertrauen haben sollte. Man musste ihm Zeit lassen.

»Das behaupten viele«, nickte er gleichgültig. »Trotzdem hat anscheinend jeder von uns die Kassette in den Händen gehabt. Keiner hat sie gestohlen, und doch ist sie allen gestohlen worden. Jeder müsste sie besitzen, und doch ist sie bei niemandem zu finden. Eine merkwürdige Verworrenheit. Sie liegt aber sehr wahrscheinlich nicht in den Tatsachen, sondern in den Behauptungen aller Beteiligten. Sie haben schon recht, dass alles einfach und klar liegen würde, wenn jeder die Wahrheit spräche.«

»Vielleicht hält jeder für Wahrheit, was …«

»Ausgeschlossen«, unterbrach Sun Koh. »Die Aussagen stehen sich zu scharf gegenüber. Bedenken Sie allein schon, dass ich die Kassette im Wald zu einer Zeit fand, in der sie Le Gozier mit seinen Freunden in der Hand gehabt haben will. Entweder lüge ich oder Le Gozier.«

»Oder es gibt zwei gleiche Kassetten, wenn nicht gar drei.«

»Sehr unwahrscheinlich.«

»Wieso? Da ist zunächst die Kassette, die Marron sucht. Sie kann zum Beispiel geöffnet werden, während die anderen fest verschlossen waren. Dann kommt die Kassette, die Le Gozier am Vormittag fand, schließlich Ihre, die Sie gegen Abend aus dem Wald brachten.«

Sun Koh lächelte spöttisch.

»Dann hätten wir glücklich drei Kassetten, die alle drei verschwunden sind. Damit kommen Sie nicht weit. Setzen Sie lieber voraus, dass es nur eine Kassette gibt, dann werden Sie eher den richtigen Faden finden.«

Halley beugte sich vor.

»Wollen Sie mir nicht sagen, wie Sie die Dinge ansehen? Mir ist es offen gestanden nicht gelungen, die Zusammenhänge zu finden.«

»Obwohl Sie mehr wissen als ich?«

»Ich weiß gar nichts.«

»Sie waren in der Nacht unterwegs«, stieß Sun Koh vor.

Halley zögerte.

»Hm, vielleicht – vielleicht auch nicht. Ich habe jedenfalls mit der Kassette nichts zu tun, wie ich Ihnen schon sagte.«

»Vielleicht ist Ihre Meinung ein Irrtum?«

Der Reporter zog die Stirn in Falten.

»Bestimmt nicht. Aber gut, ich verspreche Ihnen, alles zu sagen, was etwa Ihre Mutmaßungen bestätigen und füllen könnte.«

»Sehr vorsichtig«, spottete Sun Koh. »Wie heißt übrigens die junge Dame, die sich in Rockills Begleitung befindet?«

Halley ruckte auf und sank langsam wieder zurück. Sein Gesicht verriet deutlich genug, wie ihn die Frage getroffen hatte.

»Sie kombinieren sehr gut«, sagte er nach einer Weile mühsam. »Ich verstehe Ihre Vermutungen vollkommen. Aber ich schwöre Ihnen, dass Helen Wanthery noch weniger mit der Kassette zu tun hat als ich.«

»Warum haben Sie den nächtlichen Besuch bei ihr verschwiegen?«, griff Sun Koh nun ohne weitere Umschweife an.

Halley nahm sich Zeit, bevor er gedankenverloren murmelte:

»Sie setzen etwas voraus, was ich noch nicht eingestanden habe. Aber gut, ich will Ihnen gegenüber kein Geheimnis daraus machen. Ich bin heute Nacht zu Rockills Boot gefahren und habe mich mit Helen Wanthery getroffen. Dabei ließ ich meine Zigarettendose zurück. Ich stritt es ab, weil – nun, ich habe sie gern und Rockill ist ein erbärmlicher Kerl. Er macht dem armen Mädel das Leben vollends zur Hölle, wenn er erfährt, dass sie sich hinter seinem Rücken mit mir getroffen hat.«

»Sie lieben Miss Wanthery?«

Halley richtete sich auf.

»Wir lieben uns. Bei Gott, ich kann behaupten, dass wir uns einig sind, obwohl wir uns noch nicht oft gesehen haben. Sie soll meine Frau werden.«

Sun Koh nickte dem plötzlich Verwandelten zu.

»Sie stehen für Ihre Liebe ein. Doch warum tun Sie es nicht auch Rockill gegenüber?«

»Helen Wanthery ist noch nicht mündig.«

Die beiden Männer schwiegen.

»Ihre Erklärung deckt sich mit meinen eigenen Vermutungen«, lenkte Sun Koh nach langen Sekunden das Gespräch ab. »Wenn Sie Ihre Aufzeichnungen zur Hand haben, wollen wir nun versuchen, die Geheimnisse um die goldene Kassette aufzulichten.«

Halley ging sofort mit. Er holte einen ganzen Stoß Papiere aus seiner Tasche.

»Hier sind die Notizen vom Morgen. Meinen Sie wirklich, dass Sie in die Angelegenheit Licht bringen können?«

Sun Koh zuckte die Achseln.

»Ich sehe natürlich alles von mir aus und setze dabei voraus, dass es nur eine Kassette gibt. Es bleiben noch genügend offene Fragen. Vielleicht können Sie sich diese jeweils vormerken.«

»Ich habe schon eine ganze Liste da, hoffentlich werden es nicht wieder so viel.«

»Hoffentlich nicht«, lächelte Sun Koh. »Also beginnen wir in Kansas. Das dortige Museum besaß eine goldene, mit Skulpturen geschmückte Kassette, eine wertvolle Arbeit aus der Mayakultur. Sie wurde vor rund vier Wochen von einem unbekannten Täter gestohlen. Sie können sich also hier gleich die erste Frage vormerken. Der Innenbezug der Kassette wurde später gefunden, bei ihm eine Zeitungsnotiz, die auf diese Insel hinwies. Dadurch wurde der Detektiv Marron veranlasst, heute Morgen hier zu erscheinen. Er hofft, Kassette und Dieb hier zu finden.«

»Das Vorspiel ist damit zu Ende«, warf Halley ein. »Das Drama beginnt.«

»Gestern Nachmittag befanden sich auf der Insel, auf der sich die Ruinen einer halbversunkenen Mayastadt erheben, sechs Hauptpersonen – Rockill, Albemarle, Le Gozier, Sun Koh, Halley und Leon. Zu jedem von diesen gehören Freunde, Begleiter, Diener und Bootsbesatzungen. Rockill ist als Sammler, Albemarle als Archäologe und Halley als Berichterstatter bekannt, sonst lässt sich nicht viel über sie sagen, noch weniger über die anderen Personen.«

»Na, das …?«

»Ich verzichte absichtlich auf nähere Beschreibung«, unterbrach Sun Koh. »Ich möchte jetzt nicht die Charaktere, sondern die Ereignisse umreißen, soweit ich sie übersehe. Also weiter. Sun Koh findet am Spätnachmittag bei einem Gang durch die Ruinen die goldene Kassette.«

Wieder unterbrach Halley.

»Le Gozier hat …«

»Gelogen, wenn er behauptet, den Fund schon am Vormittag gemacht zu haben. Sobald ich voraussetze, dass es nur eine Kassette gibt, kann er sie unmöglich zu der Zeit besessen haben, in der ich sie fand. Ich fand sie also. Dabei stellte ich fest, dass sie nicht zu öffnen war. Sie könnten sich vielleicht jetzt Ihre zweite Frage vormerken. Ihr hohes Gewicht ließ darauf schließen, dass sie gefüllt war. Ferner stellte ich fest, dass man sie erst vor kurzem an die Fundstelle gebracht haben konnte.«

»Wie konnten Sie das feststellen?«

»Darauf will ich jetzt nicht eingehen. Ich brachte die Kassette zum Motorboot. Unterwegs traf ich Leon. Er erschrak, als er die Kassette erblickte, tat aber wenig später unbeteiligt. Die Kassette blieb in meinem Boot, während ich mich bei Ihnen aufhielt. Als ich zurückkam, war sie verschwunden. Man hatte sie im Laufe des Abends gestohlen.«

»Das gibt eine neue Frage.«

»Vielleicht gar die entscheidende. Der Dieb behielt den Kasten nicht, sondern setzte ihn bei Albemarles Boot an das Ufer und legte einen Zettel bei mit der Empfehlung, den Kasten an Rockill zu verkaufen. Der Diener Albemarles fand die Kassette, brachte sie aber nicht zu Rockill, sondern zu seinem Herrn. Diesem wurde sie noch vor Mitternacht durch einen seiner Arbeiter, einen gewissen Landos, gestohlen. Landos erfüllte nun den Wunsch des unbekannten Diebes, der verkaufte also die Kassette an Rockill. Der Sammler blieb nicht im Besitze. Le Gozier stahl ihm die Kassette und brachte sie auf sein eigenes Boot. Doch auch Le Gozier sollte sich nicht lange freuen, denn Leon holte sich nunmehr die Kassette und nahm sie mit auf sein Boot. Von dort aus verschwand sie. Eine Durchsuchung des Leonschen Bootes ergab, dass sich die Kassette nicht mehr auf ihm befand. Diese Tatsache ist deswegen besonders merkwürdig, weil die Boote bis zum Morgen unter Beobachtung gestanden haben. Zu ergänzen wäre noch, dass der Dieb Landos ermordet und beraubt wurde, als er sich auf dem Rückweg von Rockills Boot zu dem Albemarles befand. Der Täter dürfte mit großer Wahrscheinlichkeit Le Gozier sein. So, das wäre in großen Zügen alles. Wie viele Fragen haben Sie?«

Halley hob seufzend den Zettel.

»Hier zehn, aber in Wirklichkeit mindestens dreißig. Sie nehmen zahlreiche Dinge als bewiesen und feststehend an, die ich noch lange nicht anerkennen kann.«

»Ich halte mich an das, was ich selbst erlebte und was mein Diener beobachtete. Wir wollen uns getrost beschränken. Ich lasse zum Beispiel gänzlich beiseite, dass Sie ebenfalls unterwegs waren, weil ich davon überzeugt bin, dass Sie andere Angelegenheiten als die Kassette im Kopf hatten. Wir wollen nun die offenen Fragen durchgehen, und ich will sie Ihnen aus meinen Vermutungen heraus beantworten, soweit ich es wage.«

Halley schob den Zettel hin.

»Die erste Frage wäre, wer die Kassette in Kansas gestohlen hat.«

Sun Koh nickte.

»Das wäre der gleiche Mann, der sie nach Ihrer zweiten und dritten Frage füllte, verschloss und nach dieser Insel brachte. Der Inhalt der Kassette und der Sinn dieser Handlungsweise wird uns einstweilen verborgen bleiben, aber den Mann selbst können wir vielleicht auf indirektem Wege ermitteln. Wir wollen uns fragen, wer der Dieb wahrscheinlich nicht gewesen ist.«

»Wir vier Reporter waren es bestimmt nicht.«

»Ich scheide mich selbst auch aus.«

»Albemarle ist ein bekannter Gelehrter und kommt unmöglich in Frage.«

»Rockill ist Sammler und würde das wertvolle Stück bestimmt hinter Schloss und Riegel geborgen haben.«

»Es bleiben also nur Le Gozier und Leon.«

»Ganz recht. Einer von den beiden ist verdächtig, wenn man nicht eine Nebenfigur heranziehen will. Ich persönlich nehme an, dass Le Gozier an der Kassette ausschließlich geldliche Interessen hat und sie schon längst verkauft hätte, wenn er der Dieb von Kansas gewesen wäre. Ich würde hinter die ersten Fragen den Namen Leon setzen.«

Halley schüttelte den Kopf.

»Leon ist mir sympathischer als die anderen, aber meinetwegen. Wir können ja erst mal weiter sehen. Was hatte ich als vierte Frage aufgeschrieben?«

»Warum erschrak Leon beim Anblick des Kastens?«

Der Reporter zog die Brauen zusammen.

»Donnerwetter, das geht ja wieder auf Leon?«

»Die nächste Frage auch. Sie notierten: Wer stahl die Kassette vom Boot Sun Kohs? Nun, wenn man die Besatzung ausscheidet, so war Leon der Einzige, der die Kassette in meinem Besitz wusste.«

Halley pendelte mit dem Kopf.

»Das ist allerdings richtig. Aber dass Sie Leon so stark in Verdacht haben? Welches Interesse band ihn an die Kassette, und warum gab er sie wieder weg?«

»Das ist Ihre nächste Frage. Sie läuft parallel mit Ihrer dritten Frage. Warum brachte der Dieb von Kansas die Kassette auf diese Insel? Warum stahl er sie mir und gab sie dann gleich wieder aus seinen Händen? Die Begründung muss in beiden Fällen die gleiche sein. Gerade das aber beweist, dass die beiden Täter identisch sind. Der Dieb hat die Kassette in beiden Fällen nicht gestohlen, um sie für sich zu behalten, sondern um sie weiterzugeben. Nicht ich sollte die Kassette finden, sondern ein anderer. Da ich sie fand, musste er sie mir wieder stehlen, damit sie in die Hände jenes Mannes kommen konnte, für den sie bestimmt war.«

»Und wer soll das sein?«

»Ihre siebente Frage erkundigt sich, warum Rockill den Kasten bekommen sollte.«

»Sie meinen, dass Rockill der eigentliche Empfänger sein sollte?«

»Ja. Ich halte Leon und Rockill für die beiden Gegenspieler.«

Halley schüttelte lebhaft den Kopf. »Aber das ist doch sinnlos. Leon brauchte den Kasten doch nur zu Rockill hinzubringen? Warum sollte er ihn erst auf diese Insel schaffen und im Wald aussetzen, warum sollte er ihn erst bei Albemarle ablegen? Rockill hat kein zartes Gewissen. Er nimmt jederzeit auch Diebesgut und bezahlt es. Außerdem hätte sich doch Leon selbst um das Geld gebracht?«

Sun Koh blieb gelassen.

»Ihre Einwände bestehen vollkommen zu Recht, heben aber meine Vermutungen nicht auf. Leon will eben kein Geld durch die Kassette verdienen, sondern verfolgt einen anderen, unbekannten Zweck. Wir haben ein Zusammensetzspiel vor uns. Man fügt die Steine aneinander, wie sie am leidlichsten passen. Trotz vieler Lücken hält man die eine Art für richtig, weil alle anderen Lösungen noch viel schlechter sind. Die Wahrscheinlichkeit meiner Vermutungen ergibt sich aus der Unwahrscheinlichkeit anderer. Es sieht sinnlos aus, dass Leon den Kasten bei mir stahl und ihn einfach in den Sand setzte, anstatt ihn zu Rockill zu bringen, aber es ist noch sinnloser, etwa

Rockill, Albemarle und Le Gozier einer solchen Handlungsweise zu verdächtigen. Ich habe Stunden hindurch Zeit gehabt, alle Möglichkeiten zu erwägen, und bin davon überzeugt, dass tatsächlich der stille Leon die Hauptfigur in unserem Drama ist und dass alle seine Handlungen auf Rockill hinzielen.«

Halley zog den Zettel heran und überlas seine letzten Fragen.

»Demnach halten Sie Landos nicht für den Mann, der Ihnen die Kassette stahl?«

»Natürlich nicht. Erstens wusste er nicht um sie, und zweitens hätte er sie wohl gleich zu Rockill geschafft.«

»Das leuchtet mir ein. Doch nun kommen wir zu den letzten und entscheidenden Fragen: Wer stahl die Kassette von Leon und wer besitzt sie jetzt?«

»Ich vermute, dass Leon sie noch irgendwo verborgen hält.«

»Man hat sie nicht bei ihm gefunden. Ihr Diener aber bezeugt, dass Leon mit der Kassette unter dem Arm das Boot betreten und es dann bis zum Morgen nicht wieder verlassen hat.«

»Richtig. Ich habe mich jedoch inzwischen davon überzeugt, dass Leon sein Boot ungesehen verlassen konnte, wenn er um den Beobachter wusste. Wenn er sich im Schutz des Deckaufbaus vorsichtig ins Wasser ließ, konnte er von hier aus nicht bemerkt werden.«

»Ah, das gilt natürlich auch für die Bewohner der anderen Boote?«

»Ja. So wenig jene Beobachtungen zu bestreiten sind, so wenig ist die Möglichkeit auszuschalten, dass außer den genannten Leuten noch mehr in der Nacht unterwegs gewesen sind. Leon muss jedenfalls das Boot wieder verlassen haben, wenn man nicht annehmen will, dass er die Kassette einfach ins Wasser warf. Er hat sie an Land versteckt oder gar schon wieder in Rockills Hände gespielt.«

Der Reporter seufzte.

»Sie haben mehr Mut, eine Theorie aufzustellen, als ich. Mir ist noch zu viel unklar und verwirrt. Vor allem fehlen mir die Motive, die dieses bis jetzt sinnlose Handeln verständlich zu machen vermögen.«

»Sie fehlen mir auch«, nickte Sun Koh. »Wenn man – na?«

Die Tür wurde heftig zurückgeschlagen. Im Rahmen erschien Le Gozier, dem zwei seiner Leute folgten.

Sun Koh erhob sich.

»Was soll das?«

Le Gozier trat heran. Sein Gesicht zeigte bösartige Entschlossenheit.

»Wenn es Ihnen Spaß macht, will ich Sie um Entschuldigung bitten, dass ich so ohne weiteres eindringe. Ich komme, um Ihr Boot nach der goldenen Kassette zu durchsuchen. Sie haben wohl nichts dagegen, dass auf diese einfache Weise gewissermaßen Ihre Unschuld klargestellt wird, nicht wahr?«

»Einiges schon«, erwiderte Sun Koh spöttisch. »Ich liebe es nämlich nicht, wenn gegen meinen Willen in meinen Sachen gestöbert wird. Wer hat Sie denn ermächtigt, eine Durchsuchung vorzunehmen?«

»Niemand«, gab Le Gozier offen zu. »Es liegt aber im Interesse des Rechts, wenn die Boote alle durchsucht werden.«

»Was sagt denn Marron dazu?«

Le Gozier grinste flüchtig.

»Nichts, weil wir ihm nichts erzählt haben. Aber wenn er darum wüsste, würde er wahrscheinlich wenig dagegen haben, dass wir etwas unternehmen, was er als Beamter nicht darf.«

»Und warum kommen Sie ausgerechnet zu mir?«

»Sie sind an der Reihe. Das Boot von Leon ist heute Morgen durchsucht worden, bei den Reportern waren wir eben, nun kommen Sie.«

»Haben Sie in Ihrem eigenen Boot schon gründlich nachgesehen?«

Le Gozier zuckte die Achseln.

»Wenn Sie damit sagen wollen, dass Sie mich verdächtigen, so will ich Ihnen das Vergnügen lassen. Bei mir befindet sich die Kassette jedenfalls nicht.«

»Immerhin werde ich nicht verfehlen, mich selbst davon zu überzeugen, sobald Sie dieses Boot durchsucht haben. Sie sind dann eben auch an der Reihe, und es wird sicher verschiedene Leute außer mir geben, die auch gern bei Ihnen gründlich nachsehen möchten. Vielleicht findet man nicht die Kassette, möglicherweise aber andere interessante Kleinigkeiten, die mit den nächtlichen Ereignissen zusammenhängen?«

Das Gesicht des anderen war finster geworden.

»Bei mir gibt es nichts zu durchsuchen, da ich selbst nach dem Rechten gesehen habe. Sie verkennen die Lage. Ich werde Ihr Boot durchsehen, ohne mich auf Bedingungen einzulassen.«

»Unter diesen Umständen müsste ich Ihnen meine Erlaubnis verweigern. Ich habe nichts gegen Ihre Absichten, aber ich werde mich sofort auf Ihr Boot begeben und dort ebenfalls nach der Kassette suchen. Wenn Ihnen das nicht passt, so ersuche ich Sie, mein Boot schleunigst zu verlassen.«

Le Gozier lachte höhnisch auf.

»Wir missverstehen uns noch immer. Nehmen Sie die Hände hoch.«

Er brachte die Hand aus der Tasche und hielt Sun Koh eine Pistole vor das Gesicht.

Sun Koh behielt die Hände unten.

»Sie gehen im Namen des Rechtes sehr weit«, sagte er sarkastisch. »Hoffentlich ist Ihre Waffe nicht auch noch geladen?«

»Darauf können Sie sich verlassen«, knurrte Le Gozier giftig. »Bindet ihm die Hände.«

Jetzt bewies Halley, dass es ihm weder an Mut noch an Entschlossenheit fehlte. Le Gozier hielt die Waffe nicht auf ihn gerichtet, außerdem wandte er jetzt noch etwas den Kopf zu seinen Begleitern hin. Das schien Halley der richtige Augenblick zu sein, um sich aus seinem Stuhl heraus nach vorn gegen die Knie Le Goziers zu werfen.

Sun Koh sprang eine Kleinigkeit später, nachdem er Halleys Absicht erfasst hatte. Der Schuss, der sich aus Le Goziers Pistole löste, fuhr in die Decke hinein. Le Gozier selbst konnte nicht mehr ausweichen, da Halley seine Hacken festhielt. Er schlug hart nach rückwärts.

Gleichzeitig prallte einer seiner Begleiter unter Sun Kohs Schlag gegen die Wand der Kajüte. Der dritte Mann fingerte in seiner Tasche herum, kam aber nicht zurecht. Ein harter Gegenstand bohrte sich in seinen Rücken, dazu kam von hinten die energische Aufforderung, die Hand leer aus der Tasche zu nehmen.

Sun Koh hielt in der Bewegung, die diesem dritten Mann gegolten hatte, inne und lachte belustigt auf. Hal Mervin hatte mit eingegriffen. Er war nur mit der Badehose bekleidet und bohrte mit höchst wichtiger Miene dem Begleiter Le Goziers den Zeigefinger in den Rücken.

»Sieh da, Freund Hal hat auch eingegriffen? Nett von dir. Einen Augenblick noch.«

Sun Koh nahm seinem Mann, der noch geistesabwesend an der Wand lehnte, die Waffen ab. Halley besorgte inzwischen das Gleiche bei Le Gozier, bevor sich dieser von dem harten Aufschlag erholen konnte.

»Seht ihr wohl, das kommt davon, wenn man anderen Leuten die Pistole unter die Nase hält«, murmelte er dabei vergnügt. »Hoffentlich bringt es Ihnen wenigstens eine ordentliche Beule ein. Was machen wir mit den dreien?«

»Nehmen Sie dem Mann doch wenigstens seine Waffen ab«, meldete sich Hal scheinbar besorgt. »Schließlich merkt er, dass es nur mein Zeigefinger ist, was er für einen Pistolenlauf hält. Hoppla, hat ihm schon.«

Er holte dabei selbst die Waffe aus der Tasche des anderen und drehte ihn dann herum.

»Schön geblufft, nicht wahr?«

»Frech, frecher, am frechsten«, bewunderte Halley. »Wieso tauchten Sie gerade auf?«

»Sie haben Ahnung«, grinste Hal. »Ich sah die drei auf das Boot steigen und folgte sofort nach. Ich stand schon eine ganze Weile dicht hinter ihnen, und wenn Sie nicht dummerweise gestolpert und ausgerechnet gegen Le Goziers Füße gefallen wären, dann …«

»Hoho«, wehrte sich Halley, »das war gute Absicht.«

»Das kann hinterher jeder sagen. Aber im Ernst, das war ein feines Stück von Ihnen. Wenn ich jetzt einen Hut aufhätte, würde ich ihn vor Ihnen ziehen. Sie sind ein wackerer junger Mann.«

»Pfui Deibel«, schüttelte sich Halley.

»Was ist denn hier vorgefallen?«, erkundigte sich Nimba, der auch nur die Badehose auf dem Leibe hatte, vom Gang her.

»Du lieber Gott«, stöhnte Hal auf, »bis jetzt hast du dich versteckt, weil's gekracht hat.«

»Wo steckt der Bootsführer?«, fragte Sun Koh.

»Der sitzt oben und freut sich, dass Sie so netten Besuch haben. Ah, dort kommt er ja.«

Die ganze dreiköpfige Besatzung, die durch den Schuss alarmiert war, tauchte neben Nimba auf.

Sun Koh winkte dem Bootsführer.

»Bevor Sie wieder jemand auf das Boot lassen, melden Sie es mir vorher, verstanden? Und nun schaffen Sie diese drei vom Boot herunter.«

Le Gozier und seine Leute verzichteten auf jede Äußerung. Sie ließen sich beim Arm nehmen und hinausführen.

»So viel Frechheit ist mir noch nicht vorgekommen«, meinte Halley, als er sich mit Sun Koh wieder allein sah. »Die Kerle benahmen sich ja tatsächlich wie Gangster.«

»Einen Vorteil hat der Überfall. Wir dürfen nun mit Sicherheit annehmen, dass Le Gozier nicht weiß, wo sich die Kassette befindet. Was geht denn oben schon wieder vor? Kommen Sie, wir wollen lieber ebenfalls nach oben gehen.«

Auf dem Verdeck gingen laute Stimmen hin und her, dann klatschten schwere Körper ins Wasser. Als die beiden Männer oben auftauchten, wollten Hal Mervin und der Detektiv Marron gleichzeitig hinunter.

»Was geht denn hier wieder vor?«, forschte Marron erregt, als er Sun Kohs ansichtig wurde.

»Wenn ich's Ihnen sage, genügt es wohl nicht?«, knurrte Hal bissig. »Mr. Halley, ich würde mich an Ihrer Stelle nach Ihren Freunden umsehen. Le Gozier kam aus Ihrem Boot.«

Halley schlug sich an die Stirn.

»Ach, richtig!«

Er rannte los.

»Le Gozier wollte mein Boot durchsuchen«, gab Sun Koh Aufklärung an Marron. »Es gab darüber eine Auseinandersetzung. Er bedrohte mich mit der Pistole.«

»Ach so, deshalb ließen Sie die drei ins Wasser werfen? Nun, da sind die Kerle ja noch gut weggekommen.«

Sun Koh blickte sich um. Hal war weit und breit nicht zu sehen.

»Hal?«

»Wenn es sein muss – hier!«, meldete sich Hal verschämt und blickte um den Aufbau herum.

»Wieso kommen die drei ins Wasser?«

Hal blickte sehr harmlos.

»Tja, das wundert mich auch. Wir haben sie nur höflich aufgefordert, das Boot zu verlassen. Wahrscheinlich trauten sie sich nicht an uns vorüber. Dort gehen sie eben an Land.«

»Dein Glück, dass sie schwimmen konnten. Was habt ihr übrigens für Ergebnisse gehabt?«

»Nichts vorhanden. Nur Hunger haben wir uns geholt.«

»Ab. Haben Sie etwas Neues ermittelt, Mr. Marron?«

»Nichts«, erwiderte Marron verdrossen. »Aber ich habe noch viel Zeit und hoffe, hinter das Spiel zu kommen, das hier gespielt wird.«

»Ich wünsche Ihnen viel Glück dazu.«

Marron machte eine heftige Bewegung.

»Sie sollten mir lieber mehr von dem sagen, was Sie wissen.«

»Sie überschätzen meine Beziehungen zu der Angelegenheit.«

»Durchaus nicht. Hier weiß jeder mehr, als er zugibt.«

Sun Koh verzichtete auf Antwort. Marron trat noch eine kleine Weile herum, dann ging er grußlos davon.

*

Wo befand sich die goldene Kassette?

In einer Kajüte des großen Rockillschen Bootes, das weitab von allen anderen lag, saß ein junges Mädchen und blickte nachdenklich auf den reich verzierten Kasten, der im Licht der Deckenlampe schimmerte und gleißte.

Helen Wanthery besaß die goldene Kassette.

Helen Wanthery vertrat einen Frauentyp, der mehr und mehr auszusterben scheint. Ihr Gesicht war außergewöhnlich zart und fein geschnitten, sodass die blonden Haare wie eine Last wirkten. Die Haut zeigte reine, fast unwirkliche Blässe, durch die nur ganz sanft das Rot des Blutes schimmerte. Die Augen leuchteten groß in seltenem Blau. Die sehr schmalen Hände passten zu diesem Gesicht, während der schlanke, aber gut durchgebildete Körper eher einen leichten Gegensatz bot.

Die Erscheinung Helen Wantherys erinnerte an die Porträts älterer Maler, deren Originale man wegen ihres fast stilisierten Adels zu bewundern geneigt ist. Gleichzeitig fühlte man sich feierlich versucht, sie wegen ihrer Empfindlichkeit und Bleichsüchtigkeit zu bedauern.

Seelenvoll, aber nicht recht lebendig.

Helen Wanthery hätte sicher bei einer Punktierung durch einen Bildhauer gut abgeschnitten, ihr Gesicht verriet auch in hohem Maße Gemütstiefe und Seelenreichtum, aber es lag zu viel von Schwermut, Bedrücktheit und Scheu über ihr, um diese Vorzüge zu würdigen. Sie machte den Eindruck eines Menschen, der von Jugend auf unter unglücklichen Verhältnissen leidet, sie glich einer edlen Pflanze, die blass und farblos im lichtarmen Raum aufschießen muss.

Helen Wanthery kannte nicht Lachen, nicht Freude, nicht überschäumende Lebenslust.

Wie aus einem unmodernen Gemälde ausgeschnitten saß sie unter der Lampe und strich liebkosend über die goldenen Figuren der Kassette. Dabei dachte sie an George Halley und lauschte auf das Drängen ihres Herzens. George Halley hatte alles erschüttert, was ihr bisher als unabänderlich gegolten hatte. Sie war aufgewühlt, dem gewohnten Blickpunkt entrückt, aber sie litt einstweilen nur darunter. Sie bejahte den Umsturz der Gefühle und fand doch nicht die Kraft, gegen alles das anzukämpfen, was zwanzig Jahre ihres Lebens an ihr geformt hatten.

Wie schön diese Kassette war.

Hinter ihr ging die Tür. Sie sprang erschreckt auf und wandte sich um.

»Na, was treibst du denn?«, klang die unangenehm krächzende Stimme Rockills von der Tür her. »Hast du nichts Besseres zu tun als herumzusitzen? Die Verzeichnisse müssen ...«

Er brach ab, beugte sich weit vor und stieß in gänzlich verändertem Tonfall heraus:

»Was – was ist das?«

Sie trat unwillkürlich zur Seite, sodass ihr Körper die Kassette deckte. Es half ihr jedoch nichts. Rockill rannte auf den Tisch zu, schob sie beiseite und griff nach dem Kasten.

»Das – das ...«

Seine Hand zuckte wieder zurück, doch unmittelbar darauf gierten die Finger beider Hände an dem Kasten entlang. Der Mund mahlte mit lockerem Kiefer, bis sich endlich flüsternd Worte formten.

»Die goldene Kassette – es ist die goldene Kassette.«

Wieder zuckten die Hände zurück. Rockill blickte sich scheu um. Aus seinem Halse kam ein Ächzen, als er die offene Tür erblickte.

»Äh, die Tür …«

Er schlich auf Zehenspitzen zur Tür hin, blickte in den Gang, schloss sie behutsam und drehte den Schlüssel um. Dann kam er auf die gleiche Wiese zurück zum Tisch.

Von neuem gierten die dürren Finger über die goldenen Wände. Sie liebkosten, aber für das junge Mädchen waren gerade diese fast zärtlichen Bewegungen widerwärtig. Welch ein scheußliches Bild bot er doch. Der fast zahnlose Mund arbeitete ununterbrochen und bildete Worte, die keinen Ton erhielten. Über den Falten und Tränensäcken glühten die Augen mit der Leidenschaft des Sammlers. Die welke Haut des Halses spannte sich schräg zum Kinn vor.

Minuten vergingen. Helen Wanthery stand dicht neben Rockill, aber er hatte ihre Anwesenheit vollständig vergessen. Für ihn war nur die goldene Kassette vorhanden.

Doch als sie weggehen wollte, da erinnerte er sich plötzlich ihrer. Seine Hand löste sich von der Kassette und schloss sich um ihr Handgelenk.

»Warte«, krächzte er leise. »Wie kommst du in den Besitz dieser Kassette? Warum hast du sie mir gestohlen? Antworte, sprich aber gefälligst leise.«

Sie wehrte sich gegen den harten Griff der knöchernen Finger.

»Lass mich los, du tust mir weh!«

»Antworte!«, zischte er. »Was ist dir eingefallen, mir die Kassette zu stehlen, du Diebin?«

Helen Wanthery bog sich zurück.

»Lass doch los«, flehte sie. »Ich bin keine Diebin, ich habe die Kassette nicht gestohlen!«

Rockill lachte heiser auf.

»Ach, sie ist wohl von allein hierher geflogen? Belügen willst du mich auch noch? Du bist die Richtige, ganz wie dein Vater, ganz wie dein Vater.«

Ihr Kopf reckte sich etwas.

»Ich bitte dich, lass meinen Vater aus dem Spiel. Ich habe die Kassette nicht gestohlen!«

Er riss sie in aufwallender Wut heran.

»Willst du aufbegehren, he? Das passt dir wohl nicht, wenn ich dir sage, dass dein Vater ein Verbrecher war? Lebenslänglich hat man ihn ins Zuchthaus gesperrt, den verdammten Mörder. Er hat Glück gehabt, dass man ihn nicht auf den elektrischen Stuhl brachte. Ha, du bist eifrig dabei, deinem Vater nachzufolgen. Das Blut dieses Lumpen wird wohl in dir lebendig, he? Aber ich werde es dir austreiben, Verlass dich darauf.«

Sie senkte den Kopf und schwieg. Hundert- und tausendmal hatte sie schon ähnliche Redensarten gehört, schon als Kind war sie davon überschüttet worden. Das stumpfte ab.

Ihr Schweigen ärgerte ihn wie gewöhnlich.

»Na?«, riss er sie wieder am Arm, »willst du den Mund nicht aufmachen? Die Stolze spielen, was? Aber damit kommst du nicht weit, bei mir nicht, die Erfahrung hat schon deine Mutter machen müssen, verstehst du? Sie hat mich auch gehasst und verabscheut wie du, hat die Feine gespielt und sich doch wie eine Dirne weggeworfen, deine ...«

Da riss sie sich los und schrie in einem Zorn, den sie selbst an sich noch nicht kannte:

»Schweig! Du sollst nicht immer meine Mutter beschimpfen, du – Ekel!«

Rockill duckte sich unwillkürlich, doch gleich darauf fuhren seine Krallenhände vor und packten die Schulter des Mädchens.

»Willst du wohl ruhig sein?!«, fauchte er. »Wer hat dir geheißen, so zu schreien? Spiel dich ja nicht so auf, sondern gestehe lieber, wie du mir den Kasten gestohlen hast.«

Ihre Erregung fiel zusammen. Sie wurde wieder zum geduckten, scheuen Kind, das die Fuchtel über sich sieht.

»Ich habe nicht gestohlen«, wehrte sie matt.

»Der Kasten ist mir in der letzten Nacht gebracht worden.«

»Gebracht worden?«, höhnte er. »Ein paar Dutzend Leute auf dieser Insel suchen die Kassette, einer hat den andern in Verdacht, Dieb und Mörder zu sein, ich lege mich mit allen möglichen Kerlen an und dir ist der Kasten ganz einfach gebracht worden? Haha, gebracht worden!«

Sein Kopf ruckte drohend vor, seine Stimme wurde leiser und zischender.

»Du, schwindle mir nichts vor. Ich will wissen, wie du zu der Kassette gekommen bist. Los, heraus mit der Sprache.«

»Lass doch los«, bat sie halb demütig, halb trotzig, »ich will dir's schon erzählen.«

Er stieß sie von sich.

»Na gut, aber wehe dir, wenn du schwindelst. Seit wann hast du den Kasten?«

»Seit heute Nacht, wie ich dir schon sagte«, erwiderte sie matt. »Ich hatte mein Bullauge offen gelassen und nur etwas Gaze vorgespannt ...«

»Unerhört«, ging Rockill hoch. »Ich habe streng verboten, eines der Fenster offen zu lassen.«

»Es war so heiß.«

»Und wenn du verbrennst«, wütete er. »Ich habe verboten, und damit ist es erledigt. Ha, wozu stelle ich mir drei Leute an und werfe ihnen ein Vermögen an den Hals, wenn du dummes Ding Türen und Fenster während der Nacht offen hältst? Aber ich kenne dich. Das ist Absicht. Du willst ja weiter nichts, als mir jemanden auf den Hals hetzten, du ...«

»Ich habe mir nichts dabei gedacht«, unterbrach sie.

»Natürlich, natürlich hast du dir nichts dabei gedacht«, höhnte er. »Du würdest dir auch nichts dabei denken, wenn ich eines Morgens tot, ermordet daliegen würde, was? Aber erzähle deine famose Geschichte weiter, ich bin gespannt, was da rauskommt.«

»Wenn du mir nicht glauben willst«, begehrte sie leicht auf, »so ...«

»Erzähle!«

Helen Wanthery begriff sich selbst nicht mehr recht. Sie, die sonst still ergeben alles über sich hatte ergehen lassen, spürte plötzlich eine kaum bezwingbare Neigung, diesen widerlichen Alten einfach stehen zu lassen oder ihm gar ins Gesicht zu schlagen. Aber sie war zu feige, es wirklich zu tun. Sie hörte im Geist die Worte Halleys: ›Lach dem alten Gauner ins Gesicht, dann wirst du erleben, wie er klein wird und wie du dich plötzlich frei fühlst‹, aber sie konnte nicht lachen. Sie konnte ja nicht einmal weinen. So kam sie denn der Aufforderung nach.

»Ich erwachte tief in der Nacht aus dem Schlafe und sah, wie jemand die Gaze von außen her durchstieß. Er musste sich aus dem Wasser hochgezogen haben. Ich setzte mich auf und fragte, wer draußen sei. Darauf antwortete der Mann, er sei ein guter Freund, und ich möchte die Kassette aufbewahren. Ich sollte sie gut verstecken. Es schadete nichts, wenn du sie sehen würdest, aber du dürftest sie nicht vor der nächsten Nacht sehen. Dann polterte ein schwerer Gegenstand zur Erde. Als ich Licht machte und aufstand, fand ich die Kassette. Sie war ganz nass, als sei sie eben noch im Wasser gewesen. Von dem Mann war nichts mehr zu hören und zu sehen.«

Rockill blickte sie gespannt an, als erwarte er eine Fortsetzung. Als diese ausblieb, murmelte er:

»Soll das alles sein?«

»Ja«, nickte sie.

Er trat wieder dicht an sie heran. Über seinen Lippen lag ein hämisches Lächeln.

»Deine Geschichte taugt nichts. Du musst mir schon die Wahrheit erzählen.«

»Du hast sie gehört.«

Er ging mit einer Geste darüber hinweg.

»Was ich gehört habe, war Schwindel. Wer war der Mann, der den Kasten brachte?«

»Ich weiß es nicht.«

»Du weißt es nicht? So, so. Wie kommt es dann, dass du trotzdem so eifrig auf seine Wünsche eingingst und mir nichts von der Kassette erzähltest?«

Ein Schimmer von Rot stieg in ihre Wangen.

»Ich – ich hielt es so für richtig«, gab sie tonlos zurück.

Rockill lachte bösartig auf.

»Ach nee. Nun, dann will ich dir genau sagen, wer dir den Kasten brachte, ganz genau. Halley war es, der aufdringliche Zeitungsschreiber. Ah, das saß, was?«

Sie war tief erschrocken zusammengefahren.

»Ich verstehe dich nicht.«

»Du verstehst mich ganz genau«, krächzte er. »Und wenn ich Narr mich beizeiten darum gekümmert hätte, was meine Wächter in der Nacht treiben, so hätte ich schon heute Morgen Bescheid gewusst und nicht erst jetzt. Du hast natürlich ganz genau gewusst, dass sich die Kerle schlafen legen, anstatt auf Deck hin und her zu gehen, wie ich es vorgeschrieben habe. Schweig, du hast es gewusst, denn du hast dich ja mit diesem Halley nach Mitternacht oben getroffen. Willst du das etwa ableugnen? Der Wächter hat schlecht geschlafen und einmal seine Nase an die Luft gesteckt, dabei hat er euch beide zusammenstehen sehen. Gerade vorhin erst hat mir der Kerl das gestanden. Willst du es abstreiten, he?«

Helen Wanthery streckte sich.

»Nein«, sagte sie klarer als bisher, »ich streite es nicht ab. Ich habe mich mit George Halley heute Nacht auf Deck getroffen.«

»Großartig«, höhnte Rockill. »Genau wie deine Mutter. Nächtliche Stelldicheins hinter meinem Rücken. Natürlich liebst du ihn über alle Maßen und kannst ohne ihn nicht leben, was?«

»Wir haben uns gern«, antwortete sie fest.

»Wir haben uns gern«, wiederholte er fast überschnappend. »Haha, darüber werden wir noch ein Wörtchen reden. Doch zunächst will ich wissen, warum er dir die Kassette gab, die er mir eben gestohlen hatte. Wie steht's damit?«

Helen Wanthery durchlebte das Empfinden eines Menschen, der unter einem quälenden Traum gelitten hat und erwachend erkennt, dass es nichts anderes als eben ein Traum war. Sie spürte plötzlich Abstand, sah sich und Rockill voneinander getrennt und fühlte das erste Erstaunen, warum sie sich bisher immer der Knechtschaft dieses zänkischen alten Mannes gebeugt hatte. Die Neigung zu Halley gab ihr Ruhepunkt und Kraft.

»Er hat sie weder gestohlen noch mir gegeben«, erklärte sie abweisend, »Aber du kannst getrost alles erfahren. Der Unbekannte, der die Kassette in meine Kabine warf, sagte allerdings, dass er von Halley käme. Er meinte, die Kassette gehöre Halley, und da dieser einen Diebstahl befürchtete, ließe er mich bitten, sie für Halley aufzubewahren. Das ist die volle Wahrheit.«

»Lüge ist es, ganz plumpe Lüge«, zeterte Rockill. »Kein Wort glaube ich dir. Halley hat sie mit deiner Hilfe bei mir gestohlen und sie dann hier verborgen, weil er sie hier am sichersten glaubte. So war die Sache, verstanden?«

Sie wusste es besser. Als sie ihn so vor sich sah, wie er sich mit widerlicher, gehässiger Einbildung ins Unrecht setzte, gab es den entscheidenden Riss in ihr. Sie fühlte nicht nur den Abscheu, sondern sie vermochte ihn auch zum Ausdruck zu bringen. Von innen heraus überwältigt, fast atemlos und lebendig stark hauchte sie:

»Du bist – erbärmlich. Die Kassette ist dir niemals gestohlen worden, denn sie hat dir nie gehört. Ich kenne deine Sammlung genauso wie du selbst.«

Er beachtete die Wandlung, die in ihr vorging, nur flüchtig.

»Willst du frech werden?«, fragte er spöttisch. »Was weißt du von meinen Sammlungen? Ich habe die Kassette gestern Nacht gekauft, kurz vor Mitternacht. Tausend Dollar habe ich dafür bezahlt, verstanden?«

Sie schüttelte den Kopf.

»Die Kassette gehört George Halley!«

Rockill lachte wild auf.

»So? Nun, dann empfehle ich dir, einmal an Land zu gehen und das den andern zu erzählen. Da ist zum Beispiel ein Detektiv, der den Mann sucht, der die Kassette heute Nacht in der Hand gehabt hat. Die Kassette ist nämlich aus einem Museum gestohlen. Und heute Nacht wurde ein Mann wegen der Kassette ermordet. Es wird den Detektiv sicher interessieren, dass Halley der Dieb und Mörder ist.«

»Du lügst«, trat sie ihm entschieden entgegen. »Es ist überhaupt kein Detektiv auf der Insel.«

»Ach nee. Ja, du hättest dir nur heute Morgen die Versammlung anhören sollen.«

»Du lässt mich ja noch nicht einmal auf Deck, geschweige denn an Land.«

»Ich habe von deiner Mutter gelernt, mein Liebling«, grinste Rockill. »Haha, Halley soll der Eigentümer der Kassette sein? Wohl weil er dein Liebster ist, was? Das kannst du dir denken. Mir gehört sie, weiter niemandem. Ich habe sie bezahlt. Und wehe dir, wenn du ein Wort darüber sprichst.«

Helen Wanthery legte unwillkürlich die Hand auf die Kassette.

»Sie ist mir anvertraut. Ich soll sie aufbewahren. Du hast kein Recht, sie an dich zu nehmen.«

Rockill schleuderte ihre Hand brutal beiseite und nahm den Kasten unter den Arm.

»Bist du verrückt? Ich werde …«

Sie trat ihm in den Weg, stolz und zugleich bebend vor Entrüstung.

»Die Kassette bleibt hier!«

Rockill duckte sich zusammen und klemmte den Arm fester um die Kassette.

»Was?«, zischte er verwundert, »du wagst es, im Ernst mir entgegenzutreten? Du bist wohl ganz übergeschnappt? Soll ich etwa hinausgehen und den Leuten erzählen, dass Halley der Dieb und Mörder ist? Dann kannst du noch heute Abend das Vergnügen haben, ihn an einem Ast baumeln zu sehen. Die Leute sind gerade recht aufgeregt.«

Sie konnte nicht recht beurteilen, ob er log oder die Wahrheit sprach, aber sie wagte es nicht, es zum Äußersten kommen zu lassen. Sie trat beiseite.

Er quittierte es mit einem höhnischen Auflachen.

»Siehst du, jetzt wirst du vernünftig. Was tut man nicht alles für seinen Liebsten, was? Zum Trost will ich dir verraten, dass wir nunmehr die längste Zeit hier geblieben sind. Heute Nacht noch fahren wir ab.«

Sie schwieg und rührte sich nicht, bis er hinaus war.

5.

Die Nacht begann mit schrillen Missklängen.

Schweigsam, stundenlang sogar leblos still, war der Tag über die giftbrütende, dunstige Schlamminsel hinweggezogen. Nun senkte sich die Nacht wie das Unheil selbst auf den sumpfigen Wald. Ihre kühleren Schatten gaben Millionen von Mücken frei, die in blutgierigen Scharen um Boote und Strand schwärmten. Sie weckten aber zugleich auch die Erregung in den Menschen, die tagsüber matt herumgehockt hatten. Anstatt sich unter die Netze zu verkriechen und. im Schlaf Ruhe zu suchen, verließen sie die Boote und trugen ihre Unruhe an den Strand. Das Rätsel um die goldene Kassette brach erneut auf, fast wie eine giftige Orchidee, deren Duft die Menschen sinnlos handeln lässt.

Wo befand sich die goldene Kassette?

Es gab nur zwei Möglichkeiten: Entweder befand sie sich auf einem der Boote, oder irgendwer hatte sie irgendwo im Walde verborgen. Am nächsten Morgen sollte die gemeinsame Fahrt nach Cienfuegos beginnen. Dort sollte eine regelrechte Untersuchung des Falles vorgenommen werden. Hielt jemand die Kassette an Bord verborgen, so musste er versuchen, sie noch in der Nacht an Land zu verstecken, denn niemand konnte damit rechnen, dass er einer gründlichen Durchsuchung in Cienfuegos entgehen würde. Stand sie aber an Land, so konnte vielleicht doch jemand auf den Einfall kommen, sie in sein Boot zu bringen und mit ihr im Schutze der Nacht zu fliehen.

Wahrhaftig, es tat Not, auf den Beinen zu bleiben und den schmalen Streifen zwischen Wald und Booten zu überwachen. Es tat Not, den anderen auf die Finger zu sehen, selbst wenn man von diesen verdammten Mücken zerstochen wurde.

Louis Marron dachte jedenfalls so. Er hielt es für seine Pflicht, alle diese Leute, von denen ihm jeder einzelne verdächtig war, zu überwachen. Deshalb ging er unermüdlich auf und ab.

Auch Le Gozier war mit seinen Leuten unterwegs. Eine goldene Kassette, die möglicherweise auch noch mit Diamanten gefüllt war, stellte eine nicht alltägliche Beute dar. Sie konnte den Ausflug lohnend machen, Albemarle blieb schon deshalb am Strand, weil er seine Leute beaufsichtigen musste. Am Waldrand standen noch viele Steintrümmer, die er dem Sumpf entrissen hatte und mit nach Cienfuegos nehmen wollte.

Sun Koh und seine beiden Begleiter bummelten auf und ab, weil sie ebenfalls etwas über den Verbleib der goldenen Kassette erfahren wollten. Auch die Reporter waren da. Sie genügten ihrer Berufspflicht, wenn sie sich unter die anderen mischten. Selbst Leon, der Stille und Schweigsame, ließ sich sehen. Nur von Rockills Boot kam niemand an den Strand. Zwei Männer seiner Garde standen auf Deck und langweilten sich sichtlich.

Der schmale Uferstreifen war belebt wie die Promenade eines Kurbades. Zwischen den Männern zuckten aber gefährliche Spannungen. Einer beobachtete den anderen, einer witterte im anderen den Feind, und jeder misstraute gereizt oder schon überreizt. Die unzähligen Mückenstiche machten zusätzlich das Blut rebellisch und stauten immer mehr Ärger an, der sich irgendwie entladen wollte. Gleichzeitig zwangen die Gedanken an die goldene Kassette die Gemüter in eine Einbahnstraße hinein. Ein Gewitter ballte sich zusammen.

Da zuckte schon das erste Wetterleuchten auf.

Brackman, einer der Reporter, stolperte in der Dunkelheit über einen Steinblock, den Albemarles Leute an das Ufer gelegt hatten. Er schlug lang hin. Während er sich wieder aufraffte, machte er seinem Ärger Luft. Das war menschlich verständlich. Leider fühlte sich einer der Arbeiter durch die Schimpfworte persönlich angesprochen und antwortete. Damit brannte im Nu der erste Streit auf.

Albemarle musste selbst eingreifen, um die beiden Männer auseinanderzubringen.

Wenig später kam das zweite Wetterleuchten.

Hal Mervin begegnete auf der schmalen Stelle zwischen zwei Uferausbuchtungen einem der Leute Le Goziers. Er konnte ihn in der Dunkelheit nicht erkennen und wusste daher nicht, dass es der gleiche Mann war, dem er vor Stunden ins Wasser hineingeholfen hatte. Dafür wusste der andere Bescheid. Als Hal dicht an ihm vorüberging, fasste er plötzlich zu, sodass Hal in eine unangenehme Klemme geriet.

»Jetzt habe ich dich!«, frohlockte der Mann, der Chammer hieß. »Jetzt werde ich dir das Bad heimzahlen.«

Hal hätte um Hilfe rufen können, aber der Gedanke kam ihm gar nicht erst. »Was fällt Ihnen ein?«, zischte er wütend. »Lassen Sie mich gefälligst los.«

»Sofort!«, höhnte Chammer. »Ich will dich nur erst schnell ins Wasser werfen.«

Eine Kleinigkeit später stierte er fassungslos auf Hal, der sich mit einem schnellen Trick freigemacht hatte und die Pistole auf ihn richtete. Genaues sah er nicht, aber was er sah, reichte, um ihn automatisch die Arme heben zu lassen.

»Sie sind vom Fach, he?«, höhnte jetzt Hal. »So schnell hebt sonst niemand die Arme. Ihre Idee mit dem Wasser war nicht schlecht. Gehen Sie jetzt zwanzig Schritte rückwärts. Das wird genügen, um Sie bis an den Hals ins Wasser zu bringen. Falls Ihnen das nicht passen sollte, sehe ich mich gezwungen …«

»Hal?«, rief Sun Koh aus geringer Entfernung.

Hal steckte seine Waffe mit einem Seufzer weg.

»Pech muss der Mensch haben! Verduften Sie also.«

Eine Weile später schlug der Blitz ein.

Ein Schuss peitschte durch die Dunkelheit.

Am Waldrand zuckte ein Mann zusammen. Er drehte sich ein Stück um seine Achse und brach dann zusammen.

Unmittelbar darauf wirrten Stimmen hoch. Die Männer ballten sich am mittleren Landeplatz zusammen, fragten durcheinander und suchten zu erraten, was geschehen war. Le Gozier riss schließlich die Führung an sich.

»Der Schuss muss oben am Waldrand gefallen sein!«, rief er über die Köpfe hinweg. »Ich schlage vor, dass wir gemeinsam nach dem Rechten sehen.«

Leon trat an die Gruppe heran. Er war gelassen und ruhig wie immer, als fühlte er sich nicht beteiligt.

»Marron wurde ermordet«, sagte er farblos. »Er liegt am Waldrand.«

Eine peinliche Stille trat ein, dann setzte sich die ganze Versammlung in Bewegung.

Marron lag mit dem Gesicht auf dem Boden. Seine rechte Schulter war nass von Blut. Albemarle untersuchte ihn und teilte schließlich mit:

»Er lebt. Sein Herz schlägt noch. Wir wollen ihn zum Ufer schaffen. Los, anfassen. Ich nehme ihn auf mein Boot. Vorsicht!«

Einige Männer nahmen den schlaffen Körper auf und trugen ihn davon. Die anderen folgten. Sie blieben stumm, bis die Träger mit dem Verletzten in Albemarles Boot verschwunden waren. Dann aber setzten die Fragen, Mutmaßungen und Verdächtigungen ein.

Aus den Dunstschichten des Horizonts stieg rotglühend der Mond auf und beleuchtete die Szene mit einem ersten Schimmer düsteren Lichts.

Le Gozier riss die Führung wieder an sich. Er schlug nicht mehr und weniger vor, als dass alle Anwesenden ihre Waffen an ihn und seine Begleiter abliefern sollten, um weiteres Unheil zu verhüten. Sun Koh lächelte über diesen dummdreisten Vorschlag. Le Gozier sah es, und es brachte ihn auf die Palme.

»Da brauchen Sie nicht zu lachen!«, fuhr er Sun Koh gereizt an. »Wenn Sie etwa Ausflüchte machen wollen …?«

»Oh, durchaus nicht«, fing Sun Koh leichthin ab. »Ich habe doch richtig verstanden, dass Sie und Ihre Leute ihre Waffen behalten wollen?«

»Jawohl«, drückte Le Gozier nach. »Wir sind an dem Überfall auf Marron nachweisbar unschuldig, denn wir standen alle beisammen, als der Schuss fiel.«

»Wie eigenartig!«, wunderte sich Sun Koh. »Den ganzen Abend über waren Ihre Leute an verschiedenen Plätzen, aber ausgerechnet in diesem Augenblick, in dem der Schuss fiel, standen sie alle unmittelbar bei Ihnen. Ich bin neugierig, wieso sich Ihre Leute so auf die Minute genau einrichten konnten.«

Das Gesicht Le Goziers verzerrte sich wütend.

»Das ist eine unverschämte Verdächtigung. Meine Leute standen nicht dicht beisammen, aber sie befanden sich alle unmittelbar nach dem Schuss in Sicht.«

Sun Koh nickte.

»Ich begreife. Hoffentlich fällt es Ihnen in Cienfuegos nicht schwer nachzuweisen, dass alle Ihre Freunde als Täter ausscheiden. Die Entfernungen auf dieser Insel sind recht gering, und das Beobachtungsgebiet der Menschen ist in kritischen Sekunden erfahrungsgemäß recht beschränkt. Ich kann mir durchaus denken, dass einer Ihrer Leute den Schuss abgab und wenige Sekunden später auf Sie zulaufen konnte.«

»Das ist eine Unverschämtheit«, bellte Le Gozier. »Sie wollen mich beschuldigen, um sich selbst reinzuwaschen?«

»Ich möchte den Anwesenden nur klarmachen, dass es einstweilen weder Schuldige noch Unschuldige gibt und dass durchaus keine Veranlassung besteht, alle Waffen einer bestimmten Gruppe von Leuten anzuvertrauen.«

Le Goziers diplomatisches Geschick war bereits verpufft. Er stieß blindwütig zur Entscheidung vor.

»Das ist Gerede. Wollen Sie Ihre Waffen abliefern oder nicht?«

»Nein!«

Le Gozier stieß ein heiseres Lachen aus. »Gut, dann wissen wir, wer Marron auf dem Gewissen hat. Glauben Sie aber ja nicht etwa, dass wir uns damit begnügen. Wenn Sie nicht freiwillig Ihre Waffen abgeben wollen, so ...«

Sun Koh unterbrach.

»Sparen Sie sich Ihre Ankündigungen. Sie übersehen vermutlich, dass wir eine ganze Reihe von Leuten sind. Jeder von uns ist bewaffnet. Ich persönlich schieße recht gut, und Sie heben sich vortrefflich gegen den hellen Himmel ab. Überlassen Sie getrost dem Richter, was des Richters Sache ist. Wenn jeder sich auf sein Boot begibt und dort bleibt, so kann ihm nichts geschehen. Das ist mein Vorschlag.«

»Damit Sie den Kasten ungestört beiseite abringen können«, kreischte Le Gozier wütend.

»Es steht in Ihrem Belieben anzunehmen, was Sie wollen«, gab Sun Koh knapp zurück. »Kommt!«

Der Befehl galt Hal und Nimba. Sie schlossen sich Sun Koh sofort an, aber auch die beiden Reporter und Leon folgten.

Le Gozier und seine Leute unternahmen nichts gegen die Abziehenden.

»Das war eine Frechheit«, meinte Hal. »Ich möchte nur wissen, was der Kerl damit bezweckt hat.«

Sun Koh zuckte die Achseln.

»Darüber brauchen wir uns den Kopf nicht zu zerbrechen. Wenn wir ihm den Willen getan hätten, wäre er jedenfalls noch heute Nacht mit den Brieftaschen aller Anwesenden abgereist und hätte uns einige unbrauchbare Boote zurückgelassen.«

»Das vermute ich auch«, meinte Halley. »Mir sind die Kerle immer wie Gangster vorgekommen.«

Leon tat wieder einmal den Mund, auf. »Sie sind es. Einer von den Leuten Le Goziers hat Marron niedergeschossen. Es war der Mann mit dem schwarzen Schnurrbart.«

Sie blieben auf die Mitteilung hin alle stehen. »Was?«

»Wie kommen Sie zu dieser Behauptung?«, fragte Sun Koh.

»Ich lehnte nicht weit von Marron an einem Baum. Marron selbst hatte mich gar nicht bemerkt, weil es dunkel war und ich mich ruhig verhielt. Der Schuss wurde nur drei Meter von mir entfernt abgefeuert. Ich sah den Mann davonlaufen. Er rannte am Waldrand entlang und kam dann von der Seite her auf Le Gozier zu. Ich merkte mir Haltung und Bewegung und seinen Platz, behielt ihn im Auge, bis ich in seine Nähe kam.«

»Es war doch aber dunkel?«

»Das Wasser war heller. Seinen Lauf konnte ich verfolgen, und dann stand er immer etwas abseits von den anderen, sodass ich ihn nicht verwechseln konnte.«

Sun Koh sah Leon nachdenklich an.

»Hm, nun, es mag sein, dass Sie richtig beobachteten. Warum sagten Sie es nicht vorhin?«

»Es ging mich nichts an.«

Sun Koh schüttelte den Kopf.

»Sie sind ein merkwürdiger Mensch, Mr. Leon. Ich glaube, Sie wissen mehr um die Ereignisse auf dieser Insel als jeder andere!«

Leon senkte den Kopf.

»Ich weiß nichts«, murmelte er abweisend. »Aber wenn es so weit ist, werde ich alles wissen.«

Nach diesem rätselhaften Ausspruch schritt er weiter, ohne sich noch im Geringsten um jemand zu kümmern.

Er schritt wie ein Mann, der vor Müdigkeit bald umsinken will und doch keine Ruhe finden kann.

*

Drei Stunden lang lag tiefer Frieden über dem Strand der Insel. Albemarle hatte seine Ladearbeiten beendigt, die anderen hatten sich in das Innere der Boote zurückgezogen. Allerdings saß oder stand auf jedem der Boote ein Mann als Wache. Aber diese Leute rührten sich kaum und störten nicht die nächtliche Ruhe.

In der elften Stunde erschien Helen Wanthery auf Deck des Rockillschen Bootes und ging auf die schräge Holztreppe zu, von der aus ein Laufsteg zum Land führte.

»Hallo, Miss Wanthery«, hielt sie der Wächter verwundert an, »wohin soll's denn gehen?«

»Ich soll für Mr. Rockill noch etwas besorgen«, erwiderte sie.

»Hm, eigentlich soll ich aber niemand an Land lassen.«

Sie schüttelte den Kopf.

»Auch mich nicht? Mr. Rockill schickt mich doch selbst. Es ist sogar eilig. Aber ich habe nichts dagegen, wenn Sie unten erst noch mal nachfragen.«

»Nee, nee«, winkte er ab, »dazu habe ich keine Lust. Beeilen Sie sich lieber, sonst wird Mr. Rockill wieder wild.«

Helen Wanthery beeilte sich. Es war ihr, als müsste Rockill jeden Augenblick erscheinen und sie zurückrufen. Sie ging nicht am Ufer entlang, sondern rannte. Es war ihr gleichgültig, dass die Wachen auf den Booten die Köpfe reckten.

Vor dem Boot, das Halley und Brackman gemeinsam bewohnten, hielt sie an. Ein Mann stand oben. Es war Brackman, der ihr bereits neugierig entgegengeblickt hatte. Sie konnte ihn jedoch nicht erkennen und rief leise hinüber:

»George Halley?«

Brackman kam ganz vor.

»George Halley?«, wiederholte er. »Er ist unten. Wollen Sie ihn sprechen?«

»Ja, bitte!«

Auf dem Nachbarboot stand Sun Koh und betrachtete überrascht das junge Mädchen, das im hellen Mondlicht wie eine unwirkliche Erscheinung dastand.

Leon schien zu schlafen, er kam nicht zum Vorschein.

Helen Wanthery regte sich nicht, bis George Halley auftauchte. Als sie sein Gesicht erkannte, winkte sie jedoch eifrig.

George Halley sprang gleich von oben herunter, lief auf sie zu und schloss sie in seine Arme.

»Helen, Sie – du kommst zu mir?«

Sie drückte ihn sanft zurück.

»Ich musste dich – Sie sprechen, Mr. Halley. Ich – ich wollte Ihnen nur sagen, dass wir bald abfahren.«

»Was?«, erschrak er. »Will Rockill heute Nacht noch fahren?«

»Ja«, nickte sie. »Wir fahren bald. Und ich dachte – ich glaubte, weil Sie doch gestern gesagt hatten, dass Sie doch heute Nacht wiederkommen wollten, es wäre besser, wenn ich es Ihnen sagte.«

Sie sprach stockend, aber doch klarer und entschiedener, als er es an ihr gewöhnt war. Er achtete aber jetzt wenig darauf.

»Das ist lieb von Ihnen, Helen«, antwortete er warm. »Ja, aber das geht doch nicht. Rockill muss doch bis morgen früh warten und dann mit nach Cienfuegos kommen?«

»Er will nach Cienfuegos, aber von dort aus gleich weiterfahren.«

»So? Nun, wenn er etwa glaubt, dass er mich los wird, so soll er sich getäuscht haben. Ich werde ihm folgen!«

Helen Wanthery lächelte zum ersten Male, seitdem sie sich kannten.

»Legen Sie so viel Wert auf seine Nähe, George?«

Er fasste ihre Hände.

»Auf seine nicht, aber auf Ihre, Helen. Der alte Gauner hat wohl gar herausbekommen, dass wir beide ein kleines Geheimnis vor ihm haben?«

Ihr Gesicht wurde sofort wieder trübe.

»Er weiß es, aber das ist nicht der Grund, warum er wegfährt.«

»Sondern?«

Sie sah ihn voll an.

»Sagen Sie mir bitte, George, haben Sie mir heute Nacht eine goldene Kassette geschickt?«

Halley reckte den Kopf vor.

»Ich? Die goldene Kassette? Ob ich Ihnen die goldene Kassette geschickt habe?«

»Ja?«

Er schüttelte den Kopf.

»Aber – ich habe doch die Kassette überhaupt noch nicht in der Hand gehabt. Wie kommen Sie denn zu der Frage? Besitzen Sie etwa die Kassette?«

Sie nickte.

»Ich habe sie den ganzen Tag bei mir gehabt, jetzt hat Rockill sie aber eingeschlossen.«

Die Mitteilung war etwas zu stark für ihn. Er ließ ihre Hände los und starrte ihr entgeistert ins Gesicht.

»Sie – Sie, Helen, haben die Kassette den ganzen Tag gehabt?«

»Ja, sie wurde mir doch heute Nacht von Ihnen geschickt?«

Er wischte sich mit einer heftigen Bewegung über die Stirn.

»Aber wieso denn, ich habe doch die Kassette nicht geschickt! Das ist doch …«

Er brach ab und setzte ruhiger wieder an:

»Verzeihen Sie, ich bin etwas durcheinander. Bitte sagen Sie mir, wie Sie zu der Kassette gekommen sind.«

»Es war jemand in der Nacht an meinem Fenster und warf sie in meine Kabine. Der Unbekannte sagte, er käme von Ihnen und Sie ließen mich bitten, die Kassette aufzubewahren. Ich glaubte es ihm.«

»Sie sahen ihn nicht?«

»Nein.«

»Die Kassette kam nicht von mir«, stellte er fest. »Wie ist sie nun in Rockills Hände gekommen?«

»Er hat sie heute Abend bei mir gefunden.«

»Hm, nun verstehe ich, dass er fort will. Aber er scheint sich die Sache zu einfach zurechtgelegt zu haben. Hier ist eine ganze Reihe von Menschen, die an der Kassette stark interessiert sind. Wenn Sie erfahren, dass …«

»Sie werden es doch nicht erzählen?«

»Und wenn ich es nicht tun würde, so würde man schon die richtigen Schlüsse daraus ziehen, dass Rockill heimlich abfährt.«

»Er behauptet, er sei der Eigentümer der Kassette.«

»Das behaupten verschiedene Leute. Es wäre wahrhaftig besser, man könnte ihn bewegen, hier zu bleiben.«

»Er wird sich nicht halten lassen. Und ich muss jetzt auch fort. Leben Sie wohl, George!«

Halley nahm ihren Arm.

»Was denn, ich bringe Sie selbstverständlich zurück. Lieber wäre mir freilich, Sie trennten sich überhaupt von Rockill und ließen es auf einen Prozess vor dem Vormundschaftsgericht ankommen. Wenn er Sie schon als Pflegekind angenommen hat, so besitzt er noch lange kein Recht, Sie nach Gutdünken zu behandeln.«

Sie schüttelte den Kopf.

»Ich muss bei ihm bleiben, ich gehöre zu ihm.«

»Ich hoffe, dass Sie eines Tages zu mir gehören werden«, sagte er weich.

Sie schwieg eine Weile, dann bat sie:

»Bitte, ich muss gehen.« Er führte sie am Ufer entlang.

Als sie ein Stück an Suns Boot vorbei waren, schwang sich Sun Koh auf den Strand und folgte. Die beiden hatten stellenweise recht laut gesprochen, sodass er manches hatte zusammenfügen können. Er hielt es für ratsam, in die Nähe von Rockills Boot zu kommen. Außerdem schien es nicht ausgeschlossen, dass Halley einen Schutz brauchte. Bei Le Gozier war es recht lebendig geworden.

George Halley und Helen Wanthery schritten nebeneinander her und tauschten Worte, die nur füreinander bestimmt waren. Sie empfanden immer stärker, dass sie vor einem Abschied standen, hinter dem keine feste Gewissheit des Wiedersehens lag. Dabei achteten sie so gut wie überhaupt nicht auf ihre Umgebung.

Die Begegnung mit Leon kam ganz überraschend für sie.

Sie stießen auf ihn, als sie dicht an den Bäumen vorübergingen, die den Landeplatz Rockills von den andern trennten. Sie waren damit aus dem Bereich der andern Boote herausgekommen, befanden sich aber gut dreißig Meter vor Rockills Boot.

Eine Bewegung hinter den Bäumen machte Halley aufmerksam. Er löste seinen Arm aus dem des Mädchens, doch schon stürzte Leon aus dem Dunkel heraus in das Mondlicht.

Sein Verhalten war mehr als sonderbar.

Er kam dicht heran, blieb dann wie angewurzelt mit vorgeneigtem Oberkörper stehen und starrte auf Helen Wanthery, so entgeistert und so fassungslos, als erlebe er ein Wunder.

Helen Wanthery blieb eine Weile reglos, dann wandte sie sich mit einer hilfeheischenden Bewegung zu Halley.

»George?«

Halley trat zwischen die beiden.

»Leon? Was soll das bedeuten? Wie kommen Sie überhaupt hierher?«

Leon streckte den Arm aus und drückte Halley beiseite, als könne er es nicht ertragen, dass er ihm den Blick auf das junge Mädchen verwehrte. Dann brach es wie ein tiefes Stöhnen aus seiner Brust.

»Margret?!«

Halley zögerte zu handeln. In Gesicht, Haltung und Stimme dieses seltsamen Menschen lag nichts Drohendes, sondern nur tiefste Erschütterung.

Jetzt flüsterte er zum zweiten Male.

»Margret?«

Hinter Helen Wanthery tauchte Sun Koh auf. Aber auch er griff nicht ein, sondern wartete ab.

»Ich bin Helen Wanthery«, hauchte das junge Mädchen scheu.

Leon streckte sich und strich sich mit der Hand über die Augen.

»Verzeihen Sie«, sagte er etwas weniger erregt, »natürlich können Sie nicht Margret sein. Sie ist tot. Aber sie glich Ihnen sehr, allzu sehr.«

Er holte tief Atem, dann begann er wieder zu sprechen, jetzt aber hastig und schnell:

»Sie sind Helen Wanthery, nicht wahr? Sie sind bei Rockill, ich weiß es, ich sah Sie vorhin weggehen. Was haben Sie mit ihm zu schaffen? Wie kommen Sie zu ihm?«

»Sie sind so seltsam«, sagte sie leise. »Aber ich habe Ihre Stimme schon einmal gehört. Haben Sie nicht heute Nacht die Kassette zu mir gebracht?«

»Ja, ja«, nickte er ungeduldig, als hielte er das für ganz unwesentlich. »Aber geben Sie mir doch Antwort. In welchen Beziehungen stehen Sie zu Rockill?«

»Er hat mich als Pflegekind angenommen.«

»Rockill? Ah, so kann das nicht sein. Wer waren Ihre Eltern? Bitte sagen Sie es mir, es ist so ungeheuer wichtig für mich.«

»Ich weiß es nicht«, gab sie zögernd zurück.

Er streckte seine beiden Hände vor.

»Sie wissen es, oh ...«

»Helen!«, kam vom Boot her die krächzende Stimme Rockills. »Helen! Scher dich gefälligst aufs Boot! Was fällt dir ein, dich mit deinen Liebhabern zu treffen?«

Sie zuckte zusammen.

»Ich muss fort, er ruft!«

Leon schüttelte den Kopf.

»Sie müssen mir sagen, wer Ihre Eltern waren, sonst lasse ich Sie nicht fort. Haben Sie doch Erbarmen und quälen Sie mich nicht!«

»Helen!«, keifte Rockill.

»Ich kann nicht«, sagte sie schwer zu Leon, und wandte sich dann an Halley. »Leben Sie wohl, George!«

Halley riss sie an sich.

»Willst du doch nicht lieber hier bleiben?«

»Nein, ich muss gehorchen.«

»Wir sehen uns wieder!«

»Ja!«

Leon trat ihr in den Weg.

»Miss Wanthery, ich beschwöre Sie, mir die Wahrheit zu sagen. Diese

Ähnlichkeit ist nicht Zufall. Was wissen Sie von Margret Rockill, der Tochter jenes Mannes dort?«

Das junge Mädchen senkte den Kopf.

»Sie war meine Mutter. Ich bin die Enkelin Rockills.«

»Helen!«, überspitzte sich Rockills Stimme. Gleichzeitig knatterten und zischten die Motoren des Bootes auf.

Leon griff mit krallenden Fingern nach seinem Herzen, ächzte schwer auf und brach zusammen. Helen Wanthery rannte davon. Halley folgte ihr wenige Sekunden später, aber er konnte sie nicht mehr einholen. Auf dem Boot senkte sich ein Gewehrlauf, einer der Wächter schrie herüber:

»Stopp. Sobald Sie den Laufsteg betreten, bekommen Sie eine Kugel!«

George Halley blieb kurz vorher stehen. Das Boot glitt bereits ab. Das junge Mädchen stand auf Deck und winkte ihm zu, bis ein harter Griff Rockills ihren Arm herunterholte.

Sun Koh bemühte sich um Leon, der stöhnend gegen eine Herzschwäche oder gegen einen Krampf arbeitete.

»Legen Sie sich doch lang«, mahnte Sun Koh, während er ihm die Kleidung öffnete.

Aber Leon wehrte ab, wollte hoch und bog sich wieder zusammen. Endlich hatte er Luft genug, um zu stöhnen:

»Halten Sie doch das Boot auf. Rockill darf nicht fahren!«

»Das ist unmöglich«, erwiderte Sun Koh nach einem Blick. »Es fährt schon, und es ist ausgeschlossen, es von hier aus aufzuhalten.«

Jetzt brach Leon wirklich zusammen. Er streckte sich.

Menschen kamen herangelaufen. Brackman, Hal Mervin, Leute von Le Gozier und von Albemarle. Auf den Booten schrie man laut hin und her. Die Abfahrt Rockills war inzwischen von allen bemerkt worden. Ein zweites Motorboot, es war das von Le Gozier, begann zu puffen. George Halley kam zurück, blickte ratlos von Sun Koh auf Leon und stürzte dann weg.

Sun Koh scheuchte die Frager, die auf ihn eindrängten, mit einer Handbewegung zurück.

»Es ist nichts. Mr. Leon ist ohnmächtig geworden. Hal, lauf hinter Mr. Halley her und sorge dafür, dass er nicht abfährt. Er soll auf unser Boot kommen.«

Hal sauste los. Sun Koh nahm den Ohnmächtigen auf und trug ihn davon.

*

Eine halbe Stunde später blickte der Mond auf das weiße Motorschiff Rockills, das in hoher Fahrt durch das Meer furchte. Zwei Kilometer hinter ihm bemühte sich das Boot Le Goziers, den Flüchtigen aufzuholen. Le Gozier wusste aber um diese Zeit bereits, dass ihm das nie gelingen konnte. Rockills Boot war stärker und schneller. Aussichtsloser noch lagen die beiden kleinen Boote, die sich an Le Gozier hielten, da sie das erste Boot bereits nicht mehr in Sicht hatten. Sun Koh und Halley suchten Anschluss zu gewinnen, fielen aber immer mehr zurück.

»Es ist zwecklos«, stellte Sun Koh etwas später fest. »Mir scheint überhaupt, dass Rockill gar nicht auf Cienfuegos zuhält.«

»Er fährt nach Westen zu«, mischte sich der Bootsführer ein, der in der Nähe stand.

»Das bedeutet?«

Der Bootsführer hob die Schultern. »Vielleicht will er gar um das Kap herum nach Habana, möglicherweise sogar nach Florida hinüber?«

»Kann er das schaffen?«

»Bei gutem Wetter kann man alles schaffen. Brennstoff wird wohl noch genug an Bord sein.«

»Können wir ihn einholen?«

»Das ist ausgeschlossen!«

»Dann fahren wir nach Cienfuegos.«

»Jawohl.«

Hal Mervin trat heran.

»Mr. Leon ist aufgewacht, Herr.« Sun Koh gab Halley, der sich auf dem Boot befand, einen Wink.

»Kommen Sie. Du kannst jetzt oben bleiben, Hal.«

Leon saß auf dem Lager, als die beiden Männer eintraten. Er sah noch sehr verstört aus. Man musste ihm allerdings zugute rechnen, dass Haar und Kleidung etwas durcheinander geraten waren.

»Wie geht es Ihnen?«, erkundigte sich Sun Koh.

»Danke«, erwiderte Leon matt. »Ich hatte wohl einen Schwächeanfall. Das ist mir noch nie passiert.«

»Sie hatten sich sehr erregt.«
Leon nickte.
»Ja, ich weiß. Fahren wir etwa?«
»Wir fahren«, bestätigte Sun Koh. »Ich möchte so bald wie möglich Cienfuegos erreichen und nahm an, dass dies auch in Ihrem Sinne liegen würde.«
»Rockill fährt nach Cienfuegos?«
»Wir glaubten es, aber jetzt hat er die Richtung geändert. Er fährt vermutlich um das Kap herum nach Habana oder gar nach Amerika hinüber.«
Leon beugte sich vor.
»Nicht nach Cienfuegos? Warum folgen Sie ihm nicht?«
»Es ist zwecklos. Wir können sein schnelles Boot nicht einholen, außerdem ist unser Brennstoff beschränkt.«
Leon starrte in fassungslosem Schrecken.
»Das – ist unmöglich«, keuchte er schließlich. »Wir müssen ihn einholen. Wir müssen, hören Sie, sonst gibt es ein Unglück.«
Sun Koh schüttelte teilnahmsvoll den Kopf.
»Einstweilen können wir nichts anderes tun, als nach Cienfuegos zu fahren. Von dort aus wird sich dann das Weitere finden.«
Leon ließ den Kopf nach vorn fallen.
»Barmherziger Himmel, dann ist es geschehen. Oh, hätte ich nur gewusst, dass sie meine Tochter ist.«
»Wer?«, stieß Halley überrascht hervor. »Helen Wanthery?«
Leon sah nicht auf.
»Helen«, wiederholte er tonlos. »Sie ist meine Tochter. Und ich habe ihr das Verderben in die Hand gedrückt. Sie …«
Er riss den Kopf mit einer wilden Bewegung hoch und schrie die beiden an:
»Begreifen Sie, was das für mich heißt? Zwei Jahrzehnte lang war ich tot, und jetzt finde ich mein einziges Kind und schicke es gleichzeitig in den Tod hinein? Oh, ich …«
Die beiden konnten nicht verstehen, was er weiter murmelte, aber die Worte vorher genügten bereits für Halley. Er packte Leon bei der Schulter und fuhr ihn an:
»Reden Sie doch deutlich. Befindet sich Helen in Gefahr?«

Leon lachte wie irr auf.

»Gefahr? Sie ist verloren, wenn Rockill die Kassette behält, wenn ich sie ihm nicht rechtzeitig abnehmen kann.«

»Aber wieso denn? Und …«

Sun Kohs ruhige Stimme durchbrach die Erregung der beiden.

»Warten Sie, Mr. Halley. Halten Sie es nicht für besser, Mr. Leon, wenn Sie sich uns gegenüber offen aussprechen?«

»Es ist zwecklos«, murmelte Leon müde.

»Vielleicht doch nicht«, widersprach Sun Koh. »In Cienfuegos steht mein Flugzeug. Es kann jeden Vorsprung wieder aufholen.«

Leon ruckte auf.

»Ein Flugzeug? – Ah, das wäre allerdings eine Möglichkeit.«

Er versank in Nachdenken. Sun Koh ließ ihm Zeit und gab dem ungeduldigen Halley ein Zeichen, sich nicht einzumischen.

Minuten vergingen. Endlich hob Leon wieder den Kopf. Er blickte auf Halley.

»Sie lieben Helen, nicht wahr, Mr. Halley?«

»Ja.«

»Dann werden Sie verstehen, was ich Ihnen erzählen will. Es ist die Geschichte meines Lebens.«

Er machte erst noch eine lange Pause, dann begann er mit gedämpfter, oft stark erschütterter Stimme zu erzählen:

»Ich war so alt wie Sie, als ich Margret Rockill kennenlernte. Sie war schön. Wenn Sie Helen gesehen haben, so werden Sie wissen, wie sie aussah. Wir lernten uns kennen und lernten uns lieben. Rockill war damals ein erfolgreicher Börsenmann, der seine erste Million herein hatte. Ich war nichts, lebte von einem kleinen Vermögen, studierte alles Mögliche und schrieb dann und wann einige Kleinigkeiten. Aber ich war jung und besaß allen Mut meiner Liebe. Margret und ich trafen uns monatelang und verlebten unsere schönste Zeit. Sie war noch nicht mündig, wir hatten vereinbart, unsere Beziehungen zu verschweigen, bis sie vor dem Gesetz die Einwilligung ihres Vaters nicht mehr brauchte. Doch eines Tages erfuhr er von unserer Liebe. Sie kennen Rockill. Er benimmt sich in der Wut schlimmer als ein Satan. So war er schon damals. Margret hat es mir nie zugestanden, aber ich glaube, er hat sie damals halbtot geprügelt. Nun, ich fürchtete ihn nicht, sondern ging bei der nächsten Gelegenheit zu ihm hin und bat ihn um die Erlaubnis zur Heirat. Er warf mich hinaus.«

Leon setzte aus.

»Ich lachte darüber«, fuhr er fort. »Margret und ich, wir beide hingen so aneinander, dass uns die Wut des Alten nicht auseinanderbringen konnte. Wir waren entschlossen, noch die wenigen Monate still zu warten und dann gegen Rockills Willen zu heiraten. Aber es kam anders, ganz anders. – Eines Morgens wurde ich aus dem Bett heraus verhaftet. Man beschuldigte mich des Raubmordes an einem Menschen, den ich gerade nur flüchtig kannte. Ich stritt natürlich im Bewusstsein meiner Unschuld alles ab, aber das half mir nichts. Man brachte zwei Leute, die mich gesehen hatten, man fand die Mordwaffe bei mir und einen Geldbetrag, den ich nie besessen hatte. Oh, es war wunderbar eingefädelt. Ich hing in einem Netz, aus dem ich trotz meiner Unschuld nicht herauskam. Rockill war mir über.«

»Sie glauben, dass Rockill falsche Zeugen gegen Sie aufbrachte?«

»Ich weiß es. Niemand anders hatte ein Interesse, mir die Freiheit zu rauben. Es waren schlimme Zeiten für mich, schlimmere aber noch für Margret. Ein einziges Mal gelang es uns, Briefe auszutauschen. Sie schrieb mir, dass sie trotz allem an mich glaube. Das hat mich gehalten, dass ich nicht verrückt wurde. Man verurteilte mich zu lebenslänglichem Zuchthaus. Ich nahm es hin. Kurz darauf teilte mir einer meiner wenigen Freunde mit, dass Margret Rockill gestorben sei. Da brach ich zusammen.«

Schwer lastete das Schweigen im Raum, bis Leon fortfuhr:

»Als ich nach einem halben Jahr wieder klar denken konnte, lebte in mir nur mehr das Bedürfnis nach Rache. Margret Rockill war an ihrem Vater gestorben, er sollte an mir sterben. Ich hätte durch die Mauern hindurchrennen können, um ihn zu fassen. Aber man sorgte dafür, dass sich meine Rache abkühlte. Volle zwanzig Jahre saß ich im Zuchthaus, bis eines Tages ein Sterbender gestand, dass er wissentlich gegen mich falsch gezeugt hatte. Da ließ man mich frei. Rockill erfuhr es wohl, denn als ich mich an ihn heranfühlte, war er von Wachen und Riegeln umgeben. Er misstraute allen und jedem und forschte nach meinem Gesicht. Aber er rechnete nicht genügend mit der Veränderung, die zwanzig Jahre Zuchthaus bringen. Ich merkte bald, dass er mich nicht erkannte. Ich hätte ihn schon mehr als einmal niederschießen können, aber ich hatte mir meinen Plan festgelegt und handelte danach. Deshalb stahl ich die goldene Kassette und brachte sie hierher. Die goldene Kassette birgt meine Rache.«

»Das verstehe ...«

Leon schüttelte den Kopf.

»Fragen Sie nicht, ich werde Ihnen nicht verraten, was die Kassette birgt. Rockill hat sie jetzt in den Händen. Wenn er sie öffnet, so wird er wissen, dass sie von mir kommt und wird begreifen, dass er meiner Rache nicht mehr entgehen kann. Aber bei Gott, ich wusste ja bisher nicht, dass Margret ein Kind hinterlassen hat. Helen ist meine Tochter, es ist anders überhaupt nicht möglich. Rockill hat es geheim gehalten, weil er das Gerede nicht haben wollte. Und ich – ich kümmerte mich nicht um das Mädchen, das man nie zu Gesicht bekam, weil ich überhaupt nicht mit einer solchen Möglichkeit rechnete. Und nun?«

»Und nun?«, wiederholte Halley.

Leon hob mit einer erschütternden Geste die Hände.

»Und nun würde ich mein Leben dafür geben, wenn ich die goldene Kassette hier hätte. Glauben Sie mir das? Rockill mag leben bis in alle Ewigkeit, wenn nur meiner Tochter nichts geschieht. Aber sie wird in das Unheil, das Rockill trifft, sobald er die Kassette öffnet, mit hineingezogen werden.«

Wieder schwiegen alle drei, dann fragte Sun Koh sachlich:

»Der Besitz der Kassette allein ist ungefährlich?«

»Ja«, gab Leon zu. »Erst wenn Rockill sie öffnet, geschieht es.«

»Was?«

»Das kann ich nicht sagen«, erwiderte Leon gequält.

Sun Koh beharrte nicht, sondern bog ab.

»Wie wird sie geöffnet?«

»Der Öffnungsmechanismus ist hinter den Federn der Quetzalcoatl-Schlangen verborgen. Rockill ist Sammler und wird ihn finden, weil an ihnen einige Veränderungen vorgenommen werden mussten, als ich den Mechanismus einbauen ließ. Aber selbst dann ist noch Kraftanwendung nötig, weil der Deckel angelötet wurde.«

»Besteht die Gefahr, von der Sie sprechen, nur für Rockill oder für jeden, der die Kassette öffnet?«

»Für jeden.«

Sun Koh schüttelte den Kopf.

»Ich verstehe nicht, warum Sie hier noch ein Geheimnis schützen wollen? Nach Ihren Andeutungen befindet sich in der Kassette entweder Explosivstoff oder Giftgas oder Ähnliches.«

»Ich kann es nicht sagen«, wiederholte Leon eigensinnig und setzte dann drängend hinzu: »Ich bitte Sie aber, tun Sie alles, um Rockill die Kassette wieder wegzunehmen. Helen, Margrets Tochter, soll nicht unter meinem Tun leiden. Mr. Halley, Sie lieben Helen. Ich beschwöre Sie, retten Sie das Mädchen. Und Sie, Mr. Sun Koh, wenn Sie ein Flugzeug haben, so bitte ich Sie …«

»Es ist nicht notwendig«, unterbrach Sun Koh. »Was geschehen kann, um Unheil zu verhüten, wird geschehen. Doch zunächst beantworten Sie mir noch einige Fragen.«

»Ja?«

»Warum suchten Sie die Erfüllung Ihrer Rache gerade durch diese Kassette?«

»Rockill ist Sammler für solche Mayastücke.«

»Wie konnten wir die Kassette zwischen den Ruinen auf der Insel finden? Wäre es nicht einfacher gewesen, sie Rockill zuzuschicken?«

»Sie kennen ihn schlecht. Wenn man ihm einen verschlossenen Kasten schickt, so wird er ihn weit von sich entfernt durch einen Fremden aufbrechen lassen. Er rechnet mit einem solchen Attentat. Der Kasten musste unter unverdächtigen – für ihn unverdächtigen – Umständen an ihn herangebracht werden. Deshalb stellte ich ihn in den Wald. Ich hoffte, dass ihn einer der Leute früher oder später finden und an Rockill, der als Aufkäufer bekannt war, verkaufen würde. Es war ungeschickt von mir, aber ich glaube, ich habe es verlernt, so ganz folgerichtig zu denken wie andere Menschen.«

»Sie nahmen den Kasten bei mir weg?«

»Ja. Sie sagten, dass sie ihn nicht verkaufen würden. Ich wollte Ihnen nicht schaden und mir meine Rache nicht zerstören lassen, deshalb stahl ich ihn aus ihrem Boot, während Sie bei den Reportern saßen. Ich war es auch, der ihn bei Albemarles Boot niedersetzte.«

»Stahl ihn Landos in Ihrem Auftrag?«

»Nein. Es geschah nun eigentlich alles, wie ich es erhofft hatte. Jener

Landos stahl den Kasten und brachte ihn zu Rockill, der ihn als unverdächtig kaufte. Aber Landos war von einem der Leute Le Goziers beobachtet worden, und außerdem hatte ihn der schnelle Verdienst leichtsinnig gemacht. Le Gozier selbst hielt ihn an, als er von Rockills Boot zurückkam. Landos erzählte von dem goldenen Kasten und von seinem Geld, worauf ihn Le Gozier niederstach und dann mit einem zweiten Mann zusammen den Kasten von Rockills Boot holte. Ich beobachtete das alles, denn ich war die ganze Nacht unterwegs und wartete schon darauf, dass sich meine Rache erfüllen würde. Ich sah auch Mr. Halley mit Helen zusammen, aber ich konnte sie nicht genau sehen.«

»Sie holten sich die Kassette bei Le Gozier?«

»Ja. Ich brachte sie zu meinem Boot zurück. Als ich hinunterstieg, merkte ich, dass ich von Ihrem Boot aus beobachtet wurde. Darauf beschloss ich, die Kassette wieder fortzuschaffen, diesmal aber direkt zu Rockill. Ich ahnte, dass es am nächsten Morgen Lärm geben würde. Weil ich Mr. Halley mit Helen zusammen hatte stehen sehen, kam ich auf einen neuen Gedanken. Ich wusste, wo sie schlief, denn ich hatte die Lichter im Boot beobachtet. Doch was soll ich Ihnen Einzelheiten erzählen? Ich glitt von meinem Boot herunter ins Wasser und schwamm so vorsichtig an den Booten entlang, dass mich Ihr Wächter nicht bemerken konnte. Helen erhielt die Kassette, und ich erreichte ungesehen mein Boot. Alles andere wissen Sie.«

»So lösen sich die unentwirrbar scheinenden Fäden«, sagte Sun Koh nachdenklich. »Vom Hass zum Misstrauen schlängelt sich das Unheil durch die verschiedenen Schicksale hindurch. Sie wählten merkwürdige Wege, weil Sie diese für richtig hielten, und nun zeigte Ihnen eine einzige Minute, wie falsch alles war.«

»Es war alles falsch«, seufzte Leon. »Aber ich ahnte nicht, dass Margret ein Kind hinterlassen hatte.«

»Aber Sie wussten, dass das Unheil, das Sie Rockill zugedacht hatten, auch andere treffen konnte.«

Leon senkte den Kopf.

»Ich bedachte es nicht. Ich …«

Sun Koh erhob sich.

»Schlafen Sie, Mr. Leon. Es vergeht noch lange Zeit, bevor wir in Cienfuegos ankommen Wir werden alles tun, um Ihre Tochter zu retten. Kommen Sie, Mr. Halley.«

Als die beiden Männer wieder oben standen, schloss Sun Koh ab:

»Wir wollen hoffen, dass es uns gelingt, rechtzeitig das Unheil von den Unschuldigen abzuwenden.«

George Halley nickte nur stumm, da er nicht zu sprechen vermochte. Ihm kam es ganz allein auf das junge Mädchen an. Sie musste vor dem drohenden Unheil gerettet werden, alles andere war nebensächlich.

Denn die Liebe macht so einseitig wie der Hass.

6.

Vier Mann spähten vom Flugzeug aus über das Meer hinweg. Vorn saßen Sun Koh und Hal Mervin, hinter ihnen George Halley und Leon, der eigentlich William Noelly hieß. Nimba hatte aus Platzgründen in Cienfuegos bleiben müssen.

»Eine Rauchfahne!«, sagte Sun Koh endlich, und eine Weile später sahen sie das kleine Motorschiff schräg voraus.

»Gott sei Dank!«, atmete Leon auf. »Es ist noch nicht zu spät.«

»Es ist ihm nicht gelungen, die Kassette zu öffnen«, meinte Halley. »Vielleicht wartet er überhaupt, bis er zu Haus ist.«

»Wahrscheinlich denkt er mehr ans Fischefüttern«, grinste Hal. »Sehen Sie sich den Seegang an. Dabei wird man leicht seekrank.«

»Wir wollen es auf die besprochene Art versuchen«, sagte Sun Koh. »Ist der Zettel fertig, Mr. Halley?«

Halley reichte ihm das beschriebene Blatt. Er hatte sich Mühe gegeben, deutlich zu schreiben.

»Mr. Rockill! Die Kassette ist mit Dynamit gefüllt! Öffnen Sie auf keinen Fall. Stoppt ab und schickt das Boot zum Flugzeug. Wir kommen zu Ihnen und berichten alles mündlich. Halley. Sun Koh.«

Sun Koh wickelte das Blatt um einen Stein, den sie von Cienfuegos mitgenommen hatten, band ein Tuch darüber und gab dann das Steuer an Hal ab.

»Tief hinunter und über die Treppe halten, Hal.«

Hal nickte stumm. Das Motorschiffchen, auf dessen Deck einige Männer standen und nach oben blickten, befand sich nicht mehr weit voraus. Er machte seine Sache ausgezeichnet. Während er die Maschine über dem Wasser abfing und dann vom Heck aus über das Boot schoss, warf Sun Koh den Stein ab. Er schlug in den Treppenschacht hinein.

Rockill hockte auf dem Bett seiner Kabine. Er war seekrank. Die goldene Kassette stand vor ihm auf dem Fußboden, aber er beachtete sie nicht. Eine richtige Seekrankheit ist stärker als jeder menschliche Trieb.

Rockill blickte auf, als der Bootsführer eintrat.

»Was wollen Sie? Ich will an Land. Bezahle ich Sie dafür, dass Sie mich hier sterben lassen? An Land!«

Der Bootsführer zuckte mit den Achseln.

»Wie Sie wünschen, Mr. Rockill. Im Übrigen ist ein Flugzeug über uns. Es hat soeben eine Botschaft abgeworfen.«

Das riss Rockill doch etwas aus seinem Leiden heraus. Er nahm den Zettel, der durch den Aufschlag an verschiedenen Stellen beschädigt worden war, hielt ihn an seine Augen und las mühsam die Mitteilung. In seinem Zustand und bei den starken Schwankungen war das für ihn nicht leicht.

»Mr. Rockill! Die goldene Kassette ist mit D–am–ten gefüllt! öffnet sie a–f –nen Fall! Stoppt ab und schickt das Bo– zum Flugz–eug. Wir kom–en und berichten alles mündlich. –lley. –un Koh.«

Das war das, was Rockill aus der Mitteilung herauslas.

»Was?«, krächzte er aufgeregt. »Mit Diamanten gefüllt? Nicht schlecht, nicht schlecht. Und diese Kerle schreiben mir das auch noch? Halley und Sun Koh, he? Das sind doch zwei von den Leuten auf der Insel?«

»Gewiss«, bestätigte der Bootsführer. »Sollen wir stoppen?«

Rockill wehrte mit einer wilden Bewegung ab. »Sie sind wohl verrückt geworden? Weiterfahren! Ich will an Land. Denken Sie etwa, wir halten an, damit sie mir die Kassette mit den Diamanten stehlen können?«

Der Bootsführer hob noch einmal die Schultern und ging. Rockill hatte ihn schon vergessen. Er beugte sich vor und holte sich die Kassette heran. Die Seekrankheit ließ etwas nach, sodass die Gier durchkommen konnte. Diamanten! Seine Finger tasteten um die Kassette herum. Der Verschluss? Irgendwo musste sich der Verschluss befinden. Irgendwo! Natürlich hing er mit der geflügelten Schlange in der linken Ecke zusammen. Die Federn waren ihm schon aufgefallen. Hier stimmte etwas nicht. Hier war die ursprüngliche Arbeit verändert worden.

Seine Finger tasteten, suchten und probierten. Den Männern im Flugzeug hätten die Haare zu Berge gestanden, wenn sie ihn hätten beobachten können.

Jetzt!

Der Fingernagel drückte die Profilierung eines Federkiels zurück, die sich als beweglich erwies.

Rockill zerrte am Deckel. Doch dieser öffnete sich nicht. Noch nicht! Der Mechanismus war wohl doch noch nicht richtig ausgelöst worden. Wahrscheinlich musste man an zwei Stellen gleichzeitig drücken.

Also weitersuchen. Einmal würde es gelingen, die Kassette zu öffnen.

Mit Diamanten gefüllt!

Die Männer im Flugzeug warteten vergeblich darauf, dass das Motorboot stoppte.

»Er muss verrückt sein«, sorgte sich Halley.

»Er wird uns einfach nicht glauben«, sagte Hal.

»Damit müssen wir allerdings rechnen«, nickte Sun Koh. »Er wird unsere Mitteilung für einen Trick halten.«

»Aber was sollen wir dann tun?«, verzweifelte Leon. »Vielleicht ist er jetzt dabei, die Kassette mit Gewalt zu öffnen.«

»Nun, er wird schon vorsichtig sein«, beruhigte Sun Koh. »Misstrauische Charaktere rechnen auch in solchen Fällen mit dem Schlimmsten.«

»Aber wir müssen doch etwas unternehmen?«

»Es gibt nur eine Möglichkeit«, erwog Sun Koh. »Ich muss versuchen, auf das Boot zu kommen.«

»Viel gewagt, Herr«, warnte Hal bestürzt.

»Das kommt auf dich an.«

»Hm, ich bringe die Kiste schon leidlich heran, aber wie nun, wenn man auf Sie schießt?«

»Wenn …?«

Im Übrigen verstanden sie sich ohne Worte. Der Übergang vom Flugzeug auf das Motorschiffchen sah sehr gefährlich aus und ließ bei allen Zuschauern den Atem stocken, aber er war viel weniger verwegen, als er aussah. Es kam nur darauf an, dass Hal das Flugzeug in Seilhöhe von hinten über das Boot hinwegbrachte und mithilfe der Tragschrauben die Geschwindigkeit auf die des Bootes herabminderte.

Hal schaffte auch das. Sun Koh sah einen Meter unter sich das Deck, gab das Seil frei und stand auf seinen Füßen. Das lose Seil schlug nachschwingend noch einmal gegen seinen Körper, dann verschwand es nach oben.

Jetzt kamen die Männer, die bisher reglos auf dem Deck gestanden hatten, in Bewegung. Sie stürzten auf Sun Koh zu, umringten ihn und redeten auf ihn ein. Einer nahm sogar eine drohende Haltung ein. Sun Koh holte sich mit einer Geste den Bootsführer heran.

»Warum haben Sie denn nicht gestoppt? Haben Sie Lust, mit dem Boot in die Luft zu fliegen? Oder haben Sie unsere Mitteilung nicht gelesen?«

»Doch«, stotterte der Mann verständnislos, »aber Mr. Rockill wollte doch nicht – er dachte …«

Sun Koh wollte sich durch den verwirrten Mann nicht erst aufhalten lassen und wandte sich an einen der Leibwächter Rockills.

»Melden Sie Mr. Rockill, dass ich ihn zu sprechen wünsche.«

Der Leibwächter, der von dem artistischen Kunststück Sun Kohs sichtlich beeindruckt worden war, nickte mit einigem Eifer.

»Ja, ja, kommen Sie nur gleich mit. Mr. Rockill ist seekrank, aber zum Reden wird es schon reichen.«

Sun Koh schloss sich ihm an. Er legte auf Förmlichkeiten noch weniger Wert als der Wächter. Dieser nahm Sun Koh mit in den Gang hinunter, öffnete eine der Türen und rief hinein:

»Besuch für Sie, Mr. Rockill.«

Dann fasste er Sun Koh vertraulich am Ärmel und murmelte:

»Gehen Sie nur gleich hinein. Der Alte ist ohnehin nicht ganz zurechnungsfähig. Von uns aus können Sie ihn getrost ein bisschen hochnehmen.«

Rockill schien bei seinen Leuten nicht sehr beliebt zu sein.

Er verlor die Sprache, als Sun Koh über die Schwelle trat und die Tür hinter sich zuzog. Er klappte einige Male mit dem Unterkiefer und würgte, brachte aber keinen Ton heraus. Sun Koh sprach zuerst.

»Sie ließen unsere Aufforderung unbeachtet, Mr. Rockill. Mir blieb nichts übrig, als auf Ihr Boot zu kommen. Ich verstehe, dass Sie die Kassette behalten möchten, aber Sie dürfen andererseits nicht das Boot mit seiner Besatzung in die Luft sprengen. Wir haben Ihnen doch mitgeteilt, dass die Kassette Dynamit enthält.«

Das gab Rockill denn doch die Sprache zurück. Er ruckte hoch.

»Dynamit? Sie sind wohl verrückt, he? Dynamit? Diamanten sind in der Kassette, aber kein Dynamit.«

»Diamanten?«, wunderte sich Sun Koh. »Wie kommen Sie auf den Einfall?«

Rockill suchte mit fahrigen Fingern nach dem Zettel.

»Da – Sie haben es selbst geschrieben. Hier – hier steht es. Die Kassette ist mit Diamanten gefüllt.«

Sun Koh verstand, nachdem er den Zettel gesehen hatte.

»Nein«, antwortete er entschieden, »die Nachricht ist durch den Aufschlag verstümmelt worden, und Sie haben die Worte falsch gedeutet. Wir teilten Ihnen mit, dass die Kassette mit Dynamit gefüllt ist. Sie sollten sie nicht öffnen, weil die Sprengladung beim Öffnen der Kassette explodieren wird.«

Rockills rechter Arm, auf den er sich stützte, knickte zusammen und streckte sich wieder. Der linke machte eine leere Bewegung durch die Luft, als wolle er etwas wegscheuchen. Die Unterlippe zitterte in dem blassen Gesicht.

»Dy – Dynamit? Dynamit?«, flüsterte er. »Keine Diamanten?«

»Die Kassette enthält Sprengstoff, der sich beim Öffnen entzündet«, bestätigte Sun Koh.

»Sprengstoff?« lallte Rockill, der noch immer fassungslos vom Schreck war. »Und beim Öffnen? Öh, ich hatte doch bald ...«

Plötzlich schoss er vor und krallte seine Hände in Suns Rock.

»Sie – Sie«, schrie er in einem Gemisch von Wut und Angst auf, »wie kommen Sie dazu, Dynamit in den Kasten zu tun? Sie wollen mich ermorden, ich soll in tausend Stücke – ah ...«

Die Vorstellung war zu stark für ihn. Er taumelte zurück und setzte sich erschöpft auf den Rand seines Bettes.

»Wir wollen uns ruhig unterhalten«, schlug Sun Koh vor. »Es hat wenig

Sinn, sich über das, was hätte geschehen können, aufzuregen. Die Kassette ist nicht geöffnet worden, und es ist nichts geschehen. Ich denke, Sie sind einverstanden damit, wenn wir sie ins Meer werfen und damit die Gefahr endgültig beseitigen. Geben Sie mir die Kassette.«

Er trat weiter vor, aber da schlug die Stimmung Rockills jäh um. Er streckte beide Hände vor.

»Nicht! Bleiben Sie! Ich lasse mir die Kassette nicht wegnehmen!«

Sun Koh verharrte betroffen.

»Ich verstehe Sie nicht, Mr. Rockill!«

Rockill beugte sich vor. Seine Zunge lief jetzt glatt.

»Aber ich verstehe Sie. Sehr gut verstehe ich Sie. Sie wollen mir die Kassette abnehmen und dann damit verschwinden, nicht wahr? Bluffen wollen Sie mit dem Dynamit. Sie wollen mir die Kassette nur stehlen und die Diamanten herausnehmen und für sich behalten. Aber ich bin schlau, ich durchschaue Ihr Spiel. Ich lasse mir die Kassette nicht wegnehmen, von Ihnen nicht, verstehen Sie?«

Sun Koh wusste wirklich nicht mehr genau, ob der Mann noch zurechnungsfähig war. Die Grenze zwischen Manie und Geisteskrankheit ist oft schwer zu ziehen, und Rockill machte jetzt durchaus den Eindruck eines Menschen, der von fixen Ideen geführt wird und nicht mehr klar zu urteilen vermag.

»Sie irren sich«, erwiderte Sun Koh besänftigend. »In der Kassette befindet sich wirklich Dynamit!«

»Das sagen Sie«, kreischte Rockill. »Aber es ist nicht wahr. Diamanten sind drin, Diamanten!«

Sun Koh zog unmutig die Brauen zusammen.

»Reden Sie doch keinen Unsinn. Ich muss Sie jedenfalls ernsthaft bitten, mir die Kassette auszuhändigen.«

»Ich denke gar nicht daran. Ich werde sie öffnen und mir die Diamanten herausholen«, höhnte Rockill.

»Sie werden sich selbst in die Luft sprengen.«

Rockill schielte von unten herauf.

»In die Luft sprengen? Pah, und wenn? Es ist meine Sache.«

»Sie vergessen, dass sich andere Menschen in Ihrer Umgebung befinden, die dann mitgefährdet werden. Um der andern willen werde ich Sie zwingen, die Kassette herauszugeben.«

»Sie – mich zwingen …?«

Die Tür hinter Sun Koh öffnete sich.

»Mr. Rockill?«, machte sich der Bootsführer bemerkbar, »wir bekommen Land in Sicht. Es handelt sich um die beiden Felseninseln …«

»Anlegen!«, schrie Rockill. »Ich habe Ihnen doch schon gesagt, dass ich an Land will. Wo bleiben die Wächter. Man bedroht mich und …«

»Hier sind wir ja schon«, knurrte einer der drei Leibwächter, die sich jetzt durch die Tür in die Kabine drängten.

Rockill wies mit zitternden Händen auf Sun Koh.

»Da, nehmt den Verbrecher fest. Er will mich ermorden, mir die Kassette wegnehmen. Bindet ihn. Tausend Dollar für einen jeden extra, tausend Dollar!«

Die drei Männer waren sich durchaus nicht recht schlüssig, ob sie das verlockende Angebot annehmen sollten. Sie blickten missmutig von Rockill auf Sun Koh und tauschten dann Blicke aus.

»Hm«, brummte der Sprecher von vorhin, »tausend Dollar sind nicht schlecht. Aber wir hörten was von Dynamit? Wir haben keine Lust, in die Luft zu gehen.«

»Alles Schwindel«, kreischte Rockill, »Diamanten sind's, und er will sie mir rauben.«

»Warten Sie«, sagte Sun Koh zu den Leibwächtern hin und wandte sich von neuem an Rockill.

»Ihr Misstrauen narrt sie, Mr. Rockill«, sagte er ruhig. »Mir liegt weder an der Kassette noch an ihrem Inhalt. Ich kann es aber nicht geschehen lassen, dass Sie die Kassette öffnen und dadurch das Boot mit allen Menschen darauf in die Luft sprengen. Sie nehmen an, dass ich fälschlicherweise behaupte, der Inhalt der Kassette sei Sprengstoff. Nun gut, so will ich Ihnen noch einiges sagen, was Sie vielleicht zu anderer Ansicht bekehrt. Sie hatten eine Tochter, nicht wahr, Mr. Rockill?«

»Was soll das?«, brauste Rockill wütend auf. »Wozu erwähnen Sie das?«

»Sie werden es gleich verstehen. Ihre Tochter liebte einen Mann. Sie erfuhren es und sorgten dafür, dass jener unter Raubmordverdacht lebenslänglich ins Zuchthaus kam.«

Rockill zog sich förmlich zusammen. Er schrie nicht, sondern verzog das Gesicht und wehrte sich kümmerlich:

»Das ist nicht wahr. Woher wollen Sie das wissen?«

»Von Ihrem Opfer selbst«, gab Sun Koh kalt zurück. »Sie ließen nicht nur den Mann büßen, sondern auch Ihre Tochter. Sie starb, nachdem sie ein Kind geboren hatte, starb am Kummer, am Schmerz und an Ihrer Behandlung. Sie verschwiegen der Öffentlichkeit die Geburt des Kindes, aber sie behielten das Mädchen bei sich. Sie gaben es als angenommenes Kind aus. Helen Wanthery ist Ihr eigenes Enkelkind.«

»Woher wollen Sie das wissen?«, keuchte Rockill. »Es ist nicht wahr!«

»Es ist wahr«, beharrte Sun Koh. »Zwanzig Jahre lang saß der Vater Ihres Enkelkindes schuldlos im Zuchthaus. Dann stellte sich seine Unschuld heraus. Man ließ ihn frei. Seitdem lebt er nur noch einem Wunsch und einem Gedanken – er will sich und Ihre Tochter an Ihnen rächen. Wissen Sie, wie sich jener Mann jetzt nennt?«

»Es ist alles nicht wahr«, wimmerte Rockill sinnlos.

»Leon heißt der Mann jetzt, der sich an Ihnen rächen will. Leon. Begreifen Sie?«

»Leon?«, wiederholte Rockill tonlos.

Dann wurde er lebendig. Er fuhr hoch und kreischte wieder:

»Leon? Ah, es ist alles Schwindel. Ich habe Leon gesehen, habe ihn ganz genau gesehen. Ich hätte ihn erkannt, aber er ist es nicht, er ist es gar nicht. Sie belügen mich!«

»Zwanzig Jahre, zumal wenn sie im Zuchthaus verlebt werden, verändern einen Menschen. Leon ist der Mann, der Ihren Tod will. Er spielte Ihnen die Kassette in die Hände, er brachte sie Ihrer Enkelin, damit Sie die Kassette erhielten, ohne misstrauisch zu werden. Glauben Sie wirklich, dass er Diamanten einfüllte? Nein, Dynamit steckte er in die Kassette, denn Sie sollten in dem Augenblick sterben, in dem Ihnen die Öffnung gelang.«

Rockill zeigte jetzt wieder einmal lauernde Ruhe.

»So?«, höhnte er leise. »So? Und dann erzählte er Ihnen wohl alles, damit Sie das verhindern konnten, was?«

»Allerdings«, gab Sun Koh zu. »Er lernte nämlich wenig später Helen Wanthery kennen und erkannte, dass es seine eigene Tochter war. Sie wollte er töten, nicht aber seine Tochter. Er bereut und will lieber auf seine Rache verzichten. Bitte begreifen Sie aus dem, was ich Ihnen sagte, dass ich Ihnen nicht eine Gefahr vortäuschte.«

Der Sammler schüttelte wild den Kopf.

»Jawohl, ich begreife. Sie haben sich eine schöne Geschichte ausgedacht. Aber mich können Sie damit nicht fangen. Wenn Leon der richtige Mann wäre, so hätte er noch andere Gelegenheiten gehabt, mich zu töten. Ich werde die Kassette jedenfalls behalten!«

»Mr. Rockill!«

»Tausend Dollar für jeden von euch!«

Sun Koh ging unwillkürlich einen Schritt vor, um die Kassette an sich zu reißen. Er sah jetzt, dass er es gleich zu Anfang hätte tun sollen. Er hatte aber nicht damit gerechnet, dass Rockill so unzulänglich sein würde.

»Halt!«, rief einer der drei Männer hinter ihm. »Machen Sie keinen Unsinn, sonst schießen wir.«

Sun Koh wandte sich um. Die drei hatten sich für Rockill und die tausend Dollar entschieden. Sie hielten die Waffen auf ihn gerichtet.

Und er war waffenlos.

»Nehmen Sie Ihre Hände hoch!«, gebot man ihm weiter.

Sun Koh schüttelte verwundert den Kopf.

»Haben Sie nicht begriffen, in welcher Lebensgefahr Sie schweben?«

Der Sprecher der drei grinste.

»Hm, ich will Ihnen mal was sagen. Ihre Geschichte klingt ein bisschen wild, und wir drei kennen Mr. Rockill ziemlich genau. Er liebt sein Leben mehr als ein anderer. Wenn er keine Angst vor der Kassette hat, so brauchen wir sie bestimmt nicht zu haben. Und wenn er tausend Dollar ausgibt, so wird er ziemlich genau wissen, dass es sich lohnt. Es tut uns leid, dass diese Sache auf Ihre Kappe geht, denn das vorhin war ein famoser Absprung, und wir wissen Leute zu schätzen, die Mut in den Knochen haben. Aber wie gesagt, die Pflicht geht vor. Und wenn Mr. Rockill es haben will, dass wir Sie vorläufig festnehmen, so ist dagegen wenig zu machen.«

»Jawohl«, hetzte Rockill. »Bindet ihn, werft ihn ins Wasser!«

»Na, na«, wehrte der Mann ab, »alles mit Maßen. Überlassen Sie das nur uns. Also geben Sie Ihre Hände her.«

Sun Koh fügte sich. Er kannte diese Art Männer gut genug, um zu wissen, dass eine Überrumpelung aussichtslos war. Sie besaßen zu viel Ruhe und waren zweifellos sichere, schnelle Schützen. Außerdem versperrten sie den einzigen Ausgang. Ohne Waffen konnte er nicht gegen sie an.

Man band ihm die Hände, führte ihn fort und sperrte ihn schließlich in einen dunklen Verschlag ein. Seine Mahnungen an die drei Wächter, das Öffnen der Kassette zu verhindern, fanden nur achselzuckende Ablehnung.

Nichts hinderte Rockill, das Unheil zum Ausbruch zu bringen.

*

Hal Mervin wurde essigsauer, als Sun Koh nicht wieder von sich hören und sehen ließ.

»Da haben wir die Schweinerei«, knurrte er. »Nun sitzt er auch noch drin in der Geschichte, und der Alte fingert an dem Kasten herum. Es ist, um aus der Haut zu fahren!«

»Ich bin an allem schuld«, klagte Leon. »Wenn ich nur …«

»Natürlich sind Sie an allem schuld«, wurde Hal grob. »Hecken Sie doch nicht solche verrückten Sachen aus. Wenn Sie Rockill die Backen vollgehauen hätten, dass er nicht mehr geradeaus blicken konnte, dann hätte ich das anständig gefunden. Aber so? Und natürlich müssen immer andere die Suppe ausfressen.«

»Ich will ja gern …«

»Quatsch! Was können Sie denn? Wir können allesamt nichts anderes, als den Daumen drücken. Wenn der Kerl wenigstens auf den gescheiten Gedanken käme, an Land zu gehen?«

»Das Boot wechselt den Kurs«, machte Halley aufmerksam.

»Donnerwetter, ja. Hm, da bin ich neugierig.« Seine zagen Hoffnungen erfüllten sich. Das Motorschiff hielt direkt auf die bewaldete Felseninsel hin, die südlich des am Horizont gerade noch zu ahnenden Festlandes von Kuba aus dem Meer stieß.

Inzwischen wurde es dunkel. Die Nacht kam. »Wollen wir nicht auch hinuntergehen?«, fragte Leon vorsichtig an.

»Langsam«, erwiderte Hal weniger grollend. »Wir wollen erst abwarten, bis sie anlegen. Meinen Landeplatz habe ich mir schon ausgesucht. Es ist nicht nötig, dass sie uns beobachten.«

»Ich werde sofort zu Rockill gehen und selbst mit ihm sprechen.«

Hal wandte sich um.

»Sie, Mr. Leon? Nee, das lassen Sie mal einstweilen sein. Bei den Auseinandersetzungen kommt gewöhnlich nicht viel heraus. Jetzt gilt es zunächst allein, Mr. Sun Koh herauszuholen!«

»Und Miss Wanthery«, warf Halley ein.

»Die auch«, brummte Hal. »Geredet wird dabei aber nicht. Wir beide, Mr. Halley und ich, werden den Leuten auf die Bude rücken und den paar Kerlchen einfach die Pistolen unter die Nase halten. Wenn wir unsere Leute in Sicherheit haben, dann können wir allemal noch mit Rockill ein Wörtchen reden.«

Leon wagte keinen Einwand gegen den jungen Mann, der in der Sorge um seinen Herrn auf alle zarte Rücksicht pfiff.

Das Motorboot unten trieb in eine Bucht hinein und legte sich dort fest.

Einige hundert Meter von ihm entfernt setzte wenig später das Flugzeug auf festen Boden auf.

Leon erhob keinen Einspruch, als man ihn zur Bewachung der Maschine zurückließ. Hal Mervin und Halley zogen mit der schussbereiten Pistole in der Faust los.

Inzwischen hatte sich auf dem Boot Verschiedenes ereignet.

Die drei Leibwächter Rockills begaben sich nach der Einschließung Sun Kohs an Deck und berichteten den Bootsleuten, was sich ereignet hatte. Dann setzten sie sich auf ihren gewohnten Platz auf dem Vorderdeck zusammen.

Nachdem sie lange genug nachdenklich geschwiegen hatten, brummte Packham:

»Hol's der Teufel, ich kann bei der Geschichte nicht richtig warm werden. Ich weiß nicht, wie ihr darüber denkt, aber ich habe ein kitzeliges Gefühl in der Magengegend, wenn ich an die Kassette denke.«

»Geht mir auch ganz ähnlich«, nickten seine beiden Kameraden.

»Geld ist eine ganz schöne Sache«, hängte Garber an, »aber ich würde es doch zehnmal lieber von dem Mann nehmen, den wir eingesperrt haben, als von Rockill. Die alte Ratte wird immer widerlicher. Und der andere sah eigentlich nicht so aus, als ob er etwas vorschwindeln wollte. Schließlich kann man es doch auch ein bisschen beurteilen.«

»Meine Meinung«, stimmte Packham zu. »Vorhin habe ich nicht so nachgedacht, aber als uns jetzt die Bootsleute ausfragten und wir Antwort geben mussten, kam mir unsere Geschichte doch noch dümmer vor als die, die wir gehört haben. Wenn einer die Kassette mausen will, wird er doch nicht vorher einen Zettel herunterwerfen, dass Diamanten drin sind.«

»Ist mir auch eingefallen.«

»Kam mir auch so vor.«

»Vielleicht haben wir einen Fehler gemacht?«, erwog Packham weiter. »Wenn jetzt wirklich Dynamit in der Kiste ist, und Rockill macht sie auf, so gebe ich keinen Cent mehr für unser Leben. Es wäre dann höchste Zeit, dass wir die Sache in die Hand nehmen würden. Andererseits …?«

»Freilich«, pendelte Garber mit dem Kopf. »Wie wär's, wenn wir einmal mit Miss Wanthery sprächen? Sie ist ein vernünftiges Mädchen und weiß vielleicht eher Bescheid. Wenn sie uns das mit ihrem Vater, der durch Rockill ins Zuchthaus gekommen sein soll, bestätigt, so wäre ich nicht abgeneigt, lieber dem alten Kerl eins auf die Finger zu geben.«

»Der Vorschlag ist nicht schlecht«, fanden die beiden anderen.

Sie erhoben sich und gingen hinunter.

Helen Wanthery war sehr erstaunt, als die drei Männer bei ihr eintraten. Sie wusste nichts von dem Vorangegangenen, weil sie sich niemals um das kümmerte, was an Bord vorging. Außerdem hatte sie genügend mit sich selbst zu tun.

Packham machte den Wortführer.

»Wir möchten gern mit Ihnen eine Sache besprechen«, meinte er. »Sie ist für uns alle wichtig, und wenn Sie etwas Zeit für uns haben …«

»Selbstverständlich«, nickte sie. »Bitte sehen Sie zu, wie Sie eine Sitzgelegenheit finden. Dort ist auch noch Platz.«

Die drei verstauten sich nach Möglichkeit. Das junge Mädchen beobachtete sie mit leisem Lächeln. Sie fühlte die Verlegenheit der Männer, die sich jetzt gern einer betonten Höflichkeit befleißigen wollten, was sonst gar nicht ihre Art war.

Packham räusperte sich nach einer Verlegenheitspause.

»Hm, Miss Wanthery, es wird Ihnen vielleicht ein bisschen komisch vorkommen, aber wie gesagt, die Sache liegt uns auf dem Herzen. Hätten Sie etwas dagegen, wenn wir einige Fragen an Sie richteten?«

Sie schüttelte den Kopf.

»Nein, bitte fragen Sie.«

Trotz dieser Erlaubnis quetschte Packham noch reichlich mühsam heraus: »Ja, sehen Sie, es handelt sich nämlich darum, dass wir alle unter Umständen in Lebensgefahr sind, wenn die alte Rat– ahem, wenn Mr. Rockill die Kassette öffnet. Nun wäre es wichtig für uns, wenn Sie uns sagen würden, ob es richtig ist, dass Sie das Enkelkind von Mr. Rockill sind?«

Das junge Mädchen hatte allen Grund, erstaunt zu sein. Es entsprach aber allem, was sie den ganzen Tag bewegt hatte, dass sie nicht auswich.

»Ich verstehe den Zusammenhang zwischen den beiden Dingen nicht«, erwiderte sie, »aber es ist richtig, dass Rockill mein Großvater ist. Meine Mutter war Margret Rockill, die Tochter Rockills.«

Die drei Männer blickten sich bedeutungsvoll an, dann stellte Packham sofort eine neue Frage.

»Und ihr Vater, Miss Wanthery?«

»Mein Vater? Ich weiß nichts von ihm. Er soll noch vor meiner Geburt gestorben sein.«

Packham rieb sich den Daumen an der Backe.

»Hm, hm, das passt nun wieder nicht. Halten Sie es nicht für möglich, dass er noch lebt?«

Helen Wanthery wurde immer erstaunter.

»Ich verstehe Sie nicht. Was ich von meinen Eltern weiß, erfuhr ich zwar nur von Rockill, aber ich habe nie daran gezweifelt. Ich fand eines Tages durch Zufall Papiere, die sich auf meine Geburt bezogen. Meine Mutter war nicht verheiratet, als ich geboren wurde. Die Erklärung, dass mein Vater vorher gestorben sei, leuchtete mir durchaus ein. Wie kommen Sie zu Ihrer Frage?«

Packham wischte sich den Schweiß von der Stirn.

»Teufel, es ist nicht leicht. Entschuldigen Sie, aber ich hörte da, Ihr Vater hätte – hm, wie soll ich sagen – man meinte, Ihr Vater wäre nicht gestorben, sondern hätte sich im – woanders aufgehalten. Entschuldigen Sie, aber ich ...«

»Warten Sie, Mr. Packham«, bat sie. »Ich habe den Eindruck, dass Sie wichtige Dinge mit mir besprechen wollen, aber es am falschen Ende anfangen. Wahrscheinlich fürchten Sie auch, mich zu verletzen. Nun, ich bin ja an einiges gewöhnt, nicht wahr? Es ist besser, wenn Sie einfach der Reihe nach erzählen, was Sie wissen. Ich will Ihnen dann gern meine offene Meinung dazu geben.«

»Miss Wanthery hat unbedingt recht«, nickte Garber.

»Natürlich hat sie recht«, knurrte Packham ärgerlich, zugleich aber freier. »Also, Miss Wanthery, mit Ihrer Erlaubnis will ich Ihnen erzählen, was los ist. Sehen Sie, da erschien vorhin ein Flugzeug über uns. Es warf einen Zettel ab, auf dem stand, Mr. Rockill solle die Kassette nicht öffnen, weil sie mit Dynamit gefüllt sei.«

»Mit Diamanten«, verbesserte Garber.

»Ja, das lasen wir, aber es soll Dynamit geheißen haben. Auf dem Zettel stand weiter, wir sollten stoppen und ein Boot aussetzen. Das machten wir nicht. Darauf kam das Flugzeug ganz tief herunter, und ein Mann ließ sich von einem Seil aus auf unser Boot, ein Mr. Sun Koh, der sich ebenfalls mit auf der Schlamminsel befunden hat. Er ging zu Mr. Rockill und redete mit ihm.«

»Seltsame Ereignisse«, schüttelte sie den Kopf.

»Hm«, fuhr Packham fort, »offen gestanden, wir waren draußen vor der Tür und belauschten alles. Das andere hörten wir dann später, als uns Mr. Rockill hereinrief. Dieser Mr. Sun Koh behauptet nun, die goldene Kassette sei mit Dynamit gefüllt. Wenn man sie öffnete, würde das ganze Schiff in die Luft gesprengt werden. Mr. Rockill dagegen behauptete, es seien Diamanten drin und der andere schwindle ihm nur was vor. Darauf hörten wir eine Geschichte, die Sie angeht. Ihr Vater sollte damals Ihre Mutter nicht heiraten. Mr. Rockill sorgte dafür, dass er ins Zuchthaus kam, obwohl er unschuldig war. Dort hat Ihr Vater zwanzig Jahre lang gesessen. Ihre Mutter ist aus Gram kurz nach Ihrer Geburt gestorben. Ihr Vater schwor Mr. Rockill Rache.

Als er aus dem Zuchthaus entlassen wurde, besorgte er sich die Kassette, füllte sie mit Sprengstoff und spielte sie Mr. Rockill in die Hände. Er sollte sich selbst auseinanderreißen, indem er die Kassette öffnete. In der letzten Nacht aber erfuhr Ihr Vater, dass Sie lebten. Das hatte er vorher nicht gewusst. Nun versucht er, die Kassette wiederzubekommen, weil er Ihr Leben schützen will. – Das ist die Geschichte, die Mr. Sun Koh erzählte. Und Ihr Vater soll der Mr. Leon sein, der ebenfalls mit auf der Insel war.«

Helen Wanthery blickte den Sprecher aus weit geöffneten Augen an.

»Ihre Geschichte – ist sehr eigenartig«, flüsterte sie. »Mein Vater soll noch leben?«

Packham hob die Schultern.

»Ich weiß es ja nicht, ich hörte es bloß. Mr. Rockill erklärte alles für Schwindel, aber mir persönlich kam es vor, als ob er nicht ganz sicher wäre.«

Sie schien es gar nicht vernommen zu haben.

»Mr. Leon – mein Vater?«, flüsterte sie weiter. »Er benahm sich so merkwürdig. Deshalb wollte er vielleicht wissen, wer ich bin? Und er nannte den Namen meiner Mutter.«

Packham wusste damit nicht viel anzufangen, aber er zog die Schlussfolgerung, die diesen Worten entsprach:

»Sie meinen also, dass diese Geschichte richtig ist?«

Sie kehrte aus ihrer Geistesabwesenheit zurück.

»Ich weiß es doch nicht! Warum müssen Sie das wissen?«

Packham beugte sich vor.

»Nun, Miss Wanthery, wenn Mr. Leon wirklich Ihr Vater ist, so wird er bestimmt keine Diamanten in die Kassette gesteckt haben. Ein Mann, der zwanzig Jahre lang unschuldig gesessen hat, schenkt dem, der ihn hineinbrachte, keine Diamanten. Wenn die Geschichte stimmt, dann wird es höchste Zeit, dass wir Mr. Rockill die Kassette abnehmen.«

»Ich verstehe«, erwiderte sie nachdenklich. »Sie meinen, dass dann die Gefahr einer Explosion besteht?«

»Jawohl.«

Sie schauerte zusammen.

»Das – ist schrecklich. Aber ich weiß ja nichts. Ich halte es für möglich, dass Mr. Sun Koh die Wahrheit gesprochen hat. Aber ich weiß es nicht. Ist er nicht mehr hier?«

»Doch. Wir haben ihn gefesselt und eingesperrt. Mr. Rockill wollte es so.«

»Aber – Sie halten es doch selbst für möglich, dass er nur das Beste wollte?«

Packham legte mit verlegener Geste die Hände gegeneinander.

»Tja, freilich, aber das lässt sich schwer beurteilen. Sehen Sie, wir sind doch schließlich bei Mr. Rockill angestellt, um ihn zu beschützen. Wir sind nicht gerade die Besten, aber mit unserem Dienst haben wir es immer ehrlich genommen. Freilich, wenn …«

Ein schlurfender Laut ging durch das Boot, die Motoren setzten aus.

»Was ist das?«

»Ach nichts«, beruhigte Packham. »Wir werden anlegen. Mr. Rockill hat die Seefahrt satt, und wir steuerten direkt auf eine Insel zu. Also, was ich sagen wollte, wenn in der Kassette wirklich Dynamit steckt, dann würden wir sofort unseren Dienst aufsagen und so handeln, wie wir es für richtig halten. Wir wissen aber eben nicht genau, woran wir sind. Mr. Sun Koh schien die Wahrheit zu sprechen, aber man kann sich ja täuschen. Ich dachte, Sie könnten uns nun Bescheid geben?«

Sie sah bekümmert auf die drei.

»Ja, ich kann Ihnen nur sagen, dass ich eher Mr. Sun Koh glaube als Mr. Rockill. Es war Mr. Leon, der mir die Kassette brachte. Als ich ihn kurz vor der Abfahrt kennenlernte, verhielt er sich so, als ob er in mir einen Menschen wiedererkennen würde, den er sehr geliebt hatte. Er nannte mich beim Namen meiner Mutter und drängte mich, ich solle ihm von meinen Eltern erzählen. Aber es ist alles so unbestimmt. Ja, wenn wir noch an der Insel lägen, und ich könnte ihn oder Mr. Halley sprechen, so …«

»Mr. Halley befindet sich auf dem Flugzeug«, fiel Garber ein.

Sie wandte sich ihm lebhaft zu.

»Er ist auf dem Flugzeug?«

»Ja, der Zettel war von ihm unterzeichnet worden.«

»Dann hat Mr. Sun Koh bestimmt die Wahrheit gesprochen«, entschied sie mit aller Folgerichtigkeit der Liebenden. »Können wir uns nicht mit dem Flugzeug und Mr. Halley in Verbindung setzen?«

Die Männer pendelten mit den Köpfen.

»Tja«, meinte Packham nach einer Weile, »es sollte mich wundern, wenn die Maschine nicht in der Nähe landen würde. Garber, sieh mal nach. Nimm das Nachtglas, vielleicht kannst du was beobachten.«

Garber eilte hinaus.

»Das Gescheiteste wäre es vielleicht«, fuhr Packham fort, »wenn Sie mit

Mr. Halley sprechen könnten. Sie müssen ja schließlich wissen, woran Sie mit ihm sind. Entschuldigen Sie die Anspielung, aber mir kam es so vor, als ob …«

»Es ist schon gut«, wehrte sie ab. »Mr. Halley würde mir bestimmt die Wahrheit sagen. Wenn das Flugzeug in der Nähe landet, so werde ich hingehen und mit ihm sprechen.«

»Wir würden Sie natürlich begleiten.«

Sie redeten hin und her, bis Garber zurückkam.

»Ich habe es gerade noch schnappen können«, berichtete er. »Es ging fast senkrecht nieder, gar nicht weit von hier. In ein paar Minuten können wir dort sein, wenn wir uns am Strande halten.«

»Dann wollen wir gleich gehen«, drängte das junge Mädchen.

Die Männer stimmten sofort zu. Es war ihnen auf dem Schiff nicht mehr recht geheuer. So kam es, dass sie ungefähr zur gleichen Minute das Motorschiff verließen, in der Hal Mervin und George Halley vom Flugzeug weggingen. Sie begegneten sich aber nicht, denn Hal nahm, um der besseren Deckung willen, den geraden Weg durch den Wald.

*

Die drei Leibwächter Rockills waren nicht die einzigen Männer, die sich angelegentlich mit dem Inhalt der Kassette beschäftigten. Während sie unten bei Helen Wanthery saßen, drängten sich drei Mitglieder der fünfköpfigen Bootsbesatzung um den Bootsführer, der das Steuer bediente. Sie kauten das, was sie eben von den Leibwächtern gehört hatten, eifrig durch, ohne sich von den geringfügigen notwendigen Bootsmanövern groß hemmen zu lassen. Ihre Zungen wurden erst langsamer, als einer bedeutungsvoll hinwarf:

»Eigentlich schade. Ein ganzer Kasten voll Diamanten. Die würden uns alle zusammen reich machen.«

Die Bemerkung schwang aus. Die Gedanken liefen auf der gelegten Spur entlang.

»Die Kassette gehört eigentlich uns genau so gut wie Mr. Rockill«, brummte ein anderer. »Er hat sie doch bloß auf unrechtmäßige Weise an sich gebracht. Aber wer hat, der hat.«

Der Steuermann wandte sich um.

»Unsinn. Er hat die Kassette, und wir haben ihn. Was will er denn ohne uns anfangen? Wenn wir sie ihm wegnehmen, kann er uns noch nicht einmal anzeigen. Wir wären eigentlich mächtig dumm, wenn wir ihm die Diamanten ließen.«

Einer schüttelte warnend den Kopf.

»Die Kassette ist gestohlen. Wir bekommen es mit der Polizei zu tun.«

»Pah«, gab ein anderer seine Meinung, »die Kassette kann er ja wiederhaben. Ich stand dabei, wie der Detektiv sagte, der Inhalt der Kassette sei ihm gleichgültig.«

»Stimmt«, nickte der Bootsführer. »Niemand kann uns was anhaben, wenn wir die Kassette ausleeren und sie leer abgeben. Schließlich können wir ja auch Steine hineinfüllen.«

»Aber wir haben es nicht bloß mit Rockill zu tun. Da sind auch die drei Wächter.«

»Die müssen wir eben im Schlafe überwältigen. Achtung, wir sind gleich am Ufer.«

Das erregende Gespräch wurde erst wieder aufgenommen, als das Boot festlag.

Aus Rede und Gegenrede entstand ein Plan, als jedoch unerwartet die drei Wächter zusammen mit dem Mädchen das Boot verließen, wurde er umgeworfen und ein neuer geschmiedet.

»Wir brauchen nur abzufahren«, schlug einer vor, »dann sind wir sie los.«

Der Bootsführer winkte ab.

»Und was dann, wenn sie hier gefunden werden? Man wird uns den Prozess machen. Wir müssen so handeln, dass uns niemand vor dem Gesetz etwas vorwerfen kann. Wir werden sie mitnehmen, aber auf unsere Weise. Hört zu.«

Er entwickelte einen Plan, der des Beifalls würdig schien.

*

In seiner Kabine aber mühte sich Rockill unablässig, die goldene Kassette zu öffnen.

7.

Leon schrak auf, als er Menschen in der Nähe hörte. Kamen die beiden schon wieder zurück?

»George Halley? George Halley!«, kam ein Ruf aus geringer Entfernung. Leon versuchte vergeblich das Dunkel vor Mondaufgang zu durchdringen. Das war eine Frauenstimme, die nach Halley rief, und es war sicher die Stimme Helens.

»Hier!«, rief er zurück. »Wer ist dort?« Helen Wanthery und ihre drei Begleiter kamen nunmehr mit schnellen Schritten auf ihn zu.

»George – Mr. Halley?«, fragte sie unsicher, als sie kurz vor ihm war.

»Mr. Halley ist gerade einmal weggegangen«, erwiderte er. »Ich bin Leon. Sind Sie nicht Miss Wanthery?«

Sein Ton war leidlich ruhig, sodass sie ihre Sicherheit behielt.

»Ja. Ich wollte Mr. Halley sprechen. Aber – Sie können mir vielleicht auch alles sagen.«

»Gern«, gab er gepresst zurück. »Aber wir können uns kaum sehen. Wenn ich Sie bitten dürfte, in das Flugzeug einzusteigen? Dort ist Licht.«

»Ja. Mr. Packham, Sie kommen wohl mit?«

»Natürlich. Wir können auch alle drei …?«

»Es ist nicht viel Platz oben«, wandte Leon ein. »Zwei von den Herren können mit hinauf.«

Packham schloss sich allein an.

Es war eine Minute stärksten Gehalts, als sich Leon und Helen Wanthery in der Kabine bei Licht gegenüberstanden und sich gegenseitig forschend anblickten. Packham drückte sich stumm in einen Pilotensitz und fand, dass er vielleicht doch besser unten geblieben wäre.

Leon würgte einen Kloß aus dem Hals heraus.

»Hm, hm – ich weiß nicht, warum Sie kommen, aber ich muss Ihnen zuvor etwas sagen, so seltsam es klingen mag. Helen – ich heiße eigentlich William Noelly, und ich bin Ihr, dein Vater. Deine Mutter und ich, wir liebten uns. Bevor wir uns heiraten konnten, musste ich – fort.«

Sie neigte den Kopf.

»Also doch? Sie – du bist mir fremd, aber ich glaube es.«

Er nahm ihre schlaff hängenden Hände und murmelte aus seiner Erschütterung heraus:

»Helen, mein Kind. Das hätte ich mir nie träumen lassen. Du hast recht, wir sind einander fremd, aber ...«

Er ließ die Hände wieder los, wischte sich über die Stirn und fuhr beherrschter fort:

»Verzeih meine Erregung. Du wirst Zeit brauchen, um das zu fassen, was ich schon seit gestern wusste.«

Sie blickte ihn an.

»Ich war darauf vorbereitet. Aber es ist etwas Ungewohntes, einen Vater zu besitzen. Ich kann eigentlich her, um mir die Bestätigung zu holen.«

»Wolltest du nicht zu Mr. Halley?«

»Doch, aber es ging dich an, was ich fragen wollte. Wir, die drei Männer und ich, kamen wegen der Kassette und allem, was damit in Zusammenhang steht.«

Die Unterredung war aus der ersten Erschütterung heraus in sachliche Bahnen geglitten. Sowohl Leon als auch seine Tochter bemühten sich, ruhig zu sprechen und weder Gefühle zu zeigen noch zu heucheln. Sie waren sich ja tatsächlich fremd. Leons Bereitschaft, seine neu geschenkte Tochter zu umarmen, war zwar groß, aber er besaß Feingefühl genug, um zu empfinden, dass er das Maden durch einen Überschwang nur scheu machen konnte. So sprachen sie beherrscht miteinander. Es war schon viel wert, dass der Tonfall des jungen Mädchens mehr und mehr Zutrauen zum Ausdruck brachte.

Leon beantwortete einige Fragen, dann glitt er in die Geschichte seines Lebens hinein. Er berichtete, und anschließend erzählte Helen von ihrem Leben. Sie vertieften sich stärker in persönliche Angelegenheiten, als der ungeduldigen Erwartung der beiden untenstehenden Wächter angemessen war. Sie machten sich bemerkbar.

Darauf kamen sie auf die nahe liegenden Angelegenheiten zurück.

Leon beantwortete einige Fragen Packhams, dann verriet er, zu welchem Zweck sich Hal Mervin und Halley entfernt hatten. Das setzte Packham in helle Verwunderung.

»Da hätten sie aber doch schon lange wieder da sein müssen?«, meinte er.

»Auf dem Boot ist niemand, der ihnen den Zutritt verwehren kann. Und wir sitzen hier schon bald eine halbe Stunde. Ich glaube, Miss, es wird Zeit, dass wir zurückkehren.«

»Ich muss beim Flugzeug bleiben«, sagte Leon. »Willst du hier nicht warten, Helen?«

»Ich will lieber mit zurückgehen«, gab sie zurück. »Ich kann doch ohnehin nicht die ganze Nacht hier bleiben. Aber morgen früh werden wir uns ja wiedersehen. Rockill muss es sich schon gefallen lassen.«

»Das werden wir in Ordnung bringen«, brummte Packham.

»Also auf morgen früh«, seufzte Leon. »Ich werde erst richtig froh sein, wenn diese Kassette im Meer verschwunden ist. Leb wohl, Helen!«

Sie drückte ihm die Hand.

»Leb wohl – Vater!«

Er zitterte unter dem ungewohnten Wort, aber er schwieg.

*

Hal Mervin nahm sich Zeit, bevor er zum Angriff überging.

»Wenn man es eilig hat, soll man sich Zeit nehmen«, beantwortete er eine ungeduldige Mahnung Halleys. »Es ist besser, wir wissen genau Bescheid, als dass wir in der Hast falsch handeln. Ich sehe drei Leute auf Deck. Die Kerle wollen anscheinend überhaupt nicht schlafen gehen.«

»Sie können uns sehen«, warnte Halley.

»Dazu ist es viel zu dunkel. Aber die ganze Nacht können wir natürlich nicht warten. Passen Sie auf. Ich werde mich jetzt seitwärts schlagen, ein Stück schwimmen und dann am Tau des Beibootes hochsteigen. Sie werden das von hier aus nicht beobachten können. Warten Sie also fünf Minuten ungefähr, dann gehen Sie direkt auf das Boot los und steigen über die Treppe nach oben. Ich richte mich dann schon nach oben. Die drei werden auf Sie zukommen. Spielen Sie meinetwegen den Harmlosen, ich zwinge sie dann von hinten her, die Arme hochzuheben. Verstanden?«

»An mir soll's nicht liegen.«

»Also – na, jetzt legen sich die Leutchen wohl doch noch schlafen?«

Die drei Gestalten, die gerade noch in den Umrissen erfassbar waren, verschwanden.

»Nun, das tut ja nichts«, meinte Hal. »Unsern Plan brauchen wir deshalb nicht zu ändern. Halten Sie die Ohren steif.«

Er glitt davon.

Rund fünf Minuten später ging Halley los. Auf dem Boot rührte sich nichts. Die komischerweise ausgelegte Laufplanke seufzte schwippend, die schräge Holztreppe knirschte, aber das Deck blieb trotzdem still und leer, sodass er schließlich einigermaßen ratlos oben stehen blieb.

Hal Mervin kam vom Heck her angeschlichen.

»Sie schlafen alle. Dort ist der Niedergang, folgen Sie mir.«

»Es ist noch Licht im Boot.«

»Das wird bei Rockill selbst sein. Vorwärts!«

Hal war stets ein Optimist gewesen. Das unermüdliche Misstrauen gegen das Schicksal fehlte ihm. Deshalb handelte er zwar sorgfältig und überlegt, aber übersah doch einfach wichtige Momente und Gefahrenquellen. Er machte sich zum Beispiel keine Gedanken darüber, dass sich die Leute auf dem Boot wie auf Kommando alle schlafen gelegt hatten, sondern betrachtete das eben als sein Glück.

Behutsam stieg er die steile Eisentreppe hinunter. Unten war es stockdunkel, wenigstens unmittelbar an der Treppe. Nach hinten zu lagen wohl wie gewöhnlich Pantry, Maschinen- und Mannschaftsräume, geradeaus die Kajüten. Einige Meter entfernt stand eine Tür weit geöffnet, matter Lichtschein fiel auf den Flur.

Er schlich sich vorwärts. Der offene Raum war eine Kabine, an deren Außenwand ein Mensch in merkwürdiger Stellung auf dem Fußboden lag.

Hal trat einen Schritt hinein, hörte an der Treppe verdächtige Geräusche und wollte umkehren, aber schon bekam er einen Schlag auf den Kopf, er stürzte nach vorne. Zu gleicher Zeit wurde Halley, der ahnungslos auf der Treppe nachgestiegen kam, von hinten niedergeschlagen.

Die beiden verschliefen Erstaunen, Entsetzen und Kriegsrat der unternehmungslustigen Bootsbesatzung. Als sie erwachten, lagen sie in der offenen Kabine unter Knebel und Fesseln und spielten die Rolle des Mannes, der vorhin als Lockvogel gedient hatte.

Dann kamen die drei Leibwächter Rockills mit Helen Wanthery zurück.

»Kein Mensch mehr oben?«, knurrte Packham. verwundert, als er das Deck leer fand. »Es ist vielleicht besser, Miss, wenn Sie einstweilen warten. Wahrscheinlich ist Mr. Halley mit den anderen unten. Es wäre dumm, wenn Sie in einen Zusammenstoß hineinkämen.«

Sie schüttelte den Kopf.

»Nein, es ist besser, wenn ich zuerst hinuntergehe. Wenn Mr. Halley mich sieht, gibt es bestimmt keinen Zusammenstoß.«

Packham konnte sich der Richtigkeit dieser Anschauung nicht verschließen und wandte nichts mehr ein. Er ließ sich aber den Vortritt nicht nehmen und gab Garber Anweisung, für alle Fälle oben zu bleiben.

»Verdammt dunkel heute«, stellte er fest, während er hinunterstieg. »Will gleich erst mal das Licht andrehen. – Warum steht denn unsere Kabine sperrangelweit auf?«

Er vergaß, dass er Licht machen wollte und eilte vorwärts. Die beiden Gestalten am Boden entlockten ihm einen Ausruf, eine Bewegung durch die Türöffnung hindurch, dann ging es ihm, wie es Hal Mervin gegangen war. Das junge Mädchen sah es und stieß einen warnenden Schrei aus, aber schon wurde der nächste Wächter von der Treppe heruntergerissen.

Helen Wanthery wusste nicht, wer hier handelte, doch nahm sie unwillkürlich an, dass es Halley und seine Freunde seien. Sie rief deshalb besorgt:

»George Halley, nicht, es sind unsere Freunde!«

Erst als der Koch an sie heranschoss und ihr die Hand auf den Mund presste, erkannte sie, dass ihre Annahme falsch gewesen war.

Die Bootsbesatzung hatte sich auf alle Möglichkeiten vorbereitet. Der Steuermann sprang nach geringer Verzögerung die Treppe hoch und winkte dem stutzig gewordenen Garber:

»Mr. Garber, kommen Sie schnell, schnell!«

Garber hatte keinen Anlass zum Misstrauen gegen den Mann. Er kam gestürzt, sauste die Treppe hinunter und musste sich die Beine unter dem Leib wegziehen lassen, bevor er noch richtig unten war.

Die Bootsbesatzung hatte mit allem Anfängerglück ihren Plan verwirklicht. Besonders wohl fühlte sie sich aber nicht dabei. Während man die Überwältigten gründlich festlegte, wurden mancherlei Bedenken über die Folgen dieser nächtlichen Arbeit laut. Der Bootsführer beschwichtigte sie alle. Er war so ziemlich der Einzige, der über genügend Gewissenlosigkeit verfügte.

Das junge Mädchen war übrigens kurzerhand in ihre Kabine gesperrt worden. Rockill arbeitete unermüdlich an der Kassette. Es war ihm gelungen, auch den Mechanismus einer zweiten Sperrung zu finden und zu lösen. Er war sich nun nicht schlüssig, ob der Deckel noch durch die Lötung oder durch einen dritten Mechanismus gehalten wurde. Bevor er eine endgültige Kraftanstrengung machte, wollte er noch weitersuchen.

Er blickte sehr unwillig auf, als der Bootsführer eintrat.

»Was wollen Sie denn?«

Der Bootsführer kam dicht heran und zeigte dann plötzlich die Waffe, die er einem der Wächter abgenommen hatte.

»Hände hoch, Mr. Rockill. Wenn Sie in Ihre Tasche greifen, dann ...«

Rockill hob entsetzt die Hände.

»Ihr könnt hereinkommen«, rief der Bootsführer nach draußen, worauf die andern vier hereindrängten.

Der Bootsführer zog Rockill die Pistole aus der Tasche und erklärte dann: »So, Mr. Rockill, nun hören Sie zu, was wir Ihnen zu sagen haben. Diese Kassette hier ist von Ihnen gekauft worden. Trotzdem gehört sie Ihnen nicht, weil es eine gestohlene Sache ist. Wir haben aber nichts dagegen, wenn Sie die Kassette behalten, nur müssen Sie uns den Inhalt ausliefern. Es sind Diamanten drin. Die Diamanten für uns, die Kassette für Sie, dann ist alles in Ordnung, und wir liefern Sie wohlbehalten ab. Haben Sie mich verstanden?«

Rockill hatte vor allem verstanden, dass es ihm nicht ans Leben ging. Sein Mut und seine Sprache kamen zurück.

»Unerhört«, krächzte er, »sind Sie unter die Räuber gegangen?«

»Wir sind ehrliche Leute«, gab der Bootsführer würdig zurück. »Aber wir sehen nicht ein, warum Sie die Diamanten haben sollen. Sie sind reicher als wir und Ihnen gehören sie auch nicht.«

»Frechheit«, entrüstete sich Rockill. »Man wird Sie hängen dafür. Wo ist Packham? Wo sind meine drei Wächter?«

»Die haben wir einstweilen festgesetzt.«

»Lüge«, schnaubte Rockill. »Die drei lassen sich ...«

»Holt sie herein«, wandte sich der Sprecher an die anderen. »Mr. Rockill soll sehen, dass es stimmt. Und es schadet nichts, wenn die drei gleich hören, was los ist. Sie sind vernünftige Leute.«

Man brachte Packham und seine beiden Kameraden geschleppt.

»Da sind sie«, meinte der Bootsführer und wandte sich dann an Packham. »Sie können verstehen, was ich sage, nicht wahr, Mr. Packham? Es tut uns leid, dass wir sie niederschlagen mussten. Geschehen wird Ihnen nichts, nur müssen wir Sie noch gebunden halten. Sehen Sie, es handelt sich darum, dass Mr. Rockill auf die Diamanten wahrhaftig nicht angewiesen ist. Er ist reich, und wir sind arm. Und sein Eigentum sind sie auch nicht. Wir wollen ihm die Kassette lassen, aber er soll die Diamanten herausgeben. Wenn Sie uns keine Schwierigkeiten machen, können Sie auch einen Anteil bekommen.«

Packham schleuderte den Kopf und würgte gegen den Knebel in seinem Munde an, aber der Bootsführer drehte sich schon wieder zu Rockill herum.

»Sie sind hoffentlich vernünftig. Wir könnten Ihnen die Kassette wegnehmen und sie gewaltsam zerstören, aber von uns aus soll sie Ihnen unbeschädigt bleiben. Bitte öffnen Sie die Kassette und geben Sie uns die Steine heraus.«

»Ich soll Ihnen die Kassette öffnen?«, dehnte Rockill lauernd. »Nun gut, geben Sie her.«

Er zog sie an sich, ließ mit einem schnellen Griff die beiden Mechanismen zurückschnappen und schob sie wieder weg, wobei er höhnisch auflachte.

»So, jetzt ist sie wieder richtig geschlossen. Sie werden sich die Zähne daran ausbeißen.«

Der Bootsführer wurde wütend.

»Das ist eine Gemeinheit von Ihnen. Dann werden wir sie eben gewaltsam öffnen.«

Einer seiner Leute stieß ihn an. »Du, Packham will etwas sagen.«

»Nimm ihm den Knebel heraus.«

Packham brauchte eine Weile, bevor er sprechen konnte.

»Ihr seid verrückt! In der Kassette befindet sich Dynamit. Das ganze Boot fliegt in die Luft, wenn sie geöffnet wird.«

Der Bootsführer grinste zweifelnd.

»Das willst du uns jetzt weismachen, he? Vorhin hast du selbst gesagt, dass Diamanten darin sind.«

»Vorhin! Seitdem habe ich erfahren, was wirklich los ist. Es steckt Dynamit drin, ich schwöre es euch.«

Die Männer zogen jetzt doch bedenkliche Mienen, aber Rockill verdarb alles wieder.

»Jawohl«, hastete er heraus. »Es steckt Dynamit drin. Seien Sie froh, dass ich die Kassette nicht öffne.«

Der Bootsführer zeigte die Zähne.

»So, Dynamit steckt drin? Auf einmal? Und eben hatten Sie trotz des Dynamit die Kassette schon fast offen. Nee, auf den Trick fallen wir nicht herein. Also, wollen Sie die Kassette öffnen?«

»Ihr seid ja wahnsinnig!«, keuchte Packham vom Boden her. »Was kann ich dafür, dass der alte Narr Unsinn schwatzt? Es ist Dynamit. Fragt doch die anderen, wenn ihr mir nicht glaubt.«

Sein Tonfall machte die Bootsleute wieder bedenklich.

»Hm?«, brummte der Bootsführer, »In die Luft wollen wir natürlich nicht gerade fliegen. Aber die anderen werden uns das Gleiche vorschwindeln.«

»Dann fragt doch Miss Wanthery.«

»Der Vorschlag ist nicht schlecht. Holt sie her.«

Helen Wanthery betrat wenig später die Kajüte. Der Bootsführer war ihr gegenüber sehr höflich. »Es handelt sich um die Diamanten, Miss Wanthery. Ob Recht oder Unrecht – sicher ist, dass sie Mr. Rockill auch nicht gehören und dass wir ebenso viel Anspruch auf sie haben. Nun sagt aber …«

»Welche Diamanten?«, fragte sie hastig dazwischen.

»In der Kassette.«

»Sie enthält keine Diamanten, sondern Dynamit«, sagte Helen Wanthery entschieden, trat an den Tisch heran und nahm die Kassette an sich. Dann ging sie geradewegs zur Tür. Der Bootsführer stellte sich ihr eben noch rechtzeitig in den Weg.

»Moment, Miss Wanthery. Was wollen sie mit …«

»Meine Kassette!«, kreischte jetzt Rockill dazwischen. »Helen, ich verbiete dir …«

»Ich will sie ins Wasser werfen. Sie ist gefährlich, und …«

»So weit sind wir noch nicht. Die Kassette bleibt hier. Entschuldigen Sie, aber …«

Er nahm ihr den Kasten unter dem Arm weg und stellte ihn auf den Tisch zurück.

»Sie wollen ihn hoffentlich nicht öffnen.«

»Doch, wir sind gerade dabei. Wenn Mr. Rockill die Kassette nicht freiwillig öffnet, öffnen wir sie mit Gewalt.«

»Aber dann sprengen Sie doch uns alle in die Luft?«

»Narr!«, keuchte Packham.

»In die Luft!«, drückte Rockill nach.

Helen Wanthery empfand die Überreizung der anderen und wurde ganz ruhig. »Hören Sie mich an«, bat sie den Bootsführer. »Sie glauben mir nicht, dass die Kassette Sprengstoff enthält. Sie haben doch vorhin gesehen, dass ich mit Packham und den anderen wegging?«

»Hm, das schon.«

»Nun, wir waren bei dem Mann, der den Inhalt der Kassette kennt. Ich will Ihnen eine Geschichte darüber erzählen.«

Sie erzählte die Geschichte ihres Vaters so ruhig und unbeteiligt wie möglich. Die Männer hörten ihr aufmerksam zu. Man sah ihnen bald an, dass sie beeindruckt waren. Dafür wurde Rockill umso erregter, je weiter der Bericht fortschritt. Er kreischte einige Male etwas von Lügen und Schwindel dazwischen und verbot Helen wiederholt, weiter zu sprechen. Als sie zum Schluss gekommen war, riss er die Kassette an sich und keifte:

»Lüge, alles Lüge! Ihr wollt mich nur um die Kassette bringen. William Noelly lebt überhaupt nicht mehr.«

Da wurde die Tür geöffnet.

William Noelly, der sich bisher Leon genannt hatte, stand im Türrahmen. Er war jetzt glattrasiert und machte einen ganz anderen Eindruck. Aber gerade dadurch wurde er Rockill vertraut.

»Ich lebe noch«, sagte er ruhig, aber wie durch Asche hindurch. »Ich lebe noch, Mr. Rockill, und ich bin gekommen, um …«

Rockill stieß einen pfeifenden Laut aus und fiel zurück. Die Kassette schleuderte er mit einer heftigen Bewegung gegen Noelly. Sie traf ihn an der Brust, aber William Noelly fing sie auf und blieb auf seinen Füßen.

»Sie haben mich also erkannt, Rockill. Wir werden uns noch einiges zu sagen haben. Doch zunächst müssen wir wohl allein sein.«

Er wandte sich an die Männer, die unsicher bald auf ihn und bald auf Rockill blickten.

»Ich weiß nicht, was hier vorgefallen ist, aber ich ersuche Sie dringend, das Boot einstweilen zu verlassen. Machen Sie die Männer dort frei.«

Zwei Leute bückten sich. Inzwischen sprach Noelly mit seiner Tochter.

»Rockill ist unverbesserlich, Helen. Es war gut, dass ich mich entschloss, noch heute mit ihm zu sprechen. Sein Hass hätte ihn bis zum Äußersten getrieben. Bitte geh zum Flugzeug, Helen. Versprich mir das. Ich möchte nicht gestört werden, wenn ich mich mit Rockill unterhalte.«

Seine Ruhe kam ihr unheimlich vor. Sie zögerte.

»Du sprichst so seltsam, Vater?«

»Die Stunde ist seltsam«, lächelte er düster. »Ich bin dir dankbar, dass du mich als deinen Vater anerkennst. Mögest du alles Glück genießen, dass deiner Mutter versagt blieb. Geh jetzt zum Flugzeug. Die anderen werden dich begleiten.«

»George Halley ist noch irgendwo gefangen, Vater.«

Noelly blickte auf Packham, der sich eben erhob.

»Wo sind die drei Herren, mit denen ich gekommen bin?«

»Auch gefesselt.«

»Sie müssen zum Flugzeug gebracht werden. Ich verlasse mich auf Sie, Packham. Ich habe eine alte Rechnung mit Rockill zu begleichen. Lassen Sie mich eine halbe Stunde lang mit ihm allein. Sorgen Sie dafür, dass alle zum Flugzeug gehen. Räumen Sie jetzt das Boot aus und sagen Sie mir Bescheid, wenn alles an Land ist.«

»Was haben Sie vor?«

»Nichts. Ich möchte Rockill nur die Gewissheit geben, dass er mit mir allein ist. Beeilen Sie sich.«

Es lag etwas Zwingendes in der aschigen Stimme und in der tiefen inneren Stille Noellys. Packham nickte und winkte den anderen.

»Ich will nicht mit ihm allein bleiben!«, kreischte Rockill plötzlich. »Er will mich morden!«

Er kreischte weiter, aber die Kabine leerte sich trotzdem. Nur Noelly blieb, und er blieb ruhig im Raum stehen, als wäre er ganz allein.

Nach einigen Minuten kehrte Packham zurück.

»Alles an Land. Soll ich nicht lieber hier bleiben?«

William Noelly schüttelte stumm den Kopf und Packham ging. Er war eine einfache Natur. Er ahnte die dunklen Unterströmungen und die mögliche Katastrophe, aber es lag ihm nicht, gegen das Ungewisse anzugehen. Und nebenbei dachte er, dass es Rockill nichts schaden könnte, einmal eine gründliche Abreibung zu erhalten.

William Noelly und Rockill waren allein. Beide schwiegen.

Rockill kauerte wie eine eingekesselte Ratte auf der Ecke seines Lagers und schielte tückisch. William Noelly stellte die Kassette auf den Tisch und setzte sich auf den Stuhl, ohne Rockill aus den Augen zu lassen.

»Wir sind allein, Rockill«, begann er farblos. »Nach mehr als zwanzig Jahren sehen wir uns endlich wieder. Und vorher standen wir uns nur ein einziges Mal gegenüber. Das war der Tag, an dem ich Sie bat, Margret meine Frau werden zu lassen. Erinnern Sie sich?«

»Gehen Sie«, flüsterte Rockill abwehrend. »Ich will Sie nicht sehen. Ich habe Sie nie sehen wollen. Behalten Sie die Kassette.«

»Wir werden sie beide behalten«, sprach Noelly im gleichen Tonfall weiter. »Wir werden beide an ihr sterben. Sterben, Rockill! Oder zweifeln Sie noch immer daran, dass sie mit Sprengstoff gefüllt ist? Sie hat mich fast mein letztes Geld gekostet. Der Mann, der sie füllte, ließ sich seine Arbeit bezahlen. Sehen Sie her, Rockill. Man braucht nur diese beiden Federn gleichzeitig zu verschieben, dann ist der Mechanismus geöffnet. Nun braucht man nur noch einen kräftigen Ruck, um die Lötung aufzubrechen. Das Glasröhrchen platzt, der Sprengstoff zündet – und wir beide gehören nicht mehr zu den Lebenden.«

Rockill streckte abwehrend beide Hände vor. Sie zitterten und beschrieben unruhige Bewegungen.

»Nein! Nicht! Lassen Sie Ihre Finger von der Kassette! Sie wollen mich ermorden! Denken Sie an Margret und …«

»Ich denke an sie«, fiel William Noelly düster ein. »Ich denke daran, dass sie sterben musste, weil Sie unmenschlich waren. Und ich denke an die zwanzig Jahre, die ich im Zuchthaus verbrachte. Ich denke an Margret und mich. Wir hätten ein Leben lang glücklich sein können, wenn Sie nicht gewesen wären.«

Rockill mahlte mit den Kiefern, brachte aber keinen Laut heraus.

»Als ich erfuhr, dass Helen lebte, bereute ich alles«, fuhr Noelly fort. »Meine Tochter! Damit hatte ich nicht gerechnet. Die Kassette, die Ihnen den Tod bringen sollte, würde auch ihr Leben gefährden. Da schwor ich meiner Rache ab. Sie sollten um Helens willen leben, Rockill. Leben! Doch ich habe dann meine Meinung abermals geändert. Ich sah ein, dass Sie doch sterben mussten. Nur werde ich jetzt mit Ihnen sterben. Helen soll ihren Vater nicht im Zuchthaus wissen.«

»Ich will nicht sterben«, wimmerte Rockill. »Ich …«

»Sie erfuhren, was sich in der Kassette befindet. Sie wurden gewarnt, Rockill. Sie hörten sogar, dass die Kassette von mir kam. Sie besaßen allen Grund, vernünftig zu sein. Aber Ihre Gier und Ihr Misstrauen waren stärker als alle menschliche Vernunft. Sie klammerten sich an die Kassette und versuchten trotz aller Warnungen, sie zu öffnen. Es war Ihnen gleichgültig, dass Sie andere Menschen in Gefahr brachten. Sie hätten alle diese Leute in die Luft gesprengt. Sie hätten Helen getötet. Sie sind eben kein fühlender Mensch, sondern ein empfindungsloses Scheusal. Und das werden Sie wohl bleiben. Ich war bereit, Ihnen alles zu verzeihen, aber ich musste erkennen, dass mit Ihnen überhaupt nicht zu rechten ist. Ihr Charakter ist gemeingefährlich. Wenn ich Sie heute schone, so werden Sie morgen wieder Unheil anrichten, getrieben von Gier und Hass. Sie werden es Helen nicht gönnen, dass sie glücklich wird. Sie werden gegen den Mann, den sie liebt, falsche Zeugen aufbringen, wie Sie das einst gegen mich getan haben. Sie müssen sterben, Rockill, damit Helen nicht unter Ihnen leidet, wie Margret gelitten hat.«

Rockill bot jetzt ein jämmerliches Bild. Er hatte begriffen, wie ernst Noelly es meinte. Er zitterte unter Angstschauern, die über seinen Körper liefen. Seine Glieder zuckten. Seine Lippen befanden sich nicht mehr in seiner Gewalt. »Ich will – ich verspreche …«

»Ich weiß, Rockill. Sie werden jetzt in Ihrer Angst tausend Dinge schwören, aber schon morgen werden Sie Ihre Schwüre vergessen haben. Es ist zu spät, Rockill – für Sie wie für mich. Denken Sie an Margret und sprechen Sie Ihr letztes Gebet, falls Sie überhaupt beten können.«

Jetzt kam der Ausbruch. Rockill sprang auf und warf sich auf Noelly.

»Nein! Ich will nicht …!«

William Noelly warf ihn mit einem Stoß zurück, sodass Rockill wieder auf seinen Platz fiel.

»Das nützt Ihnen nichts mehr, Rockill. Sterben Sie wenigstens anständig, nachdem Sie so erbärmlich gelebt haben. Vielleicht löscht der Tod doch einiges aus.«

Rockill besaß keine Kraft mehr, noch einmal aufzubegehren. Er schlotterte in halber Bewusstlosigkeit.

William Noelly erhob sich. In seiner Stimme schwang eine feierliche Trauer.

»Der Tod ist über uns, Rockill. Auch mir fällt es nicht leicht zu sterben, denn ich lasse eine Tochter zurück, aber ich gehe zu Margret. Leben Sie wohl, Rockill.«

Seine Kiefer pressten sich aufeinander. Über seinen Körper lief ein Schauer. Dann straffte er sich.

Und dann legten sich seine Hände um die goldene Kassette.

Sun Koh ließ sich die Fesseln herunterschneiden und dann an Land bringen, ohne Argwohn zu schöpfen. Er nahm an, dass die Männer inzwischen eingesehen hatten, dass sie nicht auf Diamanten hoffen konnten und sich auf bequemste Weise von ihm entlasten wollten. Er stutzte erst, als er an Land kam und ein Stück vor sich Hal Mervin, Halley und Helen Wanthery sowie einige Männer der Bootsbesatzung entdeckte. Sie warteten auf ihn und seine Begleiter, wenn auch die Bootsleute weiterdrängten.

»Gott sei dank!«, atmete Hal auf. »Ich dachte schon, sie wollten uns einen Streich spielen. Aber diesmal …«

»Was soll das, Hal?«, fragte Sun. Koh dazwischen. »Wozu der Auflauf? Warum bist du nicht beim Flugzeug?«

Hal sagte so kurz wie möglich, was zu sagen war. Sie gingen dabei weiter, und bevor er noch zu Ende gekommen war, kam Packham vom Boot aus herangelaufen und gesellte sich zu den anderen.

»Und wo ist die Kassette?«

»Im Boot.«

»Mein Vater hat sie«, mischte sich Helen Wanthery ein.

»Ihr Vater?«, horchte Sun Koh auf. »Sie wissen Bescheid?«

»Ja. Ich war vorhin schon einmal beim Flugzeug und bei meinem Vater. Wir haben uns ausgesprochen.«

»Sie haben die Kassette ins Flugzeug gebracht?«

»Aber nein, sie ist im Boot. Vater hat sie. Er ist doch bei – bei Mr. Rockill.«

»Ach? Und warum verlassen dann alle das Boot?«

»Vater wollte es so. Er wollte sich mit Großvater aussprechen und dabei keine Zuhörer haben.«

»Verflucht und zugenäht!«, seufzte Hal, der eben auch zum ersten Male hörte, wie die Dinge lagen.

»Hm, natürlich«, sagte Sun Koh gleichmütig und fasste Hal bei der Schulter. »Die Aussprache wird beiden gut tun. Lauf zum Flugzeug voraus, Hal, und schalte das Licht ein. Für Miss Wanthery ist es hier reichlich dunkel.«

Hal hatte begriffen, dass sich William Noelly entschlossen hatte, seine Rache zu vollziehen. Und er begriff jetzt, warum er zum Flugzeug laufen sollte. Er bockte.

»Miss Wanthery sieht in der Nacht großartig«, murmelte er. »Sie hat es mir eben gesagt. Aber andere Leute könnten leicht den verkehrten Weg einschlagen. Ich bleibe und spiele Klette. Lassen Sie doch die beiden – au …!«

Er bog sich unter dem harten Griff Sun Kohs zum Boden hinunter. Die Dunkelheit verbarg es glücklicherweise.

»Lauf, Hal!«

»Immer mit Gewalt!«, ächzte Hal. »Das ist ja billig, einfach den Stärkeren auszuspielen und – au …!«

Er lief davon. Sun Koh blieb unauffällig hinter den anderen zurück. Das bereitete keine Schwierigkeiten, denn jetzt konnte kaum einer den anderen sehen. Erst als er genügend Abstand besaß, begann er zu laufen.

Wenn Noelly den Tod beschlossen hatte, würde er sich Zeit nehmen. Er würde auf jeden Fall so lange warten, bis seiner Schätzung nach alle das Flugzeug erreicht haben konnten. Und die beiden Männer hatten sich wohl genug zu sagen.

Er wollte die Katastrophe verhüten. Es wäre einfacher, den Dingen ihren Lauf zu lassen, aber der Tod dieser beiden Männer bedeutete keine Lösung, im Mindestfalle nicht für Helen Wanthery und George Halley. Der Tod Rockills und Noellys würde das Leben der beiden jungen Menschen dauernd überschatten. Es war besser, die beiden im Licht zu lassen und Vater wie

Großvater lebend das austragen zu lassen, was sie gefehlt oder verschuldet hatten.

Hoffentlich blieb Hal vernünftig. Er brachte es fertig, einen Bogen zu schlagen und ebenfalls auf dem Boot aufzutauchen.

Sun Koh erreichte das Boot und gewann das Deck. Das Boot kam ihm plötzlich unheimlich still vor, obgleich die Wellen plätschernd gegen die Bootswand schlugen. Hatte es William Noelly doch eiliger, als sich vermuten ließ?

Sun Koh spürte plötzlich eine Welle von Nervosität. Es war ein sonderbares Gefühl, nicht zu wissen, ob nicht im nächsten Augenblick das Bootsdeck aufbrechen und das Boot zerreißen würde.

Er sprang den Aufgang hinunter und riss die Tür auf, hinter der sich die beiden Männer befinden mussten.

Rockill saß auf der Bettkante. Sein Gesicht war schief verzerrt. In seinen Augen lag das blanke Entsetzen. Die Furcht schien seinen Körper zusammengezogen zu haben. Er sah merkwürdig klein aus.

William Noelly stand in starrer Haltung am Tisch. Seine rechte Hand riss eben den Deckel der goldenen Kassette hoch. Der Deckel schlug zurück.

Die goldene Kassette war geöffnet! Zu spät!

Zu spät, einzugreifen, und selbst zu spät, um sich selbst zu retten.

Sun Koh warf sich instinktiv zur Seite und damit aus der Türöffnung heraus. Viel konnte es nicht helfen, aber wenn die Sprengladung nicht allzu stark war …?

Vollkommene Stille!

Immer noch schlugen die Wellen gegen die Bootswand, aber es schien absolut still zu sein. Eine Sekunde kann eine Ewigkeit dauern.

Waren das nicht schon vier oder fünf Sekunden gewesen? Sun Koh begann unwillkürlich zu zählen. Sechsundzwanzig, siebenundzwanzig, achtundzwanzig …

So lange konnte doch eine Zündung nicht brauchen?

Fehlzündung??

Sun Koh schnellte auf und sprang in die Kabine hinein.

Die Haltung der beiden Männer hatte sich nicht einmal um Millimeter verändert. Ihr Bewusstsein war den Ereignissen schon vorausgeeilt.

Sun Koh riss die Kassette aus der reglosen Hand Noellys. Wo war die Glasröhre, von der die Zündung ausgehen musste?

Was – was war das überhaupt ...?

Im aufgeschlagenen Deckel der Kassette klemmte eine verblichene Fotografie, die ein zärtlich umschlungenes Paar darstellte. Der Mann konnte William Noelly in seiner Jugend gewesen sein.

Die Kassette selbst war bis an den Rand mit gelben Krümeln angefüllt. Sägespäne!

Unter ihnen befand sich ein harter Gegenstand. Sun Koh nahm ihn heraus. Ein Ziegelstein!

Ziegelstein und Sägespäne! »Ziegelstein und Sägespäne?«, murmelte Sun Koh verblüfft.

»Ziegelstein und Sägespäne?«, hauchten die beiden anderen Männer wie aus weiter Entfernung.

Auf dem Stein klebte ein Zettel. Er war beschrieben. Sun Koh las die Zeilen halblaut ab.

»Man beauftragte mich, den Kasten mit Sprengstoff zu füllen. Ich habe es nicht getan – diesmal nicht. Man weiß nie, wen es trifft. Wer den Zettel findet, mag sich im Stillen bei mir bedanken. Vielleicht hilft es mir, wenn die Rechnung gemacht wird.«

Keine Unterschrift. Irgendein Mann hatte Gewissensbisse gespürt, die vielleicht tatsächlich alles aufwogen, was er sonst im Leben begangen hatte.

Jetzt drang die Erkenntnis auch in die beiden Anwärter des Todes ein. Rockill rutschte haltlos zusammen, als besäße er keine Knochen mehr. Noelly fuhr mit der Hand durch die Luft und knickte dann über dem Tisch ein.

Sie waren beide nicht bewusstlos. Sekunden später regten sie sich schon stöhnend wieder. Die Spannung musste sich aus ihnen lösen.

Sie zitterten. Sie blickten scheu auf, sodass sich ihre Augen begegneten. Sie schluckten. Sie schluckten stärker.

Und dann begannen beide fast gleichzeitig zu weinen.

Sun Koh ging still hinaus.

Monate später erfuhr Sun Koh, dass George Halley und Helen Wanthery schon wenige Wochen später geheiratet hatten. Rockill war sehr großzügig gewesen. Er erholte sich nie wieder von der furchtbaren Erschütterung. Er blieb zukünftig still und gedrückt. Die Menschen bekamen ihn nicht mehr oft zu sehen. Ähnlich erging es William Noelly. Er zog sich in einen kleinen Ort zurück und lebte dort als einsamer Sonderling.

ENDE

Utopische Welten

Diese Serie bringt in erster Linie Klassiker der alten deutschen SF, die für den Leser und Sammler heute schwer zu beschaffen sind – wurden sie doch größtenteils seit ihrer Erstveröffentlichung nie wieder aufgelegt.

Utopische Welten Solo

UWS bringt in sich vollkommen abgeschlossene Einzelromane deutscher SF-Autoren aus den 50er bis in die 70er Jahre. Feiern Sie ein Wiedersehen mit bekannten und (fast) vergessenen Werken von Kneifel, Darlton, Wegener, Shols, Peschke und vielen anderen.

JIM PARKER's Abenteuer im Weltraum

Die Serie startete in der UTOPIA-Reihe des Pabel Verlages im Jahr 1953; die ersten 43 (bis 1955) Ausgaben dieser Reihe waren allesamt den Abenteuern unseres Helden gewidmet. Danach wurden immer mehr andere SF-Romane deutscher und auch fremdsprachiger Autoren in die Reihe aufgenommen, der Anteil der JIM PARKER-Romane ging drastisch zurück. Nur noch 16 Ausgaben erschienen – über einen längeren Zeitraum verteilt – bis 1958 zum Abschluss der Serie in UTOPIA 129; dies war dann der insgesamt 59. JIM PARKER-Roman.

Sammlerauflage (111 Exemplare) der 59 Hefte in Buchform mit allen Innenillustrationen und den Titelbildern in Farbe. Jeweils vier Hefte werden in einem Buch abgedruckt.

JP 1 Auf dem künstlichen Mond
JP 2 Kurierflug nach Orion-City
JP 3 Flucht vor dem Kometen
JP 4 Siedler auf fremdem Stern
JP 5 Spione vom Mars?
JP 6 Gespenster im Weltraum
JP 7 Uran-Fieber
JP 8 Hölle Merkur
JP 9 Unternehmen TITAN
JP 10 Signale aus dem All
JP 11 Sturz in die Unendlichkeit
JP 12 Die Kugeln der Uraniden
JP 13 Die Stadt der Sirianer
JP 14 Station „Einstein"
JP 15 Die verlorene Erfindung

Mohlberg-Verlag GmbH • Hermeskeiler Stra. 9 • 50935 Köln
Tel.: 0221 / 43 80 54 • Fax: 0221 / 43 00 918
www.mohlberg-Verlag.de
email: heinz@mohlberg-Verlag.de